Rumeurs et clapotis

REMERCIEMENTS

à François Belay et Gérard Sibelle, qui m'ont fait débuter à la radio.

Édition du Club France Loisirs,
avec l'autorisation des Éditions Fetjaine.

Éditions France Loisirs,
123, boulevard de Grenelle, Paris.
www.franceloisirs.com

ISBN : 978-2-298-05254-1

Laurent Gerra
Avec Albert Algoud et Éric Laugérias

Rumeurs et clapotis

ÉDITIONS FRANCE LOISIRS

En guise d'introduction[1]

Ribéry, aussi

Sur l'air de Félicie, aussi, *de Fernandel*

C'est dans un coin du Bois d'Boulogne
Que j'ai rencontré Ribéry
Dans une boîte, voilà qu'il lorgne
La p'tite Zahia, qui lui sourit
Il trouve vite une occasion
D'engager la conversation

Il faisait un temps superbe
Elle s'est assise sur l'herbe
Ribéry, aussi

Soudain, elle se déboutonne
Sous les arbres qui bourgeonnent
Ribéry, aussi

Un clocher sonnait, tout proche
Il avait une drôle de cloche
Ribéry, aussi

Puis elle écarte les cuisses
Et lui montre sa cicatrice
Ribéry, aussi

Afin de séduire la p'tite chatte,
Il l'emmène dîner chez Chartier
Comme elle est fine et délicate
Elle prit un pied d'cochon grillé
Mais lui, converti à l'Islam,
De manga pas d'porc comme la dame

Zahia, en guise d'entrée,
Voulut manger de la raie
Ribéry, aussi

Le serveur, tout empressé
A balancé la purée
Ribéry, aussi
Son gâteau d'anniversaire
Il arriva par derrière
Ribéry, aussi

Il avait encore la dalle
Elle aimait la tarte aux poils
Ribéry, aussi

L'alcool lui montant à la tête,
Elle lui murmure : «Quand tu voudras.»
Alors il emmène sa conquête
Dans un hôtel, tout près de là
C'était l'hôtel du Pénalty
Et de la levrette réunis

Le lit était mal calé
Il n'arrêtait pas d'branler
Ribéry, aussi

Zahia se lava bien vite
Le lavabo avait une fuite
Ribéry, aussi

Le siphon était bouché
Alors on a dû l'pomper
Ribéry, aussi

Y avait d'l'eau plein les cloisons
Qu'étaient pleines de champignons
Ribéry, AUSSI!

1. Si j'ose dire.

Préface

La saison 2009-2010 fut celle des rumeurs et des clapotis...

À cause d'un chanteur à cheveux gras, y a-t-il vraiment eu de l'eau dans le gaz entre Nicolas et Carla ?

Comment expliquer la montée en puissance de Raymond Domenech et le priapisme de Ribéry ? Jacques Chirac a-t-il été mordu aux roubignoles par son chien Sumo ?

Pourquoi Herman Van Rompuy, président du conseil européen, s'obstine-t-il à appeler Raffarin, « Trois fois rien » ou « Tarte tatin » ?

Jean-Marie Le Pen, serait-il capable de lire l'avenir dans le Wehrmacht de café, et est-il possible que le maréchal Pétain soit devenu son coach ?

Dominique de Villepin, rescapé du croc de boucher, ne s'exprimerait-il plus qu'en alexandrins ?

Giscard d'Estaing s'immisça-t-il, comme il le prétend, dans la culotte fendue de Lady Diana ? Roselyne Bachelot, épuisée, telle Sœur Anne, d'avoir guetté en vain la grippe A, cherche-t-elle douceur et réconfort en shampouinant la barbe de Chabal ? Benoît XVI est-il marié ? Le narghilé de José Bové, branché par erreur sur l'aération de ses toilettes sèches, a-t-il intoxiqué Dany ?

Toutes ces questions résonnent encore dans nos têtes comme autant de vuvuzelas affolées...

Et pourtant, au risque de paraître immodestes, nous sommes les seuls à y avoir répondu.

Pour cette année de rire et de délires, un grand et amical merci à Laurent Gerra, dont le talent, l'humour et l'imagination fantasque n'ont pas fini de m'épater, un vif merci à mon complice Éric Laugérias. Et de notre part à tous les trois, merci à Vincent Parizot et à RTL !

Albert Algoud

Septembre

La rentrée, le grand emprunt, les « Auvergnats » d'Hortefeux, Frédo à la fête de l'Huma, les vaccins de Bachelot et le trou de la Sécu

Râleurs de rentrée

• *Jean-Marie Le Pen, vous confirmez vos déclarations faites sur RTL le 20 août dernier ?*
LE PEN : Et pourquoi voudriez-vous que je me reniasse, que je revienne sur des déclarations qui, croyez-moi, n'étaient pas à mettre au compte de la chaleur de four, n'est-ce pas, qui plombait notre pays. Je persiste donc à redire aujourd'hui, comme je l'ai fait le 20 août, que « 90 % des faits divers sont le fait de personnes immigrées ou d'origine immigrée ».
Vous voulez des exemples ? Dans le sud-ouest de la France, par qui ont été attaqués de paisibles Français de souche ? Par des frelons asiatiques ! Le traître patenté Éric Besson et le factotum de la Place Beauvau, M. Brice Hortefeux, malgré toutes leurs rodomontades sur le contrôle de l'immigration, ont, depuis des mois et des mois, laissé entrer sur le territoire national ces frelons immigrés, ces voyous aux pattes jaunes, lesquels n'ont pas attendu pour nous envahir, faisant ainsi courir de très graves dangers aux vrais Français. Et le virus de la grippe porcine, d'où vient-il ? Non pas de la Lorraine de Jeanne d'Arc et de Maurice Barrès, non pas de la Bretagne de Du Guesclin, ou encore de Vichy et de Verdun, chers au maréchal Pétain... Non, ce sont des cochons rastaquouères qui nous l'ont refilé ! Mon seul souhait est que la fille de mon ami Dieudonné, ma filleule la petite Plume M'Bala M'Bala, ne tombe pas malade-malade.

• *Restons chez les extrémistes passionnés : Benoît XVI, comment s'est passé votre été ? Vous avez bien bronzé ?*
BENOÎT XVI : Ach ! quel été de krotte ! Je me suis cassé le poignet ! On ne se rend pas compte quand on perd l'usage d'une main comme c'est handikapant... En plus, avec la chaleur, ça gratte sous le plâtre et tout devient kompliqué : pour faire le signe de croix, aïe ! Pour lacer mes pataugas, aïe ! Pour enlever ma chasuble, il fallait s'y mettre à deux, mon konnard de chauffeur et ma femme Ulla. Pour enfiler mon slip, même galère... Et être obligé de prendre sa douche sur le côté avec le bras tendu ! Heureusement qu'en matière de bras tendu je me suis bien entraîné dans ma jeunesse. Avec le poignet cassé, il y a des choses qu'on ne peut plus faire. Si vous voyez ce que je veux dire : j'ai eu du mal à secouer mon goupillon. Et puis je n'ai pas pu profiter de ma piscine de Castel Gandolfo. Y a moins de gonzesses qu'autour de celle de Berlusconi, mais c'est sympa quand même.
Seule consolation, on avait la garde de nos petits-enfants, vu que ma fille et mon gendre sont partis quinze jours en amoureux au cap d'Agde... Mes petits-enfants, Heinrich et Klaus, m'ont dessiné de jolies fleurs au feutre sur mon plâtre... Ach !

je suis heureux quand ils sont là, mais il faut s'en occuper... Ils me prennent autant de temps qu'Ulla !

• *À La Rochelle, on ne vous a guère vu à l'Université d'été du PS, Lionel Jospin. Pourtant, vous auriez pu venir en voisin ?*
LIONEL JOSPIN : Écoutez, pendant tout l'été, je suis resté dans ma maison d'Arsen-Ré pour ne pas manquer un seul épisode de « Plus belle la vie » (sauf pendant les Championnats du monde d'athlétisme, où France 3 avait annulé le feuilleton, ce qui est un scandale). Alors, que les socialistes se réunissent à La Rochelle ou à Pétaouchnock, franchement, j'en ai plus rien à cirer, des socialos ! On ne sait toujours pas si... et vous voudriez que je me préoccupe de ce qu'ont dit la mère Aubry, Porcinet et sa bande, Valls avec sa tronche d'employé des pompes funèbres ou ce cabot de Montebourg...

• *Vous avez l'air grognon, Eugène Saccomano ?*
EUGÈNE SACCOMANO : Je passais des vacances paisibles, entre pastis et sudoku, et puis, patatras ! Le soir du 4 août, je ne sais pas ce qui m'a pris, j'ai regardé le match France-îles Féroé ! Un score minable ! Un scandale ! Une honte ! Notre ramassis de pieds de plomb, toujours entraînés par cet incapable de Domenech, n'a pas été foutu de mettre plus d'un ballon dans les cages de ces mangeurs de phoques !
J'ai fait mes calculs ! La Fédération française de foot, avec ses deux millions deux cent mille et des... licenciés, compte quatre cent cinquante-six fois plus de footeux que la Fédération des îles Féroé, qui en compte cinq mille. Donc, ce n'est pas par 1-0 que l'équipe de France aurait dû l'emporter, mais par quatre cent cinquante-six buts à zéro ! Mais le pire, c'est que cet âne bâté de Domenech nous a déclaré après le match : « Il fallait marquer plus de buts. » Mais c'est à sa bande de culs-de-jatte qu'il devait dire ça, cet abruti congénital, pas à nous ! Pas à nous ! Et meeerde !

• *Comment s'est passé votre été, José Bové ?*
JOSÉ BOVÉ : Après la formidable campagne des Européennes, je comptais prendre un peu de repos dans ma ferme de Montredon, mais ça n'a pas été de tout repos. Comme vous le savez, en écolo conséquent, j'ai des toilettes sèches : je fais caca dans la sciure et je récupère le mélange pour faire du compost pour mon potager bio. Seulement voilà : mi-août, quand la canicule a frappé, la chaleur a accéléré la décomposition du mélange caca-sciure, ce qui a entraîné des émanations de méthane d'une puissance inhabituelle. Le 18 août, à peine j'étais entré dans mes cagoinces, j'ai pas eu le temps de baisser mon bénard en velours côtelé (celui que je portais déjà pendant les Européennes) que je suis tombé dans les pommes,

complètement asphyxié par les émanations, pires que celles provoquées par les algues vertes en Bretagne. Pour un écolo, ça la fout vraiment mal ! J'ai failli valdinguer dans le trou. Dany m'a rattrapé in extremis…
Heureusement, l'écologie est désormais un élément incontournable de la vie politique française. Dany et moi, on est vraiment décidés à préserver notre spécificité. Et, pour bien insister sur cette spécificité, Dany et moi, nous avons décidé de pas changer les chemises qu'on portait cet été à Nîmes, pendant l'Université d'été des Verts. C'était en pleine canicule, et j'aime mieux vous dire que ça a été les championnats d'Europe de rillettes sous les bras !

Peter Pan tripoteur

• *Comme tous les jours depuis deux mois, on parle encore de… devinez qui ? Michael Jackson… Il en a même été question au dernier Conseil des ministres. Nos micros étaient là…*
SARKOZY : Bien, mesdames, messieurs, c'est la rentrée hein, y a du pain sur la planche. Voici l'ordre du jour, j'ai la feuille de route… mais c'est plein de fautes, c'est encore Chatel qui l'a rédigée. Bon, dans un premier temps…
FRED MITTERRAND : Bâsoir !
SARKO : Ah non ! Ça va pas recommencer ! Pourquoi il s'est levé, le neveu ?
MITTERRAND : Bâsoir ! Ô mort ! éloigne-toi donc un moment de notre pensée et laisse-nous tromper la violence de notre douleur en nous remémorant Michael Jackson. D'abord, je le revois enfant…
SARKO : Il va quand même pas nous refaire toute la vie de Michael Jackson ?
MITTERRAND : Bâsoir ! Petit Poucet d'une fratrie prometteuse, les Jackson Five, semant à chaque pas de danse ses premiers tubes comme autant de cailloux sur le chemin d'une gloire sans pareille… Protégé par la bonne fée Diana Ross, il allait se muer en ce Peter Pan tripoteur qui finirait un jour par s'envoler à jamais dans un ciel où la gloire n'est plus qu'une apparence…
SARKO : C'est bon ? J'peux en placer une ? On peut commencer ?
MITTERRAND : Adieu, Ted Kennedy, Petit Poucet d'une fratrie irlando-catholico-américaine promise au plus grand et au plus tragique destin… Fils de Rose et de Joseph, frère de John Fitzgerald Kennedy, amant de Marilyn assassiné à Dallas, et de Bob, amant de Marilyn assassiné à l'hôtel Ambassador à Los Angeles, Edward alias Ted Kennedy, oncle de John John, disparu tragiquement dans un accident d'avion en 1999…

SARKO : Oh ! Hé ! Oh ! Il va pas nous faire toute la nécro des Kennedy ! On est là jusqu'à ce soir : ils ont tous passé l'arme à gauche... Ah ! le pansement ! qu'est-ce qui m'a pris d'aller le chercher à la villa Médicis ?
FRED MITTERRAND : Baâsoir...
SARKO : Oui, c'est ça, baâsoir.

Grippe A

CHEVALLIER : Bonjour, monsieur.
LASPALÈS : Bonjour. C'est pour quoi ?
CHEVALLIER : Je viens me renseigner au sujet de la grippe A.
LASPALÈS : Très bien, alors vous vous tenez à un mètre de distance, s'il vous plaît, et vous ne regardez pas dans ma direction quand vous parlez.
CHEVALLIER : Mais je suis pas malade !
LASPALÈS : On ne sait jamais, monsieur... Principe de précaution ! Vous voulez savoir quoi ?
CHEVALLIER : Ben, comment que ça va se passer pour mes enfants à l'école ?
LASPALÈS : C'est très simple : un cas de grippe, on laisse couler ; deux cas de grippe, on informe ; trois cas de grippe, on ferme l'établissement ! Bouclé, fini !
CHEVALLIER : Bouclé, fini ?
LASPALÈS : Oui, monsieur ! Tout le monde dehors et chacun chez soi.
CHEVALLIER : Mais Ghislaine et moi, on travaille ! Qui c'est qui va les garder, les gamins ?
LASPALÈS : Vous n'avez pas écouté le ministre de l'Éducation, vous...
CHEVALLIER : Ben, non, j'ai pas pu, on rentre juste de l'étranger...
LASPALÈS : Ah ! bravo ! C'est malin... Pour ramener des saloperies, y a pas mieux ! Je ne vous félicite pas, monsieur !
CHEVALLIER : Il a dit quoi, le ministre ?
LASPALÈS : Il a dit que, pour la garde des enfants, il faudra compter sur la solidarité familiale. Voilà !
CHEVALLIER : Mais mes parents sont morts et ceux de ma femme, ils habitent à l'étranger...
LASPALÈS : Ah ! d'accord, je vois le genre... Eh bien, je suis désolé, mais je ne peux rien pour vous. Bonne journée, monsieur !
CHEVALLIER : Attendez ! Il y a vraiment rien de prévu pour garder les gamins ? Un centre aéré, une garderie, des caves, un camp ?
LASPALÈS : Monsieur, si on ferme les écoles, c'est pour que les gamins ne se retrouvent pas en groupe, pour éviter la contagion ! Alors, on va pas les rassembler

pour les garder ensemble ! Faut réfléchir, monsieur, faut se servir un peu de son cerveau !
CHEVALLIER : Ben, je vois pas comment on va s'en sortir...
LASPALÈS : Vous z'avez qu'à faire comme moi, monsieur.
CHEVALLIER : Vous avez trouvé une solution, vous ?
LASPALÈS : Oui, j'ai pas fait d'enfants, moi ! J'aime pas ça, les gamins, c'est des teignes et des malfaisants... C'est pour ça que je suis devenu directeur d'école, monsieur, pour les mater ! Au revoir, monsieur !

Le Vicomte se rallie

• *Philippe de Villiers, vous avez décidé de rejoindre le comité de liaison de la majorité. Ce ralliement est-il un reniement ?*
PHILIPPE DE VILLIERS : Non ! De vils détracteurs persiflent en disant que je suis un faux cul, parce qu'en juin dernier j'ai été élu au Parlement européen avec un programme qui est exactement le contraire de celui de Nicolas Sarkozy. C'est vrai sur la Turquie, les délocalisations ou le comportement des banques... Je n'étais pas du tout d'accord avec Nicolas, mais j'ai réfléchi et, pour sauver la Vendée, je suis prêt à tout !

• *La Vendée est en danger ?*
VILLIERS : Oui, des hordes de gauchistes et de communistes, le couteau entre les dents et la bave aux lèvres, se sont emparées de ma région ! Mais les chouans ne se laisseront pas circonvenir par ces diables collectivistes aux yeux injectés de sang et le Puy du Fou est devenu le centre de la résistance ! Avec l'aide de l'UMP, ma nouvelle alliée, aux prochaines régionales, nous bouterons les meutes staliniennes hors du bocage !

• *Philippe de Villiers, c'est donc un ralliement de circonstance ?*
VILLIERS : Oui, et c'est pour moi un vrai calvaire que d'être obligé de fréquenter les Roselyne Bachelot, Michèle Alliot-Marie, Rama Yade et Nadine Morano ! Ces créatures lubriques, tout en fesses, en cuisses fuselées et en poitrines qui aguichent les militants ! Leurs tailleurs cintrés, leurs jupes indécentes et leurs chemisiers écarlates qui laissent deviner des mamelles offertes ! Ah ! j'arrête, je bande !

Grand oublié

• *Jack Lang, vous avez boudé le congrès du PS à La Rochelle ?*

JACK LANG : Ah, quand même, Madeleine ! Quelqu'un s'en est rendu compte ! Je commençais à désespérer ! Pas un article, pas même un entrefilet dans la presse pour souligner mon absence ! Je suis au fond du trou ! Personne ne s'intéresse plus à moi, je suis oublié de tous comme un quignon de pain derrière un buffet ! Nicolas Sarkozy me bat froid, il n'en a plus que pour Frédéric Mitterrand, ce Malraux au petit pied, ce saltimbanque mégalomane suffisant ! Quant aux socialos, vous l'avez vu, je n'existe plus pour eux. Ma popularité les rend tous malades de jalousie, voilà la vérité ! Il faut que je trouve un moyen de rebondir… Je ne vais pas encore écrire un livre, personne ne les achète, personne ne les lit, même pas Monique. Non, je dois créer l'événement, je vais enregistrer un disque ou poser nu dans *Lui*, ou alors je vais intriguer auprès de TF1 pour faire partie de la prochaine fournée de « La Ferme Célébrités »… Oui, ce serait chié ! C'est ça, la bonne idée !

Le vacancier de Saint-Tropez

Jacques Chirac a passé ses vacances à Saint-Tropez. Pour assurer sa sécurité, Mme Alliot-Marie n'a pas eu besoin de chercher bien loin…

(Musique du Gendarme de Saint-Tropez…*)*

GALABRU : Messieurs, messieurs, une personnalité très importante vient passer ses vacances chez nous, à Saint-Tropez, et nous avons pour mission d'assurer sa sécurité.

FOUGASSE : Chef, s'il s'agit de Pamela Anderson, je veux bien lui servir de cobaye pour le bouche-à-bouche, comme dans « Alerte à Malibu » !

GALABRU : Bouclez-la, Fougasse ! La personnalité que nous devons protéger, c'est M. Jacques Chirac, notre ancien président de la République, qui, à ce titre, je le rappelle, doit être appelé « monsieur le Président ». C'est compris, Fougasse ?

FOUGASSE : Parfaitement, monsieur le Président !

GALABRU : Fougasse, je vous rappelle que vous devez m'appeler « mon adjudant » !

FOUGASSE : À vos ordres, mon Président.

GALABRU : Eh bien, avec des experts de cette trempe, M. Chirac est sûr d'être bien protégé ! Et où est encore passé Cruchot ?

DE FUNÈS : Je suis là, mon adjudant, je suis là !

GALABRU : Cruchot ! Qu'est-ce que vous faites dans cette tenue civile non réglementaire : chemise hawaïenne, string fluo, tongs… au rapport !

De Funès : Voilà, mon adjudant : comme je sais que le président Chirac est l'hôte prestigieux de notre riante station balnéaire, j'ai pris sur moi de suivre le président. Efficacement car complètement incognito.... d'où ce déguisement... Hé, hé, hé !
Galabru : Ah ! bravo, Cruchot ! Vous êtes l'orgueil et l'honneur de notre bonne vieille gendarmerie...
De Funès : C'est pas tout, mon adjudant, c'est pas tout ! Place des Lices, j'ai repéré un individu louche, un rouquemoute qui suivait de loin le président Chirac. Comme il le serrait de trop près, paf ! je l'ai menotté, allez, allez, pas de discussion ! Crac ! Dans la fourgonnette !
Galabru : Description du suspect ?
De Funès : Cinquante ans environ, front et tempes dégarnis, cheveux roux plaqués en arrière...
Galabru : Un rouquin ? Mais, mais... c'est Brice Hortefeux, notre nouveau ministre, en visite d'inspection à Saint-Tropez ! Hortefeux, c'est le porte-flingue de Sarkozy, le parrain de son fils Jean ! Je suis foutu ! Je vais être muté chez les nudistes, au cap d'Agde, et Mme Gerber qui est si pudique !

La revue de presse de Guy Bedos

• *Guy Bedos, vous avez lu la presse pour nous ?*
Guy Bedos : Pour vous... Pour vous... Pour moi d'abord ! Et il en faut du courage pour lire toutes ces conneries. Quoique parfois on trouve des choses amusantes... Par exemple, dans *Le Figaro* – le journal dont Étienne Mougeotte se sert tous les jours pour cirer les pompes de Nicolas Sarkozy –, je lis que Jean Sarkozy, le fils du grand petit homme, est contre le cumul des mandats... Oui, oui... Il devrait préciser qu'il est contre le cumul des mandats individuels... Pas familiaux...
Ah ! à propos de Jean Sarkozy toujours, pas un journal n'a manqué de nous informer que le dauphin s'était fait couper les cheveux... C'est intéressant comme info, non ? L'aiglon est déplumé ! C'est vrai qu'à côté de ça un crash aérien ou dix personnes qui sautent sur une mine en Afghanistan, c'est de l'info de seconde zone !
Dans *Libération,* le journal qui a bien fait d'annoncer haut et fort qu'il changeait de look sinon on ne s'en serait même pas aperçu, dans *Libé* donc comme disent les bobos, je lis que le Parti socialiste hésite entre les alliances à droite et les alliances à gauche... Moi, je serais au PS, j'essaierais déjà de réussir les alliances au sein même du parti ! Ça, c'est pas gagné !
Ça, c'est pas dans la presse, mais c'est sur les murs de nos villes, ce sont les stars qui posent nues en montrant leur poitrine pour nous inciter au dépistage du

cancer du sein… Bien, Estelle Lefébure, très bien, Mathilda May… J'attends avec impatience de savoir quelles seront les stars qui vont poser dans les mêmes conditions pour le dépistage du cancer colorectal… Allez-y, les filles, allez-y, les gars ! Moi, je ne peux pas, je suis excusé : j'ai un cours d'aquagym pour les vieux !
Dans *Le Nouvel Observateur,* le journal du centre-gauche mou – c'est un pléonasme ! –, dans *Le Nouvel Obs* comme disent les bobos, je lis qu'une journaliste soudanaise a échappé de peu à quarante coups de fouet parce qu'elle avait osé porter un pantalon en public ! En France, à l'Élysée, on a Carla Bruni-Sarkozy qui, paraît-il, porte la culotte… Elle risque quoi ? Si c'est une fessée, je veux bien m'en charger…

Braderie de Lille

Ce week-end, c'était la grande braderie de Lille. L'occasion pour Pierre Bellemare de nous présenter un « Téléachat » un peu spécial.

PIERRE BELLEMARE : Bonjour, chers amis téléacheteurs, et bienvenue à la grande braderie de Lille. Un « Téléachat » spécial Martine Aubry avec de très, très beaux objets, qui sont un peu les symboles de la première secrétaire, très, très beaux objets donc, avec, pour commencer, la tenue de meeting de Martine avec ce petit haut en véritable lin froissé couleur fuchsia. Nous avons également la jupe taille 52 en jersey beu marine achetée d'occasion dans une foire à tout, ainsi que ce collier fantaisie, pas cher non plus, composé de perles en plastique d'Oyonnax, de graines de courge et d'écrous de récupération acquis au marché de la création de Beauvais… La panoplie meeting de la mère Aubry : 75,95 euros avec, en prime, le slip Sloggy de Martine en élastomère à vérins hydrauliques et Remote Odor incorporé spécial Université d'été.
Également à brader en ce dimanche, les trente-cinq heures, très, très beau dossier des trente-cinq heures avec réajustement possible : le dossier trente-cinq heures spécial feignasses, accompagné du magnifique programme pour rénover le Parti socialiste – alors ça, l'avantage avec ce programme, c'est qu'il est très léger, ça tient sur ma demi-feuille, ça prend pas de place dans le sac à main. Le programme Aubry 2009 vous est fourni avec une rareté : une photo de Benoît Hamon qui sourit, dédicacée par l'intéressé… Très, très rare donc, tout comme cette bande aérosol : le répulsif anti-Ségolène qui, en plus, protège la couche d'ozone.
Nous vous proposons également, pour terminer, ce tableau naïf d'un peintre militant lillois intitulé *Martine entre deux coquilles de moules à la braderie.* Très expressif et extrêmement représentatif. Pour 595 euros, Martine et le tas de moules. Je précise, bien sûr, que Martine est celle qui a la robe bleue !
Merci, chers amis téléacheteurs !

Grand emprunt

• *Nicolas Sarkozy vient de mettre en place la commission chargée de réfléchir à l'usage du grand emprunt, commission présidée par Michel Rocard et Alain Juppé. Nos micros étaient là lors de la réunion préparatoire de cette commission.*

MICHEL ROCARD : Mon cher Alain Juppé, subséquemment aux exigences de traçabilité pécuniaire des investissements souhaitables et tenant compte de la capacité d'endettement de l'État, il importe d'affiner la pertinence des besoins à identifier…

ALAIN JUPPÉ : Salut, les gouines ! Je suis d'accord avec toi, Michel, mais il ne faudrait quand même pas oublier la déconne. En tant que spécialiste de la rigolade, voici le conseil financier que je voudrais donner aux Français.

Faites-vous tatouer un euro sur la zigounette, vous aurez alors le plaisir d'en tirer quatre avantages :

1. Vous verrez croître votre investissement.
2. Vous prendrez plaisir à toucher votre argent.
3. Vous serez content que votre femme dévore vos économies.
4. Vous serez le seul à décider où placer votre fric !

Grippe A

JEAN-MICHEL APHATIE : Bonsoir, Roselyne Bachelot. La grippe A, au départ, on a annoncé des millions de victimes potentielles. C'était la panique générale et, au jour d'aujourd'hui, il paraîtrait qu'elle ne fera pas plus de malades que la grippe ordinaire. Alors, je vous le demande sans concession, Roselyne Bachelot. Primo : À qui profite la grippe A ? Secundo : Ne se foutrait-on pas de notre gueule ?

ROSELYNE BACHELOT : Mais non, mais non ! On ne se fout pas de votre gueule ! En tant que ministre des Sports, je reste aussi très vigilante. Car le rugby, un de mes sports préférés, est frappé par la grippe A : trois cas au Stade français, un cas à Bayonne, sept cas chez les Castrais, ce qui, je vous le rappelle, a entraîné l'annulation des rencontres du Top 14 entre Castres et Montauban. Oui, je suis très vigilante, et même, je me propose d'aller vacciner moi-même les joueurs. Évidemment, je propose de commencer par mon chouchou Chabal… Ah ! Sébastien !

Paris Plages : le bilan

• *Bertrand Delanoë, vous êtes en mesure de dresser le bilan de Paris Plages 2009 ?*
DELANOË : Tout à fait, mon petit. Par rapport à l'an dernier, je constate avec une vive satisfaction que les chiffres sont tous à la hausse. D'abord, à la piscine, on a constaté une prolifération spectaculaire des morpions. C'est normal, à patauger dans une telle infusion de poils pubiens, ça s'est transmis plus vite encore que la grippe A. Ensuite, l'augmentation du nombre de gens déambulant pieds nus à Paris Plages a entraîné une augmentation sensible des cas de verrues plantaires (+ 22 %), ainsi qu'un bond significatif des mycoses cutanées et sous-cutanées (+ 31 %)... Mais là où il y a tout lieu d'être satisfait, c'est cet engouement formidable du public pour les candidoses entre les orteils. Parce que qu'est-ce qu'ils veulent, les Parisiens, les socialistes et les Français ? C'est plus de champignons ! Et, du coup, ça m'a donné une idée que je vais soumettre au conseil municipal : relancer à Paris la filière champignons, avec la création d'un label AOC, baptisé « Champignons de Paris Plages ».
« ɿ. les beaux champignons, champignons de Paris, de Paris... »

Bien au centre

• *Après presque trois mois de silence, François Bayrou s'est enfin exprimé lors de l'Université d'été du MoDem à La Grande-Motte.*
FRANÇOIS BAYROU : Tout d'abord, je voudrais répondre à la question que ne cessent de me poser les journalistes, à savoir : « Pourquoi La Grande-Motte ? » Eh bien, je répondrai : parce que, qu'elle soit grande ou petite, la motte se situe toujours au centre.

• *Lors de votre discours, vous avez confirmé une réelle ouverture à gauche...*
BAYROU : Effectivement, comme l'a dit cette semaine Marielle de Sarnez : « Entre les sociaux-démocrates du PS et nous, il n'y a pas une feuille de papier à cigarette »... Eh bien, même si cela en fait tousser certains, je mets donc la barre à gauche toute... Dans cette traversée en solitaire, ou quasi, car, avec Marielle et Jean-François Kahn, nous ne sommes que trois au MoDem, dans cette traversée donc, notre nouveau but, après avoir été au centre du centre, est de nous repositionner stratégiquement.

• *Vous voulez être à gauche du centre ?*
BAYROU : Non, madame, nous voulons être au centre du centre gauche, ce qui n'est ni la même stratégie... ni... la même stratégie ! Le centre droit ne m'a pas vraiment

réussi, le centre du centre non plus, alors en avant vers le centre gauche ! Même si, comme je l'ai lu ce week-end dans le *JDD*, 77 % des Français pensent que je n'ai pas l'étoffe d'un président de la République, j'ai encore trois ans pour les convaincre que les autres l'ont encore moins que moi, l'étoffe ! À défaut d'être le meilleur, je me contenterai de passer pour le moins mauvais ! Mon but dorénavant, je ne le cache pas, est d'être au centre gauche le seul choix. Oui, tout seul, comme un con !

Agent des stars

Depuis qu'il est en froid avec Ségolène Royal, on entend beaucoup moins Dominique Besnehard… Est-ce parce qu'il n'aurait plus rien à dire ?
DOMINIQUE BESNEHARD : Mais pas du tout ! Si on me pose des questions, je réponds… Bon, c'est vrai qu'avec ma Ségo en ce moment, c'est un peu l'auberge du cul tourné, mais il faut dire aussi qu'elle est épuisante avec ses caprices permanents et ses colères ! Elle est pire qu'une comédienne, et je sais de quoi je parle : je m'occupe de Béatrice Dalle depuis vingt-cinq ans… Eh bien, à côté de Ségolène, Béatrice, elle est raisonnable et équilibrée, même si Ségo ne pique pas de joaillerie, elle ! Faut dire qu'au PS c'est une vraie maison de dingues ! Ça, je pourrais en raconter des trucs… Entre la mère Tapedur qui s'habille dans les foires à tout et qui gouverne tout ça comme une république bananière et Porcinet qui – sans rire – est persuadé qu'il a un destin présidentiel, ils sont bien équipés en mabouls ! Y a aussi les quatre garçons dans le vent : Montebourg, Peillon, Hamon et Vals. Le problème, c'est qu'ils n'ont pas été remastérisés, eux, ils ont tout juste quarante balais et ils raisonnent toujours comme des apparatchiks gâteux !

• *Merci, Dominique Besnehard…*
BESNEHARD : Mais j'ai encore plein de trucs croustillants à raconter, moi ! Je reviendrai !

• *C'est ça… À bientôt…*

Plan de sauvetage

• *La Sécu est à nouveau en danger. Le gouvernement prépare donc un nouveau plan de sauvetage dont les mesures commencent à être révélées… Mais comment est-ce que ça va se passer aux guichets de la Sécu ?*
LASPALÈS : Numéro 5432 ! 5432 !

CHEVALLIER : C'est moi, monsieur ! C'est moi !
LASPALÈS : Doucement, monsieur, moins fort ! Je me réveille à peine de mon quart d'heure de récupération !
CHEVALLIER : Vous faites la sieste ?
LASPALÈS : C'est pas une sieste, c'est de la récupération ! Un quart d'heure toutes les deux heures…
CHEVALLIER : Vous ne foutez vraiment rien…
LASPALÈS : Nous sommes soumis à un grand stress, monsieur.
CHEVALLIER : Mais quel stress ? Vous avez autant d'énergie qu'une limace en hibernation !
LASPALÈS : C'est un travail hyper stressant : les gens qui crient à cause des erreurs de remboursement… Les gens qui se plaignent des remboursements qui diminuent… Les ordinateurs qui tombent en panne au moment des calculs… Les types de la maintenance informatique qui sont injoignables parce qu'ils sont en récupération… Je suis tout stressé ! Vous veniez pour quoi exactement ?
CHEVALLIER : Ben, justement, je viens pour un problème de remboursement…
LASPALÈS : Ah ! vous voyez, ça recommence ! Alors, voyons ça…
CHEVALLIER : Ben, mon aspirine, elle n'est plus remboursée qu'à 15 % au lieu de 35… Y a une erreur, non ?
LASPALÈS : Non, y a pas d'erreur ! Y en a pas ! Pas d'erreur, monsieur ! C'est tout à fait normal, monsieur, décision du gouvernement, c'est pour boucher le trou !
CHEVALLIER : Peut-être que ça bouche le trou, mais, en attendant, j'ai mal à la tête…
LASPALÈS : C'est pas mon problème, monsieur, moins les gens consommeront de médicaments, plus on bouchera le trou ! C'est tout ce que je sais, moi !
CHEVALLIER : Mais c'est complètement idiot ! Moins les gens prendront de médicaments, plus ils seront malades, et plus ils seront malades, plus ils coûteront cher à la Sécu ! C'est logique… Vous n'avez jamais réfléchi à ça ?
LASPALÈS : Oh ! monsieur, on ne me paie pas pour réfléchir. On me paie pour répondre des choses compliquées à des questions simples pour que les gens ne reviennent plus en poser, de questions ! C'est tout… Moi, quand je réfléchis, j'ai mal à la tête et comme l'aspirine est quasi plus remboursée, j'évite de réfléchir… Une autre question ?
CHEVALLIER : Non, je crois pas… Je sais plus…
LASPALÈS : Alors au revoir, monsieur. Et vous dites au suivant que le guichet est fermé. Vous m'avez épuisé, je vais aller récupérer pendant un quart d'heure…

« Qui veut emprunter des millions ? » (1)

• *À peine installée par le président, la commission chargée de réfléchir au prochain emprunt national, coprésidée par Michel Rocard et Alain Juppé, est sur tous les fronts et même où on ne l'attend pas...*

(Musique « Qui veut gagner des millions »...)

JEAN-PIERRE FOUCAULT : Bonsoir à toutes et à tous et bienvenue pour cette nouvelle édition exceptionnelle de « Qui veut emprunter des millions ? », exceptionnelle car j'ai l'honneur de recevoir aujourd'hui deux anciens Premiers ministres... Bonsoir, monsieur Rocard.

MICHEL ROCARD : Bonsoir, monsieur Foucault.

FOUCAULT : Bonsoir, monsieur Juppé.

ALAIN JUPPÉ : Salut, les gouines !

FOUCAULT : Bien... Entrons tout de suite dans le vif du sujet avec cette première question qui peut – je vous le rappelle – vous permettre d'emprunter 10 millions d'euros... Alors, pour avoir le droit d'être en photo derrière Nicolas Sarkozy il faut mesurer :

1,95 m réponse A

1,82 m réponse B

1,78 m réponse C

1,20 m réponse D.

JUPPÉ : Vous savez, comme disait la jeune mariée, c'est pas la taille qui compte, c'est comme la bite, parce que, essayez de vous gratter l'oreille, ça va bien mieux avec le petit doigt qu'avec le...

FOUCAULT : Oh ! Alain, un peu de sérieux. Michel Rocard, vous avez une idée ?

ROCARD : Proportionnellement à la taille et inversement aux talonnettes, qui sont en somme des montants compensatoires, à savoir sans trop hésiter, je propose la réponse D : 1,20 m...

FOUCAULT : C'est votre dernier mot ?

ROCARD : C'est mon dernier mot, Jean-Pierre... Rien à redire, Alain ?

JUPPÉ : J'te fais confiance, Mimi, envoie le pâté !

(Musique...)

FOUCAULT : Bravo ! Attention, deuxième question. Un palier plus difficile. Pour un emprunt national de 30 millions d'euros... Vous êtes prêts, les clowns ?

JUPPÉ : Avec mon pote le vieux socialo, je suis toujours prêt pour la déconne, Jean-Pierre !

FOUCAULT : L'homme qui lança le premier emprunt national, en 1952, et qui fut ministre des Finances du général de Gaulle en 1958 s'appelait :

– Antoine Niquait réponse A
– Antoine Tirait réponse B
– Antoine Tringlait réponse C
– Antoine Pinay réponse D.

Je vois que vous êtes perplexes. Je vous rappelle que vous pouvez faire appel à un ami. Encore faut-il que vous ayez un ami commun…

ROCARD : Jean-Pierre Foucault, en dépit de nos origines idéologiques passablement différentes, nous avons néanmoins un ami commun.

(Sonnerie…)

JACQUES CHIRAC : Allô ? J'écoute ? C'est moi-te !

JUPPÉ : Allô, Jacques ? C'est Alain Juppé, le meilleur d'entre nous !

CHIRAC : Allô ? Allô ?… Ah ! j'entends rien. Tais-toi, Sumo ! Va coucher !

JUPPÉ : C'est Alain Juppé ! Je suis avec Jean-Pierre Foucault !

CHIRAC : Alain Decaux ? Attendez, je règle mon Sonotone… Ah ! ça va mieux. Vous disiez ?

JUPPÉ : Juppé à l'appareil. Avec Michel Rocard on passe à « Qui veut emprunter des millions ». La question est : Quel est le nom du ministre qui lança le premier emprunt national ? Antoine Niquait, Antoine Tirait, Antoine Tringlait ou Antoine Pinay ?

CHIRAC : Attendez, je demande à Bernadette… Maman ? Maman ! Ah ! qu'est-ce qu'elle fiche encore ! Maman, le ministre auvergnat qui a inventé les nouveaux francs, il niquait, il tirait, il tringlait ou il pinait ? Les quatre ? Tu es sûre ? Allô ? Alain ? Je dirais au hasard : « Antoine Niquait ».

JUPPÉ : OK, merci, Jacques, et bonne bourre !

FOUCAULT : Alors, Alain ? Alors, Michel ?

ROCARD : Antoine Niquait.

JUPPÉ : Pas mieux.

FOUCAULT : C'est votre dernier mot ?

ROCARD : C'est notre dernier mot, Jean-Pierre.

(Musique…)

FOUCAULT : Quel suspense… Mauvaise réponse ! C'était la réponse C : Antoine Pinay. Et c'est vous qui vous êtes fait niquer !

Herr Lang

• *Dans le dernier numéro du* Nouvel Observateur, *un scoop étonnant : Jack Lang pourrait bien se voir confier le premier ministère franco-allemand de l'histoire de la République. Vous confirmez cette information, Jack Lang ?*

JACK LANG : *Gutentag, ich bin Jack !* Je veux dire : Bonjour, c'est Jack ! Décidément, Armand, les journalistes ne savent pas tenir leur langue ! Leur Jack Lang… Mais

puisque la mèche de ce dossier ultra-confidentiel est vendue, je vais vous dire de quoi il retourne. Oui, c'est vrai, avec Nicolas, dans le plus grand secret, nous avons imaginé un poste qui conviendrait enfin à l'ampleur de mon immense talent. Un ministère franco-allemand, où je serai chargé de contrôler tous les dossiers communs à la France et à l'Allemagne ! C'est chié, non ?
Ainsi je siégerai à la fois dans le gouvernement de Nicolas Sarkozy et dans celui d'Angela Merkel (si celle-ci reste chancelière). Et, bien sûr, j'ai demandé au président à avoir le titre de ministre d'État rien que pour emmerder l'usurpateur Fred Mitterrand, qui, je le rappelle, n'y a pas droit… Nananaire !

• *En vue de cette fonction, comptez-vous vous perfectionner en allemand, Jack Lang ?*
LANG : Mais je ne fais que ça, Hilda.

• *Moi, c'est Charlotte…*
LANG : Ne faites pas la sotte, Charlotte ! L'allemand, bien sûr, *Natürlich*, que je suis en train de l'apprendre ! J'ai suivi les cours de l'institut Goethe et je me suis mis à la méthode Assimil, Émile ! J'en suis à la septième leçon. *Siebte lektion* : *Bei dem Schneider* : Chez le tailleur.
– *Ich möchte ein Kostüm kaufen, bitte.* « Je voudrais acheter un costume, s'il vous plaît. »
– *Die grüne Thierry Mugler Jacke ist weniger teuer als die roten Kenzo.* « La veste verte Thierry Mugler est moins chère que la veste rouge Kenzo. »
– *Mut ! Scheisse.* « Du courage, merde. »

Le bureau du rire

• *Le bureau occupé en commun par Alain Juppé et Michel Rocard, coprésidents de la commission chargée de réfléchir sur les priorités du grand emprunt national, se trouve à l'hôtel Marigny, qui sert de résidence aux hôtes du président de la République, juste en face de l'Élysée. Cette proximité permet donc à Nicolas Sarkozy de venir saluer ses deux collaborateurs.*
Toc, toc, toc…
MICHEL ROCARD : Entrez !
SARKOZY : Bonjour, les amis, bonjour…
ALAIN JUPPÉ : Salut, les gouines !
SARKOZY : Je vais pas vous déranger longtemps. Je passe juste en voisin… Bon, j'espère que vous faites travailler votre ciboulot pour me bidouiller un bel emprunt, parce que Christine Lagarde a beau essayer de m'embrouiller avec ses chiffres

mirobolants, moi, je sais très bien qu'on n'a plus un fifrelin dans les caisses. Alors, les gars, je compte sur vous pour les remplir, hein ?
ROCARD : L'emprunt national auquel nous pensons n'est pas du tout fondé sur les mêmes bases pécuniaires que l'emprunt d'État à 16,2 % lancé en 1981 par Pierre Mauroy, Premier ministre de l'effroyable queutard machiavélique de Château-Chinon, la pelle à crotte de la rue de Bièvre...
JUPPÉ : Ouais, je suis à fond d'accord avec toi, Michel. Mais, en tant que maire de Bordeaux, capitale de la déconne depuis que j'en suis le maire, j'ajouterai que cet emprunt sera un emprunt 100 % poilade. Vous connaissez celle du chômeur qui veut gagner de l'argent ?
SARKOZY : Bon, moi aussi, j'ai du boulot par-dessus la tête. Je retourne en face...
JUPPÉ : C'est dommage, ça l'aurait détendu... Bon, je te la raconte quand même.
C'est deux chômeurs qui sont en train de discuter. Le premier dit à son copain :
– Pour gagner de l'argent, je vais ouvrir un restaurant qui s'appellera « Ma Queue Mickey ».
– Ça marchera jamais ! répond son copain. Avec un nom comme ça !
– Et pourquoi pas ? lui répond l'autre. À côté de chez moi, y a bien un restau qui s'appelle « Ma Queue Donald »...

Tintin chez les cons

• *Une action judiciaire va être lancée en France afin d'obtenir l'interdiction à la vente de l'album* Tintin au Congo, *taxé de racisme et de xénophobie. Qu'en pensez-vous, monsieur Le Pen ?*
JEAN-MARIE LE PEN : Écoutez, mademoiselle, qu'une bande de bachi-bouzouks, de moules à gaufres, d'anthropopithèques, de crétins des Alpes, d'ectoplasmes, de flibustiers, de jocrisses, de scolopendres, de kroumirs, de tchouk-tchouk nougats, veuille faire interdire *Tintin au Congo*, voilà qui me fait beaucoup de peine. En effet, lorsque mon ami Dieudonné me laisse la garde de sa fille, ma petite filleule, Plume M'Bala M'Bala, comme cette charmante enfant ne sait pas encore lire, le soir, pour l'endormir, je lui lis quelques pages de *Tintin au Congo*. Notamment la page 28, dont je ne me lasse pas, celle où Tintin guérit un pauvre Noir que sa femme croyait habité par les mauvais esprits en lui faisant avaler un cachet de quinine. J'adore le moment où la femme se prosterne devant Tintin en disant : « Li Blanc est bon ! Li grand sorcier ! Li guéri mon mari ! Li Missié blanc boula

Matari. » Avant de s'endormir, ma petite Plume M'Bala M'Bala me disait toujours : « Merci, bwana, bwana. » Maintenant, tout ça ne sera plus possible à cause de ces espèces de têtes de mule, ces vampires, ces pignoufs, ces troglodytes, ces boit-sans-soif et ces sapajous qui veulent m'empêcher de lire *Tintin au Congo* à ma petite Plume. Pendant qu'ils y sont, ils n'ont qu'à m'interdire de lui préparer son Banania Nania !

Fête de l'Huma

• *Ce matin, Frédéric Mitterrand a dû faire à Nicolas Sarkozy un rapport détaillé de sa visite à la fête de l'Huma, samedi après-midi.*
SARKOZY : Bonsoir, Frédéric.
FRED MITTERRAND : Bâsoir ! Adieu, fête de l'Huma...
SARKO : Ah non ! Je vous arrête tout de suite, Frédéric Mitterrand. Ce que je veux entendre, c'est des explications : pourquoi que vous vous êtes fait siffler et insulter dans les allées de la fête de l'Huma... Pourquoi ça a merdé ?
MITTERRAND : À l'entrée de la fête de l'Humanité, lorsque mon chauffeur a ralenti pour se frayer un chemin dans l'immense foule du peuple de gauche, installé confortablement sur la banquette en cuir de la limousine ministérielle, regardant à travers la vitre teintée qui me dérobait à la curiosité des prolétaires tout en épargnant à mes narines les remugles nauséabonds émanant des cabanons de merguez-frites, j'ai compris soudain l'irrévocabilité historique du déclin du Parti communiste...
SARKO : OK, mais ce charabia, ça explique toujours pas pourquoi vous vous êtes fait jeter de la fête de l'Huma...
MITTERRAND : Bâsoir ! Pris d'une inspiration soudaine, j'ai alors pris sur moi de demander à mon chauffeur de baisser la vitre pour me permettre de m'adresser aux ultimes communistes en ces termes... « Bâsoir ! Adieu, communisme de jadis, celui des sbires léninistes du Guépéou, assassins sordides des Romanov, fossoyeurs de la Sainte Russie impériale ; adieu, Maurice Thorez, valet servile de l'ogre Staline ; adieu, Aragon, magnifique poète et complice tacite des purges et du goulag ; adieu, Georges Marchais, tribun hydrocéphale à la gouaille cousue d'une mauvaise foi sans pareille ; adieu, Robert Hue, apparatchik au physique de nain de jardin... Oui, le temps du communisme s'achève...
SARKO : Mais, enfin, c'est pas comme ça qu'on pratique l'ouverture à gauche avec les cocos... Fallait citer Jaurès, comme moi ! Fallait les brosser dans le sens du poil. T'aurais dû te mettre une casquette Ricard sur la tête, boire des blancs limés au stand de Vie ouvrière et lever le poing en chantant *L'Internationale* à la

fin du discours de la mère Buffet ! Mais, au lieu de ça, monsieur préfère faire le malin ! Je peux te dire que ton oncle était quand même plus malin que toi pour les embobiner, les cocos !
MITTERRAND : Bâsoir, François Mitterrand.
SARKO : C'est ça ! Bâsoir !

Test de féminité

• *Caster Semenya, médaille d'or du 800 mètres féminin aux championnats du monde de Berlin, serait en fait un hermaphrodite, c'est ce que révéleraient des tests de féminité effectués à la demande de la Fédération internationale d'athlétisme. Vous suivez cette affaire de près, Roselyne Bachelot ?*
ROSELYNE BACHELOT : Mais oui, mais oui ! En tant que ministre de la Santé, le cas de Caster Semenya m'intéresse au plus haut point. En effet, pour la médecine, ces créatures mi-femme, mi-homme, à la voix de rogomme sont des cas cliniques passionnants. En l'occurrence, cette championne serait dotée, non d'ovaires, mais de testicules internes, qui produiraient de la testostérone, ce qui expliquerait que Caster Semenya gagne toutes ses courses avec 30 mètres d'avance sur ses concurrentes.
En revanche, en tant que ministre des Sports, je suis bouleversée. En effet, des mauvaises langues insinuent que Sébastien Chabal, mon chouchou, serait lui aussi un hermaphrodite. Plus exactement, une rumeur laisse entendre que Chabal serait une femme à barbe ! Eh bien, je tiens à apporter un démenti catégorique à ces allégations calomnieuses. Je peux vous l'assurer pour l'avoir vérifié *de visu* et de près dans les douches de l'équipe de France : Sébastien Chabal est bien un homme. Et croyez-moi, le surnom que lui ont donné les Néo-Zélandais : « Cave Man », « l'homme des cavernes », ce surnom, mon Chabal ne le doit pas seulement aux poils qui recouvrent tout son corps, il le doit aussi à son énorme gourdin préhistorique ! Une sacrée massue !

Un Auvergnat, ça va...

• *Les propos de Brice Hortefeux n'en finissent pas de susciter des réactions.*
VALÉRY GISCARD D'ESTAING : En tant qu'ancien plus jeune député du Puy-de-Dôme (député de père en fils, parce que je vous rappelle que mon grand-père était déjà député du Puy-de-Dôme...), je disais donc... Qu'est-ce que je disais, déjà ?... Ah !

oui… En tant qu'ancien plus jeune député d'un département auvergnat, j'avoue que les déclarations de M. Brice Hortefeux ne me choquent absolument pas. Parce que, qu'est-ce qu'il a dit, Brice Hortefeux, dont je rappelle qu'il parlait des Auvergnats ? Il a dit : « Il en faut toujours un. Quand y en a un, ça va. C'est quand y en a beaucoup qu'il y a des problèmes. » Il a raison, Brice Hortefeux. Prenez les présidents de la République. Mon prédécesseur, Georges Pompidou, il était auvergnat. Tant qu'il était le seul Auvergnat président, ça a été. Oui, quand y en a un, ça va. Mais après, quand j'ai été élu président, ça a fait un deuxième Auvergnat président. Et là, aux yeux des racistes anti-Auvergnats, ça commençait à faire beaucoup d'Auvergnats présidents ! Comme le dit Brice Hortefeux, c'est quand y en a beaucoup qu'il y a des problèmes. Mes ennemis ont alors tout fait pour que je sois pas réélu en 1981, et j'ai dû partir sous les crachats ! Bande de salauds !

• *Mercredi dernier, Nicolas Sarkozy a invité Lionel Jospin à déjeuner à l'Élysée. Nos micros étaient là.*
Sarkozy : Bonjour, Lionel, mets-toi à l'aise… Tu veux savoir pourquoi je t'invite ? Eh bien, je vais te le dire : c'est pour parler du G 20… Il faut à tout prix que les pays développés s'entendent pour que, sur terre, la vie soit plus belle.
Lionel Jospin : Oui, c'est ça, comme dans « Plus belle la vie », mais, pour ça, il y a des problèmes beaucoup plus importants à résoudre que ceux du G 20.
Sarko : Bon, je t'écoute, Tristounet.
Jospin : D'abord, comme c'est vous qui nommez les directeurs des télévisions publiques, vous pourriez intervenir auprès de celui de France 3 pour que, dans « Plus belle la vie », Rachel, la mamie du Mistral, ne quitte pas le quartier définitivement pour aller à la Martinique avec son petit-neveu Nathan. Ce serait vraiment une grande perte, car Rachel est la seule militante de gauche de « Plus belle la vie ».
Sarko : Si tu manges pas ton œuf dur mayo, passe-le-moi… J'ai la dalle.
Jospin : Ma femme, Sylviane Agacinski, philosophe et militante féministe, me charge aussi de vous demander d'intervenir auprès du ministère de la Santé et de la DASS afin que la procédure d'adoption lancée par Cécile Frémont aboutisse enfin. Cécile, ne l'oublions pas, quand elle est devenue lesbienne pour vivre en couple avec Virginie Mirbeau, avait déjà tenté en vain une insémination artificielle avec les spermatozoïdes de Thomas, le barman homosexuel du Mistral.
Sarko : Tu devrais attaquer ton entrecôte, elle va être froide.
Jospin : Cela dit, je comprends Thomas. Il fallait bien qu'il donne son sperme à quelqu'un ! En effet, à l'époque, il n'avait plus de relations sexuelles avec son compagnon, Florian Estève, juge d'instruction et jeune père de famille, qui venait de faire son coming out. Oui, ils étaient fâchés pour une sombre histoire de

jalousie, parce que Florian avait fait une scène à Thomas après l'avoir surpris en train de rouler des pelles, avec la langue, à Bruno, un jeune parrain du milieu marseillais.

SARKO : Bon, c'est pas tout ça, je demande les cafés...

JOSPIN : Je trouve scandaleux que, pour faire accepter son dossier par l'assistante sociale, Cécile ait été obligée de demander à Roland Narci, le patron du Mistral et père de Thomas, de se faire passer pour son père. Cela dit, ma femme et moi, on la comprend, Cécile...

SARKO : Avec tout ça, me voilà bien renseigné sur le G 20. Bon, allez, au revoir, Tristounet.

Un ado, comment ça marche ?

• *Dans le dernier numéro de* L'Express, *un dossier passionnant : « Comment vivre avec les ados ». Pour le compléter, nous avons demandé davantage d'explications à Michel Chevalet.*

MICHEL CHEVALET : Un adolescent, comment ça marche ? Tout ça est affaire de biologie. D'abord, l'horloge interne. Chez l'adolescent, elle est complètement déglinguée (avec une heure, voire deux ou trois heures de retard). Résultat : la sécrétion de mélatonine ne se déclenche pas avant 11 heures-minuit, et l'adolescent ne se couche pas avant 2 heures du mat'. Au petit déjeuner, vous avez devant vous une épave qui, en plus, vous fait la gueule.

La croissance de l'adolescent relève du monstrueux. Jusqu'à 15 centimètres par année. Les mains et les pieds grandissent en premier. Suivent les jambes, les avant-bras, puis les cuisses et, en dernier, le tronc. C'est à la fois Alien, Hulk et la Nuit du loup-garou ! Les os de l'adolescent s'allongent plus vite que les muscles. Résultat ? L'ado bouffe tout le temps, vide le frigo, devient une créature amorphe, une chiffe molle, un ectoplasme vautré en permanence dans le canapé du salon, bientôt rendu à moitié sourd par son Ipod qui lui explose les tympans, à moitié aveugle à force de se connecter pendant des heures sur Facebook et complètement crétin à force de regarder les décérébrés de « Secret Story ».

Les testicules et les ovaires de l'adolescent sont aussi de la partie. Ces organes en pleine métamorphose envoient des giclées de testostérone et d'œstrogènes dans la circulation sanguine. Résultat ? Le corps est sexuellement mûr, mais le cerveau de l'ado reste complètement immature, sans aucun contrôle de ses émotions. L'ado a un cœur d'artichaut, passe du rire aux larmes et vous envoie chier pour un oui, pour un non. Vous avez envie de le gifler.

Enfin, les glandes sudoripares ! Les glandes apocrines chez l'adolescent se développent en accéléré et produisent de la sueur au moindre stress, à la moindre émotion et à la moindre excitation sexuelle. Où se trouvent-elles, ces glandes ? Surtout sous les bras, dans l'entrejambe, sur l'appareil génital, les tétons et l'anus. Résultat ? Comme l'ado ne se lave jamais, c'est le concours permanent de rillettes sous les bras, le championnat du monde des coups de frein et la farandole des baskets qui puent, avec, bien sûr, en prime, dès que vous ouvrez la porte de sa piaule, cette odeur affreuse de ménagerie ! Oui, voilà comment ça marche, un adolescent ! Alors si vous en avez à la maison, bon courage !

L'amant de Lady Di

LÉON ZITRONE : Mesdames, mesdemoiselles, messieurs, bonsoir ! Je me trouve en ce moment en direct du château de Rambouillet, résidence des rois de France avant qu'elle ne devînt résidence de chasse des présidents de la République.
Et c'est en ces lieux prestigieux que le président Valéry Giscard d'Estaing a décidé de donner un dîner en l'honneur de son invitée, Diana Chester, princesse de Galles, duchesse de Cornouailles, duchesse de Rotheway, comtesse de Carrick, baronne de Remfrew, dame des îles et princesse d'Écosse (je crois que je n'ai rien oublié), plus connue en tant que Lady Diana ou Lady Di.
Dans la salle à manger d'apparat, pièce où jadis le roi François Ier soupait aux chandelles avec sa maîtresse Diane de Poitiers avant de la tirer, oui, en ces lieux – ô coïncidence des prénoms ! –, le président Giscard d'Estaing a décidé de faire sa cour à cette autre Diane venue des îles Britanniques, en l'occurrence Lady Diana.
Une cour plus qu'appuyée, comme on va le voir. Obéissant aux usages de la cour d'Angleterre, la princesse a gardé les mains sous la table. Et tout de suite, assis à sa gauche, le président l'imite. Malheureusement, alors que sa main droite commençait à s'immiscer dans l'ouverture de la culotte fendue de la princesse, le président est interrompu par son épouse Anne-Aymone qui lui demande de lui passer le pain.
Mais il en faut davantage pour refroidir les ardeurs du président, qui propose à la princesse une visite de la chambre royale pour lui montrer les bijoux de famille que se transmettent de père en fils les mâles de la lignée des Giscard d'Estaing. À savoir : deux bourses bien lourdes, réparties de part et d'autre d'un sceptre turgescent surmonté d'un cabochon en forme de gland couleur prune violacée.
Piquée par la curiosité, Diana accepte la proposition, car – question bijoux de famille – la jeune femme n'a pu qu'entrevoir les joyaux de la Couronne britannique,

les fameuses « Royal Roubignoles », jalousement couvées par le prince Charles sous son kilt porté sans slip, Lady Camilla étant la seule femme à avoir le droit de les faire reluire, et cela au grand dam de Lady D.

M. Giscard d'Estaing décide à présent de pousser son avantage en faisant visiter à la princesse la chambre de la haute tour. À peine entré, le président, ivre de désir, culbute la princesse sur le lit à baldaquin. Après avoir arraché avec les dents la culotte fendue de son hôte, le chef de l'État se dénude à son tour, ne gardant que ses chaussettes, qui, la chose est bien normale pour un Giscard, sont en accordéon.

Déjà les soubresauts de cette bête à deux dos franco-britannique font grincer les ressorts du matelas séculaire, et c'est au cri bien peu républicain de « Monjoie Saint-Denis » que Valéry, fidèle au blason des Giscard qui s'orne d'un volcan auvergnat en éruption, balance enfin la lave qu'il ne peut contenir davantage.

Mais il en faut plus pour satisfaire Lady D. Négligée depuis trop longtemps par le prince de Galles, la voici qui implore : *« Take me the Little, take me the Little »*, ce qui peut se traduire par : « Prends-moi le petit ! Prends-moi le petit ! » Une demande qui ne déroute pas le président, car les vulcanologues vous le diront : lors d'une seconde éruption, il arrive à la lave de se déverser dans d'autres orifices que ceux habituellement prévus par la nature… Ça y est, le président sent monter le magma, j'aperçois des fumerolles, la princesse a la cheminée en feu, je suis obligé de rendre l'antenne pour me mettre à l'abri… À vous les studios, à vous Cognacq-Jay…

Les voyages du futur

• *Alors que l'action Air France s'envole à la Bourse, la compagnie aérienne annonce la suppression de mille cinq cents emplois… Quelles vont être les conséquences pour les passagers ? Nous nous sommes rendus à un guichet…*

LASPALÈS : Bonjour, monsieur, que puis-je pour vous ?

CHEVALLIER : Bonjour, monsieur, voilà, j'ai essayé, comment dire, j'ai…

LASPALÈS : Pressons-nous, s'il vous plaît, vous n'êtes pas tout seul monsieur et moi si !

CHEVALLIER : Ben voilà, j'ai essayé de retirer mon billet à la borne automatique et j'y arrive pas du tout… J'y comprends rien. Vous ne pouvez pas me le donner ici, le billet ?

LASPALÈS : Non, monsieur, c'est fini les billets au guichet. C'est par Internet les billets maintenant et à la borne ! Plus assez de personnel… Les billets sont dématérialisés ! Il faut vivre avec son temps… Voilà !

CHEVALLIER : Mais moi, j'ai pas d'ordinateur, j'ai pas Internet ! Et puis je suis nul avec vos machines, là !

<u>Laspalès</u> : Désolé, monsieur, j'y peux rien, moi ! Demandez à un autre passager de vous aider…
<u>Chevallier</u> : Qu'est-ce qu'ils font les gens là, avec leurs plateaux ?
<u>Laspalès</u> : Ah ! c'est la nouvelle procédure pour les repas. Comme il n'y a plus d'hôtesses dans nos avions, les passagers chargent leurs plateaux avant de monter dans l'avion et les transportent eux-mêmes…
<u>Chevallier</u> : Ah ! ben, c'est commode ! Et pour débarrasser, on fait comment ?
<u>Laspalès</u> : Les passagers font une chaîne dans l'avion jusqu'à la poubelle… Mais si vous voulez vous charger du débarrassage pour l'ensemble de l'avion, on peut vous faire une réduction de 25 % sur votre billet !
<u>Chevallier</u> : Ah ! ben, elle est raide, celle-là ! Et vous trouvez des gogos pour faire ça ?
<u>Laspalès</u> : Bien sûr ! On trouve aussi des gens qui font les démonstrations de sécurité pour 15 % de réduction sur le prix du vol… Sur votre vol, c'est la famille Chamillard qui s'en charge aujourd'hui…
<u>Chevallier</u> : Et pour les couvertures, pour l'eau et tout ça ?
<u>Laspalès</u> : Pour les couvertures, c'est M. Kotninsky qui est responsable aujourd'hui et, pour l'eau, il y a une fontaine près des toilettes… Les boissons chaudes, c'est un distributeur automatique payant qui se trouve au niveau du rang 32.
<u>Chevallier</u> : Non, mais c'est complètement dingue ! C'est n'importe quoi ! Vous ne voulez pas non plus qu'on le pilote, votre avion ?
<u>Laspalès</u> : Pourquoi, vous avez des notions de pilotage ? Si c'est le cas, comme il n'y a plus qu'un pilote par avion, vous pouvez, moyennant 75 % de réduction sur le prix du vol, faire office de copilote… Ça vous intéresse ?
<u>Chevallier</u> : Mais non ! Je disais ça pour plaisanter… J'ai même pas mon permis…
<u>Laspalès</u> : Ah ! vous ne pouvez donc pas conduire le bus de transfert alors… C'est embêtant, j'ai personne aujourd'hui… Je crois que vous allez devoir rejoindre l'avion à pied.
<u>Chevallier</u> : Ah ! ben, ça va être commode avec mes bagages et mon plateau repas !
<u>Laspalès</u> : À propos de bagages, vous devriez rapidement faire votre enregistrement automatique à la borne de pesage numéro 34 : les passagers qui s'occupent du chargement de l'avion ont bientôt fini.
<u>Chevallier</u> : Pincez-moi, je rêve ! C'est les passagers qui chargent l'avion ?
<u>Laspalès</u> : Oui et, en échange, ils ont droit à un repas gratuit ! On en est très content d'ailleurs, ils sont bien plus soigneux que les anciens bagagistes… Bon, monsieur, allez faire votre enregistrement, on décolle dans une demi-heure.
<u>Chevallier</u> : Bon, ben, je vais payer un passager pour qu'il s'occupe de mon billet alors…

Laspalès : Voilà, très bonne solution ! Au revoir, monsieur ! Bon vol ! Votre attention, s'il vous plaît : Les passagers Moucron et Ben Chékrit en charge du ravitaillement en kérosène du vol 453 pour Marseille sont priés de se présenter à la pompe numéro 56 ! Merci.

Gros douillet

• *On a appris cette semaine que David Douillet sera candidat UMP à la législative partielle de la 12e circonscription des Yvelines… Une réaction, monsieur Chirac ?*
Jacques Chirac : Oui, bien sûr que vous pouvez m'appeler Jacques, mon petit…

• *C'est gentil mais je voulais surtout avoir votre réaction…*
Chirac : Ah, non, j'ai passé l'âge de faire des rédactions… Attendez, je règle mon Sonotone…

• *Tenez, je vous ai écrit la question…*
Chirac : Ah ! Douillet ! Non, c'est une connerie, cette histoire d'élection… C'est pas du tout pour lui ! Lui, son truc, c'est de s'occuper de Bernadette et de porter les sacs de pièces jaunes… Il ne peut pas devenir député !

• *Vous pensez qu'il ne ferait pas un bon député ?*
Chirac : Mais c'est pas la question, mon petit ! David, il doit s'occuper de Bernadette, c'est ça son boulot ! S'il devient député, il va être tout le temps par monts et par vaux et qui est-ce qui va se fader Bernadette toute la journée ? C'est bibi ! Et ça, c'est hors de question ! Vous ne savez pas ce que c'est que de l'avoir sur le dos du matin au soir ! « Jacques ! Sumo doit sortir faire la grosse commission avant que vous ne partiez pour le Conseil constitutionnel ! », « Jacques, il y a deux heures que vous traînassez devant "Secret Story" ! », « Jacques, c'est votre troisième Corona, ça suffit ! »… Impossible de mater tranquillement des jolis culs en chiquant une binouze ! Non, il faut que David renonce à cette élection ou alors il faut que je lui trouve un remplaçant. Heureusement, des anciens sportifs bien costauds qui n'ont rien à glander, ce n'est pas ce qui manque ! Dites-moi, mon petit, vous n'auriez pas par hasard le numéro de téléphone de Zidane ou de l'autre là, le chauve dont j'ai embrassé le crâne ?

• *Non, désolée…*
Chirac : C'est pas grave, je vais appeler Bachelot, elle me doit bien ça, la Roselyne ! *(Aboiements.)* Ah ! y a Sumo qui a envie de pisser, il fait que je vous laisse !

• *Avant que Jacques Chirac ne vous appelle, une réaction, Roselyne Bachelot, à la candidature de David Douillet à la députation ?*
ROSELYNE BACHELOT : En tant que ministre des Sports, je trouve que c'est une très bonne idée ! Oui, oui, oui... Vous savez combien j'aime le contact rapproché avec les sportifs... Alors si, en plus des stades, je peux les côtoyer aussi dans les vestiaires de l'Assemblée nationale, c'est que du bonheur ! D'ailleurs, je vais essayer de pousser aussi mon chouchou, Sébastien Chabal, à se présenter à des élections législatives... J'ai repéré deux très belles circonscriptions pour lui : une dans le Pas-de-Calais, Velu, et une autre dans la Nièvre, Poil... Deux très jolies bourgades qui seront parfaites pour mon Chabal ! Et je me charge personnellement de lui faire visiter les douches du Palais Bourbon ! Hou ! là, là ! c'est très excitant, tout ça !

Dominique de Villepin était son nom

• *L'ouverture aujourd'hui du procès Clearstream a inspiré à Robert Hossein son nouveau spectacle.*
ROBERT HOSSEIN : « Dominique de Villepin était son nom ! » L'incroyable histoire d'un ancien Premier ministre devenu l'accusé numéro un du procès le plus scandaleux de la Vᵉ République... Dans le rôle de Dominique de Villepin, Gérard Depardieu.
GÉRARD DEPARDIEU : Mais j'ai rien fait, je suis aussi innocent que l'agneau qui tète encore sa mère ! Je vais pas me laisser bouffer comme ça !
HOSSEIN : « Dominique de Villepin était son nom ! » La dégringolade inouïe de l'ancien héros du Quai d'Orsay, l'ami des poètes, aujourd'hui poursuivi comme un vulgaire malfrat pour complicité de dénonciation calomnieuse, faux et usage de faux, recel d'abus de confiance et de vol !
DEPARDIEU : Salauds ! Je vous dis qu'il y a erreur judiciaire ! Tout ça, c'est rien que des conneries ! J'ai jamais vu le nom de Sarkozy sur les listings ! Mes agendas ? Je vous dis que je les ai égarés ! Et merde ! La justice est instrumentalisée !
HOSSEIN : « Dominique de Villepin était son nom ! » Dans le rôle de la Justice : Jeanne Moreau !
JEANNE MOREAU : Oh ! Dominique, je ne suis pas instrumentalisée. Regarde, j'ai une belle balance pour peser le pour et le contre, et j'ai les yeux bandés en signe d'impartialité...
DEPARDIEU : Oh ! moi aussi, j'aimerais avoir les yeux bandés pour pas voir ta gueule et celle de tous ceux qui veulent ma peau ! Fumiers !
JEANNE : Oh ! Dominique, c'est pas gentil ! Tu vas me le payer !

HOSSEIN : « Dominique de Villepin était son nom ! » À l'issue du procès, vous pourrez voter l'acquittement, la prison, la condamnation aux galères ou carrément la pendaison du condamné à un crochet de boucher !
DEPARDIEU : Oh ! doucement ! Je suis pas un quartier de bœuf ! Si vous voulez que ça saigne, ça va saigner ! J'aboule les listings !

Techno Parade

• *Samedi à Paris a eu lieu la onzième Techno Parade. Vous êtes satisfait, Bertrand Delanoë ?*
BERTRAND DELANOË : Complètement ! Parce que qu'est-ce qu'ils veulent, les Parisiens, les socialistes et les Français ? C'est plus de chars, plus de DJ, plus de clubbers, plus de dance floor, plus de Daft Punk et de David Guetta... et surtout plus de décibels !
Eh bien, on peut dire qu'avec la Techno Parade de cette année ils ont été servis ! Il y avait plus de monde : trois cent mille clubbers complètement allumés qui se déhanchaient comme des zombies sous hypnose. Il y avait plus de chars (encore plus polluants qu'à la Gay Pride !). J'ai compté cent cinquante DJ (encore plus assourdissants qu'à la fête de la Musique), etc. Pourtant, j'ai juste un regret, c'est de ne pas avoir pu rendre un hommage aux 2 B Free. J'avais proposé à Jack Lang et à Frédéric Mitterrand de chanter avec moi une version techno de *Partir un jour*. Mais, comme Jack et Frédéric n'arrêtent pas de se crêper le chignon, ça n'a pas été possible !

• *Vous étiez aussi à la Techno Parade, Jack Lang ?*
JACK LANG : Bonjour, c'est Jack ! Oui, j'y étais, Marie-Thé ! Mais, pour moi qui espérais tant prendre mon pied, la fête a été gâchée par la présence en tête du cortège de l'usurpateur, du neveu indigne, je veux parler de cet aigrefin de la culture, Frédéric Mitterrand ! Franchement, Armand, la Techno Parade, ça n'est pas sa place ! C'est la mouche dans le lait !
Ce jocrisse ne peut pas, comme moi, se sentir en communion, en fusion complète avec tous ces jeunes, dont, à soixante-dix ans passés et vingt-sept liftings, je me sens si proche. Cet univers binaire, ce groove répétitif, pulsé par les synthés et les boîtes à rythme... Oui, la Techno, le Hard Core, l'Acid House, la Trance, le Gabber... Cette sensation de défoulement primaire, de lavage de cerveau, ces rythmes pour décérébrés, ce n'est pas pour ce mélomane élitiste de Frédéric Mitterrand ! J'espère que Nicolas Sarkozy, qui, dans un moment de faiblesse inhabituelle chez lui, a nommé ce dilettante au poste qui aurait dû naturellement me revenir, va enfin réaliser à qui il a affaire.

La grippe rôde

• *Sur le point de partir pour le Canada, Jean-Pierre Raffarin s'est rendu à la Cour des comptes afin d'y rencontrer Philippe Séguin.*
Toc, toc, toc...
PHILIPPE SÉGUIN : Ah ! Fait chier ! Entre, Polichinelle ! Dis donc, les Journées du patrimoine, c'était le week-end dernier. Si tu voulais visiter la Cour des comptes, il fallait t'y prendre plus tôt et faire la queue, comme tout le monde.
JEAN-PIERRE RAFFARIN : Président Philippe, je ne viens pas pour ça...
SÉGUIN : Ah ! Je m'en doute bien, vieux roublard. Je disais ça pour déconner, ça me soulage !
RAFFARIN : Je n'ai pas le cœur à déconner ! La situation est grave. Le président va mourir !
SÉGUIN : Ah non ! ça te reprend !
RAFFARIN : Roselyne Bachelot l'a déclaré : L'épidémie a commencé ! La grippe A menace l'Élysée...
SÉGUIN : Mais le président est suivi de très près par les toubibs, surtout depuis qu'il nous a fait son malaise...
RAFFARIN : S'il était bien suivi, comme tu dis, cet été, à Versailles, il n'aurait jamais dû s'écrouler par terre comme un sac à patates. Souviens-toi de Mitterrand et du Dr Gubler... On sait comment ça s'est fini ! Au cimetière ! Non, crois-moi, le seul capable de suivre de très près le président, le seul à lui prendre régulièrement sa température, à l'ancienne, c'est pas un de ces charlatans, c'est moi !
SÉGUIN : Alors, je ne vois pas pourquoi tu te mets la rate au court-bouillon ! Si tu surveilles sa santé, t'as aucune raison de paniquer.
RAFFARIN : Mais si, président Philippe ! Bientôt je vais devoir partir pour le Canada. Le président m'a confié une mission que je ne peux pas refuser, eu égard à mes grandes compétences : il m'envoie superviser la préparation des jeux Olympiques d'hiver, à Vancouver.
SÉGUIN : C'est vrai qu'à Combloux avec ton bonnet à grelots et sur ta luge en bois, t'es le roi de la glisse. Ha, ha, ha !
RAFFARIN : Ne plaisante pas, Président Philippe, ne plaisante pas ! Le président va mourir ! Car je ne serai plus là pour veiller à ce qu'il se lave les mains dix fois par jour, pour qu'il mette bien son masque... S'il meurt, tu le sais, oui, tu le sais, c'est Gérard Larcher qui le remplacera ! Le vétérinaire est immunisé, il résiste à tous les virus ! Je me tue à te le répéter. Il est en pleine forme ! À Bagnoles-de-l'Orne, il vient d'être intronisé par la Confrérie de la Tripière fertoise !
SÉGUIN : C'est toi qui me sors par les tripes !

On peut visiter

• *Ce week-end avaient lieu les traditionnelles Journées du patrimoine, l'occasion pour Valéry Giscard d'Estaing de faire visiter sa propriété, le château d'Estaing...*
Valéry Giscard d'Estaing : Oui, c'est vrai, avec Anne-Aymone, nous avons reçu pendant tout le week-end... J'étais assis derrière mon grand bureau en bois de rose, et les gens défilaient devant moi... Certains prenaient des photos, d'autres venaient me tripoter pour être sûrs que je n'étais pas en cire... Une petite fille m'a même pincé la joue jusqu'au sang... Les visiteurs pouvaient aussi me nourrir, mais pas avec n'importe quoi ! À cet effet, nous avions disposé sur le bureau une assiette de porcelaine de Sèvres avec des Figolu et des Chamonix orange... C'est bon, les Chamonix orange... Le samedi soir, nous avons rejoué avec Anne-Aymone, dans le grand salon bleu, la scène des vœux de 1976 devant le feu de cheminée : « À vous tous je souhaite, au nom de la France, une bonne et heureuse année 1976 et je crois qu'Anne-Aymone veut aussi vous adresser ses vœux »... « Bonne année », elle avait dit Anne-Aymone... Ah ! ça avait de la classe, non ? En tout cas, samedi, nous avons eu un franc succès ! Les gens étaient très émus et moi aussi... Nous avons décidé de recommencer l'année prochaine. À cette occasion, nous rejouerons le petit déjeuner avec les éboueurs maliens ! Ça va être formidable !

Fra-ter-ni-té !

• *Vous étiez ce week-end à Montpellier pour la fête de la Fraternité avec Ségolène Royal ?*
Dominique Besnehard : Pas du tout ! Vous pensez, j'étais même pas invité ! Je ne fais plus partie du premier cercle, ni du second d'ailleurs, éjecté le Dominique ! Après tous les services que j'ai rendus ! En ce moment, elle n'en a plus que pour André, son nouveau fiancé : André par-ci, André par-là..., elle lui a même demandé de s'occuper du site Internet de Désir d'avenir ! Résultat : une catastrophe ! Ridicule, le site, un look années 1970, un grand soleil couchant ringard qui ressemble à un poster pour cabinets, des pages illisibles et un bug toutes les trois minutes ! Mon petit cousin de douze ans, il aurait fait mieux ! Bravo, André, grâce à lui, Ségolène est la risée d'Internet ! Et vous ne savez pas le plus beau ? Eh bien, le André, il a osé facturer cette horreur plus de 40 000 euros à Pierre Bergé, le financier de Ségo ! 40 000 euros ! Il paraît que Pierre Bergé lui a dit que sa facture, il pouvait la rouler serré et se la carrer par le petit bout pointu. Bien fait ! Prends ça ! Pas facile de s'improviser coach – c'est pas facile à dire ça... Un Dominique Besnehard, il n'y en a qu'un !

Notre homme en Corée

• *Bonjour, Jack Lang.*
JACK LANG : *Grussgot,* Charlotte ! Ce qui veut dire en patois bavarois : « Bonjour, Charlotte ! » Comme vous le voyez, je continue à me perfectionner (car je vise toujours la perfection) dans la langue de Goethe, en vue de ce poste : *Das erste franzose-deutsch Ministerium des Welt Geschichten,* ce qui veut dire : « le premier ministère franco-allemand de l'histoire du monde » !

• *On dit qu'en attendant le président de la République pourrait vous confier une nouvelle mission ?*
LANG : Comment sais-tu ça, Élisa ?

• *Moi, c'est Charlotte… Je l'ai lu dans* L'Express.
LANG : Eh bien, tout cela est exact, Agathe ! Nicolas Sarkozy, dont je me flatte d'être l'ami, a décidé une fois encore de récompenser ma fidélité et surtout mon désintéressement. Après Cuba, il va m'envoyer en Corée du Nord, où mon entregent, mon sens de la diplomatie et mon élégance naturelle vont faire merveille pour renouer le dialogue entre Paris et Pyongyang…

• *Vous prononcez bien le coréen, monsieur Lang !*
LANG : Je dirais même que je le maîtrise, Élise. J'ai toujours eu une grande facilité à apprendre les langues… Et donc, en plus de l'allemand, je me suis mis au coréen. Écoutez-ça !
1. *Ann yong ha sé-yô ! Jack Lang im-ni-da,* ce qui veut dire : « Bonjour, c'est Jack » et plus exactement : « Êtes-vous en paix ? Je suis Jack Lang. »
2. *Thierry Mugler os-seul sa-ryo-gô-ham-ni-da* : « Je voudrais m'acheter des vêtements Thierry Mugler. »
3. *T'i-cho-tch'eu-neum ol-ma-tcheum hana-yo,* ce qui veut dire : « Il faut compter combien pour un tee-shirt ? »
4. Et si chez le coiffeur (qui se dit : *i balsa*), on me demande : *« Mori-reul/kkeuneu-chil/ko-yé-yô ? »* – « Voulez-vous vous faire couper les cheveux ? »
5. Je répondrai : *« Anyo/p'ama tchôm/hal-lyo-gô-hai-yô »,* c'est-à-dire : « Non, j'aurais plutôt envie d'une permanente. »
6. Enfin, il y a une phrase que je maîtrise désormais parfaitement en coréen, une phrase qui devrait inciter le président à vie de la Corée du Nord, Kim Jong-il, à se rapprocher de la France. Cette phrase, c'est : *Sugoha-da,* merde ! « Du courage, merde ! »

Chaud bouillant

• *Depuis sa sortie,* La Princesse et le Président, *le roman de Valéry Giscard d'Estaing, ne finit pas de faire parler de lui, mais, en cette rentrée, d'autres livres d'hommes politiques sont aussi dans les librairies, n'est-ce pas, Édouard Balladur ?*
ÉDOUARD BALLADUR : Tout à fait… Et puisque vous m'en donnez l'occasion, je vous rappelle que mon excellent ouvrage, *Le pouvoir ne se partage pas,* est en effet en vente depuis quelques jours… Je trouve d'ailleurs tout à fait inélégantes la sortie tonitruante du livre de M. Giscard d'Estaing et cette publicité tapageuse faite autour des pages prétendument érotiques de l'ouvrage… On peut écrire des choses olé-olé sans aller crier cela sur tous les plateaux de télévision ou dans tous les journaux… Mon ouvrage n'est pas exempt de pages assez chaudes, mais je ne parle pas que de ça dans les interviews, moi !

• *Vous pourriez nous en lire quelques lignes, monsieur Balladur ?*
BALLADUR : Pourriez-vous m'appeler « monsieur le Premier ministre » ? Vous savez, mademoiselle, que c'est un titre auquel j'ai droit toute ma vie ?

• *Oui, pardon… Pourriez-vous nous lire quelques lignes « coquines » de votre ouvrage, monsieur le Premier ministre ?*
BALLADUR : Bien sûr… Accrochez-vous à votre balconnet, Charlotte…
« Je me penchai vers Marie-Jo et je lui susurrai dans le creux de l'oreille :
– Il fait chaud, non, Marie-Jo ?
– Oui, Doudou, j'ai chaud à ma gueule, me répondit-elle.
Je posai alors ma main gantée de pécari fauve sur sa cuisse. Le tissu du tailleur Chanel crissa sur la soie du bas…
– Je vous demande de vous arrêter, Doudou ! lâcha-t-elle dans un souffle. Arrêtez ! Attendez que le chauffeur revienne ! »…
Si c'est pas chaud, ma petite, alors je ne sais pas ce que « chaud » veut dire… Et ce n'est qu'un exemple… Il y a aussi une scène torride avec Arlette Chabot et Raymond Barre ainsi que le récit détaillé d'une partie fine chez la reine Fabiola avec l'Abbé Pierre… Mais, pour les lire, il faudra acheter l'ouvrage… Voilà. Alors, mademoiselle Charlotte, émoustillée ?

• *Oui, j'ai chaud à ma gueule comme le dit si joliment Marie-Jo, votre épouse… Monsieur Chirac, un commentaire ?*
JACQUES CHIRAC : Je sors, moi aussi, un livre de mémoires et, en sortant son bouquin à l'eau de rose, Giscard a essayé de me griller la priorité. Vous savez, il devait le sortir plus tard, mais, juste pour m'emmerder, il a avancé sa date de

sortie ! Ça fait plus de cinquante ans qu'il m'emmerde, le libidineux du Massif central, et ça continue ! Je l'ai feuilleté, son bouquin, il est ridicule. C'est écrit comme du Barbara Cartland qui aurait été traduit de l'anglais par un élève de sixième aménagée d'une ZEP du Val-d'Oise. Cette espèce de nobliau à la mie de pain, il ne pouvait pas se taper autre chose qu'une princesse, rien que ça ! Ridicule, je vous dis ! S'il est à l'Académie française, ce gougnafier, alors tous les auteurs de *Nous deux* et de la collection Harlequin méritent d'y entrer, eux aussi ! Mais je n'ai pas dit mon dernier mot... Je prépare ma riposte ! Comme mon bouquin ne doit sortir qu'en novembre, hier j'ai appelé mon éditeur et, puisque ça fait vendre, je vais moi aussi ajouter quelques passages cochons. Parce que, entre nous soit dit, je n'étais pas le plus feignant pour le radada ! J'en ai culbuté de l'électrice, de l'attachée parlementaire et même de la ministre ! Je peux vous dire que j'avais une sacrée réputation dans les fermes de Corrèze et dans les couloirs de l'Assemblée nationale !

• *Vous voulez bien nous en lire un passage, monsieur le Président ?*
JACQUES CHIRAC : Appelez-moi Jacquot, mon petit bouchon... Bien sûr que je vais vous en lire un passage ! Alors :
« Elle était en sueur, elle venait de rentrer les bêtes à l'étable...
– Vous boirez bien un café, monsieur le député, qu'elle me dit.
Je sortis de la DS et je m'approchai d'elle, elle sentait la bouse et le foin...
– Pas besoin de café, je suis assez énervé comme ça !
Je passai ma main dans ses cheveux filasse...
– En revanche, si tu as cinq minutes devant toi, je vais te faire couiner comme une truie qui met bas !
Elle rougit plus encore, elle n'eut pas le temps de répondre qu'elle était déjà couchée sur le capot encore chaud de ma Citroën de fonction... Dix minutes plus tard, après une rapide douche au jet dans la cour de la ferme, je remontais dans ma bagnole. Sa culotte à la main, assise sur un bidon, elle était encore sous le choc du plaisir que je venais de lui procurer. Dans un sanglot elle cria : "Je voterai pour vous, monsieur Jacques !" alors que ma DS démarrait dans un nuage de poussière... »
Alors ? C'est pas de la gnognote ça, hein ? C'est autre chose que les histoires de touche-pipi de l'Auvergnat gâteux, non ? Et, à cause de Bernadette, je ne peux raconter qu'un centième de mes aventures galantes ! En vieillissant, elle devient de plus en plus jalouse, vous l'avez vue l'autre jour à Brive, une vraie harpie ! Entre nous, je vais quand même écrire tout ça, on le publiera après ma mort, ça lui fera bien la nique à l'ancien plus jeune président de mes deux !

Recherche emploi désespérément

• *Aujourd'hui, sur RTL, c'est la journée de l'emploi. L'occasion de donner la parole et un coup de main à ceux qui cherchent du boulot… Monsieur L., vous cherchez du travail, mais vous tenez à garder l'anonymat ?*
JACK LANG : Oui, j'ai été assez brocardé, moqué, par les humoristes et mes anciens camarades de travail, alors je préfère rester anonyme… Dans mon boulot, qui consiste à se mettre des plumes dans le cul et à faire dépenser un maximum de pognon à l'État, j'ai été un cador, je dirais même plus, un précurseur ! Mais l'entreprise pour laquelle je bossais a changé plusieurs fois de patron et je me suis retrouvé sur la touche, abandonné comme une belle-mère en août sur une aire d'autoroute… Aujourd'hui, le nouveau patron de mon entreprise – quel bel homme ! – ne m'emploie plus que pour des petits travaux d'intérim alors que je pourrais faire tellement plus ! Mon poste a été confié à un usurpateur, un traître, qui n'est autre que le neveu de l'ancien patron… Un arriviste sans scrupules, un charlatan qui n'a pas le quart de mon talent ! Je profite donc de cette journée de l'emploi et de ce micro qui m'est tendu pour interpeller le patron : Nicolas – il s'appelle Nicolas –, je peux encore faire des tas de choses, créer une fête nationale des taggeurs, une journée mondiale du slam ! J'ai des centaines d'idées à la con pour des millions d'euros de subventions ! Je suis là, Nicolas, je n'ai pas changé de numéro de portable et Monique non plus ! Appelle-moi Nicolas, du courage, merde !

Fée Clochette

• *Au ministère de la Culture, Frédéric Mitterrand aurait réclamé une clochette. Il s'en servirait pour demander qu'on lui apporte à manger ou à boire. Il lui arrive aussi de l'emporter au Conseil des ministres.*
SARKOZY : Bonjour, tout le monde. Bon, je tiens à vous féliciter. Depuis mercredi dernier, aucun membre du gouvernement n'a commis d'impair. Ça me change un peu.
(Bruit de clochette…)
FRED MITTERRAND : À boire !
SARKO : Mais qu'est-ce qui vous prend ? Qu'est-ce que c'est que cette clochette ?
MITTERRAND : Comme l'écrivit jadis Chateaubriand dans le *Génie du christianisme* : « Des sentiments plus doux s'attachaient aussi au bruit des cloches lorsque, avec le chant de l'alouette, on entendait les petites sonneries de nos hameaux… »

SARKO : Écoutez, Frédéric Mitterrand : si y en a un ici qui doit vous sonner les cloches, c'est moi. Parce que, pour l'instant, le président, c'est bibi ! Et ça fait longtemps que c'est plus Mitterrand. Alors, vous me donnez cette cloche ! Confisqué !
MITTERRAND : Bâsoir ! Adieu, Filip Nikolic, âme et inspirateur des 2 B Free ! Que cette cloche sonne le glas de son tragique trépas et l'accompagne de ses tristes battements au paradis des chanteurs...
SARKO : J'en peux plus, de ce nécrophile ! Je vous ai dit de me donner cette cloche !
MITTERRAND : Bâsoir ! J'ai faim !

Perte de mémoire

• *La parution du premier tome des Mémoires de Jacques Chirac aurait été retardée pour un problème de couverture.*
JACQUES CHIRAC : Effectivement. La photo initialement prévue pour la couverture des Mémoires qui, comme ma fondation, portent mon nom, c'est-à-dire : « les Mémoires de Jacques Chirac », cette couverture me représentait une cigarette fumante à la main. Il est vrai que j'ai été le fumeur le plus célèbre de la politique française. Ah ! j'en ai tiré des tafs, j'en ai fumé des clopes, des tiges, des sèches ! J'en ai tété, des mégots ! J'en ai roulé des cibiches ! Avec tous les tabacs possibles et imaginables : du brun, du gris, du gros cul ! Et des blondes aussi, je m'en suis envoyé... des paquets !
Mais depuis que j'ai plus mon boulot de président, à cause de maman que j'ai toujours sur le dos, j'ai dû lever le pied sur les clopes. Il me reste plus que la binouze pour me détendre en regardant passer les jolis culs, quai Malaquais.

• *Mais, Jacques Chirac, vous pouvez nous expliquer ce changement de couverture ?*
CHIRAC : Mais je viens de vous le dire ! Ça vient de Bernadette. Je parle doucement pour qu'elle n'entende pas, mais de vous zamoi-te, je peux vous dire qu'elle n'est pas du tout du genre à avaler la fumée.

Octobre

Les rêveries érotiques de Giscard, Lang ministre franco-allemand, le prix Nobel de Barack Obama, Jean Sarkozy à l'EPAD et Charles Pasqua au tribunal

Polichinelle dans le tiroir

• *Jean-Pierre Raffarin prépare activement son prochain voyage au Canada. Pour cela, il est allé demander conseil à la Québécoise préférée des Français de passage à Paris.*
Toc, toc, toc...
CÉLINE DION : Qui c'est le dérangeur qui s'en vient toquer au chambranle de ma porte ?
JEAN-PIERRE RAFFARIN : C'est Jean-Pierre Raffarin, pardonnez mon intrusion...
CÉLINE : Ah ! je préfère ça, je croyais que c'était encore une de ces maudites fouines (genre Morandini) qui voulaient que je leur décrive le Polichinelle que mon mari René m'a mis à décongeler dans le tiroir...
RAFFARIN : Non, madame Dion, je ne viens pas pour ça. Je viens vous demander conseil, car je pars bientôt pour le Québec où je vais avoir à me produire en public.
CÉLINE : Si vous venez au Canada, faudrait d'abord passer à la maison pour amuser mon fils René Charles ! C'est tellement triste, la vie d'un enfant de star ! Avec votre bosse, en vous mettant un bonnet à grelots sur la tête, j'crois ben que vous ferez l'affaire pour le mettre en joie !

La Princesse et le Priapique (1)

• *Dans le magazine* Le Point *et dans l'émission littéraire de Franz Olivier Giesbert « Vous aurez le dernier mot », Valéry Giscard d'Estaing a fait une mise au point, assurant que, dans son roman,* La Princesse et le Président, *tout était inventé. Vous maintenez ces déclarations, monsieur Giscard d'Estaing ?*
VALÉRY GISCARD D'ESTAING : D'abord, mademoiselle Charlotte, j'aimerais que vous m'appeliez « monsieur le Président ». En tant qu'ancien premier plus jeune président de la République, j'ai droit à ce titre. C'est une question autant d'usage que de respect.

• *D'accord, monsieur Giscard d'Estaing.*
GISCARD : Cela étant dit, et comme nous sommes entre nous... Je vous l'avoue tout de go : j'ai menti à M. Giesbert. Oui, dans *La Princesse et le Président,* rien n'est inventé comme je le fais croire maintenant. Tout est vrai ! Mais pourquoi ai-je menti à M. Giesbert ? Eh bien, vous allez le savoir. Tout simplement, pour ne pas causer davantage de chagrin à ma femme ! En effet, j'ai réalisé trop tard qu'en découvrant dans la presse des morceaux choisis de mon livre Anne-Aymone

risquait d'être blessée dans sa dignité d'épouse. Par exemple, quand elle a découvert ce passage... Je me cite, ouvrez mes guillemets :
« Dans le hall du palais de Kennigton, j'ai suivi le maître d'hôtel. Nous avons traversé l'entrée et abordé l'escalier de marbre qui s'élevait devant nous. Grillant d'impatience à l'idée de rejoindre la Princesse, je sentis autre chose s'élever dans mon pantalon, comme une excroissance de moi-même, qui avait aussi la rigidité du marbre mais n'en avait point la froideur. J'étais chaud comme la braise et j'avais de plus en plus de mal à marcher.
Une fois introduit dans le salon, j'aperçus l'objet de tous mes désirs langoureusement appuyée sur les coussins à glands cramoisis d'un canapé victorien.
La Princesse m'attend. Elle tient ses longues jambes insuffisamment jointes, comme pour me montrer que dans cette ombre délicieuse elle ne portait qu'une minimale culotte fendue... celle-là même que je lui avais offerte lors de notre première rencontre au château de Rambouillet.
Enhardi à la vue affolante de ce que je prends pour une invitation à la mignardise, je m'agenouille soudain, balbutiant en anglais ces mots sans équivoque : *"I have to go down to the cellar"* (Il faut que je descende à la cave). Mais, contre toute attente, au moment où j'allais assouvir ma soif de volupté trop longtemps réprimée, voici que la Princesse m'enserre la tête entre ses jeunes cuisses musclées par la pratique de l'équitation. Mon crâne en peau de fesse est pris comme dans un étau, et je hurle de douleur.
Si j'en crois les cris stridents que pousse la princesse : *"Stop it, you, lustful old pig !"* (Arrête ça, espèce de vieux cochon libidineux !), je comprends que je me suis mépris sur les intentions de ma bien-aimée.
Tant pis, je retenterai ma chance une prochaine fois. En attendant, je vais me consoler en me donnant à moi-même le contentement charnel dont la Princesse m'a si cruellement privé. »

Mondial de l'auto

• *Le Mondial de l'automobile vient d'ouvrir ses portes à Paris. Le ministère des Armées a fait appel à ses meilleurs éléments pour en assurer la sécurité.*
(Générique du Gendarme de Saint-Tropez...)
GALABRU : Messieurs, si nous sommes ici, c'est que notre ministre M. Morin – pas le clarinettiste, le ministre, Cruchot –, nous a confié une mission délicate...
FOUGASSE : On va s'acheter une nouvelle fourgonnette, chef ?
GALABRU : Fougasse ! En cette période de crise, la gendarmerie se doit de montrer l'exemple ! Nous garderons donc notre estafette modèle 1964, mais, pour vous rendre au Mondial, vous utiliserez désormais le tramway, le Vélib' ou le métro !

Nous allons économiser l'énergie… Ça ne devrait pas vous poser de problème… hein ? Pour économiser la vôtre, d'énergie, vous êtes très forts, non ? Maintenant, votre mission…
Fougasse : Chef, est-ce que je pourrai fouiller les hôtesses pour vérifier si leurs air-bags ne sont pas piégés ? J'toucherais bien quelques pare-chocs.
Galabru : Silence, Fougasse ! Votre mission, disais-je, c'est d'assurer la sécurité du président durant sa venue au Mondial.
De Funès : Petit problème, mon adjudant…
Galabru : Qu'est-ce qu'il y a encore, Cruchot ?
De Funès : Voilà, tout à l'heure j'ai repéré un individu de petite taille… Plus petit que moi… tout petit-petit, comme ça… non, comme ça… qui essayait de se glisser dans le groupe des officiels pour entrer sans payer. Il avait pas de badge, alors paf ! Je l'ai alpagué et j'ai essayé de lui passer les menottes. Dans la mêlée générale, l'individu s'est enfui en me disant : « Casse-toi, pauvre con ! »
Galabru : Mais il avait raison de vous traiter de pauvre con, Cruchot ! C'était le président… C'est la fin des haricots, je vais être muté à Kandahar, à Kaboul pour traquer le mollah Omar sur ma Mobylette ! Mme Gerber va être obligée de porter la burqa, comment je vais la reconnaître ?

• *Les gendarmes n'étaient pas les seuls à se rendre au Mondial de l'automobile, un autre célèbre visiteur s'y est rendu.*
Klaxon…
Benoît XVI : Eh voui, c'est moi, votre ami Joseph ! Je vous explique. À Lyon, je m'éclatais avec mon Konnard de chauffeur mais j'ai appris qu'à Paris il y avait le Salon de l'auto… Excusez-moi d'être un peu trivial : mais comme vous dites en français : « Ça m'a pris comme une envie de chier ! » On n'a pas voulu prendre la papamobile, on l'a laissée au parking Bellecour et on a pris le TGV à la Part-Dieu… C'est la moindre des choses pour un pape, la Part-Dieu !
Ça tombait bien, j'étais obligé de revenir dans votre capitale pour récupérer ma trousse de toilette que j'avais oubliée à l'annonciature apostolique ! J'ai toute ma vie dans ma trousse de toilette : ma brosse à dents, ma mousse à raser, mon déodorant et mes Kondoms. Mais pourquoi je vais au Salon de l'auto ? C'est pour acheter un nouveau véhicule familial pour emmener ma femme Ulla et les petits-enfants l'été à Castel Gandolfo. Ma femme est très famille, elle croit aux liens du sang… car tous nos petits-enfants sont du même sang qu'Ulla…

Facebook, comment ça marche ?

• *Alors que les hommes politiques se branchent tous sur le web, que Carla Bruni ouvre un nouveau site Internet et que le président nous promet qu'il va twitter pendant le sommet de Copenhague, on apprend que Mark Zuckerberg, vingt-cinq ans, le créateur de Facebook, est le plus jeune milliardaire américain... Mais, c'est quoi Facebook, Michel Chevalet ?*

MICHEL CHEVALET : Alors, Facebook, comment ça marche ? Facebook, c'est un site Internet de socialisation, c'est-à-dire un endroit où les gens qui n'ont rien à glander peuvent rencontrer d'autres gens qui s'emmerdent. Le fonctionnement est très simple : vous créez une page personnelle sur laquelle vous collez une photo de votre trombine et des renseignements aussi passionnants que vos plats préférés, vos chansons favorites ou la date de vos derniers rapports sexuels.

Ensuite, le but est de collectionner les amis : pour cela, vous envoyez des messages aux autres milliers de crétins en leur demandant s'ils veulent devenir vos potes... Vous ne les rencontrez jamais mais, s'ils acceptent, leurs photos viennent s'afficher dans votre liste, et c'est très passionnant !

Vous avez aussi un mur sur lequel vous affichez des photos de vous en vacances, de l'anniversaire de mamie Jacqueline ou de la dernière fête chez Robert où vous avez tous fini avec les culottes sur la tête. Vous pouvez aussi afficher vos vidéos préférées, Mireille Mathieu chantant *Mille colombes* place de la Concorde, tonton Robert dégobillant dans l'aquarium lors de l'anniversaire de mamie Jacqueline ou Miss Poitou dégringolant le grand escalier de TF1 sur le cul !

Facebook, c'est aussi la possibilité de s'envoyer des messages, du genre « Bonjour, ça va ? », « Salut, Popaul ! » et c'était nécessaire parce que c'est vrai qu'entre le courrier, les fax, les emails, les sms et le téléphone, on a trop peu l'occasion de communiquer...

Facebook, c'est l'occasion pour des adultes de s'amuser comme des enfants : vous pouvez faire des batailles de boules de neige ou de tartes à la crème virtuelles, vous pouvez envoyer des photos de cul à des gens que vous ne connaissez pas et même, pour les plus doués, vous pouvez vous faire passer pour Céline Dion ou Leonardo DiCaprio, et ça, c'est vraiment, vraiment très rigolo ! Mais le plus drôle, c'est quand vous cherchez du boulot et que votre futur patron va faire un tour sur votre page Facebook et que là il vous découvre ivre mort, une culotte sur la tête pendant la fête chez Robert ! Oui, là, vraiment, vous ne regrettez pas de faire partie des millions de crétins qui socialisent sur Internet !

Nuit blanche

• *Samedi s'est déroulée à Paris et en banlieue la huitième Nuit blanche. Vous êtes satisfait, Bertrand Delanoë ?*
BERTRAND DELANOË : Cette Nuit blanche a été un grand succès, au-delà de mes espérances. Jamais il n'y a eu autant de monde jusqu'à pas d'heure pour voir les œuvres des plasticiens, des vidéastes, des installateurs et des performeurs payés par la mairie de Paris. Par exemple, cette année, on a suspendu une boule à facettes géante au-dessus des jardins du Luxembourg ; on a organisé des parcours vidéastiques et performanciels… mais oui, c'est comme ça qu'on dit. Entre autres merveilles, dans la cour de l'hôtel d'Albret, on a installé un drôle d'arbre, mais je préfère vous lire le programme : « Son écorce et ses branches sont couvertes de moquette, mais sa floraison, elle, est bien réelle. L'œuvre incorpore le passage du temps qui flétrit la fraîcheur des éléments végétaux à mesure que la nuit avance. »
C'est beau, non ? Comme je l'ai dit samedi soir : on peut tout oser au service de la beauté ! Mais oui ! Donc, l'année prochaine, il y aura encore plus de Nuits blanches, parce que qu'est-ce qu'ils veulent, les Parisiens, les socialistes et les Français ? C'est plus d'insomnies, plus de cernes, plus de valoches sous les yeux, plus d'haleines chargées et plus de mines de papier mâché au petit matin.

Avis d'expert

• *Jean d'Ormesson, vous êtes ce matin l'invité de « Laissez-vous tenter ». Mais comme une question nous brûle les lèvres, nous vous la posons tout de suite : Avez-vous aimé* La Princesse et le Président *?*
JEAN D'ORMESSON : *La Princesse et le Président* est un très beau livre qui dit admirablement la violence de la passion amoureuse. Prenez, par exemple, ce passage admirable, page 157. L'action se situe au château de Rambouillet où la princesse est venue rendre visite au président, qui est en convalescence après avoir survécu à un attentat. Voici ce qu'écrit l'auteur : « Nous nous parlons en anglais. Son "*you*" me dit "tu", mais mon "*you*" lui dit "vous", parce que c'est une princesse de rêve et que ses doigts se laissent doucement caresser. »
Ce passage du « *you* » au « tu », c'est-à-dire du « vous » au « tu », renoue avec la tragédie racinienne. Je pense à Andromaque (scène 5, acte IV) quand, sous le coup de l'émotion, la princesse Hermione, passant du « vous » au « tu », se met à tutoyer Pyrrhus qu'elle voussoyait juste avant.
Pour la dernière fois, je vous parle peut-être…

Vous ne répondez point, perfide, je le vois
Tu comptes les moments que tu passes avec moi...
Vous le voyez donc, Giscard a des accents quasi raciniens pour exprimer la détresse de personnages tragiques livrés au tourment de leur amour impossible.

• *Et les passages érotiques ?*
D'ORMESSON : J'avoue que, sur le plan de la bagatelle, Giscard m'a un peu laissé sur ma faim. Je m'attendais à plus piquant, j'oserai dire, à quelque chose de plus poivré. Par exemple, page 101, je lis ceci :
« Patricia était en train de lire, adossée à un grand oreiller. Son visage s'est tourné vers moi. Ses genoux étaient relevés pour y appuyer son livre [...]. J'ai aperçu un triangle, je me souviendrai toujours de ce triangle qui faisait dans la pièce une tache (claire). »
Tout cela manque de précision évocatrice ! Des maîtres de la littérature érotique comme Restif de La Bretonne ou Andréa de Nerciat auraient été beaucoup plus explicites. Au lieu de ce « triangle », ils auraient écrit : « le barbichu », « la cressonnière », « l'abricot fendu », « l'atelier de Vénus », « la bonbonnière », « le castor », « la cramouille »...

• *Vous vouliez intervenir, Étienne Mougeotte ?*
ÉTIENNE MOUGEOTTE : Vous auriez quand même pu préciser que Jean d'Ormesson est un collaborateur régulier du *Figaro nouveau* ! C'est pas tout... Vous auriez pu dire aussi qu'on a déjà parlé du roman de Valéry Giscard d'Estaing dans *Le Figaro nouveau* !

• *C'est vrai, une critique très élogieuse, dans le numéro du lundi 21 septembre...*
MOUGEOTTE : Comme quoi, on ne dit pas du bien que du président Sarkozy, dans *Le Figaro nouveau.*

Qui a fait le Mur ?

• *L'événement du jour, c'est l'anniversaire de la chute du mur de Berlin. Il y a vingt ans, vous étiez à Berlin, Alain Juppé ?*
ALAIN JUPPÉ : Oui, je sais plus quel jour c'était... Le 9 ou le 10, faut qu'j'aille vérifier sur le Facebook de Sarkozy... On s'était bien poilés chez les Teutons des deux blocs. Pour les faire marrer et montrer qu'on est pas rancuniers avec les Boches, j'leur ai raconté une histoire qui se passe pendant la guerre.
Alors ça se passe pendant la guerre, en Pologne. Un Pollack est poursuivi par un soldat allemand. Le gars de la Wehrmacht va pour fusiller le Polonais, mais à ce

moment-là le ciel s'ouvre et Dieu apparaît. Dieu dit : « Non, ne l'exécute pas, un jour il sera pape ! » Et le soldat réplique : « Et moi, alors ? » « Toi, tu seras celui d'après… »

• *Une réaction, Benoît XVI ?*
BENOÎT XVI : Mon prédécesseur Jean-Paul a beaucoup œuvré pour la chute du Mur, il était plus populaire que moi alors que moi, j'étais pour la grande Allemagne unie comme du temps de ma jeunesse. Je suis d'autant plus ému que ma femme Ulla est originaire de l'Allemagne de l'Est, la DDR, *Deutsche Demokratiche Republik*… Komme Angela Merkel, moi je suis un peu bavarois, comme les gâteaux. Mais nous sommes allemands tous les deux… Dans mes veines coule le même sang qu'Ulla… oui, parfaitement ! Je suis aussi allemand qu'Ulla.

Brésil 2016

• *C'est donc le Brésil qui accueillera et qui organisera les jeux Olympiques de 2016. Un commentaire, Eugène Saccomano ?*
EUGÈNE SACCOMANO : Le foot, vous le savez, est sport olympique. Pendant ces Jeux, comme la Seleção, l'équipe brésilienne, sera chez elle, il y a tout à parier qu'elle va se transcender pour avoir la médaille d'or. Tout le contraire de l'équipe de France, ce ramassis de traîne-crampons et de gagne-petit ! Il n'y a même pas à espérer une médaille en chocolat, surtout si la Fédération française de foot s'obstine à maintenir comme entraîneur cet incapable chronique de Domenech ! En plus, en 2016, le Brésil aura toujours dans sa sélection le super attaquant Kaka. Eh oui, les Brésiliens auront toujours envie de Kaka, et nous, on sera toujours dans la merde !

« L'École des fans » (1)

• *Le retour de « L'École des fans » sur Gulli est un franc succès. En exclusivité pour RTL, voici un extrait de la prochaine émission animée par Philippe Risoli.*
PHILIPPE RISOLI : Bonsoir à tous, bonsoir, les enfants. Bienvenue dans « L'École des fans » et, tout de suite, un premier candidat. Comment tu t'appelles ?
LOUIS-JOACHIM : Louis-Joachim.
RISOLI : C'est un drôle de prénom, ça… Tu es venu avec ton papa et ta maman ?
LOUIS-JOACHIM : Non, avec mon papy.

Risoli : C'est le monsieur là-bas ?
Louis-Joachim : Oui, celui-là qui a un crâne en peau de fesse.
Risoli : Ah oui ! il est très, très âgé… Et qu'est-ce qu'il fait, ton papy, dans la vie ?
Louis-Joachim : Il écrit des livres.
Risoli : Pas mal, pas mal… Et des livres de quoi, Louis-Joachim ?
Louis-Joachim : Des livres cochons. J'ai lu des pages en cachette. C'est dégoûtant. Mon papy raconte qu'il a fait crac-crac avec une princesse quand il était président de la République…
Risoli : Président de la République ? Pas mal, pas mal ! Et toi, plus tard, qu'est-ce que tu voudras faire comme métier ?
Louis-Joachim : Président de la République.
Risoli : Pour faire comme papy ?
Louis-Joachim : Oui, pour niquer toutes les princesses !
Risoli : Et qu'est-ce que tu veux gagner, Louis-Joachim ?
Louis-Joachim : Un accordéon !

Drame de la cohabitation

On l'a appris dans Le Parisien, *les Chirac ont été obligés de se séparer de Sumo, leur bichon maltais au poil frisé blanc. Comment en êtes-vous arrivé à une telle extrémité, monsieur le Président ?*
Jacques Chirac : D'abord, il faut-e que je vous explique ce qui s'est passé… Les faits se sont déroulés dans l'appartement des Hariri. C'était-e après le dîner, on avait mangé des pieds de porc et de la tête de veau, Bernadette était en train de lire dans le salon, et moi-te, après m'être mis en pyjama, j'étais allé dans mon bureau pour relire les épreuves de mes Mémoires, qui, comme ma fondation, portent mon nom, puisqu'il s'agit des Mémoires de Jacques Chirac.
Soudain, j'ai eu envie de relire à Bernadette la page désopilante où je décris Sarkozy la première fois que je l'ai vu, et j'ai fait irruption dans le salon. À ce moment, en jappant comme une hyène féroce, Sumo a bondi vers moi-te et m'a mordu violemment.
Bernadette a eu la délicatesse de déclarer au *Parisien* que j'avais été mordu à l'estomac, mais, pour vous dire la vérité, c'est plus bas que cette sale bestiole a planté ses crocs ! Comme vous le savez, ce n'est pas la première fois que Sumo me mord. À chaque fois, j'avais passé l'éponge, mais là, ça a été la morsure de trop ! Être emmené au Val-de-Grâce pour se faire faire dix points de suture aux roubignoles, même dans le plus grand secret, il y a de quoi être furax !

• *Et comment votre épouse explique-t-elle une telle agressivité ?*
CHIRAC : Pour Bernadette, ça ne fait pas un pli : Sumo n'aurait pas supporté le départ de l'Élysée où il pouvait baguenauder dans le parc. Une fois en appartement, il a eu le cafard et se serait mis à déprimer, d'où ces accès de férocité. J'ai beaucoup de respect pour mon épouse, mais permettez-moi de vous dire qu'elle se met le doigt dans l'œil profond, maman ! Moi-te aussi, j'ai dû quitter l'Élysée, moi-te aussi, j'ai le cafard dans l'appartement des Hariri, je me fais même gravement chier la bite, mais c'est pas pour autant que je suis devenu agressif et que je mords les gens de ma famille !

Fièvre littéraire

• *Décidément, Valéry Giscard d'Estaing fait des émules : après Édouard Balladur et Jacques Chirac, qui, en exclusivité pour RTL, nous ont déjà lu des extraits sulfureux de leurs prochains ouvrages, c'est au tour de Jean-Marie Le Pen de nous livrer des passages d'un ouvrage à paraître bientôt.*
JEAN-MARIE LE PEN : Vous le savez, après les régionales, je transmettrai le flambeau Bleu Blanc Rouge du Front national à ma fille Marine. Aussi était-il grand temps que je misse mes souvenirs en ordre, à commencer par les plus intimes. Car, voyez-vous, même dans ce domaine, je veux me montrer loyal envers tous ceux qui m'ont suivi dans mon combat contre les voyous de l'anti-France. Je m'apprête donc à publier un roman à clés intitulé *La Maréchale et le Président* qui raconte les amours sulfureuses de la veuve du maréchal Pétain et du leader borgne d'un mouvement d'extrême droite.

• *Vous voulez bien nous en lire un passage, monsieur Le Pen ?*
LE PEN : *Ja whol !*
« En 1955, de retour d'Indochine, où j'avais combattu le Viêt-cong en tant que sous-lieutenant du 1er bataillon étranger de parachutistes, j'étais un peu désorienté. Décidé à me lancer dans la politique, je suis allé demander conseil à Eugénie, la veuve du bon maréchal Pétain, certain que celle qui avait été la fidèle compagne du vainqueur de Verdun et de l'inventeur de la fête des Mères saurait guider mes premiers pas dans le marigot politicien. Je ne me doutais pas, cependant, que ce qui n'était au départ qu'une démarche empreinte de respect allait s'infléchir en une liaison amoureuse d'autant plus étourdissante, n'est-ce pas, que l'écart d'âge entre la maréchale et moi était important... »

• *Tout ça est passionnant, monsieur Le Pen. Mais il n'y a rien de sulfureux là-dedans !*

Le Pen : Attendez, espèce de petite dévoyée ! Ce n'était que le préambule ! Tenez, écoutez ce passage :

« Dans la salle à manger, sous la clarté amortie de la lampe à suspension, les coudes appuyés sur la nappe Vichy, la Maréchale me tourne malicieusement le dos. Avec la félinité d'une vieille chatte, elle cambre alors sa croupe expérimentée de septuagénaire gourmande. Et voici qu'aussitôt mon membre viril se tend, comme naguère encore se tendait le bras des miliciens pour saluer le bon maréchal, dont le portrait, d'ailleurs, accroché au-dessus du buffet, contemple nos ébats avec bonhomie. Outre ses bas à varices kaki et sa gaine de maintien couleur saumon, la Maréchale, pour aviver mon trouble, porte une culotte fendue ourlée de dentelle Bleu Blanc Rouge ! Bien décidé à me rincer l'œil (de verre), je m'agenouille pour découvrir alors que ma tendre amie s'est fait épiler le pubis de nouvelle façon, arborant, au lieu du traditionnel et vertical ticket de métro, une émoustillante moustache d'Hitler. Cette ultime et divine surprise me porte à l'extase, et c'est en hurlant : "Maréchale, me voilà !" que je ne peux retenir plus longtemps mon élan patriotique. »

On dirait presque du mal

• *Dominique Besnehard, bien que brouillé avec Ségolène Royal, vous continuez à vous intéresser à la vie du PS ?*

Dominique Besnehard : M'intéresser, m'intéresser… faut le dire vite ! Je peux pas dire que j'ai gardé beaucoup de copains rue de Solferino ! Bon, déjà tous les amis de la Mauroy en jupons, ils ne pouvaient pas me sacquer par principe et, chez les ségolénistes, il y avait plus de jaloux que de francs camarades… Au bout du compte, ça n'a pas créé un grand mouvement de sympathie en ma faveur… Au PS, j'étais un peu la mouche dans le lait ! J'étais trop moderne pour eux, trop en avance !

• *Vous devez être content des résultats du vote interne en faveur de la rénovation, alors ?*

Besnehard : Oh ! ben ça, on peut toujours rénover, hein… Mais si vous avez une baraque qui tient plus debout, vous n'allez pas vous lancer dans des travaux de décoration ! Moi, en tant que producteur de cinéma, je peux vous le dire, le problème du PS, c'est le casting. Si vous les mettez tous à l'affiche d'un même film, vous n'aurez pas un clampin qui dépensera 10 euros pour aller les voir !

Ça, on est loin de Marion Cotillard ou de Jean Dujardin… Vous connaissez beaucoup de gamins normaux, ou même des timbrés d'ailleurs, qui ont un poster de Martine Aubry ou de Laurent Fabius dans leur chambre ? Faut savoir ce qu'on veut, hein ? Quand on n'a pas une seule idée à vendre, il faut vendre son physique, il faut faire rêver ! Et Benoît Hamon avec sa tête d'employé des pompes funèbres ou Jean-Louis Bianco qui ressemble à Jospin en plus triste, ils ne font pas vraiment fantasmer la ménagère, hein ? Oh ! vous avez vu, hier, elle a encore fait fort, mon ex-protégée, au théâtre Dejazet… L'Université populaire de la connaissance, ça s'appelait sa sauterie, ça fait envie hein ? Eh ben, sur six cents places assises, y en avait deux cents d'occupées ! Chapeau ! Quel succès ! Elle n'a trouvé que BHL pour monter à la tribune et dire du bien d'elle. Faut dire que, quand t'as épousé une cintrée comme Arielle Dombasle, fréquenter Ségolène, c'est quasi du repos… Bon, j'arrête, si je me laissais aller, je serais capable de dire du mal.

Prêt à tout

• *La vie de sœur Emmanuelle vient d'être éditée en bande dessinée, cela donne des idées à certains… N'est-ce pas, Patrick Bruel ?*

PATRICK BRUEL : Oui, bien sûr ! Pourquoi se limiter à une BD ? Ce qu'il faut, c'est faire un film, un biopic ! Et pour interpréter la petite sœur des chiffonniers du Caire, il n'y en a qu'un : c'est moi ! Une perruque, deux ou trois heures de maquillage et je suis sœur Emmanuelle !

Je la fais en Égypte, à Ezbeth el-Nakhl, dans les bidonvilles du Caire… Elle habite une toute petite cabane au milieu des plus pauvres et des détritus et elle pousse sa charrette pour récupérer des chiffons : « Yalla, yalla ! Avance, bourrique, yalla ! Vas-tu avancer, dis, nadim omouk ! »… C'est génial, non ? On y est, non ?

Je la fais aussi devenue une énorme star médiatique et reçue sur tous les plateaux de télévision… Pour la séquence avec Michel Drucker, je fais aussi Drucker pour faire faire des économies à la production. « Bonsoir, sœur Emmanuelle, formidable ! Je suis très ému de vous recevoir… Zaza, arrête de lécher la vieille dame, elle a peut-être la lèpre ! »… « Merci, Michel, tu es très gentil de me recevoir, mais il va aussi falloir que tu me fasses un chèque pour mes pauvres… »

Après, je la fais quand elle est en proie au démon, quand le désir la tenaille le soir dans son petit lit de fer : « Ah ! je te veux, Michel, et toi aussi Nikos ! Ah ! venez tous et prenez-moi ! Ah ! Yalla ! Yalla ! » C'est poignant, non ?

Je peux aussi jouer son amitié avec l'Abbé Pierre, je fais les deux : « C'est gentil d'être venu me voir, Emmanuelle… », « Yalla, ça me fait toujours plaisir de te voir, Pierre ! »… Voilà, je crois que j'ai prouvé que j'étais le meilleur, le seul même capable de jouer sœur Emmanuelle… Avis aux producteurs, je suis prêt !

Tous à poil !

• *À Paris, la polémique fait rage entre partisans et adversaires de la reconstruction du stade Jean-Bouin au profit de l'équipe de rugby du Stade français. Vous faites partie des premiers, Bertrand Delanoë ?*

BERTRAND DELANOË : Bien sûr ! Les anti-Jean-Bouin disent qu'il n'y a pas besoin d'un stade de vingt mille places juste à côté du Parc des Princes qui en compte déjà quarante mille ! Mais ils se trompent, les anti-Jean-Bouin ! Parce que qu'est-ce qu'ils veulent, les socialistes, les Parisiens et les Français ? C'est plus de rugby ! Plus de corps à corps éperdus, plus de mêlées avec des mastodontes en sueur qui s'entrechoquent pour mieux se mélanger en poussant des gémissements sourds. Oui, ils veulent plus de marquages à la culotte avec des trois-quarts qui mouillent le maillot et qui viennent s'empaler sur la défense en cherchant l'ouverture ! Et surtout, avec le Stade français, ils veulent plus de calendriers avec des joueurs tout nus pris dans des poses lascives et qui ne se cachent même plus le zguèg' derrière un ballon ovale. À se demander où il a disparu, ce ballon…

D'ailleurs, je ne vous le cache pas, le calendrier du Stade français, ça m'a donné une idée. Pour les fêtes de fin d'année, je vais faire poser toute mon équipe dans le plus simple appareil. Tous mes adjoints vont se déloquer. Denis Baupin, Christophe Girard, Anne Hidalgo, Yamina Benguigui… Avec ce nouveau slogan : « Pour la capitale, on se met tous à poil ! »

Le roi des sondages

• *Monsieur le Président, vous êtes revenu du Kazakhstan avec un beau carnet de commandes. Christine Lagarde voit poindre la reprise… Tout va bien ?*

SARKOZY : Tout va bien, tout va bien… faut le dire vite ! Vous avez vu la courbe de mes sondages ? Une vraie piste noire ! Et Fillon qui a plus d'opinions positives que moi ! Lui qui fout rien ! C'est un comble ! Pourtant, je fais mon possible pour plaire aux Français. Comme vous l'avez remarqué, je rentre du Kazakhstan avec 4 milliards de commandes, ça ne se trouve pas sous le sabot d'un cheval des steppes, hein ? Vous croyez que quelqu'un m'en est reconnaissant ? Macache ! Bernard Kouchner et Bâsoir Mitterrand, eux, ils sont au top des sondages, et pourtant ils disent connerie sur connerie ! Pendant que je rameute Villiers, que

je tape sur les pédophiles et que je lance l'histoire de la castration chimique pour bien ratisser à droite, ils se bousculent devant les caméras pour faire l'éloge de Polanski avec des trémolos dans la voix ! Je suis bien aidé, hein ? Et Juppé, qu'est-ce qui lui prend au rigolo de la Gironde de venir me chier dans les bottes avec ses histoires de collectivités locales ? Ajoutez à ça les routiers qui se mettent en grève et un déficit public à côté duquel le trou de la Sécu ressemble à un vulgaire nid-de-poule et vous imaginez si je vais bien !
Y a que ma Carlita qui m'apporte un peu de joie... Vous avez vu son nouveau site Internet ? Il est tellement formidable que pendant trois jours personne a pu le voir... Il était bloqué, il marchait pas... Pendant un moment, j'ai eu peur, j'ai cru que c'était André, le copain de Ségolène Royal, qui s'en était occupé ! Faut dire qu'elle a encore plein de copains de gauche, ma Carlita, mais je n'en ferai plus rentrer au gouvernement, c'est fini ! Bâsoir Mitterrand, il m'a guéri de l'ouverture !

Grosse colère

• *Certains médias se sont fait l'écho d'une grosse colère que Nicolas Sarkozy aurait piquée à New York après l'enregistrement de son interview. Pour en savoir plus, nous avons demandé des éclaircissements à l'intéressé.*
SARKOZY : D'abord, je vais vous dire une chose, mademoiselle : Les journalistes, à part Étienne Mougeotte, ils racontent n'importe quoi...
ÉTIENNE MOUGEOTTE : Merci, Nicolas. Tu peux compter sur mon *Figaro nouveau.*
SARKO : Bon, vous voulez savoir pourquoi j'ai piqué une colère ? Eh bien, je vais vous le dire. Il paraîtrait que j'ai pété les plombs à cause de je ne sais quel lapsus que j'aurais fait dans mon interview. C'est n'importe quoi ! J'ai pas fait de lapsus. J'ai dit textuellement, je me cite : « Deux juges indépendants ont estimé que les coupables devaient être traduits devant un tribunal correctionnel. » J'ai pas dit les « notables », les « minables » ou les « cartables ». J'ai bien dit : les « coupables », donc j'ai pas fait de lapsus. En toute confidence, je peux même vous dire que le coupable finira pendu à un croc de boucher. Mais ça, vous le répétez pas, hein... ça va encore être mal interprété par les juges et les journalistes.
MOUGEOTTE : Pas par mon *Figaro nouveau,* Nicolas...

• *Mais alors, cette fameuse colère, monsieur le Président ?*
SARKO : On dit que j'étais furieux parce qu'au G 20 y en a eu que pour Obama et pour sa femme, qui est le sosie officiel de Michel Leeb. On a dit aussi que je

m'en serais pris à Kouchner parce qu'il a été nul avec les Iraniens. On a même raconté que je m'étais emporté à cause que Arlette Chabot elle a pas des émissions politiques dignes de ce nom ! Tout ça, c'est vrai, ça m'énerve, mais pas autant qu'un dossier que j'arrive pas à régler. Et c'est pour ça que j'ai explosé à New York !

Figurez-vous qu'au cap Nègre, là où ma Carlita a un pavillon de famille et où on passe nos vacances, y a encore des copropriétaires de la résidence qui s'opposent au raccordement des toilettes au tout-à-l'égout ! Eh oui, au XXIe siècle ! J'ai eu beau intervenir, ils veulent continuer à tout balancer dans des fosses septiques ! En 2009, à part José Bové qui fait ses besoins dans la sciure et le nain Éparcyl... vous savez, celui qui dit « Ça sent mauvais-mauvais », je connais personne qui refuse de raccorder ses cagouinces au réseau d'assainissement.

Mais moi, mademoiselle Charlotte, j'ai été élu pour faire des réformes, alors j'irai jusqu'au bout contre ceux qui refusent de troquer leur fosse septique archaïque contre le tout-à-l'égout de la modernité !

La Princesse et le Priapique (2)

VALÉRY GISCARD D'ESTAING : C'est encore moi ! Je vous avais laissés au moment où j'étais sur le point de me procurer à moi-même le plaisir que m'avait refusé la Princesse. Vous vous souvenez : alors qu'à genoux devant elle je m'apprêtais à lui donner par l'entrebâillement de sa culotte fendue toutes les preuves de mon amour, la jeune femme s'était soudain rebiffée, et après avoir comprimé mon crâne en peau de fesse entre ses cuisses musclées, elle m'avait congédié en me traitant de *« lustful old pig »* (vieux cochon libidineux). Je vous lis la suite...

« Le maître d'hôtel m'a reconduit jusqu'au perron, là même où tout à l'heure je caressais si ardemment l'espoir de combler la Princesse de caresses les plus intimes dont je sais qu'elle est privée par son gérontophile de mari qui préfère frotter son vieux cuir à cette vieille peau de Camilla plutôt que d'effleurer l'épiderme de velours d'une jeunesse en fleur.

En soupirant, je me suis glissé à l'arrière de la Bentley, où d'un geste fébrile j'ai ouvert à la fois ma braguette et un numéro de *Point de Vue Images du monde*. Mon esprit et mon bas-ventre étaient encore tellement enflammés par ce que j'avais aperçu dans l'entrebâillement de la culotte fendue de la Princesse que mon désir a été plus rapide que mon poignet, et c'est en hurlant le prénom de ma bien-aimée que j'ai balancé sans retenue la purée présidentielle, qui, manque de chance, est venue engluer d'un nuage laiteux le bonnet à poil d'un horse guard photographié aux côtés de la Princesse. » Ah !...

À la recherche du Nouveau Jury (1)

• *Sinclair vient de l'annoncer, il a décidé de ne plus participer à « La Nouvelle Star ». Une réaction, Philippe Manœuvre ?*

PHILIPPE MANŒUVRE : Salut, les kids ! Putain, non seulement Sinclair arrête « La Nouvelle Star », mais, en plus, il a eu les couilles de dire dans *Le Parisien* que le niveau artistique de l'année dernière était à pleurer ! Moi, je dirais qu'il était à chier, mais ça reste entre nous, pas parce que j'ai pas de couilles, mais parce que j'ai fait la connerie de resigner pour la saison 2010. En janvier, j'angoisse déjà, je vais me retrouver avec Manoukian qui va essayer de me refiler une carte Mosaïque M6 du Crédit agricole ! Et Wanda (la mère Lio) qui va encore exhiber son tatouage affreux qui ressemble plus à une tête de veau écrabouillée qu'à un coquelicot !

De toute façon, le départ de Sinclair, ça va être le début de la fin du jury. C'est aussi nul que la colère qui a poussé Noël Gallagher, le 28 août dernier, à quitter Oasis après qu'il s'est fighté backstage avec son frère Liam !

Je dirais même que le départ de Sinclair, c'est aussi grave que le suicide de Ian Curtis, qui, le 18 mai 1980, à Macclesfield, a mis fin à l'aventure de Joy Division en se pendant dans sa cuisine !

Si les candidats sont aussi insupportables que Soan, le gagnant de l'an dernier, j'espère que je vais pas être obligé d'en arriver là ! Bullshit !

À la recherche du Nouveau Jury (2)

• *On l'a appris ce week-end, Sinclair ne ressignera pas comme membre du jury de « La Nouvelle Star » la saison prochaine... Alors, qui pour le remplacer ? M6 a déjà contacté plusieurs vedettes... Francis Cabrel, vous avez accepté cette proposition ?*

FRANCIS CABREL : Non... Moi, je suis un artiste exigeant et discret. Moi, je dis qu'un chanteur heureux est un chanteur caché... De toute façon, je n'aide que les jeunes chanteurs gascons, les interprètes qui ont un accent, ceux qui chantent les arbres, les branches, les racines... Les buissons aussi... Les haies, les taillis... Les sous-bois où les feuilles des arbres se décomposent en humus, la pourriture sur laquelle poussent les champignons, les amanites, les girolles, les bolets qui, comme les vieilles gloires du rock'n'roll, pourrissent par la queue !

• *Merci, Francis...*

• *Alain Souchon, vous avez été contacté ?*
ALAIN SOUCHON : Oui… Ils m'ont appelé, les producteurs de « La Nouvelle Star »… J'ai pas dit oui, j'ai pas dit non… Ils sont gentils tous ces jeunes qui chantent leurs petites chansons, ils sont bien mignons… Ils ont tous un peu la même voix, tous un peu le même style, le même look, les mêmes prénoms à la con… Mais moi, j'aime bien les petites chansons… D'ailleurs, c'est ce qu'on fait avec Lolo, on fait des chansonnettes sans prétention, mais de qualité… C'est ça, la différence, c'est la qualité… Eux, c'est quand même plutôt de la merde… Ça doit être fatigant d'écouter de la merde toutes les semaines pendant six mois… J'aime pas trop me fatiguer, moi… Et puis j'aime pas trop la merde non plus, alors je crois quand même que je vais leur dire non aux producteurs… Non…

• *Patrick Bruel, vous pourriez faire partie du jury de « La Nouvelle Star », vous ?*
PATRICK BRUEL : Je pense que que que qu'en tant qu'énorme vedette, qu'en tant que symbole sexuel pour toute une génération de pisseuses, je pourrais être un atout formidable pour cette émission et je pense aussi qu'en tant que que qu'auteur-compositeur, qu'interprète exceptionnel et que comédien génial, en tant que joueur de poker international et que conscience politique humaniste de gauche des soirées caritatives du Fouquet's et du Plaza Athénée, je pourrais donner des conseils formidables à tous ces jeunes qui me vénèrent comme un dieu vivant… Mais, mais, mais, je crois aussi que je suis trop cher pour la production de « La Nouvelle Star », ils auront jamais assez de pognon pour se payer ma présence… Alors, tant pis ! Tant pis pour eux !

• *Enrico Macias, vous avez, vous aussi, été contacté pour faire partie du jury ?*
ENRICO MACIAS : Oui, mais moi, je leur ai répondu que je pourrais pas… La vérité, j'aime pas la compétition… Moi, je dis que tout le monde est égal… Avec moi, Laziz, ce serait comme dans « L'École des fans », ils auraient tous gagné ! Je veux que tous ces garçons et ces filles, ils s'aiment dans un grand élan d'amour et de fraternité… Moi, je veux que tout le monde se prenne par la main et chante ensemble ! La vraie « Nouvelle Star », c'est l'amour de la liberté, de l'amitié universelle du monde entier !

• *Patrick Sébastien, vous pourriez quitter votre « Plus Grand Cabaret du monde » pour rejoindre M6 et « La Nouvelle Star » ?*
PATRICK SÉBASTIEN : Pourquoi pas ? Mais la nouvelle star de la chanson, c'est dépassé, c'est du déjà-vu ! Ce qu'il faudrait, ce serait découvrir la nouvelle star du cabaret, la nouvelle star des numéros visuels ! Moi, je voudrais mettre la main sur le nouveau Miroslav Leccu, un artiste capable de se lécher l'œil de bronze enfermé dans une boîte en Plexiglas de 50 cm sur 50 ! Ou alors la nouvelle Dolores Vagina,

la seule virtuose au monde qui peut planquer un VéloSoleX entier dans sa boîte à ouvrage… Avec les sacoches ! Incroyable, non ? C'est que de l'amour…

• *Et vous, Dominique Besnehard, « La Nouvelle Star », ça vous tente ?*
BESNEHARD : Non, merci ! Ça va bien… Les ringards, les hystériques, les caractériels, avec Ségolène, j'ai donné ! Ceux qui chantent faux aussi, je connais… Parce que, si je voulais être méchant, je pourrais vous dire un truc… Mais bon, c'est pas mon genre.

• *Allez… Dites-nous, Dominique…*
BESNEHARD : D'accord ! Je crache le morceau ! Eh ben, on n'en parle jamais, le secret est bien gardé, mais je peux vous dire qu'elle chante comme une casserole, la Ségo ! On dirait Plastic Bertrand avant le mixage ! Une horreur ! Ça, pour la reconversion, elle pourra pas choisir la chanson ! Je dis reconversion, parce que je la vois mal partie pour 2012 ! Vous avez entendu la dernière ? Non ? Pierre Bergé la lâche ! Oui, oui, son financier, le veuf d'Yves Saint Laurent ! Il a dit fini, plus de pépettes, y a plus de brouzouf ! La caisse est fermée ! Ça, le coup de la facture de 40 000 euros de Dédé pour le site Internet, il l'a pas digéré, Bergé ! Je sais pas comment elle va faire avec ses 8 000 euros de loyer pour les locaux de Désir d'avenir boulevard Raspail… « Désir d'avenir » dans les mois qui viennent, ça va surtout être « Désir de pognon » ! Enfin, je dis ça, moi, je dis rien… J'en connais une qui aurait mieux fait de ne jamais se séparer de Dominique Besnehard…

Mauvaise vie

• La Mauvaise Vie, *le livre de Frédéric Mitterrand paru il y a quatre ans, fait soudain scandale. Qu'en pense un spécialiste de la littérature comme Fabrice Lucchini ?*
FABRICE LUCCHINI : *La Mauvaise Vie,* c'est de l'autofiction. L'écrivain se place lui-même au centre de son œuvre et ne nous laisse rien ignorer de ses tourments ni de ses états d'âme. Tels Louis-Ferdinand Céline, Jules Renard ou même François-René de Chateaubriand, Frédéric Mitterrand nous fait pénétrer au cœur même de son intimité la plus profonde… Comme dans ce passage fameux et objet du scandale, passage « hénaurme » dans lequel l'auteur décrit par le menu sa descente aux enfers dans l'univers glauque de la prostitution masculine dans les bas-quartiers de Bangkok, je lis :
« Je me déshabille et le rejoins sous la douche, au cas où il me poserait encore des questions sur l'effet qu'il me fait, elles n'ont plus de raison d'être et il me savonne gaiement, cette fois bien rassuré. Tout se passe normalement. En France, avec la

plupart des gigolos, c'est toute une histoire pour arriver à les faire bander, mais on n'est décidément pas en France et nous continuons avec le gant, le savon, le pommeau de douche à nous explorer et à nous mesurer l'un à l'autre en riant doucement. Il est presque aussi grand que moi et certainement plus solide, bâti comme les champions de kick-boxing qui vous allongent en un éclair. Mais je n'ai rien à craindre de lui, c'est un jeu délicieux auquel je m'abandonne en fermant les yeux, plein de joie et de confiance »...

Le style est clair, les détails sont nombreux et explicites. Nous sommes dans la confession, le journal intime, c'est autre chose que *La Princesse et le Président*... On savait que les Mitterrand écrivaient bien, mais on n'avait jamais eu l'occasion de lire des confessions aussi intimes de l'ancien président ! On se prend à rêver d'un roman posthume du satyre de la rue de Bièvre, un journal érotique qui pourrait s'intituler « Mitterrand et les quarante cochonnes » !

« L'École des fans » (2)

• *Sur Gulli, le retour de « L'École des fans » animée par Philippe Risoli est un succès. En exclusivité pour RTL, voici un extrait de la prochaine émission...*

PHILIPPE RISOLI : Bonsoir à tous, bonsoir, les enfants. Bienvenue dans « L'École des fans » et, tout de suite, un premier candidat. Comment tu t'appelles ?

JEAN SARKOZY : Jean. Mais mon papa, il m'appelle « mon Jeannot ».

RISOLI : Ah, mais je te connais, toi. Tu es déjà venu jouer et tu avais gagné un scooter ! Et qu'est-ce qu'il fait déjà, ton papa ?

JEAN : Il est président de la République !

RISOLI : Président de la République ? Pas mal, pas mal ! Et il est venu avec toi, ton papa ?

JEAN : Non, mon papa, il est tout le temps en voyage.

RISOLI : Alors, tu es venu tout seul ?

JEAN : Non, j'ai venu avec mon chauffeur et aussi mes deux assistants, mes trois gardes du corps et mon coiffeur.

RISOLI : Dis donc, ça doit coûter cher, tout ça ? Tu pourrais me dire le juste prix ?

JEAN : Je m'en fous, mon papa, il dit que c'est vos impôts qui paient.

RISOLI : Super ! Maintenant, Jeannot, dis-moi, qu'est-ce que tu veux gagner ?

JEAN : Je veux gagner l'Arche de la Défense.

RISOLI : L'Arche de la Défense ? Pas mal, pas mal ! Et pour quoi faire, Jeannot ?

JEAN : Pour installer mon bureau tout en haut.

RISOLI : Pour faire tes devoirs ?

JEAN : Mais non, pour diriger l'EPAD.
RISOLI : L'EPAD ? Et c'est quoi, l'EPAD ?
JEAN : L'Établissement public d'aménagement de la Défense.
RISOLI : Eh ben, dis donc ! À ton âge, c'est une grosse responsabilité ! Pourtant, tu dois encore aller à l'école !
JEAN : L'école, je m'en fous ! Mon père, il est le président de la République, et personne il ose lui dire que je suis trop jeune et que j'y connais rien du tout !
RISOLI : Et après chef de l'EPAD, qu'est-ce que tu veux faire plus tard, Jeannot ?
JEAN : Après, je serai président du conseil général, après, je serai député de Neuilly, après, je serai ministre et après, je serai président de la République.
RISOLI : Président de la République ! Pas mal, pas mal ! Mais il ne faudra plus dire de la République, Jeannot.
JEAN : Ah bon ? Pourquoi ?
RISOLI : Parce que, quand un fils succède à son père à la tête de l'État, en France, ça s'appelle la monarchie !

Sex toy

• *Un nouveau sex toy vient d'être mis en vente. Mais nous allons en savoir plus grâce au « Téléachat » de Pierre Bellemare.*
PIERRE BELLEMARE : Après les sex toys à pile, les sex toys vibratiles, les vibromasseurs à musique, les masturbateurs turbo, les godes-ceinture à capteurs solaires, voici un très bel objet domestique : le sex toy pour chien ! Dessiné par le studio design Feel Addicted (tout est vrai dans ce « Téléachat »), enfin fabriqué en France par des artisans qualifiés, voici un joujou sexuel pour toutou qui va permettre à votre clébard qui souffre d'être privé de compagne de pouvoir enfin satisfaire ses instincts les plus bestiaux en s'accouplant à une chienne artificielle, une femelle factice !
Je vous décris l'objet : moulé dans un alliage de résine de carbonate (pour la solidité) et d'élastomère (pour la souplesse), il reprend la forme d'une chienne. C'est-à-dire un thorax, quatre pattes, et, bien sûr, un arrière-train, puisque c'est là que tout se passe. Détail important : les quatre pattes ont été conçues spécialement pour ce sex toy canin. En effet, les coussinets sont tapissés d'une feutrine antidérapante, le « no slide system », le fameux système anti-glisse pour une parfaite adhérence au sol pendant les saillies.

Je reviens à l'arrière-train, qui est, quant à lui, muni d'un cône dans lequel le mâle en rut peut se satisfaire. Il a été conçu en silicone extensible, une matière particulièrement douce et accueillante, comme j'ai d'ailleurs pu le tester avant ce Téléachat. Ce cône est évidemment lavable. Il suffit de le rincer dans l'évier après usage. Le prix de ce sexe toy pour chien ? 595 euros !
Il peut être fourni avec le lubrifiant canin, composé de moelle de bœuf et de bave de pitbull en chaleur. Désormais, grâce à ce splendide sex toy pour chien, vous n'aurez plus à subir sur votre bas de pantalon, le long de votre cuisse ou sur les coussins du canapé, les frottements obscènes de votre toutou. Tout ça, je le répète, au prix incroyable de 595 euros !

Prix Nobel

• *Vous voulez réagir à propos du prix Nobel décerné à Barack Obama, Valéry Giscard d'Estaing ?*
VALÉRY GISCARD D'ESTAING : Je vous ai déjà dit cinquante fois qu'il faut m'appeler monsieur le Président... J'y ai droit.

• *Je vous prie de m'excuser, Valéry.*
GISCARD : Bien sûr, je me réjouis de voir le prix Nobel de la paix attribué au président Obama. Cela dit, je ne vois pas pourquoi on ne me l'a pas attribué à moi aussi. Parce qu'avec mon roman, *La Princesse et le Président,* j'ai beaucoup œuvré pour le rapprochement pacifique entre la Grande-Bretagne et l'Auvergne... Mais ce que je ne comprends pas du tout, c'est pourquoi mon œuvre romanesque n'a pas été récompensée par le prix Nobel de littérature. Winston Churchill l'avait bien reçu pour ses Mémoires, je ne vois pas pourquoi je ne l'aurais pas ! Cette année, ce prix prestigieux a été attribué à une Allemande. Eh oui, mademoiselle Charlotte, monsieur Parisot, quand je vois que c'est un écrivain allemand qui a été récompensé, j'avoue que ça me fait quelque chose... Non seulement, la lauréate, Herta Müller, porte un prénom de saucisse (oui, Herta, c'est un nom de saucisse), mais surtout, on ne peut pas dire que sa prose égale la mienne quant à la beauté du style. Parce que moi, je sais écrire ! Tenez, écoutez ça...
(Musique...)
« La Princesse me demande alors : Deux personnes dont l'une affirme être président de la République française et l'autre princesse en Grande-Bretagne, peuvent-elles vraiment s'aimer, ou est-ce tout simplement ridicule ?
En guise de réponse, je caresse lentement sa jambe et sa main accompagne la mienne jusqu'à l'ouverture de sa culotte fendue. Soudain, je réalise que la porte

est entrebâillée tout comme la braguette en feu de mon pantalon. J'aperçois, tapi dans l'ombre, Peter, le fidèle domestique de la Princesse, en train de se pignoler dans la pénombre... »
Ça vaut bien le prix Nobel, non ? Bande de salauds !

Tour de France

• *On a découvert la semaine dernière le tracé du prochain Tour de France. L'avant-dernière étape partira de Bordeaux, Alain Juppé ?*
Alain Juppé : C'est tout à fait exact et je m'en réjouis. J'ai beaucoup insisté auprès des organisateurs pour que le Tour passe cette année par ma bonne ville. D'abord parce que ça va faire marcher les affaires, que ça va rapporter de l'argent et de la renommée aux Bordelaises et aux Bordelais ainsi qu'à la ville qui va en avoir bien besoin, vu les entourloupes budgétaires que nous prépare le gouvernement et enfin parce que le Tour de France, c'est une grande fête populaire et l'occasion de rigoler car, avec cette crise, le plus important, c'est quand même la poilade ! D'ailleurs, à ce propos, je vais vous raconter une bonne histoire de vélo.
C'est un dimanche matin chez un champion cycliste. Le temps n'est pas terrible et le coureur n'a pas très envie de sortir pour son entraînement quotidien, pourtant, bien qu'il soit fatigué et qu'il craigne de se faire rincer pendant la sortie, il décide quand même d'aller rouler. Il sort discrètement du lit sans réveiller sa femme, s'habille sans faire de bruit, enfourche son vélo et entame ses 100 kilomètres quotidiens.
D'un seul coup, le ciel se noircit et la pluie se met à tomber. Comme la motivation n'était pas bien grande, il décide de rentrer.
Il arrive chez lui et, toujours sans faire de bruit, se déshabille et se recouche. Sa femme bouge un peu, il pense l'avoir réveillée et lui dit :
« Dehors, il tombe des cordes ! »
Elle répond :
« Quand je pense à l'autre con qui est parti rouler ! »...
Vous en voulez une autre ?
Alors, c'est deux cyclotouristes belges qui sont en train de rouler dans la campagne wallonne, l'un, admiratif, dit à l'autre :
– Tu en as un beau vélo... Où l'as-tu eu ?
Le second lui répond :
– C'est une histoire de fous. Mardi dernier, j'étais devant la maison et une super nana est passée à vélo. Elle s'est arrêtée devant moi, a posé son vélo et s'est mise entièrement nue... Ensuite, elle m'a dit : « Prends ce que tu veux. » J'ai choisi le vélo.

Le premier opine :
– Tu as bien fait, de toute façon, ses vêtements auraient été trop petits pour toi...

En retraite, toute !

• *L'Inspection générale des affaires sociales, l'IGAS, la police de la Sécu, estime que, depuis 2003, plusieurs milliers de personnes ont fraudé pour bénéficier indûment de retraites anticipées... Mais comment ça se passe, cette fraude ?*

CHEVALLIER : Bonjour, mon petit Robert, alors, toujours au boulot ?

LASPALÈS : Eh oui, et puis j'en ai ras le bol ! Je commence à être fatigué !

CHEVALLIER : Ben, t'as qu'à faire comme moi, prends ta retraite anticipée !

LASPALÈS : Ma retraite ? Mais je peux pas, gros malin, je peux pas ! J'ai pas tous mes trimestres, gros malin !

CHEVALLIER : Mais c'est pas un problème, ça ! Grâce à la loi Fillon de 2003, si tu déclares que tu as commencé à travailler jeune, vers l'âge de quatorze ans, zou on te donne tes trimestres et tu pars à la retraite vers cinquante-six ou cinquante-sept ans !

LASPALÈS : Ah ! c'est pas mal, ça ! T'es parti à la retraite vachement tôt toi, non ?

CHEVALLIER : Ben oui... À cinquante-deux ans.

LASPALÈS : À cinquante-deux ans ? Ça veut dire que tu as commencé à travailler à huit ans ?

CHEVALLIER : Mais, non couillon... J'ai un peu bidouillé...

LASPALÈS : T'as fait comment ?

CHEVALLIER : Ben, je me suis fait faire des attestations comme quoi j'avais travaillé chez des paysans quand j'étais gamin. Ça marche aussi avec des artisans...

LASPALÈS : Des attestations ? Et ça suffit ?

CHEVALLIER : Ben oui, figure-toi ! Moi, j'ai payé un coup de gnôle au père Chapuis, celui qui a l'alzheimer, et je lui ai fait signer un papier en blanc... Après je l'ai rempli et zou ! Le tour était joué !

LASPALÈS : Oh ! ben ça, c'est plus fort que de toucher la pension de la grand-mère morte !

CHEVALLIER : Ben oui, mon vieux ! Dans la famille, on a tous fait ça ! Ma femme, cette feignasse, elle a pris sa retraite à cinquante ans et mon beau-frère à quarante-sept !

LASPALÈS : Le père Chapuis toujours ?

CHEVALLIER : Toujours ! Et personne n'est venu vérifier ! De toute façon, maintenant, il est calenché, le père Chapuis, alors ils peuvent toujours essayer de faire une enquête !
LASPALÈS : Ah ! ben, c'est fort de café, ça quand même !
CHEVALLIER : Vas-y, mon vieux, y a aucun risque, je te dis ! Le cousin de mon beau-frère, Lulu, il s'est mélangé les pinceaux et sur son attestation il a mis 1954 au lieu de 1974. Si tu calcules, ça veut dire qu'il a commencé à bosser avant sa naissance ! Eh ben, personne ne lui a rien dit ! Il a quarante-quatre ans et, tous les mois, pendant qu'il est à la pêche, la retraite tombe ! C'est pas beau, ça ?
LASPALÈS : Ah ! si, le rêve ! Je pourrais enfin m'occuper de ma collection de boîtes de livarot !
CHEVALLIER : Je vais te donner un coup de main. On va aller voir mon voisin le cordonnier, si tu lui paies un nouvel auvent pour sa caravane, il te le signe, ton papelard !
LASPALÈS : Ah ! merci, mon vieux ! Merci, hein ! C'est sympa, ce que tu fais là !
CHEVALLIER : Si on peut rendre service, hein... Surtout que là, c'est pas moi qui paie, c'est la Sécu ! Comme on dit dans la famille : « La retraite Fillon, pour pas en profiter, faut être le roi des cons ! »

Devedjian Valjean était son nom !

L'élection de Jean Sarkozy à la tête de l'EPAD a inspiré à Robert Hossein son prochain spectacle...
(Musique...)
ROBERT HOSSEIN : « Devedjian Valjean était son nom ! » L'incroyable histoire d'un homme qui aurait pu être le maître tout-puissant du quartier de la Défense, mais qui a dû laisser sa place à un enfant gâté ! Dans le rôle de Devedjian Valjean : Gérard Depardieu !
GÉRARD DEPARDIEU : Oh ! Je le crois pas ! Toute une vie que je trime comme un forçat dans les Hauts-de-Seine et c'est un fils à papa, un blondinet, un morveux, qui va me piquer ma place à la tête de l'EPAD, avec des milliards d'euros à gérer !
HOSSEIN : « Devedjian Valjean était son nom ! » Une fresque puissante sur les mystères du quartier d'affaires le plus riche de France. Dans le rôle de Gavroche : Jean Sarkozy.
JEAN SARKOZY :
Je suis tombé par terre
C'est la faute à mon père

Le nez dans le ruisseau
C'est la faute à Sarko !
HOSSEIN : « Devedjian Valjean était son nom ! » Dans le rôle d'Isabelle Balkany, dite « la Thénardier de Levallois » : Jeanne Moreau.
JEANNE MOREAU : Oooooh ! Mon Jeannot ! Mon chéri ! N'écoute pas tous ces jaloux, tous ces méchants ! C'est les mêmes qui disaient que je suis devenue vice-présidente du conseil général des Hauts-de-Seine grâce à ton papa dont mon mari est l'ami intime ! Prends la place de Devedjian Valjean et mets la main sur le Trésor des Hauts-de-Seine !
JEAN : Mais j'ai pas de diplômes ! On me presse le nez, il en sort encore du lait !
JEANNE : Mais tu t'en fous complètement des diplômes, mon Jeannot ! Tu es tellement beau ! Et puis je vais t'aider à gérer ce pactole, en toute transparence, bien sûr ! Est-ce que j'en ai, moi, des diplômes ? Mais j'ai la Légion d'honneur. C'est même ton papa qui me l'a donnée !
DEPARDIEU : Oh ! dis donc, la Thénardier ! Lâche ce merdaillon ! Je suis pas encore mort et arrête un peu de me chier dans les bottes ! Saleté !
HOSSEIN : « Devedjian Valjean était son nom ! » À l'issue du spectacle, vous voterez pour l'élection de Jean Sarkozy à la tête de l'EPAD !

Acharnement médiatique

SARKOZY : Au moment où la polémique autour de l'élection démocratique de mon fils Jean à la tête de l'EPAD commence à se calmer, j'ai peur que des journalistes cherchent une fois de plus à s'en prendre à un membre de ma famille.
ÉTIENNE MOUGEOTTE : Pas moi, Nicolas, pas moi, dans mon *Figaro nouveau !*
SARKO : Je sais, Étienne, je sais. Mais, à part toi, je me sens bien seul...

• *Vous pensez à quel membre de votre famille, monsieur le Président ?*
SARKO : À mon fils Louis, le petit Loulou.

• *Mais il n'a que dix ans !*
SARKO : Justement ! Cette année, il est entré au lycée français de Londres, en sixième... Sans aucun piston, je m'empresse de vous le dire... et il est candidat pour être délégué de sa classe.

• *Et alors ?*
SARKO : Et alors ? Il y a quarante-cinq élèves dans cette classe. Ils auraient tous le droit de postuler au poste de chef de classe. Sauf un ! Et pourquoi ne le pourrait-il

pas ? Parce qu'il est mon fils ! Le poste de délégué de classe est un poste non rémunéré. Il ne s'agit donc pas d'une prébende ! Il s'agit d'une élection, donc pas de népotisme. À travers cette polémique, qui est visé ? C'est moi ! Ceux qui ne se sont jamais faits à mon élection et qui n'ont rien à dire sur le fond veulent me détruire, comme l'a dit Philippe Lefèbvre.
MOUGEOTTE : Je pense comme Philippe Lefèbvre, tu sais, Nicolas !
SARKO : Je sais, je sais, Étienne... Laisse-moi finir. Donc, je vous pose la question : Y a-t-il un âge pour être compétent ? J'ai été le premier surpris quand Louis a voulu être délégué de classe ! Mais il m'a impressionné par sa ténacité et son courage face à la brutalité des attaques.

• *Quel avenir lui voyez-vous, monsieur le Président ?*
SARKO : D'abord, j'avais pensé à l'EPAD, mais c'est son grand frère qui veut le poste. Donc, mon Louis attendra que Jean devienne ministre, alors seulement il prendra la tête de l'EPAD. Et quand mon Jeannot sera élu démocratiquement à l'Élysée, il engagera Louis comme ministre.

Heure d'hiver

• *Dans la nuit de dimanche à lundi, la France va passer de l'heure d'été à l'heure d'hiver. À 3 heures du matin, il sera en fait 2 heures. Un commentaire, Nicolas Sarkozy ?*
SARKOZY : Vous voyez, arrivé à la moitié de mon mandat (deux ans et demi, déjà !), je continue mes réformes. Et pourquoi est-ce que je continue mes réformes ? Eh bien, je vais vous le dire. Parce que, comme je l'ai dit l'autre jour dans mon entretien au *Figaro*...
ÉTIENNE MOUGEOTTE : Au *Figaro nouveau*, Nicolas...
SARKO : Je suis décidé à me battre contre toutes les formes de l'immobilisme et de la réaction. L'immobilisme, c'est quoi ? C'est vouloir obstinément rester à l'heure d'été, par flemme d'avoir à remonter son réveil. La réaction, c'est quoi ? C'est vouloir que les Français continuent à se lever tôt pour gagner moins. Alors que moi, ce que je veux, c'est qu'ils se lèvent une heure plus tard pour gagner plus. Vous me suivez, mademoiselle Charlotte, ou vous aussi, vous êtes une victime de l'heure d'hiver ?

• *J'essaie de vous suivre, monsieur le Président...*
SARKO : Je m'explique : un salarié qui dort une heure de plus, comme ça va être le cas grâce à ma réforme de l'heure d'hiver, il arrive moins stressé au boulot. Et un salarié détendu, heureux au travail, est un élément de la compétitivité d'une

entreprise. CQFD ! Croyez-moi, grâce à ça, bien des drames vont être évités. Mais je vais pas m'arrêter là ! En 2010, j'instaurerai le passage à l'heure de printemps ; en 2011, ce sera le passage à l'heure d'automne... Et en 2012, ce sera l'heure de ma réélection. Non, je dis ça pour plaisanter, parce qu'en conscience je ne suis pas encore prêt à répondre. Et croyez bien que cette réponse est sincère...
MOUGEOTTE : Oh ! tu vas quand même pas me laisser tomber, Nicolas...

• *Le passage à l'heure d'été semble vous perturber, Lionel Jospin ?*
LIONEL JOSPIN : Oui.

• *Et encore ?*
JOSPIN : Avec ma femme Sylviane Agacinski, philosophe féministe, on ne loupe pas un épisode de « Plus belle la vie », notre série préférée. Tous les soirs, nous dînons à 19 h 11. À 19 h 45, quand on a fini notre yaourt Bifidus, on débarrasse la table et on remplit le lave-vaisselle. C'est chacun à son tour. Ce soir, par exemple, c'est moi. À 19 h 50, je mets à chauffer l'eau pour la tisane. Sylviane est plutôt « Saveur du soir, infusion du Grand Sud », et moi, je reste fidèle aux « Deux Marmottes ». Mais pas de quoi se disputer comme mes amis socialistes au congrès de Reims. À 20 heures, on commence à boire notre tisane. Pas trop vite pour ne pas se brûler, et à 20 h 10, j'allume la télé sur FR 3, et on regarde « Plus belle la vie ». À 20 h 33, quand le feuilleton se termine, j'éteins la télé et on va se coucher.
Avec cette histoire d'heure d'hiver, notre horloge biologique et notre rythme de vie vont se trouver complètement perturbés, et je ne sais pas comment nous allons vivre ça. Une heure en moins, c'est comme si on dînait à 18 h 11 et comme si on prenait notre tisane à 19 h 10. Ce qui risque de se passer, c'est que je vais m'endormir au pis avant que « Plus belle la vie » ne commence, au mieux pendant le générique. À moins que je ne prenne ma tisane après « Plus belle la vie », mais ça, j'ai du mal à l'envisager.

• *Vous non plus, vous ne semblez pas enchanté par le passage à l'heure d'hiver, Valéry Giscard d'Estaing ?*
VALÉRY GISCARD D'ESTAING : J'ai toujours été sensible au charme des saisons finissantes. Voici d'ailleurs ce que j'écris page 189 de mon roman *La Princesse et le Président*, je me cite, ouvrez mes guillemets :
« L'automne nous recouvre de son ciel pâle. L'air qu'on respire dans la forêt de Rambouillet est propre et frais à l'image même de la culotte fendue de la Princesse que j'ai entrevue au moment où, l'air mutin, elle s'est penchée pour cueillir un gros champignon à la forme sans équivoque, en l'occurrence un splendide *Phallus erectus*. Quant à moi, mon emploi du temps n'est pas trop chargé, moins, en tout

cas, que ne le sont mes bourses en feu, pleines d'une semence qui ne demande qu'à jaillir en un geyser de plaisir trop longtemps contenu… »

• *Merci, Valéry Giscard d'Estaing, mais ma question portait sur l'heure d'hiver…*
GISCARD : Justement, j'y viens. Comme beaucoup de grands écrivains, Victor Hugo par exemple, j'écris la nuit. Surtout les scènes érotiques, dans lesquelles j'excelle. Mais, à mon âge, rester éveillé la nuit, cela implique quelques précautions… Quand je parle de précautions, c'est aussi bien au sens figuré qu'au sens propre. Plus exactement, il s'agit de précautions pour rester propre, si vous voyez ce que je veux dire… C'est toutes les deux heures que je dois me changer… Alors, avec ce changement d'heure, je risque de me changer trop tard. Si je n'y prends pas garde, je cours au désastre. Ça va pas sentir bon ! Bande de salauds !

Hot d'or

• *Les Hot d'or sont de retour. Pour relancer cette manifestation qui est aux films X ce que le Festival de Cannes est au septième art, les organisateurs ont invité cette année des personnalités prestigieuses, à commencer par le ministre de la Culture, Frédéric Mitterrand.*
FRÉDÉRIC MITTERRAND : Bâsoir ! Une des fonctions du cinéma érotique, et qui fait de lui une force de rupture dans les œuvres cinématographiques plus traditionnelles, consiste à dévoiler ce que notre société entend cacher ou proscrire : l'univers du sexe. Oui, l'érotisme brise tous les tabous, abolit toutes les frontières sociales, réunissant, par exemple, un ancien président de la République et une princesse malheureuse, un humble boxeur thaïlandais et un futur ministre de la Culture. Et c'est pour cette raison que le cinéma érotique fut longtemps banni, réprimé, censuré. Ce qui n'est heureusement plus le cas aujourd'hui, comme l'atteste cette cérémonie.
Vive les films de boules ! Vive les Hot d'or ! Vive la culture !

• *Une réaction, Jack Lang ?*
JACK LANG : Je suis vexé, ulcéré. Une fois de plus, c'est le neveu saltimbanque, l'usurpateur de la rue de Valois, qui est l'invité d'honneur d'une cérémonie dont j'aurais dû légitimement être le fleuron. En effet, quitte à paraître immodeste, je rappelle que c'est alors que j'étais ministre de la Culture de François Mitterrand (le seul Mitterrand qui comptera dans l'histoire de France) que le 31 août 1985, sur Canal +, fut diffusé pour la première fois un film à caractère pornographique, *Exhibition 1.*

Certes, c'était en crypté, et seuls les abonnés de la chaîne à péage avaient droit à mater ce film de boules, mais, en regardant l'écran à travers les trous multiples d'une passoire, il était possible de rétablir l'image en clair pour se taper un cinq contre un. Cette diffusion à laquelle je donnai mon accord fut une étape décisive dans l'histoire de la culture et surtout dans celle de la pignole. Aussi suis-je scandalisé, Marie-José, d'être tenu à l'écart d'une cérémonie qui me doit tant. Mais j'ai confiance dans la lucidité bientôt recouvrée du président Sakozy. Oui, Nicolas, qui a été abusé par des conseillers mal inspirés, finira bien par me rendre mon ministère...

Fils du chef

• *Vendredi à Libreville s'est déroulée la cérémonie d'investiture d'Ali Bongo, le nouveau président du Gabon. Cette cérémonie a été boycottée par l'opposition. Un commentaire, Nicolas Sarkozy ?*
SARKOZY : Écoutez, je vais faire une mise au point pour en finir avec cette affaire du fils Bongo. Au Gabon, il y avait quarante-cinq candidats possibles. Ils auraient donc tous le droit de postuler à un poste présidentiel, sauf un ? Et pourquoi celui-là n'aurait pas le droit de postuler ? Parce qu'il est le fils du président ? Je tiens à souligner qu'Ali Bongo a été élu démocratiquement. C'est une élection, il ne s'agit donc pas de népotisme.
Je vais même vous dire une chose : j'ai été le premier surpris quand Ali Bongo a voulu se lancer en politique. Mais il m'a impressionné par sa ténacité. Il travaille énormément et il fait face avec beaucoup de courage à la dureté et à la brutalité des attaques. Mais je vais plus loin. À travers cette polémique, qui est visé ? C'est pas le fils d'Omar Bongo, c'est moi ! Oui, c'est moi qui suis visé, parce que j'étais l'ami du père d'Ali Bongo.

Fille du chef

• *Samedi, Jean-Marie Le Pen, le chef de file du Front national pour les régionales dans la région PACA, a tenu sa première réunion électorale. Vous avez abordé le problème de votre succession, monsieur Le Pen ?*
JEAN-MARIE LE PEN : *Ja wohl !* Mais je vous vois venir avec vos gros sabots. Vous allez encore évoquer les réticences de certains félons à voir ma fille Marine me succéder à la tête du Front national... Que les choses soient claires comme de l'eau de Vichy ! Il y a effectivement des personnes, au Front national, qui ont

le droit de postuler à ma succession. Mais alors, pourquoi toutes ces personnes, sauf une ? Oui, pourquoi Marine ne le pourrait-elle pas ? Parce qu'elle est ma fille ? Mais la présidence du Front national est un poste mal rémunéré, ce n'est donc pas une prébende. Ce sera une élection démocratique, car, vous le savez, c'est le congrès du Front national qui désignera mon successeur. Ça n'est donc pas du népotisme… En fait, à travers cette polémique, qui est visé ? Ce n'est pas ma fille, c'est moi !

Il est passé par ici…

• *La diffusion dans la presse de photos de Jean-Pierre Treiber, le fugitif le plus recherché de France, provoque de sérieux remous dans la police nationale. Mais comment en est-on arrivé là ? Voici ce qui s'est véritablement passé…*
(Musique des Gendarmes…*)*
Galabru : Messieurs, M. Brice Hortefeux a confié à notre brigade une mission de la plus haute importance : retrouver Jean-Pierre Treiber. Là où les policiers d'élite du Raid, les enquêteurs de la brigade de recherche des fugitifs, ainsi que toutes les équipes de la police judiciaire de Dijon ont lamentablement échoué, nous devons réussir ! Nous allons donc fouiller la forêt de Bombon…
Fougasse : Chef, on pourrait en profiter pour aller aux champignons. Il paraît qu'il y a enfin des coulemelles, des bolets et des pieds-de-mouton. Après, je pourrais faire une omelette bien baveuse…
Galabru : C'est vous qui allez en baver, Fougasse, si vous ne la bouclez pas ! Dites-moi plutôt où est encore passé Cruchot.
De Funès : Je suis là, mon adjudant, je suis là…
Galabru : Ça fait des heures qu'on vous attend ! Qu'est-ce que vous foutiez, Cruchot ?
De Funès : Voilà, mon adjudant. Ce matin, avec la camionnette, je suis parti sillonner toute la région. En quittant Bombon, j'ai pris à droite en direction de Saint-Méry, je suis passé par Montereau-sur-le-Jard, la Chapelle-Gauthier et Dammartin-sur-Tigneaux. À Dammartin-sur-Tigneaux, j'ai pris la départementale jusqu'à Échoublain… C'est joli, Échoublain…
Galabru : Mais je m'en fous, Cruchot ! Je m'en fous !
De Funès : Ensuite, j'ai roulé en direction de Vaux-le-Pénil. De là, j'ai foncé jusqu'à Crèvecœur-en-Brie, en faisant un détour par Bréau…
Galabru : Stop, Cruchot ! Stop ! Vous n'êtes pas là pour faire un rallye automobile ! Vous êtes en mission !

De Funès : J'y viens, mon adjudant, j'y viens… Phase 2 : collecte des renseignements. À Bréau, la nuit allait tomber. Dans les phares, je vois un autochtone avec un sac à dos. Je freine. Hop ! Dans la camionnette, le villageois ! Je lui demande s'il a repéré un fugitif. « Un fugitif, moi ? » Et le voilà qui part à rigoler, à rigoler… Du coup, je rigole aussi, vous savez ce que c'est… Bref, on sympathise. Il sort une bouteille de son sac à dos… Paf ! « À la santé de la gendarmerie ! » Ding ! « À la santé du fugitif… »
Galabru : Et alors, Cruchot ?
De Funès : Et alors, comme il était très sympathique, je l'ai déposé à Châtelet-en-Brie. Et là, avant de se quitter, on s'est pris en photo tous les deux, avec mon téléphone portable, et j'ai envoyé les photos au ministère pour qu'ils voient qu'on est en contact sur le terrain avec la population. Regardez, il a une bonne tête… Là, sur cette photo je lui ai mis mon képi…
Galabru : Ah ! mais c'est Treiber ! Le fugitif ! Je suis foutu ! Cette fois, Brice Hortefeux ne me ratera pas. Il va me muter comme garde-chasse dans la forêt de Bombon ! Je vais devoir survivre en me nourrissant de glands et de châtaignes !

In Angliche, con !

• *Les chauffeurs de taxi marseillais vont recevoir des cours d'anglais. Vous pouvez nous en dire plus, Jean-Claude Gaudin ?*
Jean-Claude Gaudin : Marseille, ce n'est pas seulement l'OM, « Plus belle la vie » et une ambiance pouet-pouet ! La cité phocéenne, vous le savez, a été choisie par le ministère de la Culture pour devenir capitale européenne de la Culture. Cela va entraîner chez nous une arrivée massive de touristes. En maire prévoyant, j'ai donc décidé que les Marseillais devraient se mettre massivement et rapidement à la langue de Sha-kes-péare. À commencer par nos sympathiques chauffeurs de taxi, qui sont les premiers interlocuteurs de nos hôtes étrangers. Voici donc quelques phrases de bienvenue, que nos chauffeurs vont apprendre par cœur.
– *If you want, I cane taque you tou ze old harboure* (« Si vous le désirez, je peux vous emmener jusqu'au Vieux-Port »).
– *Get aoute of my taxi, you, youzeless hairy ape* (« Dégage de mon taxi, espèce de macaque bon à rien »).
– *Fucking hell ! Keep your dirty wandering paws to yourself, my car is not a travelling brothell !* (« Bordel de merde ! Arrêtez de peloter votre copine pendant que je conduis ! Mon véhicule n'est pas un baisodrome ambulant ! »)
Avec ces phrases de base, Marseille est prête à accueillir les touristes épris de culture du monde entier !

Héritier prometteur

• *Ce matin, la situation était très tendue à l'Élysée. Nos micros étaient là.*

SARKOZY : Bonjour, tout le monde. Je vous préviens, je suis pas de bonne humeur. Y a eu tout ce bazar médiatico-politique autour de mon Jeannot, et voilà que Jean-François Lamour m'a pourri mon week-end en votant avec la gauche… « Par erreur », qu'il a dit Lamour ! Oui, il s'est trompé de bouton, l'escrimeur du XVe arrondissement. Faut le faire ! Moi, je me tromperai pas de bouton quand il s'agira de l'éjecter de son siège de député ! Celui-là, il va apprendre qu'avec moi on peut vite passer de Lamour à la Haine… En plus, ça m'a obligé à revenir du cap Nègre où j'étais en vacances avec ma Carlita. Donc, je vous préviens, aujourd'hui, faut pas me faire chier !

FRED MITTERRAND : Bâsoir ! Adieu, Jean Sarkozy, héritier prometteur, hélas ! aiglon foudroyé en plein vol alors qu'il s'élançait vers les sommets de la Défense. Oui, Jean, désormais, tel le duc de Reichstadt à la crinière blonde, jadis immortalisé par Edmond Rostand, tu peux t'écrier :

J'ai perdu tout espoir de jouer un grand rôle
Je n'ai plus qu'à pleurer, j'ai besoin d'une épaule.

Oui, Jean Sarkozy, cette épaule consolatrice où poser ta tête affligée, la voici, je te l'offre, c'est la mienne…

SARKO : Mais il est complètement maboule, le neveu ! Je vous préviens, Frédéric, votre épaule, vous pouvez vous la garder pour consoler des boxeurs thaïs de quarante ans ou consoler qui vous voulez, mais pas mon Jeannot ! Y manquerait plus que vous vous retrouviez avec lui en photo dans *Voici* ou dans *Closer*… Je me traîne assez de scandales comme ça en ce moment…

MITTERRAND : Bâsoir ! Adieu, Roman Polanski, te voici, toi aussi, qui retombes de haut, reclus dans une sordide geôle helvétique. Tes amis, d'abord si prompts à te défendre, se retrouvent aujourd'hui moins nombreux que les doigts d'un gant de boxe thaïe…

SARKO : Ça suffit ! Tu vas changer de braquet vite fait ou je te renvoie à la villa Médicis…

MITTERRAND : Bâsoir ! En vérité, Jean Sarkozy fait une entrée fracassante en politique, et cette entrée montre qu'il n'est pas près d'en sortir…

SARKOZY : Et ben voilà, ça, c'est beaucoup mieux. C'est comme ça qu'il faut parler.

• *Jack Lang, on ne vous a pas entendu à propos de la candidature avortée de Jean Sarkozy à la tête de l'EPAD ?*
JACK LANG : Bonjour, c'est Jack ! Puisque, en France, pour faire parler de soi en politique, il suffit d'être un « fils de », j'ai eu, une fois de plus, une idée que j'oserai qualifier de géniale, Sénéchal !

• *Et quelle est cette idée, Jack Lang ?*
LANG : Comme vous pouvez le constater, à soixante-dix ans, je fais beaucoup plus jeune que mon âge. Je vais donc accélérer le processus de rajeunissement en subissant un lifting supplémentaire et un nouveaux peeling. Je vais aussi me laisser pousser les cheveux jusqu'aux épaules et me les faire teindre en blond. Avec tout ça, je ferai au moins cinquante ans de moins, presque l'âge de Jean Sarkozy. Pour ce qui est de la musique de djeune's, pas de problème. Le fils de Nicolas n'était même pas né que j'écoutais déjà sur mon Walkman du rap, de la techno et du hardcore. J'ai tout synchronisé depuis mon ITunes à mon Ipod. Reste un détail important, Gaétan : le prénom.
Comme Jean est un prénom qui semble marcher à donf, je vais me faire appeler « Jean Lang », ou, plutôt, ce qui est encore plus fun : « John Lang ». Oui, John Lang, ça sonne bien ! Je n'aurais plus qu'à faire croire que je suis mon fils, le fils de Jack Lang. Comme ça, je suis sûr que les médias s'intéresseront à moi. Les médias, et surtout Nicolas, qui me confiera alors un poste. Car le président l'a dit dans *Le Figaro*, je le cite, ouvrez ses guillemets : « Il n'y a pas d'âge pour être compétent. Je crois au rajeunissement de nos élites, qui ont bien vieilli. » Et là aussi, je suis à 100 % d'accord avec lui ! C'est chié, non ?

• *Vous non plus, Dominique Besnehard, on ne vous a pas encore entendu commenter ce dossier ?*
BESNEHARD : Tous les socialistes qui accusent Sarkozy de népotisme, ça me fait sourire. C'est pas que je porte les Sarkozy dans mon cœur qui continue à battre à gauche, mais les socialistes, ils feraient mieux de balayer devant leur paillasson de la rue de Solferino avant de s'essuyer les pieds sur ceux des Sarkozy. Bien sûr, cette histoire, à la Défense, c'était du népotisme. Mais, que je sache, Thomas Hollande, le fils de Ségolène et de Porcinet, c'est bien lui qui s'est occupé de Désir d'avenir. Si c'est pas du népotisme, c'est quoi ? Et Martine Aubry ? Je sais, les mauvaises langues disent que, physiquement, c'est tout Pierre Mauroy et qu'elle serait même sa fille cachée. Non, Martine Aubry, c'est la fille de Jacques Delors. Si ça, c'est pas une « fille de », je m'appelle plus Domique Besnehard...

Simple boutade !

• *Alain Juppé, après votre sortie un peu virulente sur Nicolas Sarkozy, vous l'avez appelé pour vous excuser ?*

ALAIN JUPPÉ : Oui, tout à fait… Je suis allé un peu loin en déclarant à propos de la réforme de la taxe professionnelle que le président de la République se foutait du monde… Bon, sur le fond, c'est vrai, mais, sur la forme, je regrette d'avoir employé cette expression et j'ai dit au téléphone à Nicolas qu'il ne fallait pas y voir malice et que j'avais dit ça pour déconner et pour faire marrer les journalistes ! C'est vrai que je tiens à ma réputation de boute-en-train et que, pour l'entretenir, je ne recule devant aucun excès de poilade ! D'ailleurs, pour terminer notre conversation téléphonique et pour finir de détendre l'atmosphère, j'ai raconté une bonne blague à Nicolas.

« C'est un père qui discute avec son fils. Le fils lui demande :

– Papa, c'est quoi, la République ?

– Prenons, par exemple, notre foyer, dit le père : moi, j'ai un salaire, je suis le capitalisme. Ta mère, c'est le gouvernement. Toi, tu es le peuple. La bonne, c'est la classe ouvrière et ta petite sœur, elle représente le futur.

– D'accord, papa, mais je ne suis pas sûr d'avoir compris…

Le soir, le gamin est réveillé par les cris de sa petite sœur qui a rempli sa couche. Il va dans la chambre de ses parents pour les prévenir, mais sa mère dort profondément. Il regarde ensuite par le trou de la serrure de la chambre de service et il voit son père en train de sauter la bonne.

Et le lendemain, il dit à son père…

– Papa je crois que j'ai compris : pendant que le capitalisme baise la classe ouvrière, le gouvernement est profondément endormi, le peuple est complètement abandonné et le futur est dans la merde ! »

Adieu, fessée !

• *Depuis qu'Edwige Antier, députée UMP, a déposé une proposition de loi destinée à interdire la fessée, les réactions sont passionnées. Un commentaire, Jean-Marie Le Pen ?*

JEAN-MARIE LE PEN : Comment ne pas voir dans cette pitoyable proposition de loi l'aboutissement logique des campagnes maçonniques menées dès 1789 en faveur des prétendus droits de l'homme ? En 1981, à l'instigation d'une coalition socialo-communiste, ce travail de sape de nos valeurs les plus essentielles nous

avait valu la suppression de la peine de mort. Et voici qu'à présent Mme Antier veut nous apitoyer en demandant la suppression de la fessée.
Du temps de ma jeunesse bretonne, quand j'étais un gamin turbulent, mon père, un solide marin pêcheur, m'a plus d'une fois flanqué une bonne fessée en me traitant de petit voyou. Eh bien, je n'en suis pas mort ! Loin de là ! D'avoir le cul tanné régulièrement, les fesses rougeoyantes, ça m'a endurci et surtout ça m'a inculqué le respect de l'autorité. Non seulement je suis partisan du maintien de la fessée à la maison mais, en plus, je demande au ministre de l'Éducation nationale d'en rétablir immédiatement l'usage dans les crèches et les écoles, avec les coups de règle sur les doigts et le port du bonnet d'âne.
Cela dit, il est une enfant dont je souhaite que jamais elle ne subisse ce châtiment. Il s'agit de ma filleule, la petite Plume M'Bala M'Bala. Un jour que son papa, mon ami l'humoriste Dieudonné, me l'avait laissée en garde, alors qu'il devait préparer son show du Zénith avec le professeur Faurisson, Plume, en chahutant dans mon bureau, a brisé une œuvre d'art à laquelle je tenais beaucoup : un buste en plâtre du maréchal Pétain. J'ai été tenté de donner une bonne fessée à ma petite filleule, mais, voyez-vous, je n'ai pas pu. En effet, les yeux noyés de larmes, elle m'a lancé :
« Pitié, parrain Jean-Marie ! Pitié ! Ne tape pas ta petite Plume, surtout pas là pas là. »

• *Phillipe de Villiers, votre sentiment sur ce projet de loi ?*
PHILIPPE DE VILLIERS : Je suis entièrement d'accord avec Mme Antier dont je soutiens entièrement le projet, du moins en ce qui concerne les enfants. En revanche, dans des établissements réputés difficiles, je pense à certains pensionnats de jeunes filles, la fessée pourrait être une sanction aussi exemplaire qu'efficace. Les éducateurs pourraient utiliser des martinets, des badines, des cravaches et même des raquettes de ping-pong pour fouetter, pour gifler ces boules de vice, ces dépravées, là où ça fait mal, en faisant courir sur la chair impure de ces croupes cabrées des frémissements dus autant à la douleur qu'à la volupté... J'arrête, je bande.

Cent vingt ans d'érection

• *Paris va fêter les cent vingt ans de la tour Eiffel. Un anniversaire exceptionnel, Bertrand Delanoë ?*
BERTRAND DELANOË : Cent vingt ans, vous vous rendez compte ! Le même âge, à deux ans près, que Jeanne Calment ! Je peux vous dire qu'on va la bichonner,

notre vieille dame de fer ! Chaque soir, jusqu'au 31 décembre, elle va se parer de lumières multicolores grâce à un dispositif de quatre mille projecteurs stroboscopiques dernière génération ! Ça va être joli ! Après les cinq minutes du scintillement habituel se déroulera un merveilleux spectacle lumineux qui retracera l'érection de la tour Eiffel. Ben oui, c'est comme ça qu'on dit.
Mais, pour célébrer cet anniversaire, je veux aller beaucoup plus loin. De part et d'autre de la tour dressée bien dure et bien ferme dans le ciel de Paris, je vais faire placer deux énormes boules disco, deux belles sphères bien rondes. Et le soir du 31, à minuit pétant, au moment suprême, je vais appuyer sur un bouton. Alors, le bout de la tour va devenir tout violacé et les boules vont se vider de leur énergie qui va gicler en gerbes lumineuses dans le ciel de la capitale. Parce que qu'est-ce qu'ils veulent, les socialistes, les Français et les Parisiens, c'est un maire qui envoie le jus bien à fond !

« Qui veut emprunter des millions ? » (2)

• *La commission mise en place par le président de la République pour réfléchir au grand emprunt va bientôt rendre publiques ses réflexions. En attendant, pour remplir les caisses de l'État qui en a bien besoin, Michel Rocard et Alain Juppé n'ont pas hésité à être candidats à l'un des jeux les plus populaires de TF1.*

JEAN-PIERRE FOUCAULT : Bonsoir à toutes, bonsoir à tous ! Bienvenue dans « Qui veut emprunter des millions ? ». Ce soir, deux candidats qui vont jouer ensemble pour une association… Mais je vais faire simple, messieurs, en vous demandant de vous présenter vous-mêmes…

MICHEL ROCARD : Bonsoir, Jean-Pierre, je m'appelle Michel…

FOUCAULT : Et qu'est-ce que vous faites dans la vie, Michel ?

ROCARD : Je suis l'ancien Premier ministre souffre-douleur du vieux fumelard-queutard-vicelard-salopard-soudard de Jarnac, de Solutré et de la rue de Bièvre réunis, Jean-Pierre.

FOUCAULT : Oh ! Vous m'en direz tant ! Et vous, Alain ?

ROCARD : Moi, je fais dans la déconne, Jean-Pierre. Oui, mon job, ça consiste à faire marrer les Bordelais, et je l'espère, plus largement, tous les Français.

FOUCAULT : Je rappelle que vous jouez pour une association : la Commission pour le grand emprunt national. Attention, première question ! Pour un emprunt national de 3 000 euros… Vous êtes prêt, Michel ?

ROCARD : Je suis prêt, Jean-Pierre.

FOUCAULT : Et vous, Alain, vous êtes prêt ?

JUPPÉ : Tu le sais, je suis toujours paré pour la pignole, Jean-Pierre !
FOUCAULT : Je vous rappelle qu'en cas d'hésitation vous pouvez faire appel à un ami. Attention ! Pour quelle raison le nom finalement choisi pour désigner la monnaie européenne a été l'euro, et non l'écu ?
Parce que les banquiers avaient peur :
– Qu'on leur lèche l'écu réponse A
– Qu'on leur gratte l'écu réponse B
– Qu'on leur bouffe l'écu réponse C
– Qu'on leur torche l'écu réponse D.
Prenez votre temps... Je vois que vous êtes perplexes. Je vous rappelle que vous pouvez faire appel à un ami...
ROCARD : Oui, je crois plus raisonnable de faire appel à un ami. Un ami véritable, évidemment, et non un horrible faux cul, une pelle à merde puant la traîtrise et la duplicité, comme l'effroyable tordu bigame de l'auberge du Vieux Morvan...
FOUCAULT : J'ai bien compris, Michel. Cet ami, vous allez l'appeler tout de suite...
(Sonnerie...)
SARKO : Allô, j'écoute ?
JUPPÉ : Allô, Alain Juppé à l'appareil ! Avec Michel Rocard, on passe à « Qui veut emprunter des millions ? ». On a pensé à toi pour nous aider à répondre à une question.
SARKO : Écoutez-moi bien tous les deux, tout se barre en couilles en ce moment, alors vous avez intérêt à me ramener du pognon, sinon je vous vire de la commission !
JUPPÉ : Oui, mais faut nous aider, Nicolas, sinon on est dans la merde. La question est : Pourquoi les banquiers ont choisi l'euro et non l'écu pour désigner la monnaie européenne ? Parce qu'ils avaient peur qu'on leur lèche l'écu, qu'on leur gratte l'écu, qu'on leur bouffe l'écu ou qu'on leur torche l'écu ?
SARKO : Les banquiers, ils ont surtout eu peur qu'on leur botte le cul...
FOUCAULT : Alors, Alain ? Alors, Michel ?
ROCARD : Je réponds comme notre ami. De toute façon, il a horreur qu'on ne réponde pas comme lui. Donc je dirai : « Parce que les banquiers avaient peur qu'on leur botte l'écu »...
FOUCAULT : C'est votre dernier mot, Michel ?
ROCARD : C'est mon dernier mot, Jean-Pierre...
(Musique...)
FOUCAULT : Quel suspense... Mauvaise réponse !

Taille de guêpe

Sarkozy : Je viens de voir la photo officielle de la famille Obama, une photo signée Annie Leibovitz. Ma Carlita (qui s'y connaît en photos glamour) m'a expliqué que cette femme était la photographe des stars… Des Rolling Stones, de Demi Moore, de Clint Eastwoood… Elle m'a expliqué que les photos de Whoopi Goldberg dans un bain de lait, de John Lennon tout nu avec Yoko Ono, c'était aussi Annie Leibovitz qui les avait prises.
Bref, la surmédiatisation d'Obama continue, que ça en devient vraiment indécent. Mais comme si ça suffisait pas, aux États-Unis, ils viennent de commercialiser une poupée Michèle Obama. Tenez-vous bien, cette poupée est décrite comme ayant une taille de guêpe ! Là, je dis qu'il faut pas exagérer ! Que la femme à Barack Obama soit le sosie officiel de Michel Leeb, OK ! Mais qu'on dise qu'elle a une taille de guêpe, je peux pas laisser passer ça. La seule à avoir une taille de guêpe, et je suis bien placé pour le savoir, c'est ma Carlita !

« L'École des fans » (3)

• *Le succès de « L'École des fans » sur Gulli ne se dément pas. Retrouvons vite l'animateur de cette sympathique émission : Philippe Risoli.*
Philippe Risoli : Bonjour, les parents, bonjour, les enfants ! Bonjour à tous ! Cette semaine : une candidate ! Bonjour, comment tu t'appelles ?
Marie Bové : Marie…
Risoli : Marie ? Pas mal, pas mal ! C'est joli, Marie ! Marie comment ?
Marie Bové : Je m'appelle pas Marie Comment, je m'appelle Marie Bové !
Risoli : Marie Bové, c'est joli aussi ! Tu es venue avec ton papa ?
Marie Bové : Oui, il est là-bas…
Risoli : Dis-moi, Marie, c'est le monsieur avec un gros nez et une moustache ?
Marie Bové : Non, lui, c'est Mamère…
Risoli : Ta mère porte des moustaches ? Pas mal, pas mal !
Marie Bové : Mais non, t'es bête ! C'est pas ma mère, c'est Noël Mamère ! Un copain de mon papa.
Risoli : Alors ton papa, c'est celui avec la chemise marron toute craspouille ?
Marie Bové : Non, lui, c'est Dany, un autre copain de mon papa… Mon papa, c'est çui qu'est à côté.
Risoli : Celui avec une moustache jaune et une vieille pipe ?
Marie Bové : Oui… Il est beau, mon papa. Il s'appelle José, mais il est même pas espagnol !

Risoli : Bravo, on a trouvé ton papa ! Et qu'est-ce qu'il fait, ton papa, Marie ?
Marie Bové : Il est arracheur.
Risoli : Arracheur ? Pas mal, pas mal ! Arracheur de dents ?
Marie Bové : Non, arracheur dehors. Il est tout le temps dans les champs des autres, jamais dans le sien. Pour arracher le maïs Trans Négique, comme le Géant Vert !
Risoli : Le Géant Vert, pas mal, pas mal ! Et qu'est-ce que tu veux faire plus tard, Marie ?
Marie Bové : Avoir des moustaches, comme mon papa !
Risoli : Dis donc, c'est bien parti pour ! Et qu'est-ce que tu veux gagner, Marie ?
Marie Bové : Je veux gagner des vrais cabinets avec une chasse d'eau...
Risoli : Des vrais cabinets ? Et pourquoi donc, Marie Bové ?
Marie Bové : Parce que, à la maison, mon papa, il fait caca dans la sciure, et ça sent très mauvais...
Risoli : Ça sent le caca ! Pas mal, pas mal ! Mais, dis donc, petite coquine, toi aussi, tu sens le caca...
Marie Bové : Oui, j'ai fait caca dans ma culotte. Elle est pleine de sciure.

Pasqua était son nom !

• *La condamnation de Charles Pasqua à un an de prison ferme et 100 000 euros d'amende lors du procès de l'Angola Gate a inspiré à Robert Hossein son prochain spectacle...*
Robert Hossein : « Charles Pasqua était son nom ! » L'incroyable histoire du petit employé d'une usine de pastis devenu ministre de l'Intérieur ! Dans le rôle de Charles Pasqua : Gérard Depardieu !
Gérard Depardieu : Un an de taule ? J'en ai rien à battre ! Je vais faire appel ! Qu'est-ce que vous croyez ? Je m'en suis toujours tiré ! L'affaire Alsthom, l'affaire de la Sofremi, l'affaire du casino d'Annemasse, l'affaire Pétrole contre Nourriture, l'affaire Elf... Pas vu, pas pris ! Alors, pour l'affaire de l'Angola Gate, vous pouvez me condamner à ce que vous voulez, j'en ai rien à foutre !
Hossein : « Charles Pasqua était son nom ! » Les tribulations politico-rocambolesques de l'ancien vice-président du SAC, devenu un respectable sénateur des Hauts-de-Seine...
Depardieu : Bande de fumiers ! J'ai mes réseaux ! J'ai le bras long ! J'étais le témoin de Sarkozy à son premier mariage ! Je suis son parrain en politique...

<u>Charles Pasqua</u> : Bon, ça suffit comme ça, espèce de cabot ! S'il était encore de ce monde, c'est pas toi, mais Fernandel, qui aurait pu jouer le rôle de Charles Pasqua.

<u>Hossein</u> : « Charles Pasqua était son nom ! » Dans le rôle de la justice : Jeanne Moreau.

<u>Jeanne Moreau</u> : Oh ! mon Charles, il faut pas m'en vouloir, mais, cette fois, tu vas pas y couper ! Trafic d'influences, c'est grave….

<u>Pasqua</u> : Tais-toi donc, vieille toupie ! Du temps du SAC, t'aurais moins fait la fière !

<u>Jeanne</u> : Sois pas méchant avec moi, j'allais te proposer de faire appel…

<u>Pasqua</u> : C'est quoi, cette haleine anisée ? Tu m'as encore siphonné mes bouteilles de pastis !

<u>Hossein</u> : « Charles Pasqua était son nom ! » Au palais des Sports et au palais de Justice…

<u>Depardieu</u> : Alors, vous me donnez le rôle ou quoi ? Si vous me le donnez pas, je lui colle un procès au cul, à Pasqua ! Fumiers !

Novembre

Les Bleus en barrage, la cavale de Jean-Pierre Treiber, les Mémoires de Chirac et le Dard de Sébastien

Trous de mémoire

• *Jacques Chirac, vous avez eu un week-end bien chargé...*

JACQUES CHIRAC : Ah ! il est bien fini, le temps où je me faisais chier comme un rat mort dans l'appartement des Hariri ! D'ailleurs, en ce moment, j'y suis jamais. J'arrête pas ! J'ai encore plus de boulot que quand j'étais président ou maire de Paris ! Ah ! ça, je peut-e vous le dire : auteur à succès, c'est pas un emploi fictif !

Tenez, samedi, je suis retourné chez moit-e, en Corrèze, à la Foire du livre de Brive pour dédicacer mes Mémoires qui portent mon nom, les Mémoires de Jacques Chirac. En deux heures, à deux pas du stand de Poivre d'Arvor et de Mimy Mathy (laquelle, et c'est logique, est directement publiée en Livre de poche), j'ai dédicacé des centaines de bouquins. J'ai pas arrêté ! Comme, en plus, à chaque foi-te, il fallait que je serre la louche de la personne, aujourd'hui, j'ai la main droite en compote. Mais c'était sympa, car, voyez-vou-te, la Foire du livre, c'est comme une foire aux bestiaux, sauf qu'au lieu de palper le cul des vaches, tu peux palper celui des attachées de presse. Je plaisante évidemment, car Bernadette était là, et depuis la dernière foi-te, quand je suis avec elle en Corrèze, je fais gaffe.

• *Vendredi dernier, vous avez aussi serré des mains à la Sorbonne ?*

CHIRAC : En effet-e, vendredi non plus, je n'ai pas chômé. J'ai remis les prix de la fondation qui porte mon nom, la fondation Jacques-Chirac. J'ai apprécié qu'à cette occasion Nicolas Sarkozy soit-e présent. En revanche, je n'ai pas apprécié une chose, c'est que, dans son discours, il me tutoi-te. Oui, il s'est mis d'un seul coup à me dire tu, alors que, moi-te, dans mon allocution, je l'avais vouvoyé. On ne tutoi-te pas en public un président de la République, on le vouvoi-te !

Je me suis bien gardé de faire remarquer devant tout le monde à Nicolas Sarkozy qu'il était parfaitemente impoli, voire vulgaire de se montrer aussi familier avec moi-te. Mais je peut-e vous assurer que, dans le deuxième tome de mes Mémoires qui porteront mon nom, Les Mémoires de Jacques Chirac II, lui aussi, il va déguster, le Sarkozy !

GISCARD : Et mon bouquin, à moi ? Il est déjà oublié ? Il suffit que Chirac sorte le sien pour que plus personne ne parle de *La Princesse et le Président* ? J'ai pas mis assez de cul dedans ? Hein ? Oui, c'est ça, c'est encore plus de cul que veulent les lecteurs ! Vous allez voir, dans le prochain, y en aura à chaque page. Vous allez être servis, bande de salauds !

Humaniste naturel

• *Patrick Sébastien a déclaré qu'il aspirait à se lancer en politique. Vous pouvez nous donner quelques explications, Patrick ?*

PATRICK SÉBASTIEN : Ouais, c'est génial ! Mais mon but, c'est pas de créer un nouveau parti politique, parce que les Français, en ce moment, ont mal aux partis et j'ai mal pour eux. Non, moi, je veux plutôt fonder un mouvement humaniste autour de ma personne. Un peu comme Nicolas Hulot. Lui, il fait avancer les choses en se battant contre la pollution, moi, je veux me battre contre la pollution nocturne. C'est pas de l'amour, c'est du gâchis ! D'ailleurs, avec un grand photographe, Yann Anus-Bertrand, je prépare un bouquin incroyable, *Les Cartes de France vues du ciel.*

« L'École des fans » (4)

Le succès de « L'École des fans » sur la chaîne Gulli ne se dément pas. Nous retrouvons tout de suite son animateur, Philippe Risoli, avec un nouveau et jeune candidat...

PHILIPPE RISOLI : Bonjour, les enfants, bonjour, les parents, et bienvenue dans « L'École des fans ». Tout de suite un premier candidat. Bonjour, comment tu t'appelles ?

MARTIN : Moi-te, je m'appelle Martin...

RISOLI : Martin ? Ça me rappelle quelqu'un... Et tu es venu avec qui, Martin ?

MARTIN : Ma mamie.

RISOLI : Elle est où, ta mamie ?

MARTIN : Elle est là-ba-te...

RISOLI : Ah ! C'est la petite dame qui s'accroche à son sac ?

MARTIN : Oui, il est plein de pièces jaunes, son sac... Je lui en pique pour m'acheter des bonbecs, des Hariribos !

RISOLI : Des Hariribos ? Pas mal, pas mal ! Et ton papy, il n'est pas là ?

MARTIN : Non, il est pas venu avec moi-te. Il est dans son appartement des Hariri...

RISOLI : Les Hariri ? Pas mal, pas mal ! Et qu'est-ce que tu veux faire plus tard, Martin ?

MARTIN : Je veux faire emploi fictif à la mairie de Paris.

RISOLI : Dis donc ! Il va falloir bien travailler à l'école ! Et qu'est-ce que tu veux gagner, Martin ?

MARTIN : Un chien pour mon papy.

RISOLI : Pas mal, pas mal ! Quel genre de chien ?

MARTIN : Un qui morde pas les couilles. Mais le mieux, ce serait qu'il ait-e deux chiens, Hafifi et Haloulou, pour son appartement des Hariri !
RISOLI : Pas mal, pas mal !

Femme d'influence

• *Monsieur le Président, on murmure que vous auriez demandé à votre épouse de se tenir écartée des affaires politiques... Dans une interview pour le magazine* Elle, *elle affirme d'ailleurs n'avoir aucune influence politique sur vous... Est-ce vrai ?*
SARKOZY : Vous voulez savoir si c'est vrai ? Eh bien, je vais vous répondre... Carlita n'a pas d'influence sur moi en matière de politique, voilà ! En tout cas, elle n'en a plus. Bon, parce qu'avec Frédéric Mitterrand je me suis fait un peu blouser, il faut bien le dire... C'est vrai que, pendant six mois, j'ai été bombardé de : « Minou, pourquoi tu ne prendrais pas Fred à la Culture ? » ou encore « Il serait bien à la Culture, Frédo, tu ne crois pas, Minou ? »... À la fin, j'ai fini par céder. J'aurais mieux fait de me casser une jambe ce jour-là... Mais, quand même, on a échappé au pire : elle m'avait soufflé le nom de Louis Bertignac pour la rue de Valois et celui de Raphaël Enthoven pour la Condition féminine ou pour remplacer Rama Yade aux Sports ! Vous imaginez la catastrophe ! Elle voulait me refiler tous ses anciens manches à couilles. On aurait été bien barrés avec Mick Jagger ou Donal Trump, ils parlent même pas français !
Mais tout de même, pour être très franc, car vous savez que je suis franc et direct, hein ? Pour être très franc, je dois avouer que Carlita a tout de même une influence certaine sur quelques-unes de mes positions : le tambourin soudanais ou le toboggan chinois. Toi dessus ou moi dessous. Les pieds au mur et le nez dans le poilu... Là-dessus, c'est vrai, je l'avoue, c'est souvent elle qui a le dernier mot.

11 novembre

SARKOZY : Aujourd'hui, pour tout le monde, c'est férié, mais moi, j'ai du boulot... C'est le 11 novembre... C'est dommage hein ? Il reste plus aucun poilu... Heureusement qu'il me reste celui de Carlita pour me consoler. Pour me consoler, oui, parce que, décidément, les emmerdements, ça continue ! À peine ça se calme d'un côté que ça recommence à déconner de l'autre. Le dernier truc qui vient me pourrir la vie, c'est « 2012 » ! Vous vous rendez compte ? Un film

qui raconte la fin du monde, et qui en donne la date exacte : le 21 décembre 2012 !
Bon, OK, y a pas longtemps, dans *Le Figaro,* quand mon fidèle ami Étienne Mougeotte m'a demandé si je serai candidat à ma propre succession, j'ai dit avec beaucoup de sincérité que j'étais pas encore prêt à répondre... Ceci dit, le 21 décembre 2012, ça fera sept mois que je serai réélu. Alors je n'apprécie pas que la fin du monde soit programmée à cette date ! Ce film américain, qui sort en France, comme par hasard, alors que tout va mal pour moi, je suis sûr que c'est un truc d'Obama pour me déstabiliser.

France-Irlande

• *Et on commence la semaine dans la joie et la bonne humeur avec Eugène Saccomano.*
EUGÈNE SACCOMANO : 1-0 contre l'Irlande, mais c'est un score de gagne-petit, c'est de la roupie de sansonnet ! C'est rien du tout ! Et y a pas de quoi rouler des mécaniques. Tout le monde dit que c'est Anelka qui a marqué le but à la 72e minute, mais c'est absolument faux, c'est de l'intox ! Car c'est un joueur irlandais, à savoir Ledger, qui a marqué contre son camp. Donc, c'est bien ce que je dis, une fois de plus, les culs-de-jatte de l'équipe de France ont été à l'image de leur entraîneur : complètement incapables ! Et meeerde !

Léger froid

• *Lors du dernier Conseil des ministres l'ambiance était glaciale.*
SARKOZY : Je vous le dis tout net : j'en ai assez que des gens de ma propre famille politique me chient dans les bottes. Tous ces pataquès sur la taxe professionnelle, le grand emprunt, les niches fiscales des sportifs de haut niveau, sans parler des dépenses pour le sommet pour la Méditerranée... Ça m'a pourri complètement mes vacances de la Toussaint. Et, du coup, j'ai même pas pu régler le problème du tout-à-l'égout de ma Carlita avec le syndic du cap Nègre ! Alors je vous préviens : la cacophonie, le chacun pour soi, le tout pour ma gueule, c'est terminé ! Si j'en vois un seul d'entre vous qui se la joue perso, qui se désolidarise, sans m'avoir rien dit avant, ça va chier pour lui, ou pour elle, d'une façon dont vous avez pas idée !
FRED MITTERRAND : Bâsoir ! Adieu, Rama Yade !
SARKO : Misère, j'avais oublié qu'il était ministre, celui-là !

Mitterrand : Aussi belle qu'indomptable, la jeune Rama Yade qui croyait pouvoir voler de ses propres ailes a fini par se brûler aux feux de la rampe de ce théâtre de la cruauté qu'est la politique. Oui, Rama, après l'enthousiasme des premiers jours, tu vas apprendre ce qu'il en coûte de braver les oukases de celui qui fut ton Pygmalion...
Sarko : Mais pour qui il se prend, le neveu ? Je l'ai pas encore virée, la Rama Yade ! C'est pas l'envie qui me manque de l'éjecter et de la remplacer par David Douillet, mais elle est populaire. Et puis David Douillet, c'est pas si génial que ça pour représenter la diversité : y a que sa ceinture qui est noire.
Mitterrand : Bâsoir ! Adieu, Claude Lévi-Strauss, chantre de la diversité, ethnologue et philosophe de génie...
Sarko : Bon, ça suffit, Frédéric ! J'ai dit pas de cacophonie, alors, tu mets une sourdine ou je te nomme à la Jeunesse et aux Sports, secrétaire d'État chargé de la boxe thaïe...

Le roi du gag

• *Alain Juppé était l'invité de Jean-Michel Aphatie... Mais voici ce que vous n'avez pas entendu à l'antenne.*
Alain Juppé : Salut, les gouines ! Dites donc, ça rigole pas le matin à RTL...
Jean-Michel Aphatie : Bonjour, Alain Juppé. Déontologiquement, votre aptitude à rire de tout me semble un peu déplacée en cette période de controverse sur la réforme des collectivités locales. D'ailleurs, à ce sujet, quelle est votre position en tant que maire de Bordeaux ?
Juppé : Vaut mieux en rire, Jean-Michel Apathie ! Vous savez, tout ça, c'est une question d'adaptation sur le long terme... C'est comme quand on change de boulot ! Tiens, d'ailleurs, ça me rappelle une blague : c'est celle de l'agriculteur qui est devenu vitrier.
Aphatie : Et alors ?
Juppé : Ben, il était agriculteur et il est devenu vitrier, alors son copain lui demande pourquoi et le gars répond : « Ben, ma femme veut plus que je laboure, alors j'mastique ! »
Apathie : Vous n'avez pas répondu à ma question, Alain Juppé. Quelle est votre position ?
Juppé : La levrette, ça vous va ? À propos, ça me rappelle une histoire.
Aphatie : Mais c'est infernal, cette manie de se défiler en racontant des histoires drôles, ce n'est pas déontologique !
Juppé : Détends-toi, Jean-Michel, celle-ci, elle est top.

Un mec va se plaindre à son médecin qu'au niveau sexuel c'est plus ça entre lui et sa femme...
– Vous changez souvent de position ? demande le toubib.
– Heu ? Non, pourquoi ? Il y en a plusieurs ?
– Oui, il faut rompre la monotonie qui s'installe dans votre couple, essayez donc la levrette !
– La quoi ?
– La levrette, vous avez déjà vu comment ils font les chiens dans la rue, et ben c'est comme ça !
– Ah ! OK ! OK ! OK !
Le mec rentre chez lui et va voir sa femme.
– Ma puce, pour réveiller notre libido, le médecin m'a donné un truc, une nouvelle position : la levrette !
– La quoi ?
– La levrette ! T'as déjà vu les chiens quand ils font ça dans la rue ?
La femme réfléchit un temps, puis elle dit :
– Bon, d'accord, je veux bien, mais on ira dans un quartier où personne ne nous connaît !
En fait, l'émission plus appropriée pour Alain Juppé, c'est évidemment « Les Grosses Têtes » de Philippe Bouvard !
(Indicatif des « Grosses Têtes »...)
PHILIPPE BOUVARD : Bienvenue à ce rendez-vous du rire et de la bonne humeur. Ce sont vos grosses têtes ! Si l'humour se mesurait à l'abondance de la chevelure, on pourrait en déduire que notre invité n'en a aucun. Et pourtant, sous ce crâne en peau de fesse se dissimule une des têtes les plus pleines de blagues et de bons mots du petit monde politique hexagonal. Coprésident avec Michel Rocard de la Commission pour le grand emprunt national, il n'a pourtant jamais l'air emprunté quand il s'agit de faire rigoler ses concitoyens bordelais. Je vous demande d'applaudir notre invité, Alain Juppé, le maire de Bordeaux.
ALAIN JUPPÉ : Merci, Philippe Bouvard, je suis vraiment très honoré d'être accueilli dans ce temple de la poilade, cette Mecque de la rigolade. Et tel le paralytique en fauteuil qui repart de Lourdes avec deux pneus neufs, je sens que je vais quitter ce studio les zygomatiques gonflés à bloc avec plein de nouvelles blagues dans ma gibecière à déconnade.
BOUVARD : Jacques Ballutin, vous avez une bonne blague pour notre invité d'honneur ?
BALLU : Alors, oui... c'est une histoire d'actualité à l'approche de Noël... Monsieur Juppé, vous connaissez la différence entre un sapin de Noël et un curé ?
JUPPÉ : Non, j'vois pas...
BALLU : Y en a pas : dans les deux cas, les boules c'est pour la décoration.

JUPPÉ : Putain, elle est bonne, celle-là ! J'vais la raconter à l'archevêque de Bordeaux !
BOUVARD : Ho ! Ho ! Ho ! Messieurs, bravo, merci, à la prochaine fois.

La Môme fait du ski

• *Aujourd'hui mercredi, c'est le jour de la sortie des films… En avant-première, voici la bande-annonce d'un film un peu particulier.*
OFF : Après le succès de *La Môme,* retrouvez Marion Cotillard, Oscar de la meilleure actrice dans *La Môme fait du ski,* le nouveau film d'Olivier Dahan.
(Musique…)
MARION COTILLARD : Allez, à boire ! Moi, l'altitude, ça me donne soif… Apportez-nous du vin de Savoie, de l'apremont, pi du bon ! Et un verre pour ma Momone, ma Marguerite Monot… Moi, c'qui me plaît dans le ski, c'est surtout la descente… Et j'en ai une sacrée de descente, hein, ma Momone !
OFF : *La Môme fait du ski…* avec, dans le rôle du moniteur, Gérard Depardieu…
GÉRARD DEPARDIEU : Ah ! mais elle arrivera jamais à tenir sur les planches, bourrée comme elle est ! À la limite pour le slalom… Allez, le planté de bâton, ça va pas du tout, madame Paf, le planté de bâton… Allez, encore un effort, et après on ira boire un verre de vin chaud !
MARION : Ouais, ouais, du vin chaud, hein ! Du vin chaud, pi du bon… Après la piste rouge ! Un bon coup de rouge… Ah ! c'est beau, la montagne, tout ce blanc autour de moi… Ça me fait tout chose… Mais le blanc j'le préfère quand même dans mon godet, hein, ma Momone !
OFF : *La Môme fait du ski* avec Marion Cotillard, César de la meilleure actrice. Bouleversante de vérité.
(Musique…)
MARION : Marcel, Marcel, touille bien la fondue et hésite pas, mon beau Marcel, rajoute du blanc, moi, j'l'aime quand elle a du goût, la fondue… Pi du kirsch, lésine pas sur le kirsch. Hé ! Marcel ! Marcel, en attendant Marcel Cerdon, sers donc un génépi !
OFF : *La Môme fait du ski* sponsorisé par les vins de Savoie, prochainement sur vos écrans.
MARION : J'vais te l'planter moi, l'bâton ! Allez, un vin chaud pour la route !
OFF : Et à partir de demain minuit, découvrez en avant-première : *La Môme fête le beaujolais nouveau.*

MARION : Marcel, Marcel, allez, Marcel Cerdon, le beaujolpif... Pi du bon, moi, j'aime ça, l'beaujolpince, surtout quand il a un goût de banane... Allez, Marcel... remplis-moi c'godet !

Beaujolais nûveau

• *Vous vouliez intervenir, Johnny ?*
JOHNNY : Euh ! oui, bonjour, c'est Johnny. D'abord, je vais bien, mais, chaque année, je me pose une question... Chaque année, on nous dit le beaujolais nûveau est arrivé... Je sais pas où c'est Rivé... mais ils pourraient le distribuer dans tûte la France le beaujolais nûveau et pas seulement à Rivé ! Woooô !

Jeu de mains...

• *Vous avez l'air bien jovial, Eugène Saccomano.*
EUGÈNE SACCOMANO : Je dis Bravo ! Bravo à l'équipe de France !

• *Bravo à l'équipe de France ?*
SACCO : Mais ouiii ! Bravo à l'équipe de France de rugby qui a le droit, elle, de jouer avec les mains, et qui sait s'en servir ! Alors que les milliardaires à crampons, s'ils ne jouaient pas comme des pieds, ils seraient pas obligés de se servir de leurs mains ! Et puis, je dis, s'ils ont envie de mettre les mains, c'est pas les sports qui manquent ! Le basket, le ballon prisonnier, le water-polo, le lancer de poids, la pétanque et la pelote basque !
Et meerde...

• *Charles Pasqua, vous vouliez ajouter quelque chose ?*
CHARLES PASQUA : Y en a qui se font rattraper par la justice, regardez M. Treiber... mais ils n'ont pas capturé tous les coupables, les Villepin, les Chirac, pourtant on sait où ils habitent pour aller les alpaguer à l'heure du laitier...
Et il y en a un autre de voleur qui court toujours, c'est Domenech. Non seulement il a volé la victoire à ces pauvres Irlandais, mais, en plus, il a raflé à la Fédération un magot de 862 000 euros de prime de qualification ! On comprend mieux pourquoi il faisait des bonds sur son banc au coup de sifflet final. C'est pas sur ce banc-là qu'il devrait être, c'est sur celui des accusés ! Comme certains...

• *Vous vouliez conclure, Roselyne Bachelot ?*
ROSELYNE BACHELOT : Mais oui, je sais que Thierry Henry est l'invité de Lizarazu tout à l'heure. Alors, les garçons, si les mains vous démangent, venez voir tatie Roselyne, on trouvera bien à les occuper ! Mais, sur le terrain, on ne tripote plus le ballon, hein ? C'est promis ? Sinon, c'est la Roselyne qui va venir jouer avec ses mains dans les douches des vestiaires !

Réconciliation au sommet

• *C'est dans* Le Monde *daté d'aujourd'hui. François Bayrou, ce week-end, au cours d'un colloque sur les enjeux du sommet de Copenhague, vous vous êtes réconcilié avec Daniel Cohn-Bendit ?*
FRANÇOIS BAYROU : C'est exact. Au cours de cette réunion sur le réchauffement de la planète, nos relations, elles aussi, se sont réchauffées... Mais, à la vérité, nous n'avons jamais vraiment été fâchés... Notre empoignade sur ce plateau de télévision était en fait un petit numéro de duettistes destiné à créer le buzz, comme on dit maintenant... Bon, ça a mieux marché pour Dany que pour moi, mais la prochaine fois il me traitera de « centriste mou de la bite » et de « catho coincé du slip » et comme je serai l'insulté, c'est moi qui engrangerai des voix ! C'est un échange de bons procédés...

• *En tant qu'ancien ministre de l'Éducation nationale, vous avez un commentaire sur la grève des enseignants aujourd'hui ?*
BAYROU : Je vous dirai que cette grève n'a absolument rien d'étonnant et même que, en tant qu'ancien ministre et qu'ancien prof moi-même, je m'y attendais... C'est la période... Le week-end de la Toussaint est bien loin, les vacances de Noël, ce n'est pas pour tout de suite, alors la fin novembre, c'est un bon moment pour se faire une journée de repos et quand je dis « une journée », en fait, c'est deux, puisque demain, c'est mercredi... Qu'on ne vienne pas nous dire que nos enseignants sont dépassés et stériles, ils viennent tout de même d'inventer le week-end au milieu de la semaine ! Et s'ils se débrouillent bien, avec les fermetures de bahuts à cause de la grippe A, ils peuvent tenir jusqu'à Noël et faire le pont jusqu'à la rentrée du 4 janvier !

Saison des transferts

• *Toujours dans le journal* Le Monde. *Il est fortement question en ce moment du transfert des restes de Camus au Panthéon. Des explications, monsieur le Président ?*
SARKOZY : Vous voulez des explications, eh bien, je vais vous en donner ! Tous les présidents ont eu droit à leur Grand Homme transféré au Panthéon. Chirac a eu Alexandre Dumas ; Mitterrand a eu Pierre et Marie Curie... Alors, je vois pas pourquoi je n'aurais pas le droit de faire entrer qui je veux au Panthéon.
Bon, c'est vrai, j'avais proposé une place à Jack Lang, qui me l'avait demandée avec insistance, mais il paraît qu'il faut être mort pour que ça soye possible. Alors il attendra encore un petit peu. C'est là que ma Carlita m'a parlé de faire transférer Camus au Panthéon.

• *Et alors, vous en êtes où ?*
SARKO : Tout d'abord, j'avoue que j'ai été très surpris. Quand on m'a dit qu'il le méritait parce qu'il était un grand écrivain, là je suis tombé de ma chaise. Jean-Claude Camus, je le connaissais comme producteur de Johnny Hallyday, mais pas comme écrivain. Heureusement, ma Carlita m'a expliqué que ce Camus-là, c'est *Albert* Camus, celui qui fait des bouquins, pas Jean-Claude.

• *Et alors ?*
SARKO : Maintenant que je sais qui c'est, ce Camus, je suis d'accord pour le transfert au Panthéon. Mais y en a un que ça risque d'énerver, c'est Éric Besson. En ce moment, je sais pas ce qu'il a, l'ancien socialo, depuis que je l'ai aidé à retourner sa veste, il est de plus en plus à cran avec l'identité nationale. À tel point que Brice Hortefeux passe presque pour un défenseur des sans-papiers, c'est vous dire. Quand Besson va apprendre que cet Albert Camus est né en Algérie et qu'il est le père de *L'Étranger,* j'ai peur qu'il veuille mettre le cercueil dans un charter, direction Alger.

• *Il faudra faire un discours, monsieur le Président.*
SARKO : Je vais demander ça au neveu...
FRED MITTERRAND : Bâsoir ! Comme Leclerc entra aux Invalides avec son cortège d'exaltation dans le soleil d'Afrique, entre ici Albert Camus, avec tes piles de bouquins admirables. Albert Camus, disparu déjà depuis un demi-siècle... envolé plutôt, vers l'Olympe des écrivains dans l'embardée tragique du coupé Facel Vega FV 3B, moteur Typhoon 4 950 cm^3, de 253 chevaux qui t'emmenait vers Paris à l'allure folle où vont les demi-dieux des lettres.
SARKO : Si le neveu se met à parler mécanique, on n'est pas rendus !

MITTERRAND : Bâsoir et adieu, Albert Camus, auteur qui sut prendre de la hauteur pour réfléchir à l'absurdité de notre humaine condition et à la vanité du pouvoir. Entre ici, dans ce Parlement fantôme des hommes libres, égaux et fraternels. De ton œuvre je retiendrai surtout *Caligula*, pièce qui fait revivre ce jeune empereur romain aux mœurs interlopes amateur de lutteurs gréco-romains de quarante ans qui, faute de conseillers avisés, nomma consul son cheval Incatus et j'en connais, vingt siècles plus tard, qui feraient bien d'en prendre de la graine...
SARKO : Ça y est, il se remet à débloquer, le neveu. Je peux pas dire un truc pareil...

• *Peste ! Ah ! vous vouliez réagir Johnny...*
JOHNNY : Je n'y comprends rien du tût à cette histoire de transfert de Camus ! Non seulement je connais pas ce joueur, mais l'équipe du Panthéon, j'en ai jamais entendu parler... J'espère que eux en tût cas ils jouent avec les pieds, pas avec les mains, cette équipe. En tût cas, vous m'avez appris quelque chose, je savais pas que mon producteur il avait un fils qui jouait au fûût...

Sarko chez les Zyvas

• *Hier, Nicolas Sarkozy était en banlieue.*
ZYVA : Oh ! Hé ! Sarkozy ! Ton tee-shirt, y déchire grave ! Y s'lave comment ? Au Kärcher ? Oh ! mais, t'inquiète ! On va pas te dépouiller !
SARKOZY : Si vous voulez mon tee-shirt, je vous l'offre, en signe d'amitié.
ZYVA : T'es ouf ou quoi ! Avec « N Y Pédé » marqué dessus, je vais me faire pourrir par tous mes potes ! Je tiens pas à passer pour une fiotte ! Mais, par contre, M'sieur Sarkozy, j'veux bien que tu me signes une photo de ta meuf à poil. Spécial dédicace à Mouloud ! Regarde, je l'ai pécho sur Internet ! Elle est bonne, ta belette, tu dois bien la déglacer !
SARKO : Ça, ça va pas être possible.
ZYVA : Tu veux de la maille en échange ? C'est ça ? Pas de problème. Tu veux pas ? Alors, barre-toi, ou j'téclate ta race.
SARKO : Pour tout ce qui est sports de combat et arts martiaux, il faut s'adresser à Frédéric...
ZYVA : C'est qui, ce bouffon ?
SARKO : Je vous présente M. Mitterrand, mon ministre de la Culture.
ZYVA : Mitterrand ? Arrête de nous mitonner. Qu'est-ce que tu nous embrouilles ? C'est Zombiland ! Mitterrand, il est décédé quand j'étais même pas né !
SARKO : Il s'agit de Frédéric Mitterrand, le neveu de François Mitterrand.

ZYVA : Ah ! fallait nous affranchir tout de suite. On pouvait pas savoir… Ah ! mais oui, je le reconnais ! Il fait de la télé !
MITTERRAND : Bâsoir, jeunesse turbulente des sombres faubourgs en perpétuel devenir…
ZYVA : Oh ! Droopy ! C'est vrai que tu kifes la boxe thaïe ? Si tu veux du full contact, tu vas en avoir, je fais du kick boxing. Si tu veux, on peut se fighter ! Mortal combat !… Allez, viens, viens ! On va se maraver…
MITTERRAND : Bâsoir ! Adieu, vigoureux garçons, boxeurs de quarante ans au torse cuivré luisant d'une sueur féline et aux muscles bandés dans l'attente de victoires qui sonneront comme une revanche sur l'exclusion…
SARKO : Allez, c'est bon, on se casse, tu termineras ton discours dans la voiture.
ZYVA : Putain, les bâtards ! Ils sont tous remontés dans leurs caisses blindées !
SARKO : Bon, j'suis pas sûr qu'on se soit bien compris. La prochaine fois, je viendrai avec un traducteur.
MITTERRAND : Adieu, cités, bonjour, île de la Cité, vive la banlieue, vive les Zyvas et vive la boxe thaïe !

La Môme et ses amis

• *Le mercredi, c'est le jour de la sortie des films… Marion Cotillard est encore à l'affiche dans un nouvel épisode de* La Môme.
OFF : Après *La Môme 2,* Édith Paf et Marcel Cerdon ton canon… Retrouvez Marion Cotillard, Oscar de la meilleure actrice dans *La Môme et ses amis.* L'histoire des plus belles rencontres d'Édith Piaf… La Môme et Charles Dumont.
CHARLES DUMONT : Non, rien de rien, nooooon, je ne regrette rrrriiiien.
ÉDITH PIAF : Voilà, c'est ça que je veux pour mon Olympia ! Vas-y, continue !
DUMONT : Ni le bien qu'on m'a fait ni le mal, tout ça m'est bien égaaaal…
ÉDITH : Voilà, c'est ça, c'est tout moi, ça ! Bravo, mon petit Dumont, ça, c'est du Bon, du Beau, Dubonnet…
OFF : *La Môme et ses amis,* avec Marion Cotillard méconnaissable grâce aux maquilleuses de Patrick Sébastien…
ÉDITH : Allez du champagne, pi du bon ! Comment qu'tu t'appelles, toi ?
GEORGES MOUSTAKI : Moustaki. Georges Moustaki.
ÉDITH : Allez, mon ptit Georges, t'endors pas : passe-la, ta chanson.
MOUSTAKI : « Allez venez, Milord, vous asseoir à ma table, il fait si froid dehors, ici c'est confortable. »

ÉDITH : C'est ça, à ma table quand il fait froid ! C'est tout moi, ça ! Tiens, bois un coup, dans la cave j'ai trouvé un vieux pommard, il réchauffe une merveille. Marcel ! Marcel Cerdon, Cerdon, un canon, mon Marcel !
Musique.
OFF : *La Môme et ses amis* avec Marion Cotillard, Oscar de la meilleure actrice, et Jeanne Moreau dans le rôle de Marguerite Monot...
JEANNE MOREAU : Mais, arrête de boire comme ça, tu vas être encore paf, Édith ! J't'ai déjà dit qu'c'était pas bon avec tes médicaments.
ÉDITH : M'en fous, ma Momone, ça me fait voir la vie en rose... Tiens, ça ferait une bonne chanson, ça ! Allez, à boire !
OFF : *La Môme et ses amis*, sponsorisé par les vins du Postillon, bientôt sur vos écrans et dans vos caves.

Spéciale Treiber

LAURENT RUQUIER : On pense que Jean-Pierre Treiber est alsacien. Eh ben, non... Treiber est basque ! Ho ! Ho !

• *Ce matin, en effet, un spécial Jean-Pierre Treiber, l'évadé le plus recherché, a fait l'objet de nombreuses émissions. En voici un échantillon, on commence avec Jean-Pierre Foucault.*
JEAN-PIERRE FOUCAULT : Bonsoir ! Je vous rappelle que vous jouez à « Qui veut regagner la prison ». Attention ! la question demande beaucoup de concentration... Le nom exact du ministre de la Justice est :

– Jean-Michel Alliot-Marie	réponse A
– Allô ? Michel Marie	réponse B
– Alliot Marie ment, Alliot Marie ment, Alliot Marie est allemand	réponse C
– Alliot Marie Bobo	réponse D.

Je vous rappelle que vous pouvez faire appel à un ami, à Melun, par exemple. Oh ! On me signale en régie que l'ami que vous voulez appeler, Émile Louis, est sur répondeur. On l'écoute : « Je m'appelle Émile Louis Joli... Je m'appelle Émile Louis Joli... Vous pouvez laisser un message après l'bip sonore... Bip. »

• *Jean-Pierre Treiber a aussi été l'invité spécial du « Plus Grand Cabaret du monde » du sémillant humaniste Patrick Sébastien.*
PATRICK SÉBASTIEN : Mesdames, Messieurs, ce soir dans « Le Plus Grand Cabaret du monde », j'ai l'honneur et l'avantage de vous présenter un numéro exceptionnel. Vous vous souvenez tous de Miroslav Leku, le contorsionniste roumain, tellement

souple qu'il pouvait s'auto-lécher le fion. D'ailleurs, je compte en faire la mascotte de mon mouvement humaniste... Eh bien, ce soir, j'ai encore plus fort !
Je vous demanderai d'applaudir Jean-Pierre Treiber ! Il n'est pas roumain, non, lui, c'est un gars de chez nous, il nous vient de l'Yonne, une région riche en faits divers, mais il est capable en quelques secondes de se caler dans un carton et de disparaître de la circulation !
À Noël, Jean-Pierre Treiber exécutera un numéro encore plus époustouflant. Après plusieurs semaines de mise à l'isolement dont il ressortira très amaigri, il se glissera dans une enveloppe avec une carte de vœux et on n'entendra jamais plus parler de lui ! C'est génial !

• *Il est même passé dans l'émission la moins regardée du PAF, celle de Thierry Ardisson.*
<u>Thierry Ardisson</u> : Salut, les Terriens, l'émission où moi j'fais tout et toi terrien ! Avec ce soir Jean-Pierre Treiber, le Robin des bois de Melun... Ouais, ouais. Alors, Jean-Pierre, la question : Quand t'étais sous ton chêne, est-ce que sucer un gland, c'est tromper ?

• *Jean-Pierre Treiber, vu son parcours, était l'Invité idéal de Jean-Luc Delarue.*
<u>Jean-Luc Delarue</u> : Bonsoir, votre prénom est Jean-Pierre, vous avez un aérodrome à mouches au sommet du crâne et un œil qui joue au billard pendant que l'autre compte les points... Vous aimez la forêt, les taillis, les fourrés... Vous avez vécu pendant plusieurs semaines dans un studio insalubre de la banlieue de Melun avec pour seul compagnon un réchaud à gaz posé à même le sol... Les seuls champignons que vous avez trouvés, c'est ceux qui sont entre vos doigts de pied, vous n'avez pas changé de slip depuis maintenant deux mois et demi, alors que vous avez la diarrhée pour avoir bu de l'eau croupie. Est-ce que vous avez peur du regard des autres ?

• *Un objet culte du fugitif a été retrouvé : il a été le sujet de l'émission de Guillaume Durand « L'Objet du scandale ».*
<u>Guillaume Durand</u> : Voilà l'objet du scandale, la question que nous allons nous poser dans cette émission : Est-ce que, oui ou non finalement, oui ou non, le slip unique de Jean-Pierre Treiber, slip retrouvé par les hommes du Raid dans le panier à linge sale de l'appartement de Melun, est-ce que, oui ou non, ce slip avec une belle trace de pneu pourrait figurer dignement à l'exposition Soulages du Centre Beaubourg, oui ou non ?

Œuvre Dard

• *Patrick Sébastien, vous en êtes où de la rédaction de votre manifeste humaniste ?*
PATRICK SÉBASTIEN : Ça avance, je lis Kant, Voltaire, Théodore Monod... Parallèlement, j'fais la promo de mon album de chansons cochonnes enfantines où j'assomme la souris verte avec ma bite... C'est pas évident de passer d'un univers à l'autre, de Théodore Monod à la mère Michel qui veut pas montrer son cul... mais bon. J'peux déjà vous dire que mon mouvement humaniste (j'l'ai dit dans *VSD*) s'appelle le Dard : le Droit au Respect et à la Dignité... Le Dard... Là, ça y est, j'suis prêt, j'crois que c'est le moment de sortir mon Dard.

• *Ah ! très intéressant, mais dites-nous : vous allez sortir votre Dard devant les politiques ?*
SÉBASTIEN : C'est déjà fait : en 2003, j'avais demandé à mon ami Jacques Chirac un rendez-vous à l'Élysée pour lui exposer mon Dard... Même si mon Dard l'a impressionné, il m'a déconseillé d'le sortir.

• *Alors, du coup, vous allez faire quoi avec votre Dard ?*
SÉBASTIEN : Ben, j'vais reprendre les choses en main, parce que j'pense que mon Dard mérite qu'on se penche dessus, c'est pas un truc politique, mon Dard, il est au-dessus des partis.

• *Pourtant, vous avez soutenu François Bayrou aux dernières élections.*
SÉBASTIEN : Ouais, mais c'est pas pour ça que j'vais introduire mon Dard au centre... Parce que mon Dard, c'est pas seulement un truc en l'air, c'est du concret. Mon Dard, il est palpable et j'suis même prêt à aller montrer mon Dard à Sarkozy... J'irai jusqu'au bout avec mon Dard !

Duo de choc

• *Vous avez suivi avec intérêt les nominations au Conseil européen, monsieur le Président ?*
SARKOZY : Effectivement. Mais, franchement, vous avez vu le duo qui a été choisi par les Vingt-sept pour représenter l'Europe ? Pour lui donner un visage ? D'abord, il y a M. Herman Van Rompuy, un retraité belge qui est le sosie officiel du professeur Tournesol. Eh bien, c'est lui qui va être le président du Conseil européen !

Et comme si ça suffisait pas, pour les Affaires étrangères, ils ont nommé Catherine Ashton, une Anglaise, qui est le sosie officiel de Susan Boyle !
Je ne voudrais pas être discourtois avec ces deux personnes, mais, moi, quand j'étais président de l'Europe, avec ma Carlita, notre couple avait quand même une autre gueule !

• *Vous souhaitiez réagir, monsieur Van Rompuy ?*
HERMAN VAN ROMPUY : Écoutez, quand j'ai été nommé président du Conseil européen, ce qui est un grand honneur, j'ai dit que je resterais discret dans les médias, une fois. Mais, *potferdek !* Je dois quand même dire que je trouve votre président un tantinet condescendant avec nous autres, les Belges. Alors, histoire de remettre les choses à leur juste place, je vais vous raconter une bonne blague sur vous autres, les Fransquillons.
« Après avoir créé la France, Dieu trouva que c'était vraiment le plus beau pays du monde. Alors, comme ça risquait de faire des jaloux, il a créé les Français. »

• *Une réaction, Jack Lang ?*
JACK LANG : Je suis révulsé, Marie-José ! Encore un poste qui m'échappe, et où, à l'évidence, j'aurais pu briller avec autrement plus d'éclat que ce Van je ne sais quoi, sorti de je ne sais où ! Un personnage insipide, falot, aux costumes démodés, un inconnu dont je n'avais jamais entendu parler mais dont on me vante à présent les prétendues compétences ! Ainsi ce Van der Zout parlerait quatre langues ? Mais la belle affaire, moi aussi, je suis polyglotte, Charlotte !

• *Et vous parlez quelles langues, Jack ?*
LANG : Épargne-moi tes plaisanteries, Anne-Marie ! Oui, je parle plusieurs langues ! Le français, bien sûr, mais aussi le verlan des técis pour taper la discute avec mes teupos les rapers, les taggers et les danseurs de hip-hop.
Je parle l'allemand, Armand, que j'ai appris en accéléré en vue de ma nomination (qui se fait attendre) à la tête du premier grand ministère franco-allemand : « *Grüssgott, ich bin Jack.* »
Je parle l'espagnol, Nicole, avec l'accent cubain, perfectionné à l'occasion de ma mission diplomatique à La Havane : « *Vamos a bailar...* »
Je parle le coréen, Antonin, perfectionné lors de mon récent voyage en Corée du Nord. « *Kim Jack Lang Im ni da.* » Bonjour, c'est Jack !
Je parle également le ch'ti, Charles-Henri, que j'emploie avec les autochtones de ma circonscription du Pas-de-Calais. « Salut, biloute, cha va, ma loute ! »

• *Je suis impressionnée…*
LANG : Et je n'ai pas cité, Marie-Thé, la langue de bois qu'il m'arrive de manier avec dextérité quand je dois justifier mes retournements de jaquette. Et la langue de pute, que j'utilise pour distiller le venin de ma rancœur, mais dont pour l'instant j'épargne Nicolas. Tout dépendra du résultat des régionales. Tout ça pour vous dire que je ne comprends pas les éloges dont on tartine ce M. Van den Prout qui n'est que du vent.

Incroyable talent

• *Ce soir sur M6, c'est la suite des auditions pour l'émission « La France a un incroyable talent ». Le producteur québécois Gilbert Rozon, fondateur de « Juste pour rire », nous parle de ses derniers coups de cœur.*
GILBERT ROZON : En France, ça, c'est sûr, c'est pas les incroyables talents qui manquent… Dans les derniers, y en a un qu'avait pas d'bon sens, c'est Jean-Pierre Treiber, qu'a réussi à s'évader dans un carton, qu'on cherchait dans la forêt, pi l'était dans un studio à Melun. En sport, c'est la même chose… Thierry Henry, c'est un gars qu'a un talent incroyable, alors que le foot ça se joue avec les pieds, grâce à sa main, il réussit à faire se qualifier la France pour la Coupe du monde… C't'incroyable !
Mais le plus incroyable, c'est votre président de la République, là. Il a jamais été aussi bas dans les sondages, ben ça l'empêche pas d'être tous les jours à la télé… En tout cas, y en a une qui s'rait virée tout de suite de la sélection, c'est sa femme Carla. Ben oui, le titre, c'est « Incroyable talent » !

Gstaad Blues

JOHNNY : Euh ! bonjour, c'est Johnny. Ça y est. C'est bon, Louis Bodin l'a annoncé il a neigé sur les Alpes… À Gstaad, on pourra donc bientôt voir Paul en ski… Mais y a un problème, c'est que, si il veut sortir de prison, Paul, il faut qu'il donne trois millions de caution, mais il va avoir du mal à les trûver… Ah ! j'ai une idée : il a qu'à revendre son chalet en Suisse ! Ah ouais, mais si il revend son chalet, il aura plus d'endroit où habiter, alors il retournera en prison… Ça lui aura servi à rien de vendre son chalet… Oh !… c'est compliqué !

Miss France

• *Demain aura lieu sur TF1 l'élection de Miss France 2010... Mais à propos, comment devient-on Miss ? Pouvez-vous nous expliquer cela, Michel Chevalet ?*
MICHEL CHEVALET : Bien sûr, alors, une Miss France, comment ça marche ? C'est très simple. Vous prenez une jeune fermière du Gers ou du fin fond du Cantal, une belle bête de plus de 1,70 m au garrot tout de même, habituée aux exhibitions et qui n'est pas rétive face au public. Pour cette raison, les ex-majorettes sont particulièrement appréciées... Vous la promenez ensuite dans les concours locaux, puis régionaux. Puis arrive la Dingo à chapeau, avec son éternel bitos blanc vissé sur la cafetière, flanquée de son ignoble rejeton rasé comme David Carradine dans *Kung Fu*. Alors, les Thénardier mère et fils choisissent les plus belles bêtes, leur collent un anneau dans le nez et les remontent à la capitale pour la grande foire de décembre ! Là, on leur pose des questions... Qu'est-ce qu'elles veulent faire plus tard ? Là, pratiquement à tous les coups elles répondent « esthéticienne » ou « hôtesse de l'air », en effet rares sont celles qui s'imaginent astrophysiciennes ou chercheuses au CNRS. Ensuite, les dindes doivent défiler en trois tenues différentes : en tenue de soirée, en maillot de bain, et là il faut pas que le persil dépasse du cabas... et le plus poilant : en costume régional.

Effets secondaires

• *Roselyne Bachelot, vous vous êtes fait vacciner contre la grippe A ?*
ROSELYNE BACHELOT : Mais oui, mais oui ! J'ai tenu à montrer l'exemple en me faisant vacciner parmi les premières contre la grippe A. Je me suis donc présentée au centre de vaccination installé dans le gymnase Auguste-Renoir, dans le XIVe. J'aime beaucoup les gymnases qui sentent la sueur et le sportif en plein effort, mais là, il n'y avait personne. Les vestiaires étaient vides : ni sportifs ni candidats à la vaccination. J'ai donc demandé aux toubibs de m'injecter carrément toutes les doses disponibles. Comme ça, ça fera un peu baisser les stocks.

• *Et depuis, vous n'avez pas senti d'effets secondaires ?*
ROSELYNE : Je vous vois venir avec vos gros sabots ! Vous voulez parler du syndrome de Guillain-Barré ? Je vais être franche avec vous : comme depuis quelques jours, je suis prise de tremblements, j'ai cru que le vaccin anti-grippe A avait provoqué chez moi cette maladie.

Mais les médecins m'ont rassurée. En fait, il s'agit du symptôme dit « de Rama Yade », dont sont atteints tous ceux, à commencer par le président de la République, qui ont pris Rama Yade en grippe.

Jean-Pierre Treiber était son nom !

• *La capture de Jean-Pierre Treiber a inspiré à Robert Hossein son nouveau spectacle.*
ROBERT HOSSEIN : « Jean-Pierre Treiber était son nom ! » L'évasion rocambolesque, la cavale palpitante du fugitif le plus recherché de France. Dans le rôle de Jean-Pierre Treiber : Gérard Depardieu !
GÉRARD DEPARDIEU : Depuis que je me suis évadé de la prison d'Auxerre dans un carton, tous mes copains taulards m'ont surnommé « Chronopost ». Mais j'aime mieux vous dire que je suis allé plus vite que par la poste !
HOSSEIN : « Jean-Pierre Treiber était son nom ! » L'incroyable épopée du Robin des bois de la forêt de Bombon, la survie inouïe du Rambo de la Seine-et-Marne, qui pendant trois mois a ridiculisé les milliers de policiers lancés à ses trousses.
DEPARDIEU : Allez ! Survivre dans la forêt en bouffant des glands et en suçant des vers de terre, c'était pas ça, le plus duraille. Non, le plus dur, c'était de n'avoir que l'eau des flaques à laper. Pas une goutte de pinard… l'enfer ! Heureusement qu'y avait ma Blandine pour me remonter le moral avec ses lettres d'amour.
HOSSEIN : Dans le rôle de Blandine, la fiancée de Treiber : Jeanne Moreau !
JEANNE MOREAU : Oh ! mon Jean-Pierre, tu sens fort comme un sanglier et tu as une haleine de renard mort, mais je t'aime, mon Jean-Jean !
DEPARDIEU : Dis, la Blandine, à force de becqueter des champignons, j'en ai plein les pieds !
JEANNE : Je t'aime comme tu es, mon Jean-Jean ! Mais fais attention, un gendarme est caché dans notre arbre-boîte aux lettres gravé d'un cœur ! Sauve-toi, mon Jean-Jean ! Sauve-toi !
DEPARDIEU : T'inquiète pas, la Blandine, je vais me planquer chez mes poteaux à Melun ! C'est des bons gars ! Je serai peinard dans mon studio, je me boufferai des raviolis froids en regardant France-Irlande à la télé. À moi la belle vie !
HOSSEIN : « Jean-Pierre Treiber était son nom ! » Le récit d'une arrestation dramatique qui redore le blason d'une police ridiculisée.
DEPARDIEU : Fumiers ! Vous auriez pu attendre que j'aie vu le match ! Oh ! et puis les menottes, c'est pas à moi qu'il faut les mettre, c'est à Thierry Henry, ça lui évitera de faire des conneries avec ses mains !
HOSSEIN : « Jean Pierre Treiber était son nom ! » Bientôt devant les assises de l'Yonne, puis au palais des Sports.

Décembre

La main de Thierry Henry, le clip de l'UMP, Polanski à Gstaad, le Tamiflu qui ne fait pas recette et un joyeux Noël !

Coup de main

• *Depuis la victoire de la France sur l'Irlande, grâce à la main de Thierry Henry, la polémique fait rage… Qu'en pensez-vous, Eugène Saccomano ?*
EUGÈNE SACCOMANO : Je n'ai rien dit, vous avez remarqué… Je n'ai même pas crié. Je suis atterré. Sans voix. Les Français ont joué comme des pignoufs ! Des traîne-savates… Un jeu, une organisation stratégique dignes de l'équipe poussin de Taponnat-sur-Vézère ! Mais si ça continue comme ça pendant la Coupe du monde on va se faire laminer, essorer, éliminer au premier tour par le Kamtchatka ou la Papouasie ! Comme le disait le général Bigeard : J'ai mal à la France ! Je vais demander l'asile sportif à Monaco ou en Andorre ! Quant à Raymond Domenech, pour une fois, je vais vous étonner, je ne vais même pas en dire de mal ! Non, pas du tout ! C'est un grand entraîneur, un des meilleurs ! Mais pour le handball ! Le handball ! Je sais pas si je vais tenir jusqu'au Mondial, ils m'ont épuisé, ces sagouins ! Épuisé !

• *Charles Pasqua, vous vouliez ajouter quelque chose ?*
CHARLES PASQUA : C'est pas bien de tricher… C'est pas joli-joli… Non, c'est même assez moche… Un jour ou l'autre, la vérité finit par éclater… Il suffit que quelqu'un retrouve une vidéo ou alors quelques vieux papiers… Et patatras ! Moi, je dis qu'une victoire mal acquise ne profite jamais… Y en a qui se font prendre la main dans le sac ou sur le ballon et d'autres sont rattrapés des années après… Et ceux qui se croient intouchables ne sont jamais à l'abri… Eh non… Comprenne qui pourra. Ou qui voudra… Voilà, voilà…

• *Roselyne Bachelot, cette victoire contestée et contestable vous a choquée ?*
ROSELYNE BACHELOT : J'étais pas fiérote dans les tribunes… Pas vraiment. Et j'ai même dit à Raymond Domenech ce que j'en pensais et qu'il avait intérêt à se réveiller, sinon je vais m'en occuper moi-même, des Bleus ! Et s'ils ne veulent pas que je les rattrape, ils auront intérêt à courir vite ! Attention à la Roselyne !
Je vais vous dire la vérité, je préfère le rugby au football… Déjà, au rugby, on peut jouer avec les pieds, les mains et tout le reste, et puis le rugby, c'est le sport de mon chouchou de Chabal ! C'est pas mon Sébastien qui tricherait pendant une compétition… Non, non… Peut-être un petit bourre-pif par-ci, par-là, un petit plaquage un peu viril, mais c'est pas le genre qui triche, mon velu ! Alors, les garçons, si les mains vous démangent, vous venez voir tatie Roselyne, on trouvera bien à les occuper, mais sur le terrain, on ne tripote plus le ballon, hein ? C'est promis ?

• *Dominique Besnehard, on ne vous imaginait pas amateur de football...*
DOMINIQUE BESNEHARD : Ah non ! J'y connais rien. Rien du tout. Même s'il y a quelques garçons dont je coacherai bien la carrière... Non, en foot, j'y connais rien, mais, en tricherie, depuis mon passage au PS, je peux vous dire que je suis devenu expert... Ça, les élections au PS et le congrès de Reims, ça a été le festival des urnes bourrées et de la triche organisée... La rougeaude de Lille et ses petits camarades, ils s'en sont donné à cœur joie ! Ils ont tellement, mais tellement triché que, même en trichant de notre côté comme des malades, on s'est fait complètement niquer et Ségo s'est retrouvée dans les choux. À côté de ça, l'élection d'Ali Bongo, c'est transparent comme de l'eau de source ! J'y connais rien en foot, mais, à mon avis, le Thierry Henry, il est proche du PS, mais alors courant Aubry, hein ?

Plus belle la ville

• *Hier, le ministre de la Culture, Frédéric Mitterrand, s'est rendu à Marseille où il a visité les studios de tournage de « Plus belle la vie ». Jean-Claude Gaudin était là pour l'accueillir, nos micros aussi.*
JEAN-CLAUDE GAUDIN : Bonjour, Frédéric ! Bienvenue dans la cité phocéenne ! Et je dirais même (car ici on a l'esprit pouet-pouet) : bienvenue... dans « Plus belle la ville » !
FRED MITTERRAND : Bâsoir ! Mon grand amour, ceux qui me connaissent intimement le savent, c'est évidemment le cinéma, le septième art, que j'aime d'une passion dévorante, bien plus encore que l'opéra, Marcel Proust ou la boxe thaïe.
GAUDIN : Mais, peuchère, il me fait une oraison funèbre, le Parisien !
MITTERRAND : Bâsoir ! Le cinéma d'auteur que je servis jadis moi-même en tant que réalisateur avec mon film *Lettres d'amour en Somalie*... Mais aussi le cinéma populaire, le cinéma des stars et des paillettes, exalté dans mon émission « Étoiles et Toiles ». Le cinéma, quasi né à Marseille, où les frères Lumière, venus de La Ciotat, filmèrent sur le Vieux-Port de jeunes et vigoureux marins moulés dans leur maillot rayé...
GAUDIN : Mais, trondelaire ! il a abusé du pastis, le Frédo !
MITTERRAND : Adieu, frères Lumière, mais bonjour « Plus belle la vie » ! Série populaire elle aussi, série audacieuse avec tous ces personnages typiquement marseillais. Rudy, étudiant en médecine devenu le gigolo d'une veuve sexagénaire pour pouvoir offrir une paire de chaussures à sa petite amie Estelle, elle-même marchande de sex toys juste en face du bar du Mistral où travaille Mélanie Rinato,

dont les appas pulpeux provoquent l'érection d'un jeune prêtre, mais pas celle de Thomas, le serveur homosexuel, qui, à l'heure du dîner, roule des pelles à Florian, père de famille et juge d'instruction qui arrête les innocents et laisse courir les violeurs dans un Marseille terrorisé...
GAUDIN : Mais tais-toi donc, espèce de fada ! Ça n'est pas ça, Marseille !
MITTERRAND : Vive « Plus belle la vie » ! Vive le Mistral ! Vive Fernandel ! Vive Guédiguian ! Vive le ferry bo-ate ! Vive les marins de la marine !
GAUDIN : Quel sinistre, ce ministre ! Allez, zou ! Je le fais enfermer au château d'If !

C'est la faute à Domenech

• *Vous avez regardé le match du XV de France contre les All Blacks, Eugène Saccomano ?*
EUGÈNE SACCOMANO : Si on a reçu cette raclée, c'est encore la faute à Domenech !

• *Mais enfin, Eugène, c'était du foot, pas du rugby !*
SACCOMANO : Ma parole, vous avez du caca dans les yeux, comme Domenech ! Est-ce que vous avez remarqué de quelle nationalité est M. Rolland qui était l'arbitre de ce match ?

• *Heu, non...*
SACCOMANO : Il était irlandais ! Irlandais ! Cet arbitre a voulu se venger de la main honteuse de Thierry Henry qui a donné la victoire aux culs-de-jatte de l'équipe de France de foot. Je vous le dis, si les Français ont reçu une dérouillée face aux All Blacks, c'est la faute à Domenech ! Et meeerde !

• *Un commentaire sur ce week-end sportif, Roselyne Bachelot ?*
ROSELYNE BACHELOT : La mauvaise nouvelle, évidemment, c'est la défaite des Bleus contre les All Blacks. Mais enfin, il faut être fair-play, et si j'avais été sur place, à Marseille, je serais allée consoler les premiers et féliciter les seconds dans les vestiaires. Et surtout j'aurais passé de l'arnica sur le corps meurtri et tout poilu de mon Chabal... Heureusement, il y a une bonne nouvelle qui concerne mon autre chouchou, Alain Bernard. Notre champion olympique de natation vient de gagner une nouvelle médaille : il a été nommé chevalier de la Légion d'honneur. Bien sûr, je suis contente pour lui, mais j'aurais aimé qu'on lui donne aussi les palmes académiques. Vous me direz, Alain Bernard a déjà les pieds palmés. Mais

quand même, ça aurait été logique ! Je n'étais pas à cette cérémonie, mais Alain Bernard ne perd rien pour attendre.

Allez, les Bleus !

• *Le sort en est jeté. Au Mondial, la France ne figure pas dans les têtes de série ! Un commentaire, Eugène Saccomano ?*
EUGÈNE SACCOMANO : Ça veut dire que nos culs-de-jatte à crampons vont obligatoirement avoir à affronter une des meilleures équipes de la planète football ! Tout ça grâce à Domenech qui nous a menés à ce traquenard, à cette Berezina ! Ah ! le Brésil, l'Espagne, l'Italie, l'Allemagne, l'Argentine, l'Angleterre ou les Pays-Bas, ça va être autre chose que les parties de baballe avec la Lituanie ou les îles Féroé ! Pour battre une de ces équipes, il faudra un miracle, l'opération du Saint-Esprit, ou alors il faudra greffer des pieds à la place des mains de Thierry Henry ! D'ores et déjà, les Bleus peuvent tous réserver un billet aller et retour immédiat, tarif spécial week-end pour Johannesburg, ça fera faire des économies à la Fédération ! Et meeerde !

Parfumons la couche d'ozone !

• *Alors justement, le sommet de Copenhague se prépare. José Bové, vous n'avez pas attendu cette réunion pour faire des propositions écologiques concrètes.*
JOSÉ BOVÉ : Ouais, c'est bien beau Copenhague et compagnie, c'est bien beau. Alors là, les amis, cette semaine, tonton José va encore vous épater avec ses bonnes combines pour sauver la planète... Vous vous souvenez que, y a quelques semaines de ça, j'vous ai appris à récupérer vos prouts pour vous chauffer et faire à manger ? Ben là, on va rester dans le même domaine, si vous n'y voyez pas d'inconvénients.
Avec mon Dany, on s'est posé la question : Qu'est-ce qui fait des vilains trous dans la couche d'ozone ? Les pets des vaches, les pots d'échappement et les aérosols. Alors on s'est dit avec Dany quitte à péter... autant péter utile !
L'idée m'est venue quand on est allés pisser ensemble après une réunion sur les OGM... Mon Dany, il pensait qu'il était tout seul dans les chiottes publiques, et, en même temps qu'il soulageait sa vessie, il a craqué une louise... Moi, ça m'a fait marrer, et pour le mettre à l'aise, j'lui ai dit : « T'as raison, pète en même temps que tu pisses, ça va t'éviter un voyage », et c'est là que l'idée de génie m'est venue.

• *Nous ne tenons plus, José, le suspense est insoutenable.*
BOVÉ : Les aérosols, avec mon Dany, ça fait longtemps qu'on n'en utilise plus. On a trouvé mieux et plus écolo… On se met des suppositoires à l'eucalyptus comme quand on est malade, et chaque fois qu'on craque une perlouze, on a l'impression d'être au milieu des pandas dans une forêt australienne. En plus, au lieu d'empester les narines de ton voisin, ça les lui débouche. Le seul problème, c'est que c'est un peu gras. Moi j'm'en fous, je caque dans la sciure, mais quand t'as des toilettes normales, quand tu poses ta pêche, ça fait des yeux sur le bouillon… J'ai même trouvé un slogan :
Pour que ça sente l'eucalyptus
Carre-toi un suppo dans l'anus !

Tamiflu Blues

• *Grippe toujours… Le trafic de Tamiflu bat son plein sur Internet, ce qui a inspiré une chanson à Vincent Delerm*
VINCENT DELERM :
J'ai acheté sur Internet
Du Tamiflu en plaquettes
À 15 euros le cachet
J'crois qu'j'me suis fait arnaquer.
Et en plus c'en était pas
Ils m'ont refilé du Viagra.
J'ai eu la trique toute la soirée
Mais je continue à tousser.

Trahi-te

• *Jacques Chirac, récemment vous avez été victime d'une terrible trahison… Racontez-nous…*
JACQUES CHIRAC : Vous vous souvenez que la semaine dernière j'étais l'invité de Michel Drucker pour un entretien à cœur ouvert. À l'issue de cette émission, comme c'était mon anniversaire, Drucker m'a offert un joli petit chien tout blanc, tout frisé, un bichon maltais…

• *Oui et alors ? Où est la trahison ?*
CHIRAC : J'y vien-te ! À peine l'émission terminée, on me l'a arraché des bras, ce toutou, et pourquoi-te ? Parce que celui qu'on devait m'offrir n'était pas assez beau pour passer à l'image... On m'a donc refilé un figurant chien. C'est malhonnête, me faire ça le jour de mon anniversaire. Alors que je m'apprêtais à la ramener chez moi-te, car je m'étais tout de suite attaché à cette petite bête. En plus, celui qu'on m'a offert en échange, l'officiel donc, effectivement, il est vilain, il pue de la gueule et il chie partout en plus. C'est une femelle, Bernadette l'a appelée Sumette. J'ai été blessé au plus profond de moi-te par cette trahison d'un ami de trente ans. J'aime mieux vous dire que, dans le tome II de mes Mémoires qui portent mon nom, je lui réserve un chien de ma chienne au Drucker !

Maréchal Le Pen

• *Jean-Marie Le Pen, on a appris ce week-end que votre petite-fille, Marion, serait candidate Front national pour les régionales en Île-de-France...*
JEAN-MARIE LE PEN : *Ja wohl*, c'est exact ! Marion est la fille de Yan, ma fille cadette, et de Samuel Maréchal, mon ancien gendre... Elle a dix-neuf ans, elle est blonde comme sa maman et sa tante Marine, elle a un visage d'ange, n'est-ce pas, mais elle a aussi la poigne et la voix de tribun de son grand-père ! Elle ne fait pas partie de cette jeunesse dévoyée, de ces voyous des beaux quartiers qui dépensent l'argent de papa et militent à l'UMP en attendant d'être nommés à la tête de l'EPAD !

• *Vous pouvez nous donner des détails, si je puis dire ?*
LE PEN : Marion est étudiante en droit, en extrême droit même, à la faculté d'Assas, et elle s'entend très bien avec sa tante Marine... L'avenir du Front national sera donc féminin, et j'imagine très bien pour diriger le parti, quand je ne serai plus là, un triumvirat de charme composé de Marine, de Marion et de ma petite filleule Plume M'Bala M'Bala... Les 3 M ! Ah ! la belle équipe ! Et puis je n'oublie pas que le nom de famille de ma petite Marion est Maréchal, auquel elle a choisi d'ajouter Le Pen... Qu'on associe ainsi le Maréchal et Le Pen ne peut que me toucher, n'est-ce pas... Attention, elle arrive : Maréchal, la voilà !

Sommet de Copenhague

• *Alain Juppé, vous avez étonné tout le monde à la veille du sommet de Copenhague en vous rangeant du côté des écologistes en parlant de décroissance économique et même de « sobriété heureuse »...*
ALAIN JUPPÉ : Salut, les gouines ! Oui, c'est vrai, je crois que la consommation forcenée ne mène pas au bonheur mais à la ruine de notre planète ! C'est pas très poilant, mais c'est la réalité... Mais, attention, je tiens à mettre les choses au point : quand je parle de « sobriété heureuse », il ne faut pas y voir d'allusion à Jean-Louis Borloo, notre ministre de l'Écologie, et à son penchant pour la bibine ! Non ! Et je tiens aussi à rassurer les Bordelaises et les Bordelais : je ne souhaite absolument pas, non plus, que le bordeaux se vende moins, au contraire. Oui, pour vous remonter le moral, rien de mieux qu'un verre de picrate et de bonnes vannes à consommer, elles, sans modération ! En plus, une bonne histoire, c'est complètement écologique, ça ne pollue pas et ça ne rejette pas de gaz, à part peut-être les blagues de pétomanes ! Tiens, d'ailleurs, j'ai pour vous une blague sur les méfaits de l'alcool.
C'est trois ivrognes qui font la fermeture d'un bar et qui cherchent un endroit pour continuer la fête. Ils arrivent devant un bordel. La patronne leur dit qu'il n'y a plus que deux filles disponibles... Elle décide d'affecter au troisième ivre mort une poupée gonflable. Le lendemain matin, les trois hommes parlent de leur soirée. Le troisième s'exclame : « Je n'arrive pas à comprendre ce qui s'est passé hier soir ! Quand j'ai mordu une fesse à la fille, elle a foutu le camp par la fenêtre en sifflant ! »

Le Dard pompé !

• *Patrick Sébastien, il y a une semaine, vous étiez sur tous les plateaux de télévision pour présenter votre Dard, le Droit au Respect et à la Dignité. Un mouvement humaniste. Alors, vous en êtes où avec votre Dard ?*
PATRICK SÉBASTIEN : Ça avance, j'crois que j'ai réussi à toucher pas mal de gens avec mon Dard. C'que je veux surtout, c'est réunir beaucoup de monde autour de mon Dard !

• *Vous sentez un frémissement autour de votre Dard ?*
SÉBASTIEN : Ouais, c'est parce que j'veux reprendre les choses en main, pour que tout le monde se reconnaisse dans mon Dard.

• *Vous allez proposer votre Dard à Ségolène Royal ?*
SÉBASTIEN : Pourquoi pas ? Elle a l'air ouverte, j'suis sûr que mon Dard lui fait pas peur...

• *Et François Bayrou...*
SÉBASTIEN : J'suis déçu, il m'a copié. Ce week-end, à Arras, il a eu le culot de parler de « projet humaniste »... Putain, c'est de moi, ça ! Il est en train de pomper mon Dard... Alors que lui, au départ, il avait pas les couilles pour mon Dard !

Qu'est-ce qu'ils veulent, les Parisiens ?

• *À Paris, les professionnels de la nuit s'inquiètent des normes anti-bruit, qui, selon eux, sont en train de tuer la vie nocturne dans la capitale. Qu'est-ce que vous en pensez, Bertrand Delanoë ?*
BERTRAND DELANOË : Écoutez, en tant que maire de tous les Parisiens sans exception, je suis évidemment partagé. Parce que, d'un côté, qu'est-ce qu'ils veulent, certains Parisiens, certains socialistes et certains Français ? C'est une vie nocturne intense, une ville qui s'amuse la nuit, dans la tradition de *La Vie parisienne* d'Offenbach, des Années folles, des zazous de Saint-Germain-des-Prés, du Palace des années 1980, où je dansais comme un fou avec Pascal Sevran, Dalida et Alain Pacadis. Oui, certains clubbers (et je les comprends) sont frustrés, car ils veulent plus de dance floor, plus de soirées mousse, plus de décibels.
Mais, d'un autre côté, qu'est-ce qu'ils veulent, certains Parisiens, certains socialistes et certains Français ? C'est plus de sommeil la nuit, sans que des gueulards viennent faire du boucan en beuglant jusqu'à pas d'heure sous leurs fenêtres, parce que, désormais, ils sont obligés d'aller fumer dehors.

• *Mais alors, qu'est-ce que vous comptez faire ?*
DELANOË : Entre les fêtards et les riverains, mon cœur balance. D'un côté, Paris risque de mourir d'ennui, et, de l'autre, la capitale peut crever d'insomnie. La seule solution, je l'ai trouvée, on va distribuer gratuitement des jolies boules roses aux Parisiens, des boules Quiès évidemment. Grâce à mes petites boules, les Parisiens vont enfin pouvoir trouver le sommeil avec ce slogan :
Un sommeil bien mérité
Avec mes boules à volonté !

Plus d'histoire ?

• *La suppression des cours d'histoire-géographie en terminale S suscite de nombreuses réactions hostiles. Une pétition circule. Qu'en pensez-vous, Jean-Marie Le Pen ?*
JEAN-MARIE LE PEN : Je n'ai pas signé cet appel « Pour sauver l'histoire », car je ne tiens pas à fourvoyer mon nom au milieu de ceux d'intellectuels et d'universitaires crypto-communistes.
En revanche, je tiens M. Luc Chatel pour le fossoyeur des cours d'histoire si importants pour l'édification du savoir de nos chères petites têtes blondes ! Sans ces cours, comment les élèves de terminale S vont-ils retenir les dates essentielles qui jalonnent notre histoire millénaire ? Je n'en citerai que quelques-unes :
– Le 25 octobre 732, Charles Martel arrête les Sarrasins à Poitiers et tue l'émir Abd al-Rahman. Bien fait !
– Le 15 juillet 1099, Godefroy de Bouillon prend Jérusalem dont il chasse les musulmans.
– Un peu plus tard, le 16 mai 1843, c'est la prise de la smala d'Abd el-Kader par le duc d'Aumale et le vrai début de la présence française en Algérie française.
– Plus tard encore, le 10 juillet 1939, l'Assemblée nationale accorde les pleins pouvoirs au bon vieux maréchal Pétain… C'était le bon temps, voilà !
Suis-je bête ! J'allais oublier l'Anschluss, la nuit des Longs Couteaux, le Blitzkrieg… Vous voyez que c'est important, l'histoire !
L'histoire, qui retiendra également le 21 avril 2002, date de mon triomphe au premier tour de la présidentielle. Alors que ce M. Chatel, qui massacre la langue française dans ses circulaires à coup de fautes d'orthographe et de syntaxe, se mette bien dans le ciboulot que l'histoire, à quelques exceptions près… ce n'est pas un détail !

Notre homme à Gstaad

• *Depuis bientôt une semaine, Roman Polanski est enfermé dans son chalet de Gstaad, en Suisse. Bertrand Tavernier a voulu prendre de ses nouvelles…*
(Sonnerie du téléphone…)
ROMAN POLANSKI : Allô, vraiment…
BERTRAND TAVERNIER : Salut, Roman, c'est Bertrand Tavernier, cinéaste engagé… Comment tu vas, vieux Pollack ?
POLANSKI : Mal, vraiment…
[Coucou !]

POLANSKI : Tais-toi, toi, saleté ! Je me demande si je n'étais pas mieux en prison, là-bas au moins il n'y avait pas ces charognards de journalistes qui me guettaient. Ici, je peux même pas ouvrir mes volets, je ne peux pas sortir pour aller au cinéma, par exemple.
TAVERNIER : Alors là, mon pote, tu perds rien, vu qu'il y a le nouveau film de Patrice Chéreau qui sort sur les écrans.
POLANSKI : Ah ! merci vraiment, ça me remonte le moral.
TAVERNIER : Attends, j'te fais l'résumé. On y suit Daniel (Romain Duris), un garçon au tempérament inquiet qui gagne sa vie en rénovant des appartements, dans lesquels il dort, lorsqu'il ne rejoint pas sa petite amie, l'indépendante Sonia (Charlotte Gainsbourg) qui, comme Anne Roumanoff, est dans tous les magazines depuis un mois pour faire des photos glamour. Happée par son travail, Sonia ne comprend pas toujours les angoisses de Daniel, bientôt accrues par la persécution dont il fait l'objet de la part d'un mystérieux voisin qui pénètre chez lui par surprise à toute heure du jour ou de la nuit pour lui déclarer sa flamme. À l'écoute des autres, Daniel rend visite aux vieillards d'une maison de retraite et soutient son ami Michel, mais il doit se battre contre ses démons intérieurs. Ça donne envie, hein ?
POLANSKI : Hou ! le lavement ! Merci, Bertrand ! Ça me fait du bien.
TAVERNIER : J't'ai gardé le meilleur pour la fin, le film s'appelle *Persécution.*
POLANSKI : Ah ! ce titre me fait mal vraiment...
[Coucou !]
POLANSKI : Et toi, coucou de merde, tu vas fermer ta gueule vraiment ! Ah ! j'en peux plus...

Dialogue privé

• *Nicolas Sarkozy, une information lancée par le journal* Le Point *circule en ce moment à propos d'une altercation que vous auriez eue avec Dominique Strauss-Kahn dans les toilettes lors du sommet du G 20 à Pittsburg en septembre...*
SARKOZY : Vous voulez la vérité, eh bien, je vais vous la dire... Effectivement, alors que j'étais tranquillement en train de soulager ma vessie dans un urinoir, j'ai vu débarquer DSK qui s'est installé à côté de moi et qui s'est débraguetté... Au bout de deux minutes, alors que j'étais en train de secouer mon instrument, il s'est mis à m'agresser sous le prétexte que l'Élysée balancerait des saloperies sur lui et ses infidélités et que mes lieutenants abreuveraient la presse de récits sur ses coups de quéquette adultères ! Il m'a même menacé de porter plainte si ça se reproduisait ! Il était complètement hystérique ! Alors je l'ai calmé, je lui ai dit que c'était vraiment pas mon genre de raconter des saletés sur mes adversaires

politiques. Franchement ! C'est quand même pas parce qu'il est le mieux placé dans les sondages de popularité et parce qu'il serait un des seuls à pouvoir me battre en 2012 que je vais commencer à bavasser sur son compte et à charger Frédéric Lefèbvre et les autres de lui tailler un costard de pervers pépère et de bite sur pattes auprès des journalistes... Non, franchement ! Moi, ça peut pas m'arriver, j'ai ce qu'il me faut à la maison avec ma Carlita... et je peux vous dire que ça y va ! Tout dimanche, c'était la Saint-Nicolas !

Factures illimitées

• *Près d'une centaine de clients d'Orange ont reçu récemment des factures de consommation de téléphones portables de plusieurs dizaines de milliers d'euros... Que s'est-il passé ? Enquête dans une agence France Télécom...*

Laspalès : Numéro 544 ! Numéro 544 !

Chevallier : C'est plus l'administration chez vous, mais y a toujours les numéros, hein ? Vous aimez ça, les numéros !

Laspalès : Ben, vous savez, les bonnes habitudes, on a du mal à les perdre. Qu'est-ce que je peux pour vous ?

Chevallier : C'est rapport à ma facture de téléphone portable...

Laspalès : Ah ! vous ne l'avez pas reçue ? Votre numéro, s'il vous plaît...

Chevallier : Mais je l'ai reçue, je l'ai reçue ! C'est même ça le problème ! Quand mon banquier a vu arriver le prélèvement, il a fait un malaise cardiaque...

Laspalès : Ah bon ? Il est fragile, votre banquier, dites donc...

Chevallier : Ben, disons que, quand vous voyez arriver un prélèvement de 58 789 euros à la place d'un prélèvement de 250 euros, ça peut faire un choc... Surtout qu'il devait y avoir 500 euros sur le compte... Regardez...

Laspalès : Ah oui ! quand même... Oh ! là là ! Quand même... Vous avez de la famille sur Pluton ?

Chevallier : Ben non, et puis c'est un abonnement illimité, non ? Téléphone et Internet illimités...

Laspalès : Oui et facture illimitée aussi ! Ha, ha, ha ! Facture illimitée ! Elle est bonne ! Ha, ha, ha ! Pardon, excusez-moi, c'est nerveux.

Chevallier : Très drôle ! Bon, on fait quoi maintenant ?

Laspalès : Ben, on va faire un échéancier... Sur quarante ou cinquante ans...

Chevallier : Un échéancier ? Un échéancier, vous vous foutez de moi ?

Laspalès : Ah ! vous préférez tout régler maintenant ?

Chevallier : Je veux rien régler du tout ! Rien ! 59 000 euros ! Je paierai pas ! Rien ! Nada ! Que dalle ! Je vais pas payer ! Pas payer ! Qu'est-ce que c'est que cette arnaque ?

LASPALÈS : Ben, c'est sûrement à cause de votre clé 3G… La clé que vous branchez sur votre ordinateur pour avoir accès à Internet partout…
CHEVALLIER : Oui, en illimité ! Forfait illimité, c'est marqué là ! Illimité, vous savez ce que ça veut dire ?
LASPALÈS : Ben, en fait, ce qu'on ne dit peut-être pas très clairement, mais c'est écrit en tout petit dans le contrat, c'est que vous pouvez vous connecter de façon illimitée mais que les communications sur Internet ne sont pas comprises dans le forfait, avec la clé…
CHEVALLIER : Escroc ! Vous savez où vous allez vous la mettre votre clé, hein ? Vous savez ?
LASPALÈS : Pas de menaces, monsieur, hein ! Ou je vous coupe votre ligne ! Je vous la coupe, hein ?

Particule

• *Un guide vient d'être publié qui fait le tri entre les vrais et les faux nobles. Nicolas Sarkozy serait issu d'une famille noble de Hongrie, alors que Dominique de Villepin serait un simple roturier. Vous avez consulté ce guide, Dominique Galouzeau de Villepin ?*
DOMINIQUE DE VILLEPIN :
Certes, malgré mon nom qui fait très aristo,
Je n'ai pas le sang bleu comme celui de Sarko.
Ma noblesse est bidon comme celle de Giscard.
Mes aïeux ? Des bourgeois et même des smicards.
Alors pourquoi ce « de » devant mon patronyme ?
Parce que c'est classieux, car c'est vraiment la frime !
Mais si Sarko osait m'ôter ma particule
Je lui dirais : « Jamais ! Et d'ailleurs, je t'en… »

• *Merci, monsieur Villepin.*

• *Vous vouliez intervenir, monsieur Giscard d'Estaing ?*
VALÉRY GISCARD D'ESTAING : Oui… Ce guide peut raconter ce qu'il veut en expliquant que je ne suis pas un véritable aristocrate, pas plus que Patrick Poivre d'Arvor, Hélène Carrère d'Encausse ou Inès de La Fressange, je m'en tamponne complètement le coquillard ! Parce que, noblaillon ou pas, d'Estaing ou pas d'Estaing, c'est quand même moi qui me suis fait la princesse Diana ! Bande de salauds !

EPAD, suite et fin ?

• *C'est Mme Ceccaldi-Raynaud qui a finalement été élue présidente de l'EPAD. Un commentaire, Nicolas Sarkozy ?*
SARKOZY : Il y a une chose que je ne comprends pas : mon fils Jean, mon Jeannot, le Dauphin, il n'a pas pu être élu président de l'EPAD parce qu'on lui a reproché d'être un « fils de ». Et voilà que Joëlle Ceccaldi-Raynaud, qui est une « fille de », vient d'être élue présidente de l'EPAD ! Ben oui, elle est la fille de Charles Ceccaldi-Raynaud qui a été deux fois président de l'EPAD et qui, comme elle, a été maire de Puteaux pendant vingt ans.

• *Pourtant, vous avez l'air content, monsieur le Président.*
SARKO : Vous avez raison, mademoiselle Charlotte, je suis content quand même que ce soit Mme Joëlle Ceccaldi-Raynaud qui ait été nommée présidente de l'EPAD. Figurez-vous que Joëlle était ma suppléante quand j'étais député de la VIe circonscription des Hauts-de-Seine, et maintenant c'est elle qui occupe le siège qui était le mien à l'Assemblée. Et surtout, il y a une chose qui m'a beaucoup touché : avant cette élection, elle a demandé son soutien à mon Jeannot. Bref, comme ça, l'EPAD, ça reste dans la famille et, dans cinq ans, quand mon Jeannot sera grand, elle lui laissera la place.

Le neveu au charbon !

• *Avec la grève des musées, Frédéric Mitterrand a dû affronter son premier conflit social.*
SARKOZY : Écoute-moi bien, Frédéric. J'ai une feuille de route très simple : la RGPP (la Révision générale des politiques publiques) qui consiste à ne pas remplacer un départ à la retraite sur deux dans la fonction publique (sauf à l'Élysée, bien sûr, et dans mes ministères où j'ai besoin de plein de conseillers très bien payés). Donc dans tes musées, dans tes monuments, dans tes vieux châteaux, tu te démerdes, mais tu appliques ma RGPP.
FRED MITTERRAND : Adieu, fidèles et vigilants gardiens de nos immortels chefs-d'œuvre artistiques ! Adieu, humbles cerbères des beaux-arts, veilleurs silencieux de nos cimaises ! Assis pendant des heures sur des chaises inconfortables, vous veillâtes si longtemps sur les trésors de nos musées qu'il est grand temps d'aller enfin vous reposer...

SARKO : C'est bien joli, tes discours, mais c'est pas avec ça que tu risques de calmer les revendications de la CGT ! Il faut que tu trouves un truc pour arrêter cette grève !
MITTERRAND : J'ai trouvé ! De ce pas, je vais au Louvre pour remplacer les gardiens et faire moi-même une visite guidée ! Direction : les antiquités grecques ! Bâsoir ! Voici tout d'abord un chef-d'œuvre absolu de la sculpture, l'*Hermaphrodite endormi*. Admirez la tension érotique émanant de ce corps, qui est apparemment celui d'une femme endormie, mais dont on se rend compte, en faisant le tour, qu'il s'agit d'un garçon ! Voyez cette statue d'Hercule le torse luisant, luttant au corps avec le jeune Antée qu'il serre dans ses bras musclés...
SARKO : Qu'est-ce qu'il me fait encore, le neveu ? Y a quand même d'autres genres de choses à voir, au Louvre, non ?
MITTERRAND : Bâsoir ! Et maintenant allons voir saint Sébastien percé de flèches, martyr lascif pâmé dans un abandon dont on ne sait ce qu'il doit à l'extase ou à la douleur...
SARKO : Bon, cette fois, ça suffit. Je vais m'occuper moi-même de la grève des musées.
MITTERRAND : Vive le musée du Louvre ! Vive la sculpture grecque ! Vive Hercule ! Vive la lutte ! Vive la boxe et vive les touristes thaïs !

Enfin du relief dans le jeu ?

• *Eugène Saccomano, on a appris que Sony et la Fifa ont signé un accord pour que certains matchs de la Coupe du monde soient filmés et diffusés en relief...*
EUGÈNE SACCOMANO : Effectivement, vingt-cinq matchs seront filmés avec des caméras spéciales et diffusés sur grand écran dans sept grandes villes dans le monde, dont Paris ! Peut-être que ce procédé va enfin donner du relief au jeu de cette équipe de culs-de-jatte entraînés par cet incapable notoire de Domenech... Du relief pour une équipe à l'encéphalogramme totalement plat ! Mais il faudra quand même qu'avec ce procédé les téléspectateurs fassent attention à ne pas se prendre la main de Thierry Henry dans la figure !
Malheureusement, je crains que les lunettes bleues et rouges ne suffisent pas à nous faire voir la vie en rose pendant cette Coupe du monde et j'ai bien peur que, relief ou pas, comme en Corée, nous ne repartions une main devant, une main derrière, à l'issue du premier tour ! Encore une occasion perdue ! Et merde !

« La Nouvelle Star », ça repart !

• *Philippe Manœuvre, vous êtes en pleine préparation de la prochaine saison de « La Nouvelle Star », ça se passe bien ?*

PHILIPPE MANŒUVRE : Oui, la catastrophe se prépare doucement mais sûrement, avec toujours plus de couineuses et de ringards... Cette année, pendant les sélections, on a vu des dizaines de clones de Soan qui ont tous des voix de fausset et des looks plus ridicules les uns que les autres, à côté d'eux Paul Stanley, le chanteur de Kiss, avec son maquillage de Pierrot psychédélique et ses platform shoes argentées, ressemblerait à un jeune militant UMP du 9.2... Cette année, toutes les apprenties beugleuses se pointent avec les lunettes de Léon Zitrone ou d'Elvis Costello pour ressembler à Camilla Jordana... C'est n'importe quoi, je suis atterré et on n'a pas commencé les enregistrements que je suis déjà au fond du trou ! Il n'y a que Lio qui est sur un petit nuage pendant cette tournée de castings catastrophiques entre Toulouse, Marseille et Strasbourg, parce qu'en province les gens croient encore qu'elle est une vedette !

En plus, cette année, on accepte encore les vieux ! Je ne vous raconte pas la misère : des Vanessa Paradis de soixante-dix ans qui chantent encore plus faux que l'originale. Des coiffeuses en préretraite qui se prennent pour Mylène Farmer et même des cinquantenaires obèses qui se la jouent Roch Voisine ! Et je vous passe les sosies de Johnny qui ressemblent en fait à Charles Pasqua et les Amel Bent de soixante ans qui ont la tête d'Arlette Chabot !

• *À propos, Philippe Manœuvre, vous avez été étonné par les chiffres de ventes de Susan Boyle ?*

MANŒUVRE : Je ne suis pas étonné, je suis atterré, anéanti, démoli ! Elle a vendu plus de huit cent mille albums la première semaine aux États-Unis, c'est un record historique, elle fait mieux qu'AC/DC avec leur album « Black Ice » en 2008 ! Pour trouver l'équivalent, il faut remonter en 1993 avec l'album « Doggystyle » de Snoop Dogg ! En Angleterre, elle a même battu les Stones et les Beatles ! C'est n'importe quoi ! Je vais vous dire : ça fait peur. Que cette espèce de monstre qui a le physique de Jean-Pierre Raffarin, bosse comprise, et la voix de Nana Mouskouri soit le plus gros succès discographique de l'année, ça fait vraiment flipper ! Le pire, c'est que, dans les castings, on voit déjà arriver des sosies, des clones de la Frankenstein écossaise ! Je n'en peux plus, je vais finir comme Vincent Crane, le pianiste des Atomic Roosters qui, le 1er février 1989, a mis fin à ses jours en avalant des kilos d'analgésiques et d'antidépresseurs !

Gland floid

ALAIN JUPPÉ : Salut, les gouines ! Eh ben, dites donc, il fait pas chaud ! Je ne sais pas si vous avez remarqué, mais, tous les ans à la même époque, on se rend compte dans ce pays que l'hiver il fait froid. Malgré ça, on va être surpris, plus assez d'électricité. La DDE va pas avoir assez de sel, la circulation va être bloquée à cause du verglas… Alors qu'est-ce qu'on fait dans ces cas-là ? On déclenche le plan grand froid… et c'est là que ça devient marrant !

• *Pourquoi ?*
JUPPÉ : Mais si, parce que « le plan grand froid », c'est une contrepèterie… ça fait « le gland prend froid » !

• *Ah !… très joli !*
JUPPÉ : « Gland prend froid », après faut pas s'étonner d'avoir la goutte au nœud !

• *Ça y est, le froid est là, il faut bien se couvrir nous dit* Le Figaro. *José Bové, vous avez une recette pour lutter contre le froid ?*
JOSÉ BOVÉ : C'est ma spécialité… Tout le monde vous le dira : pour bien avoir chaud, faut superposer les couches, comme les oignons… Avec mon Dany, ça fait longtemps qu'on le fait : on enfile le Damart à même le corps, par-dessus un maillot en Rovil manches longues qui fait des étincelles quand on le passe, par-dessus un sous-pull rouge à col roulé en synthétique, une chemise à carreaux bien épaisse et une veste en velours côtelé… avec ça on transpire bien et ça fait une couche en plus… la couche de crasse.

• *Et pas de pull-over, José Bové ?*
BOVÉ : Ah si ! mais, là encore, on fait dans l'écolo, j'vous explique : une fois par semaine, on fait la tournée des instituts de beauté. Vous imaginez pas la quantité de poils qui est jetée tous les jours ! C'est du gâchis, c'est chaud, les poils, il suffit de les récupérer pour faire de la laine !

• *De la laine ? mais c'est trop court un poil de cul pour faire de la laine.*
BOVÉ : Pas du tout, c'est une légende, il suffit de les carder. Et pour les filer, faut les mélanger avec des poils plus longs, des poils de dessous de bras, par exemple. Vous verriez mon Dany au coin du feu avec sa quenouille en train de filer des poils de cul quand on a du rab de poils… C'est doux comme du mohair en plus léger, c'est d'une beauté… On se fait des doudounes, on en bourre des coussins et

on se confectionne des édredons bien moelleux. Tout ça avec des poils pubiens... Seulement, au début, on nous avait pas dit qu'il fallait les laver, on s'est retrouvés avec des morpions plein nos chandails.

Le clip de l'UMP

• *Le clip des Jeunes Populaires, les cadets de l'UMP, qui reprend une chanson de Luc Plamondon en y associant ministres et autres responsables de la majorité chantant, et même dansant, a déjà provoqué de nombreuses réactions... Vous vouliez ajouter quelque chose, monsieur le Président ?*
SARKOZY : Qu'est-ce que vous voulez que je vous dise ? Je suis pas aidé, vraiment, hein... Je parle à longueur de discours de la France qui travaille, de la France qui souffre ; je constate lors de mes déplacements que les Français sont angoissés par la crise, la grippe A, les salaires qui stagnent et les prix qui montent, je lance un grand emprunt et, pendant ce temps-là, cette bande de jeunes crétins, d'incapables, de peigne-zizis, ils nous sortent un clip, une chanson complètement idiote avec tous les amis de Jean, tous les fils de famille de Neuilly qui se trémoussent en rigolant et qui font les abrutis avec des perruques et des chapeaux ridicules !

• *Effectivement, ça a dû vous énerver, vous n'avez peut-être pas compris le message ?*
SARKO : Mais c'est une daube ! C'est censé montrer quoi ? Que l'UMP est proche des préoccupations des gens, hein ? Pourquoi ils ne chantent pas « La crise, on n'en a rien à secouer » ou « On emmerde les pauvres » pendant qu'ils y sont ? Je vais te faire du ménage chez les Jeunes Populaires, moi ! Ça va pas tarder ! Ils vont pouvoir aller chanter et danser ailleurs, cette bande d'incapables ! En plus, ma Carlita m'a dit qu'artistiquement c'était très, très ringard comme genre de musique... Et en ringardise, elle s'y connaît, mon porte-manteau qui chante... Mais c'est vrai que j'aurais dû me méfier : Barbelivien, il m'avait dit qu'il trouvait ça formidable !

• *Jean-Pierre Raffarin, vous avez participé à ce clip ?*
JEAN-PIERRE RAFFARIN : Tout à fait ! Je n'y chante que deux phrases en play-back mais avec quel talent ! Il y a quelques années, avec Lorie, j'avais déjà montré combien j'avais la positive attitude ! Je chante aussi et depuis longtemps tout Johnny Hallyday, oui, je suis un vrai professionnel de la chanson ! Croyez-moi, ce n'est pas Gérard Larcher qui pourrait avec autant de grâce participer à cette chorégraphie ! Et encore, j'aurais pu me rouler par terre avec ma bosse, j'aurais pu faire la toupie et le culbuto !

• *Et vous, Philippe Manœuvre, en tant que spécialiste, vous avez pensé quoi de ce clip ?*
PHILIPPE MANŒUVRE : J'ai été atterré, démoli par cette daube ! La musique est absolument ringarde, absolutely has been, on dirait un mélange de La Bande à Basile et de la socca-danse ! C'est total bullshit ! Débilitant ! Les voix sont copiées sur celles des élèves les plus mauvais, les plus ringards de « La Star Ac », on a l'impression d'entendre Chimène Badi sous Prozac ou Magalie Vaé qui aurait bu du Destop ! Je pense que les tubes du Top 50 bosniaque des années 1980 sont moins à chier que ce lavement musical ! Tous ceux qui vont écouter ça vont avoir envie de se faire sauter le caisson comme Kurt Cobain dans sa cuisine ! Bullshit...

• *Alain Souchon, vous avez vu le clip des jeunes de l'UMP ?*
ALAIN SOUCHON : Oui, j'ai entendu et j'ai vu ça... Ils sont un peu ridicules, tous ces ministres qui se trémoussent, on dirait qu'ils ont un balai dans le fondement, hein ? En plus, ils sont complètement à côté du play-back, c'est pas très pro, tout ça... Xavier Bertrand, on dirait Carlos sans barbe sauf que lui il ne nous fait pas rire du tout... Non, les petites chansons, ça doit émouvoir ou amuser, ça doit donner envie de taper dans ses mains ou de fredonner... Là, ça ne fait rien de tout ça, non, on a juste un peu honte pour eux...

• *Gilbert Rozon, jury à « Incroyable Talent », une réaction ?*
GILBERT ROZON : Ben, ch'ai pas... Ça n'a pas de bon sens, cette affaire-là... Tout ces jeunes-là, pis, ces vieux, qui n'savent pas bouger, ils ont l'incroyable talent de gâcher une chanson de Luc Plamondon qui, dans ma mémoire, n'était pas si mauvaise que ça... Maudits Français ! Nadine Morano qui se prend pour une claudette ridicule, Darcos qui brasse du vent, comme dans son ministère, pour un ministre du Travail il pourrait travailler sa chorégraphie, calice ! J'vous passe la Pécresse pi la Dati qui se trémoussent qu'c'en est indécent. En tout cas, la Dati, elle a l'air de plus s'amuser qu'à Strasbourg. À « Incroyable Talent », y en a pas un qui passerait le premier tour... même Smaïn serait capable de trouver ça à chier ! c'est vous dzzire.

• *Patrick Sébastien, en plein lancement de votre mouvement, vous allez faire aussi un clip ? Vous avez trouvé un hymne pour votre Dard ?*
PATRICK SÉBASTIEN : Ouais ! mais moi, comme je veux que mon Dard soit dans toutes les oreilles, et surtout, sur toutes les lèvres... J'ai pris un air fédérateur et connu de tous, vous allez sans doute le reconnaître, j'vous dis juste un truc ça s'appelle la « Dard seillaise » !

• *Bon ben, on vous écoute, Patrick.*
SÉBASTIEN :
Allons, enfants de la patrie
Le jour du Dard est arrivé
Contre nous de la tyrannie
Le gros Dard et son gland sont levés (bis)
Enfilez-vous dans les campagnes
Et faites-vous jouir avec les doigts
Mais ne salissez pas les draps
En baisant des filles ou vos campagnes
Aux armes Sébastien
Baissez vos pantalons
Marchons, marchons
Le Dard bien dur
Et un doigt dans le fion

C'est humaniste !

Contagion

• *Bonjour, Jean-Marie Le Pen. Vous avez l'air satisfait.*
JEAN-MARIE LE PEN : *Ja wohl !* Il y a de quoi, n'est-ce pas ? Depuis quelque temps, comme disent dans leur jargon les journalistes en mal d'inspiration, les lignes sont en train de bouger. Les thèses du Front national font leur chemin jusque dans les ministères d'un gouvernement que j'ai pourtant reprouvé… hum… hum…
D'abord, hier, Mme Morano, la gogo girl surexcitée du clip de propagande de l'UMP… Cette Mme Morano, je l'avais mal jugée, je reconnais m'être trompé à son sujet lorsqu'elle parle des jeunes musulmans et du fait qu'elle veut bannir les casquettes à l'envers, l'écriture à l'envers (de droite à gauche chez les Arabes), les mots à l'envers, ne plus employer le verlan, les « zyvas », les « relous », les « cailleras »… Eh bien, j'avoue que tout cela n'est pas pour me déplaire si on fait des triangulaires…

• *Merci, monsieur Le Pen.*
LE PEN : Mais c'est pas fini, insolente, vous voulez me bâillonner ? Non, laissez-moi aussi louer les mérites de M. Besson qui s'inscrit dans la tradition de ces hommes de gauche courageux qui surent évoluer du bon côté, les Doriot, les

Marcel Déat. M. Besson, qui est un homme de cœur, veut renvoyer gratuitement des Afghans chez eux en cette période de grand froid. Ils auront beaucoup plus chaud chez eux... et puis ils pourront passer les fêtes avec leurs familles autour de la crèche et du sapin. Merci, monsieur Besson !

Rachida Dati s'ennuie

• *La diffusion sur Internet de la conversation téléphonique dans laquelle Rachida Dati confie à une amie qu'elle n'en peut plus d'être à Strasbourg a fait réagir M. Van Rompuy, président du Conseil européen.*

VAN ROMPUY : Comme Mme Dati, la pauvre, semble se morfondre au Parlement européen, je me propose, en tant que président du Conseil, de loui remonter le moral en loui racontant des bonnes blagues de chez nous qui vous font rire vous autres, Frankillons. Tenez, écoutez celle-là, Rachida...

« Un Belge doit prendre un suppositoire par le rectum. Il ne sait pas ce que c'est, alors il va voir son voisin.

– Eh, voisin, tu as pas un rectum par hasard ?

– Non, répond l'autre.

Il se renseigne alors auprès d'autres gens, mais personne ne sait ce que c'est qu'un rectum...

En désespoir de cause, il finit par diluer le supo dans un verre d'eau chaude et il le boit. La guérison n'est pas terrible... Trois jours plus tard, il retourne voir son toubib. Le toubib lui dit :

– Alors, il était bien, mon médicament ?

– Tu parles, lui répond l'autre. Si je me l'étais mis dans le cul, ça m'aurait fait à peu près autant d'effet ! »

Ah ! ça ne vous fait pas rire, Rachida ! *Godferdom,* c'est que votre cas est grave une fois !

Des nouvelles du pape

• *Après l'annonce précisant que la messe de minuit serait avancée à 22 heures, des rumeurs ont couru sur l'état de santé du pape. Une mise au point, Benoît XVI ?*

BENOÎT XVI : Je tiens à rassurer tous mes fans : je suis en bonne santé. Grâce au Ciel, je n'ai pas eu la malchance d'être opéré d'une hernie discale par un charlatan ! Et je ne suis pas plongé dans un coma artificiel ! À ce sujet, bien que l'Église soit contre le culte des idoles, ça ne m'empêche pas de prier la Sainte

Vierge pour qu'elle guérisse votre Johnny national... « Ô Marie ! si tu savais, tout le mal qu'on lui a fait... »
Dieu soit loué, contrairement à Silvio Berlusconi, je ne me suis pas pris en pleine tiare un monument miniature et je n'ai pas reçu dans les dents une statue de saint Glinglin ! Car comme le chantait votre Johnny : « Les coups, Ah ! quand ils vous arrivent... Oh ! oui ! Oui, ça fait mal... »
Donc, je suis en bonne santé, mais je redoute le coup de pompe à cause du surmenage. Les fêtes, c'est la période où je bosse le plus. Les messes, les audiences, les bénédictions à la chaîne, les courses de dernière minute chez Toys'r'us pour mes petits-enfants. Je n'arrête pas ! C'est la folie ! Mais, cette année, après le show de Noël, je l'ai promis à ma femme, c'est juré, on part dix jours sous les tropiques, en amoureux ! Et je peux vous le dire : le soleil, la plage, j'en ai besoin autant qu'Ulla !

Y a quelqu'un ?

Johnny : Euh !... bonjour, c'est Johnny. Je me suis réveillé, tout va bien... J'étais dans le coma... J'y étais jamais allé, il se passe pas grand-chose dans le coma... Mais j'me suis bien reposé, j'ai fait que dormir, j'devais avoir du sommeil en retard. Et dès que je me suis réveillé, on m'a annoncé que je devais arrêter le spectacle et que ma tûrnée était à Nullé... Comment voulez-vous que je chante à Nullé si j'arrête la tûrnée ? J'irai pas plus à Nullé qu'ailleurs... Annuler le feu ! Annuler le feu !

Noël à l'Élysée

• *L'événement hier, c'était le Noël de l'Élysée, le président et son épouse ont remis des cadeaux à neuf cents enfants venus de toute la France en présence notamment de Titi et Grosminet. Comment ça s'est passé, monsieur le Président ?*
Sarkozy : De nombreux héros de télévision, très populaires chez les marmots, sont venus animer cet événement : Titi et Grosminet, Jerry la Souris, Scoobydoo, Kung Fu Panda, Transformers et Bob le Bricoleur. Pour faire des économies, j'ai eu une idée : pour porter ces déguisements, plutôt que de payer des intermittents qui, en plus, seraient foutus de se mettre en grève, je me suis dit... tous les crétins qui faisaient leurs malins dans le clip des jeunes de l'UMP, puisqu'ils aiment se trémousser et faire des conneries, j'vais leur coller les costumes ! Alors Titi et Grosminet... ça, c'est pour Nadine Morano et Xavier Bertrand. Scoobydoo, ça sera Borloo, parce que, s'il titube après avoir bu du champagne, ça se verra pas. Jerry

la Souris, avec ses grandes dents qui raient le parquet... ça, c'est pour Rachida Dati... elle s'emmerdera moins qu'à Strasbourg ! Les Totaly Spies : Christine Lagarde, Fadela Amara et Roselyne Bachelot... enfin si elle arrive à rentrer dans le costume. Bob le Bricoleur pour Éric Besson, et enfin, pour Frédéric Mitterrand, vu qu'il est spécialiste de la boxe thaïe, j'vais le foutre en Kung Fu Panda !
MITTERRAND : Bâsoir... et Bâsoir, les enfants... Je suis Kung Fu Panda...
SARKO : Ouais, ben, c'est bon, dès qu'il s'agit de faire son intéressant hein, hein... Oh ! Carlita, te voilà !
CARLA : Oui, mon amour, et moi, je vais me déguiser en quoi ?
SARKO : Toi, pour les enfants, tu seras la fée Clochette... et pour moi après, tu seras la fée Lation !

Ça chauffe au centre

• *On en parle beaucoup depuis une semaine : le Nouveau Centre dirigé par M. Morin veut reprendre le sigle UDF. Un commentaire, Valéry Giscard d'Estaing ?*
VALÉRY GISCARD D'ESTAING : Ouiiii ! Je vous rappelle qu'en 1978, alors que j'étais le premier plus jeune président de la République, c'est moi qui ai créé l'UDF, l'Union pour la démocratie française, qui fédérait tous les groupes centristes. Ça en jetait, hein ? Ce sigle m'avait été inspiré par un livre que je venais de publier et qui s'intitulait *Démocratie française.* Dans ce manifeste, je ne parlais pas de parties de jambes en l'air avec Lady Diana, qui, à l'époque, n'était qu'une gamine. Non, je parlais d'économie et de croissance. Et pourtant, je ne comprends pas, ce bouquin a été un best-seller : un million d'exemplaires vendus ! Soit 995 000 de plus que mon dernier roman, *La Princesse et le Président,* alors que là, en matière de croissance, ça se situait dans mon slip. Comme quoi, la preuve est faite que le cul ne fait pas toujours vendre ! Ça m'apprendra à vous raconter des cochonneries, bande de salauds !

• *Et vous, monsieur Bayrou, l'initiative de M. Morin vous met en colère ?*
FRANÇOIS BAYROU : Je défends au ministre de la Défense de me voler le sigle UDF sous peine de poursuites judiciaires. L'association UDF fait partie du MoDem, que M. Morin a abandonné pour créer le Nouveau Centre. Donc, je dis à M. Morin : « Touche pas à mon UDF. » Toutefois, si M. Morin réussissait son OPA en volant le signe UDF, j'ai ma botte secrète. En effet, au départ, le MoDem devait s'appeler le PD, Parti démocrate. À tout moment, le MoDem peut redevenir PD. Avec ces slogans : « Tous derrière mon PD » ou « Tous au centre avec mon PD ». Mais, pour être franc avec vous, je sais bien qu'en France aujourd'hui tout le monde

se fout complètement de savoir à qui appartient l'UDF (un sigle qui a d'ailleurs autant de lettres que le MoDem compte de militants, c'est-à-dire trois). Mais cette plainte contre M. Morin, ça fait parler de moi, et, du coup, je me retrouve au centre... de l'actualité, tout seul, comme un con.

Grève A

• *La grève persistante sur la ligne A du RER a de nombreuses conséquences dont la nouvelle chanson de Vincent Delerm n'est pas la moindre...*

VINCENT DELERM :

Me voilà à Cergy-le-Haut et là je vois monter Margaux
La belle étudiante en philo toujours avec son sac à dos.
À Neuville-Université je sais que Aude va arriver.
Elle va lire son Libé *et puis elle va se moucher.*
En arrivant à Sartrouville on va voir débarquer Cyril.
Il montera à 9 heures pile avec son pull rouge en Rhovyl.
À 9 h 17 déjà Auber « Bonjour, ça va », me dit Kader.
Il est sympa, c'est un Berbère qui porte toujours le même imper.
Aujourd'hui je ne le verrai pas ni Nourredine ni Barbara.
Car on est tous dans le caca
Oui c'est la grève sur la ligne A.

Avadard

• *Bonjour, Patrick Sébastien. J'imagine que vous allez nous parler de votre Dard...*

PATRICK SÉBASTIEN : Ouais, comment t'as deviné ? Parce que, si tu veux, mon Dard, j'veux qu'il s'adapte à toutes les situations, qu'il prenne des formes différentes. Par exemple, là, j'ai eu une idée...

• *On craint le pire !*

SÉBASTIEN : Mercredi, y a un film qui est sorti qui s'appelle *Avatar,* c'est un film en trois dimensions. Eh ben, moi aussi, j'vais faire un film en relief pour lancer mon mouvement : *Avadard...* Ça va être un film de boules humaniste en trois dimensions. Chaque membre du Dard pourra y participer, en baissant son froc, en montrant son cul ou ce qu'il peut avec un procédé révolutionnaire, tous ces culs et tous ces chibres, on pourra les voir en relief à 20 h 30 à la télé. Et moi, j'veux que mon Dard crève l'écran, et comme c'est en 3 D faudra juste que les premiers rangs se poussent quand je vais balancer ma purée humaniste. *Avadard...* C'est génial, non ?

Erreur de bouton

• *Lundi dernier, au Sénat, à la surprise générale, le projet de loi sur le redécoupage électoral a été repoussé. Cela a provoqué la fureur de Nicolas Sarkozy, qui a convoqué Jean-Pierre Raffarin pour en savoir plus.*
Toc, toc, toc...
SARKOZY : Entre, Polichinelle !
JEAN-PIERRE RAFFARIN : Bonjour, Président Nicolas. Je te suis très reconnaissant d'avoir la gentillesse et la bonne grâce de bien vouloir daigner me recevoir...
SARKO : Abrège tes salamalecs et viens-en au fait ! Qu'est-ce qui s'est donc passé au Sénat ?
RAFFARIN : Voilà, Président Nicolas ! Le sénateur centriste Nicolas About, au moment de voter par procuration au nom de tout son groupe, s'est trompé de bouton. Du coup, il a voté pour l'amendement communiste au lieu de voter contre, et ton projet de loi sur le redécoupage électoral a été repoussé !
SARKO : Décidément, même au Sénat, je suis servi que par des bras cassés. Cet About me pousse à bout. Il faut le virer...
RAFFARIN : Nooooon, Président Nicolas ! Pas de bouc émissaire. Je connais le vrai responsable de cette bourde. C'est Gérard Larcher. Il a surveillé le vote en somnolant. C'est normal avec tout ce qu'il avait mangé pour son midi. En entrée : une choucroute garnie, suivie d'un cuissot de chevreuil de Rambouillet sauce grand veneur (moelle, foie gras et vin), je te passe la farandole des fromages de nos régions et le chariot des desserts, le tout arrosé de trois bouteilles de gevrey-chambertin... et d'un calva maison pour faire passer.
SARKO : C'est pas possible, c'est le menu de la semaine que tu me donnes !
RAFFARIN : Président Nicolas, il faut absolument remplacer Gérard Larcher par quelqu'un de compétent et de sérieux, pas un goinfre, un homme qui sache se tenir.
SARKO : Dis donc, à propos, j'tai pas vu dernièrement faire des play-back et te trémoussant dans un clip des jeunes de l'UMP complètement grotesque ?
RAFFARIN : J'ai été forcé, j'ai fait ça avec un revolver sur la tempe. Mais faut que j'y aille.
SARKO : Oui, c'est ça, Polichinelle, vas-y... Va danser avec la Morano et la mère Lagarde ! Amuse-toi !

Un dernier pour la route

• *Et pendant ce temps-là, au Café des Voyageurs à Morzy-les-Gracieuses sur la ligne du RER, on s'intéresse aussi à l'actualité...*

CHEVALLIER : Allez, patron, rhabillez la gamine, ça me servira d'antigel et puis après au boulot !

LASPALÈS : Allez zou ! Et pas plus haut que le bord ! Vous avez vu à Copenhague, ils doivent pas s'ennuyer tous les délégués...

CHEVALLIER : Ah bon, pourquoi ?

LASPALÈS : Ben, comme le gouvernement suédois leur a demandé de ne pas utiliser les services des prostituées, pour se venger, les filles ont décidé de s'offrir gratuitement !

CHEVALLIER : Ah ! c'est sympa ! Elles sont bien, ces filles-là, pendant que les délégués s'occupent du réchauffement de la planète, elles s'occupent du réchauffement de la quéquette !

LASPALÈS : À propos, vous avez vu cette histoire avec Tiger Woods ?

CHEVALLIER : Ah oui ! les Américains sont en train de lui ruiner sa carrière parce qu'il a trompé sa femme...

LASPALÈS : Ils sont culs-bénits, ces Ricains... Même son sponsor le lâche, c'était Gillette son sponsor...

CHEVALLIER : Ça, pour pas perdre tout son pognon, il aurait mieux fait de se la couper...

LASPALÈS : Oui, et avec le rasoir de son sponsor pour être sûr qu'elle ne repousse pas...

CHEVALLIER : Ah ! j'ai entendu ce matin que, dans le Var, y a encore des caténaires qui ont pété... Plus de trains...

LASPALÈS : Ça, c'est fragile, les caténaires... Les ca-té-naires ! Quand il fait trop chaud, elles pètent... Quand il fait trop froid, elles pètent... Quand il y a trop de vent, elles pètent !

CHEVALLIER : C'est vrai... En fait, y a que quand il y a une grève qu'elles ne pètent pas...

LASPALÈS : Eh ! dites donc, à propos de péter, le Berlusconi, il en a pris plein la tronche à Milan, hein ?

CHEVALLIER : Oui, il a pris une miniature de la cathédrale de Milan dans les dents... Il l'a échappé belle : s'il avait été à Paris, il prenait une tour Eiffel...

LASPALÈS : Ouille ! Ça, ça fait mal... Il paraît que son copain Sarkozy lui a proposé de se faire soigner par des médecins français... Il a refusé, le Cavaliere...

CHEVALLIER : Dommage, on lui aurait envoyé Delajoux...

LASPALÈS : Oui, dommage... Bon, je vous remets ça ?

CHEVALLIER : Vite fait alors, parce que je suis déjà en retard...
LASPALÈS : Vous vous en fichez, vous prenez pas le train...
CHEVALLIER : Non, je le conduis ! J'suis en grève.

Copenhague, un sommet !

SARKOZY : Décidément, je ne comprends pas les Français. Tout le monde dit que le sommet de Copenhague, ça a servi à rien, tout ce que j'ai dit, c'était comme si on avait pissé dans un violon... La planète se réchauffe ? N'empêche que, depuis que je suis revenu de Copenhague, y a jamais fait aussi froid en France... Vous voyez bien que ça a servi c'que j'ai dit à Copenhague.

• *De retour de Copenhague, Alain Juppé a été interrogé par de nombreux journalistes, dont Jean-Michel Aphatie et Étienne Mougeotte.*
JEAN-MICHEL APHATIE : Alain Juppé, bonsoir.
ALAIN JUPPÉ : Salut, les gouines !
APHATIE : Alain Juppé, question sans concession : vous revenez de Copenhague, quel est votre sentiment sur cette conférence ?
JUPPÉ : Écoutez, au début, au banquet qui a suivi le sommet des maires des villes européennes, je dois reconnaître qu'on s'est bien poilés. Pendant que les chefs d'État n'arrivaient pas à se mettre d'accord sur le réchauffement de la planète, moi, je peux vous dire que j'ai bien chauffé la salle avec mes histoires ! En plus, j'avais apporté quelques bonnes boutanches de bordeaux... une fois beurré, ça aide à faire passer la pilule.
APHATIE : Certes, vous vous êtes bien poilés comme vous dites, mais, déontologiquement parlant, trouvez-vous cela décent alors que le monde entier attendait des résultats positifs de ce sommet ?
JUPPÉ : Il est vrai que Copenhague a été un véritable fiasco, et moi aussi, j'ai vite déchanté. Il y a quand même une chose qui m'a fait rigoler : c'est la tronche que tirait Nicolas ! Surtout quand je me suis souvenu de ce qu'il avait dit le 15 octobre dernier dans *Le Figaro*...
ÉTIENNE MOUGEOTTE : Dans *Le Figaro nouveau,* monsieur Juppé. *Le Figaro Nouveau !* Je vais même vous dire ce qu'il m'avait dit, Nicolas. Je connais ses déclarations par cœur, comme si Claude Guéant me les avait dictées... Il avait dit : « Pourquoi la France sera-t-elle écoutée à Copenhague ? Parce qu'elle a été à l'initiative. Nous allons entraîner le monde entier à prendre des engagements pour protéger l'avenir de la planète. »

JUPPÉ : Avouez que, si la situation n'était pas aussi grave, il y aurait de quoi se taper le cul par terre ! Nicolas Sarkozy, c'est un peu Tartarin de Tarascon... Il roule des mécaniques et à l'arrivée... peau de zébi !
APHATIE : Merci, Alain Juppé !
JUPPÉ : C'est pas fini, on va pas se quitter comme ça. J'ai une histoire assez marrante.
« Un camionneur s'arrête à un feu rouge. Une blonde le suit, soudain elle sort de son auto, court vers le camion et frappe à la portière. Le camionneur descend sa vitre, la blonde lui dit :
– Bonjour, mon nom est Sylvie et je veux vous dire que vous perdez votre cargaison.
Le camionneur l'ignore et continue sa route.
Quand le camion s'arrête à un autre feu rouge, elle le rattrape encore une fois. Elle frappe à nouveau à la portière. Le camionneur redescend encore une fois sa vitre. Elle lui dit :
– Bonjour, je suis Sylvie et je veux vous dire que vous perdez votre cargaison.
Le camionneur hoche la tête et, comme le feu passe au vert, il embraie et poursuit sa route.
Au feu rouge suivant, le chauffeur sort de son camion et court jusqu'à l'auto de la blonde. Il frappe à sa vitre, elle la descend et il lui hurle :
– Bonjour, je suis André, c'est l'hiver, il neige, et je conduis un camion de sel de la DDE, connasse ! »

Entre deux grèves, la neige

• *Ce week-end, les intempéries ont provoqué de nombreux problèmes de circulation en France, sur les routes, dans les aéroports mais aussi à la SNCF...*
CHEVALLIER *(essoufflé)* : Bonjour, monsieur. Je voulais prendre le train pour Montélimar à 16 h 52, mais je le vois pas affiché... Je l'ai pas raté, hein, dites ?
LASPALÈS : Non, ne vous inquiétez pas, y a pas d'chances que vous le ratiez, celui-là !
CHEVALLIER : Ah ! parce que, comme il y avait grève sur le RER A, j'ai dû venir en bus, du coup ça m'a pris plus de temps !
LASPALÈS : Vous inquiétez pas, je vous dis... Votre TGV, il ne partira pas avant deux bonnes heures...
CHEVALLIER : Ah bon ? Mais c'est embêtant ça... On est attendus chez ma mère pour le dîner...
LASPALÈS : Ah ben, ce soir, je pense que, à l'heure où vous allez arriver, vous allez plutôt réveillonner !

<u>Chevallier</u> : Oh ! là, là ! Je connais ma mère, je suis sûr qu'elle va avoir fait un soufflé !
<u>Laspalès</u> : Eh ben, ce sera une crêpe, son soufflé !
<u>Chevallier</u> : Mais pourquoi il a autant de retard ce train ? C'est les caténaires ?
<u>Laspalès</u> : Non, monsieur, c'est pas les caténaires, elles sont en très bon état, les ca-té-nai-res ! Elles sont irréprochables, nos ca-té-nai-res !
<u>Chevallier</u> : Ah ben, tant mieux ! Tant mieux ! Alors, c'est quoi, le problème ?
<u>Laspalès</u> : Le problème, c'est la neige, monsieur ! Des chutes de neige exceptionnelles !
<u>Chevallier</u> : Excusez-moi, mais elles ont rien d'exceptionnel, ces chutes de neige, il neige tous les hivers, vous savez ?
<u>Laspalès</u> : C'est pas sûr, ça, monsieur…
<u>Chevallier</u> : Comment ça, c'est pas sûr ? En France, l'hiver, il neige, et tous les ans, c'est pareil, vous vous laissez surprendre comme des bleus, comme les DDE qui n'ont jamais assez de sel ou EDF qui a pas assez de courant.
<u>Laspalès</u> : Non, monsieur, c'est pas sûr qu'il neige parce qu'il y a le réchauffement climatique !
<u>Chevallier</u> : Le réchauffement climatique ! C'est nouveau, ça, comme excuse ! Qu'est-ce que vous croyez ? Qu'on va avoir le climat de la Tunisie à Dunkerque ? Pourquoi vous ne nous faites pas des trains décapotables ?
<u>Laspalès</u> : Ah ! c'est une bonne idée, ça… En attendant, si vous pouviez aller attraper froid avec les autres sur le quai, je pourrais renseigner les suivants… Au revoir, monsieur…
<u>Chevallier</u> : Oui, c'est ça ! Au revoir et bonnes grèves ! Pardon, bonnes fêtes ! Bon, ben, moi, vu le merdier que c'est en France… j'vais aller en vacances en Angleterre.
<u>Laspalès</u> : Ben, il est pas arrivé, le pauvre gars… Tous les trains sont bloqués, dix heures d'attente dans le tunnel sous la Manche, ça va lui faire les pieds à l'usager !

« L'École des fans » (5)

• *Animée par Philippe Risoli, « L'École des fans » sur la chaîne Gulli connaît toujours un beau succès. Voici un extrait de la dernière émission de l'année.*
<u>Philippe Risoli</u> : Bonsoir, les parents, bonsoir, les enfants ! Premier candidat de « L'École des fans » : un petit garçon. Bonsoir, comment tu t'appelles ? Parle bien dans le micro…
<u>Sébastien Jr.</u> : Salut, je m'appelle Olivier Sébastien.

RISOLI : Pas mal, pas mal ! Olivier-Sébastien ! Je ne connaissais pas ce joli prénom composé.
SÉBASTIEN JR. : Putain, t'es con ou quoi ? Sébastien, c'est mon nom de famille. C'est celui de mon papa.
RISOLI : Et il est là, ton papa ?
SÉBASTIEN JR. : Ouais, il est là-bas… C'est celui qui fait tourner sa serviette pour que je le voie bien.
RISOLI : Et qu'est-ce qu'il fait ton papa en ce moment ?
SÉBASTIEN JR. : Il sort son Dard…
RISOLI : Il va pas faire ça ici, quand même !
SÉBASTIEN JR. : Mais non ! Putain ! Le Dard, mon papa dit que c'est un mouvement au-dessus des partis.
RISOLI : Un dard et des partis, pas mal, pas mal !
SÉBASTIEN JR. : Toi aussi, faut que tu adhères à son Dard !
RISOLI : Et toi, Olivier, qu'est-ce que tu veux faire plus tard ?
SÉBASTIEN JR. : Des émissions avec des contorsionnistes qui se lèchent les balloches, composer des chansons à boire pour chanter dans les balloches, et des partouzes au 41, chez Mme Denise, pour sortir mes balloches.
RISOLI : Pas mal, pas mal ! À ton âge ! Et qu'est-ce que tu veux gagner, Olivier Sébastien ?
SÉBASTIEN JR. : Un petit bonhomme en mousse humaniste.
RISOLI : C'est mignon, ça !
SÉBASTIEN JR. : Oui, et je veux que mon bonhomme humaniste il ait une grosse bite avec plein de poils !
RISOLI : Pas mal, pas mal !

Noël au balcon

• *Vous vous apprêtez à passer de bonnes fêtes, monsieur Chirac ?*
JACQUES CHIRAC : Vous parlez d'un cadeau de Noël ! Une mise en examen pour des faits qui remontent à Mathusalem… Comme si on ne pouvait pas me fiche la paix avec tous les soucis que j'ai en ce moment-te.

• *Ah, bon, quel genre de soucis, monsieur Chirac ?*
CHIRAC : Ceux que me donne Sumette, ma petite chienne.

• *Elle vous a encore mordu ?*
CHIRAC : Non, à la différence de Sumo qui m'a plusieurs fois sauvagement-te mordu les roubignoles, Sumette est une adorable petite boule d'affection. Mais j'ai bien failli la perdre.

Comme vous le savez-ze, Sumette a le poil tout blanc. Il y a quelques jours, alors que je la sortais pour lui faire faire sa crottounette, il y avait tellement de neige sur les trottoirs du quai Voltaire qu'elle s'est littéralement-te fondue dans ce décor, comme un caméléon, et que je l'ai perdue de vu-te.
C'est alors que je me suis souvenu de l'histoire du Petit Poucet qui avait semé des cailloux sur son chemin. En scrutant bien la neige, j'ai repéré et suivi les crottes laissées derrière elle par Sumette, et c'est comme ça que j'ai pu la retrouver !

• *Tout est bien qui finit bien.*
CHIRAC : Je ne ressortirai de l'appartement-te des Hariri que lorsque la neige aura fondu-te. En attendant, je m'assois dans mon fauteuil près de la fenêtre et j'attends qu'un passant se prenne un gadin en glissant sur la neige gelée. Avec un peu de chance, je verrai peut-être un juge du tribunal de Nanterre se casser la gueule ! Et ça, ça me ferait bien marrer !

Prime de match

EUGÈNE SACCOMANO : Rama Yade voudrait que les Bleus distribuent leur prime du mondial aux clubs amateurs. Bonne idée, mais c'est surtout Domenech qui devrait la reverser, sa prime, vu ce qu'il a touché, vu le magot qu'il s'est mis dans les fouilles, il peut mettre la main à la poche, il y a de quoi les faire vivre pendant soixante ans, les clubs... Et dans son cas, comme pour Henry, il peut leur donner de la main à la main !

Béatification express

• *Dites donc, Benoît XVI, qu'est-ce que c'est que cette histoire de béatification de Jean-Paul II et de Pie XII ?*
BENOÎT XVI : Ah ! pour Jean-Paul, mon prédécesseur, il s'agit d'une béatification express ! Oui, aujourd'hui, tout va vite, les voitures, les trains, l'information... Il faut vivre avec notre époque, alors les béatifications, ça doit être rapide aussi, zou ! D'ailleurs, pendant que j'y suis et pour aller toujours plus vite, j'engage la procédure pour ma propre béatification ! Comme ça, je serai le premier pape à être saint de son vivant... Moi, je m'en fiche un peu, mais je sais que ça fera plaisir à ma femme et aux enfants... Protocolairement, c'est vachement important, si je suis saint, les femmes de cardinaux, les femmes d'ayatollahs et même la femme du dalaï-lama, elles ne pourront pas s'asseoir au même rang qu'Ulla !

• *Ah ! d'accord… Et cette béatification de Pie XII, c'est quoi ?*
<u>BENOÎT XVI</u> : Chutttt ! Ne parlez pas si fort… J'essaie de faire ça discrètement… En faisant passer la pilule en même temps que Jean-Paul, je me dis que les gens ne vont pas s'en apercevoir… Si ça s'ébruite trop, on va encore me chercher des poux dans la tiare… Tout ça parce que des mauvaises langues disent que Pie XII aurait eu une attitude ambiguë pendant la Seconde Guerre mondiale… Mais c'est faux ! Nous avons au Vatican des archives secrètes qui prouvent le contraire ! Il a été tip-top Pie pendant la guerre, comme dit Hans, mon petit-fils !

• *Pourquoi vous ne les montrez pas ces archives pour faire taire la polémique, Saint-Siège ?*
<u>BENOÎT XVI</u> : Mais parce qu'elles sont secrètes ! Secret, c'est secret ! Si je commence à montrer toutes les choses secrètes du Vatican, les histoires de prêtres pédophiles, les comptes en Suisse, la moumoute de Jean XXIII, la vasectomie de Jean Paul Ier, vous imaginez le souk ? Non, il faut rester très discret… Chut, je ne vous ai rien dit… Je compte sur vous, hein ? Je ne voudrais pas que ma femme soit au courant… le diable viendrait me tirer par les pieds… et je crains autant Satan qu'Ulla !

Gros matos

• *Roselyne Bachelot, vous venez de recevoir David Douillet. On peut en savoir plus ?*
<u>ROSELYNE BACHELOT</u> : Mais oui, mais oui ! La grippe A ne me fait pas oublier que je suis aussi la ministre des Sports. Nicolas Sarkozy a confié à David Douillet une mission de réflexion sur la tenue des grands événements sportifs. J'ai donc reçu notre judoka national.

• *Et ça s'est bien passé ?*
<u>ROSELYNE</u> : Rama Yade évidemment n'était pas là, car, quand je dois rencontrer un gaillard du gabarit de David Douillet, je tiens à être seule, pour bien le recevoir. David Douillet est moins poilu que Sébastien Chabal, mais je reconnais que c'est une belle bête. Pour me familiariser avec son sport, je lui ai demandé de m'en expliquer concrètement les rudiments. Après quelques minutes d'échauffement, on a directement commencé par l'entraînement au sol. Mais c'que j'ai préféré, c'est l'immobilisation où je me suis retrouvée tête-bêche en dessous de lui la tête entre ses jambes et la sienne entre les miennes…

Eh ben, j'peux vous dire y a du matos ! Avec la seringue qu'il a, il pourrait en vacciner, du monde !

Un petit chant de Noël, par Patrick Sébastien

PATRICK SÉBASTIEN :
Petit Papa Noël
Quand tu viendras au bordel
Avec tes sex toys par milliers
N'oublie pas de les enfiler
Mais avant de partir
Il faudra bien te couvrir
Le Dard pour ne pas avoir froid
Allez viens chez Denise avec moi
Petit Papa Noël

Un autre petit chant de Noël, par Vincent Delerm

VINCENT DELERM :
Petit Papa Noël
Si tu passes près de Sarcelles
N'oublie pas les « Nikes » d'Abdel
Mais prends pas le RER A
Sinon tu y arriveras pas
Avec le RER C
Tu resteras aussi coincé
Mais avant de partir
Il faudra bien te couvrir
Protège bien ton épiderme
Il fait froid chez les Delerm

La Môme et le Père Noël

• *À l'occasion des fêtes de Noël, nous vous proposons de découvrir un film de circonstance. Après* La Môme *et* La Môme fait du ski, *retrouvez l'éblouissante Marion Cotillard dans* La Môme et le Père Noël…

Marion Cotillard : Ah ben te v'là toi, le barbu de Laponie, fais voir c'que t'as dans ta botte, j'espère que t'as du champagne… Pi du bon !

La Môme et le Père Noël, avec Gérard Depardieu dans le rôle de Papa Noël…

Gérard Depardieu : Eh, la Môme, t'as été sage, t'as bien chanté, tiens, allez, j'vais t'en faire péter une de roteuse…

Marion : Oh ! fais gaffe ! T'as failli me crever l'œil, remplis-moi une flûte, et sans faux col, y a rien que d'la mousse, ça me fait des moustaches… Hé ! Père Noël, oublie pas mon Marcel… Marcel ! Marcel, viens voir, y a le père Noël… Marcel !

La Môme et le Père Noël, avec Marion Cotillard. Méconnaissable grâce aux maquilleuses de Patrick Sébastien, et dans le rôle de la mère Noël, Jeanne Moreau.

Jeanne Moreau : Allez, père Noël, mon Santa Claus, allez, faut laisser ces braves gens et remonter dans le traîneau, on n'a pas fini notre tournée.

Marion : Une tournée quoi, encore une tournée ! Celle-ci c'est la nôtre, hein, mon Marcel ? Marcel ! Marcel ! Sers donc ton canon.

Jeanne : Oh ! Merci, Môme Paf.

La Môme et le Père Noël, encore plus fort qu'*Avatar…* rien n'est virtuel quand elle picole…

Noël écolo

• *José Bové, vous préparez Noël…*

José Bové : Ouais, mais ça sera encore un Noël écolo. Nous, avec mon Dany, on est les rois de la récup'. La semaine dernière, souvenez-vous, je vous ai appris à faire des pulls bien chauds pour l'hiver avec des poils récupérés dans des instituts de beauté… Ben, tous ces poils de cul quand on les carde, qu'on les file et qu'on les tresse, ça fait aussi des jolies guirlandes. Il suffit juste de mettre un peu de peinture dorée et le tour est joué ! Pareil pour les boules : entre nos boulettes de doigts de pied et nos crottes de nez, bien travaillées et peintes en rouge, ça nous fait des jolies boules de Noël.

Pour faire de la fausse neige, on récupère le sel de la sueur de mon Dany… plus exactement, on le gratte de sur sa chemise et on le saupoudre sur les branches du sapin…
Pour les santons de la crèche, pas compliqué : c'est pas d'la terre cuite, c'est de la sciure de mes toilettes sèches… On arrive à faire de jolies figurines qu'on passe au four, seulement le problème, c'est qu'après on a fait cuire la dinde et ça lui a donné un drôle de goût.
Alors, avec mon Dany, on a décidé de faire une crèche vivante à Europe Écologie… Ma femme et moi, on faisait Marie et Joseph, et mon Dany, une fois déloqué, on lui a mis une couche Confiance, on l'a couché sur la paille, et il a fait le petit Jésus. Malheureusement, on n'avait pas mis le bœuf dans le bon sens, j'peux vous dire que c'est pas avec son souffle qu'il l'a réchauffé.

Janvier 2010

La nouvelle année, les doses de Roselyne, la disparition de Philippe Séguin, la burqa, les déboires de Miss Paris et les voyances de Mme Irm*heil*

Johnny : Euh ! bonjour, c'est Johnny. Je vous souhaite une Banano, une banania, ha ! Une Hap yer, une hapi grand-père, une hapile wonder... Et surtout la santé.

Qui n'a pas sa dose ?

• *On a appris hier que la France essayait de revendre une partie de ses 70 millions de doses de vaccins contre la grippe A... C'est vrai, Roselyne Bachelot ?*
Roselyne Bachelot : Oui, oui, oui, tout à fait... Il faut dire que nous avions vu un peu grand et que je m'étais un peu emberlificotée dans mes comptes... J'avais imaginé que les trois quarts de la population voudraient se faire vacciner, en gros 45 millions de personnes, mais comme les laboratoires me connaissent bien – je suis une ancienne pharmacienne, vous savez –, alors ils m'ont proposé une vraie affaire commerciale : ils me faisaient les trois doses au prix de deux à condition que j'achète au moins 60 millions de doses... C'est pas mal, hein ?

• *Oui, pour eux, c'est pas mal...*
Roselyne : Moi, je me suis dit : « Ma Choupette – c'est comme ça que je m'appelle quand je me parle –, ma Choupette, tu vas pas faire la radine, de toute façon, c'est pas ton argent, alors tu vas prendre 90 millions de doses que tu auras au prix de 120 millions ! » Pas bête, la Roselyne ! Vous me suivez ?

• *Oui, oui... Ça a coûté combien, tout ça ?*
Roselyne : Seulement 869 millions d'euros ! Une vraie affaire, non ? Du coup, je me suis dit : « Si les Français aiment ça, on pourra même les vacciner deux fois ! » Le petit problème, c'est qu'aujourd'hui il n'y a que 4,5 millions de Français qui se sont fait vacciner, du coup on se retrouve avec 85 millions de doses sur les bras !

• *Alors, vous essayez de les revendre...*
Roselyne : Voilà. C'est la période des soldes, alors je vais tenter de refourguer nos doses ! « Elle est belle, ma dose, elle est belle et elle est pas chère ! Cinq doses pour le prix d'une ! Allez, allez, les ménagères ! Pas chère la dose ! »

• *Et ça marche ?*
Roselyne : Pour le moment, ça ne se bouscule pas au portillon... J'ai déjà vendu 300 000 doses au Qatar et l'Égypte va m'en prendre 2 millions, peut-être... J'ai même des doses casher, si Israël en veut.

• *On est loin du compte, non ?*
ROSELYNE : Non, non, non, on tient le bon bout ! Je suis sur un gros coup avec la Papouasie-Nouvelle-Guinée et je pense que je vais arriver à en vendre 700 ou 800 doses au Liechtenstein… Allez, allez, qui veut du vaccin, pas cher, le vaccin ! Un million les 100 000 doses ! Allez, allez, il est beau, il est beau ! Pas cher, le vaccin !

Et c'est parti pour le renouveau !

• *Vous avez passé de bonnes vacances, monsieur le Président ?*
SARKOZY : Mademoiselle Charlotte, je n'apprécie pas beaucoup l'ironie de votre question, car vous savez très bien que j'ai passé des vacances pourries ! Pendant toute l'année, je m'agite dans tous les sens, je cours partout, je règle tous les dossiers moi-même… Donc, pour les fêtes, juste après la claque de Copenhague, je décide enfin de faire une pause en prenant quelques jours de vacances au Maroc avec ma Carlita… Et là ? Patatras ! Pour une fois que je prends du bon temps, ça n'a pas loupé, à peine j'ai tourné le dos, voilà la taxe carbone annulée, le fichier Éloi blackboulé, la dette publique révélée : 1 450 milliards d'euros ! Et la Bachelot qui me laisse sur les bras 80 millions de doses de vaccins à la con… Et, en plus, les sondages qui sont mauvais… Il était temps que je rentre.

• *Mais dans vos vœux aux Français, vous avez dit que 2010 serait l'année du renouveau.*
SARKO : Effectivement ! Vous avez vu les vœux présidentiels ? Pour la première fois dans l'histoire de la Ve République, ils ont été adressés aux Français par Internet sur Facebook. Je sais, les mauvaises langues auront beau jeu de dire que Facebook n'existait pas du temps du général de Gaulle, de Pompidou, de Giscard, de Mitterrand et même de Chirac… Mais c'est quand même une sacrée réforme ! Parce que, avec ça, les Français, ils peuvent se repasser mes vœux toute l'année. Un coup de cafard ? Hop ! on peut revoir mes jolis vœux sur Internet. C'est du renouveau, mais le renouveau pour 2010, c'est quoi ? C'est un nouveau Brushing pour moi : vous avez vu ma mini-vague ? Comme j'suis bien coiffé : renouveau ! Un tout-à-l'égout flambant neuf au cap Nègre pour ma Carlita : renouveau ! Un scooter à trois roues pour mon Jeannot parce que c'est plus prudent pour aller à la Défense et un autre pour Frédéric Mitterrand qui vient de se casser la gueule : renouveau ! Et bientôt, grand renouveau dans tous les aéroports français : toucher rectal obligatoire à tous les terroristes en attendant l'arrivée des scanners pour les coloscopies ; renouveau !

Miss Paris

La destitution de Miss Paris continue de faire des vagues. Un commentaire, monsieur Delanoë ?
BERTRAND DELANOË : J'ai appris que Mme de Fontenay avait destitué Miss Paris sous prétexte que des photos pour le moins osées de cette jeune femme avaient été publiées dans *Entrevue*. Je suis très déçu de cette destitution, d'abord parce que la Ville de Paris n'a plus de Miss pour la représenter. Et je vais devoir faire tout seul le boulot. Ensuite, je la trouvais très sympathique, cette Kelly Bochenko. Fille d'un Polonais et d'une Italienne d'origine japonaise, portant un patronyme ukrainien et un prénom à la con, elle incarne vraiment la diversité du melting-pot parisien !

• *Oui, mais il y a ces photos dénudées où, je cite Mme de Fontenay : « Elle écarte les cuisses. »*
DELANOË : Qui ? Mme de Fontenay ?

• *Mais non ! Miss Paris !*
DELANOË : Et alors ? Je les trouve très jolies, ces photos ! Parce que qu'est-ce qu'ils veulent, les socialistes, les Français et les Parisiens en ces périodes de fête ? C'est une appétissante Miss Paris à la une des magazines de charme, c'est plus de pin-up posant lascivement en se suçant un doigt, c'est plus de Miss en train de se glisser une main dans la culotte fendue !

Réveillon écolo

• *Vous avez passé un bon réveillon, José Bové ?*
JOSÉ BOVÉ : Ah ! il a été folklo, notre réveillon de la Saint-Sylvestre ! On était en petit comité à la maison chez moi dans le Larzac à Montredon. Avec ma femme, on a invité mon Dany qui était tout seul et ce soir-là on s'en est mis plein la panse et on a bu du vin bio… C'est plus cher que le vin normal, c'est moins bon, mais c'est bio… Moi, j'ai fourni le blanc et Dany, le rouge. Il était un peu âpre, son rouquin… Le plus dur, ça a pas été de le boire, ça a été de le pisser le lendemain, ça m'a fait des trous dans mes brodequins…
C'est mon Dany qui a apporté l'entrée, une bourriche d'huîtres qu'ils avaient pas fini pour la Noël… Il avait dû les stocker à côté de sa chaudière à granules, parce que, quand on s'est attaqués à les ouvrir, ça puait la vasière à plein pif…

Toutes daubées qu'elles étaient, ses fines de claire à mon Dany. Alors, du coup, en entrée, on a mangé des tartines de pain de seigle bio avec du citron. C'est un peu bourratif mais, avec mon muscadet bio, ça passait.
Ensuite, gigot d'un de mes moutons avec des fayots de mon jardin, on a bouffé toute la soirée, mais on s'est retenus jusqu'à minuit pour pouvoir sonner les douze coups avec notre fion. Six chacun avec mon Dany. C'est Dany qui a voulu sonner le douzième coup, mais, comme il avait tenu absolument à goûter ses huîtres, le douzième, c'est en relief dans son bénouze qu'il l'a fini ! Si vous ajoutez à ça le dessert : une bûche du commerce équitable confectionnée au Pérou qu'a pas supporté le voyage et dont la crème au beurre avait tourné, vous comprendrez que c'est pas sous le gui qu'on s'est souhaité la bonne année mais dans mes chiottes.
À trois, on a fait du compost pour toute l'année 2010 !
Mais mon Dany était tellement beurré qu'il est tombé dans la fosse à merde. Quand il est ressorti, avec la scuire on aurait dit qu'il s'était déguisé en Crunch ! Ah ! on a bien commencé l'année !

Roselyne, sans concession

• *L'événement ce matin, c'était, vous l'avez entendu, la venue de Roselyne Bachelot dans ce studio, elle était l'invitée de Jean-Michel Aphatie. Les micros étaient restés branchés. Document.*
JEAN-MICHEL APHATIE : Roselyne Bachelot, bonjour.
ROSELYNE BACHELOT : Bonjour, Jean-Michel Aphatie. Alors, on s'est fait vacciner ?
APHATIE : Pas de salamalecs entre nous, les questions, c'est moi qui les pose et elles sont sans concession. Roselyne Bachelot, que comptez-vous faire des millions et des millions de doses restantes achetées, ou plutôt payées comptant, aux laboratoires pharmaceutiques et qui nous restent sur les bras ?
ROSELYNE : Mais voyons, surtout pas de panique, la Roselyne a la situation bien en main, je gère les stocks !
APHATIE : Vous n'avez pas répondu à ma question. Concrètement, qu'est-ce que vous allez faire de ces doses de vaccins : vous allez les accrocher et en faire des guirlandes pour Noël prochain ?
ROSELYNE : Tiens, c'est une bonne idée ça, mais des solutions elle en a aussi, la Roselyne. Voilà ce que je propose : on pourrait déjà en vendre aux boulangers-pâtissiers pour qu'ils les utilisent comme fèves dans la galette des Rois. Si vous tombez sur la fève, hop ! vous la récupérez et on vous vaccine gratos chez un généraliste.

<u>Aphatie</u> : Mais c'est une décision aberrante... Et vous n'avez rien trouvé d'autre pour nous embobiner ?
<u>Roselyne</u> : Mais si, mais si, nous allons aussi vendre les seringues aux pubs, aux bistrots, pour faire des jeux de fléchettes, et si y a un client qui passe devant la cible, zou ! vacciné, lui aussi.
<u>Aphatie</u> : Mais, déontologiquement, vous n'en avez pas le droit en tant que pharmacienne !
<u>Roselyne</u> : Ah ! mais faut bien les écouler, mes petites seringues ! On a pensé aussi aux fakirs, aux sadomasos qui pourront s'en faire des piercings sur les tétons, sur le gland et sur les grandes lèvres... Et, s'il en reste encore, y aura qu'à les brader aux équipes du Tour de France, mélangés à l'EPO. Ça fera un mélange détonant ! Voilà, voilà... quand j'vous dis que j'maîtrise la situation !

Que de l'amour pour 2010 !

• *Patrick Sébastien, vous vouliez présenter aussi vos bons vœux.*
<u>Patrick Sébastien</u> : Moi, j'veux que 2010 soit une année humaniste, c'est surtout l'année où je vais exposer mon Dard au grand public.

• *Ça promet, dites donc ! Vous êtes toujours aussi obsédé par votre Dard ?*
<u>Sébastien</u> : Ouais, et j'vais te dire un truc, j'vais pas le lâcher, mon Dard, au contraire, j'vais beaucoup plus m'en occuper, de mon Dard.

• *Vous pensez pas que, vu le contexte, votre Dard soit un peu mou ?*
<u>Sébastien</u> : Putain, non, j'ai conscience qu'on va me tomber dessus, que des gens vont vouloir tirer sur mon Dard... Je sais, mais j'veux surtout qu'en 2010 on fasse la fête. Alors j'ai écrit une petite chanson qui sera un peu l'hymne du Dard en cette nouvelle année.
En 2009
On a fait la teuf.
En 2010
On sort son pénis.

C'est que d'l'amour !

• *Dominique Besnehard, vous vouliez nous présenter vos vœux ?*
<u>Dominique Besnehard</u> : Ben, ouiche ! Je vous souhaite une année 2010 très chouette, très chensuelle, très chensationnelle et même très chinématographique !

Pas facile à dire tout ça ! Je sens qu'on va bien rigoler, cette année... Vous avez vu Ségo ? Elle fait profil bas, hein ? Pas de vidéo sur son site cette année, juste une petite carte postale... Avec écrit « fraternité » dans toutes les langues, même des langues que personne connaît... C'était sobre, très classe... Bien ! Oh ! et puis vous avez vu Julien Dray, l'horloger-bijoutier de la nouvelle gauche ? Il règle ses comptes, hein ? Oh ! là, là ! les baffes volent en escadrilles ! Et pan ! la Aubry, et pan ! Harlem Désir ! Avec les régionales qui arrivent, je sens que le PS va bien nous faire marrer ! Je suis sûr que ça va être une bonne année... Allez, bises !

• *La grande occupation des Français, après les fêtes, c'est de revendre sur Internet les cadeaux pourris qu'ils ont reçus... Vous aussi, Jacques Chirac ?*
JACQUES CHIRAC : Oui, tout à faite ! Bernadette m'a offert un second Sonotone plus puissant sous prétexte que, malgré le premier, je n'entends toujours rien...

• *Et c'est faux, monsieur le Président ?*
CHIRAC : Oui, j'ai passé un très bon premier de l'an, merci... Alors, son Sonotone, je l'ai refourgué sur eBay. Ni vu ni connu... J'avais pris un pseudo : VGE ! Il va passer pour un sourdingue ! Bien fait pour lui, ce vieux pornocrate !

• *À propos, Valéry Giscard d'Estaing, vous avez vous aussi reçu des cadeaux non désirés ?*
VALÉRY GISCARD D'ESTAING : Non, et pour une bonne raison, c'est que, depuis la sortie de mon magnifique roman *La Princesse et le Président* dont il me reste environ 195 000 exemplaires à vendre sur un tirage de 200 000, depuis la sortie de ce monument de la littérature française, donc, Anne-Aymone me fait la gueule et tous mes enfants aussi...

• *Donc, pas de cadeaux ?*
GISCARD : Voilà... Nib, wallou, queue de chie, balai de crin ! En revanche, cette période des fêtes me rappelle une anecdote piquante...

• *Oh ! là, là ! monsieur le Président, nous devons rendre l'antenne avant 9 heures...*
GISCARD : Pas d'inquiétude, c'est très court... C'était au moment des fêtes donc et j'étais avec la princesse Diana au château de Fontainebleau dans la chambre royale... Très délicate et très attentionnée, pour mes étrennes, la princesse m'offre une très jolie cravate... Une cravate de notaire, bien entendu... Et là, horreur, je m'aperçois que j'ai complètement oublié de lui acheter un présent, alors, ni une ni deux, je plonge ma main dans ma braguette républi-

caine, j'extirpe mon gourdin présidentiel et je m'écrie « Mets-toi sur le dos, voilà ton cadeau ! »...

• *Merci, monsieur le Président.*
GISCARD : Ce n'est pas fini... Y a aussi l'anecdote de la culotte fendue de la Mère Noël...

• *Oui, oui, merci... Au revoir, monsieur le Président.*

• *Marc-Olivier Fogiel, vous avez revendu votre cadeau sur eBay ?*
MARC-OLIVIER FOGIEL : Oui-e, même si ça m'a déchiré l'âme et le cœur, car c'était un cadeau que Claire Chazal, ma meilleure amie femme dans le métier, m'avait fait...

• *Ah bon ! Et c'était quoi, ce cadeau ?*
FOGIEL : Le livre de Frédéric Mitterrand *La Mauvaise Vie,* qui est mon livre de chevet. Ça fait trois fois qu'elle me l'offre... Mais j'lui pardonne, la pauvre, elle est totalement overbookée, Claire...

• *Et vous, Marco, vous lui aviez fait un cadeau ?*
FOGIEL : Ouaiche... un cadeau utile, un stage d'initiation sur Photoshop pour qu'elle puisse effacer elle-même son tendon de la vache sur les photos...

• *Ah ! vous vouliez intervenir, Roselyne Bachelot ?*
ROSELYNE BACHELOT : Mais oui, mais oui, moi aussi, j'en ai des tas de trucs à vendre ! Ils sont beaux, ils sont beaux, mes vaccins. Du bon vaccin pas cher... Deux pour le prix d'un ! Ils sont beaux, mes vaccins... Allez, les ménagères !

Rocancourt était son nom !

• *La récente mise en examen de Christophe Rocancourt pour abus de faiblesse envers la réalisatrice Catherine Breillat a inspiré à Robert Hossein son prochain spectacle...*
ROBERT HOSSEIN : « Christophe Rocancourt était son nom ! » L'incroyable et véridique histoire d'un escroc inspiré qui, de Honfleur à Hollywood et de Genève à Paris, a roulé dans la farine les plus grands noms du show-business... Dans le rôle de Rocancourt, Gérard Depardieu...

<u>Gérard Depardieu</u> : Allez, les rupins, vous pouvez bien me prêter 2 ou 3 millions, non ? Je suis champion de boxe que je vous dis ! Allez, un bon geste, envoyez la monnaie, je vous rembourserai quand je serai champion du monde !
<u>Hossein</u> : « Christophe Rocancourt était son nom ! » Tour à tour agent immobilier, champion de boxe, faux héritier, faux-monnayeur, l'escroc a extorqué des dizaines de millions à des gogos qu'il n'a jamais remboursés !
<u>Depardieu</u> : Ah ! merde, j'ai toutes les polices de France et de Suisse au cul ! Je me tire aux États-Unis, là-bas personne me connaît et y a des tas de pigeons bien gras à plumer ! Allez, zou, direction Los Angeles !
<u>Hossein</u> : « Christophe Rocancourt était son nom ! » La saga véridique d'un petit malfrat français qui, en se faisant passer pour le fils de Sophia Loren, un héritier Rockefeller ou le neveu d'Oscar de La Renta, va soutirer des sommes incroyables aux plus grandes stars d'Hollywood !
<u>Depardieu</u> : Allez, Mickey Rourke, puisque je te dis que je suis le neveu caché de François Mitterrand tu peux bien me prêter 15 ou 20 millions de dollars, non ? Tonton te remboursera... Hé ! Jean-Claude Van Damme, fais pas ton rapiat, envoie le flouze, je suis le fils du pape, je te dis ! Promis, juré ! Allez, please, fais déraper la maille !
<u>Hossein</u> : « Christophe Rocancourt était son nom ! » Après quelques années de prison au Canada et aux USA, l'escroc revient en France où il extorque plus de 600 000 euros à la réalisatrice Catherine Breillat... Dans le rôle de la cinéaste, Jeanne Moreau...
<u>Jeanne Moreau</u> : Mon Christophe, je vais faire de toi une vraie star de cinéma... Raconte-moi encore tes histoires, mon Christophe, que j'écrive mon scénario...
<u>Depardieu</u> : D'accord, je vais te raconter mon mariage avec Miss France, mais avant file-moi un paquet de biftons, Mémère...
<u>Jeanne</u> : Oh ! j'aime bien quand tu me parles mal, Christophe...
<u>Hossein</u> : « Christophe Rocancourt était son nom ! » Bientôt au palais de Justice, prolongations à la Santé !
<u>Jeanne</u> : Je te donne encore 100 000 euros, mais tu me promets que tu me rembourseras, hein, mon Christophe ?
<u>Depardieu</u> : Oui, compte là-dessus, Mémère, et bois un grand verre d'eau !

Les vœux de Villepin

<u>Dominique de Villepin</u> :
Je souhaite aux Français une très belle année

Année remplie de joie, d'espoir et de gaieté
Et je ne voudrais pas dans ces vers oublier
De la souhaiter merdeuse au nain de l'Élysée.

Les vœux du président

SARKOZY : Bonjour, tout le monde. Tout d'abord, je tiens à me souhaiter à moi une bonne année 2010, parce que, je suis au regret de vous le dire, 2009 (surtout la fin), ça a vraiment été pour moi une année de merde et je tiens pas à ce que ça recommence ! Alors je vous préviens, le premier qui fait le mariole, je le dégage vite fait bien fait !
FRED MITTERRAND : Bâsoir ! Adieu 2009, année d'hécatombe mortifère pour la culture et les artistes ! Ciao, Claude Berri, Filip Nikolic, Alain Bashung, Sim et Claude Lévi-Strauss... Goodbye Patrick Swayze, Ted Kennedy, Farrah Fawcett, et surtout bye bye Michael Jackson, reparti au ciel danser le moon walk avec Peter Pan et la fée Clochette...
SARKO : Il était déjà fêlé, mais son accident de scooter a rien arrangé.
MITTERRAND : Bonjour 2010, année de toutes les espérances artistiques ! Et surtout, salut à toi, Anne Roumanoff, plus que jamais reine du rire et des médias et qui bientôt va remplacer une Miss Paris hélas ! privée de sa couronne en posant les cuisses ouvertes, une main mutine glissée dans l'ouverture d'une culotte fendue en dentelle cramoisie comme le visage de tous ceux qui te désirent...
SARKO : Là, je suis sûr que le cerveau est atteint ! Il faudrait plus qu'il bouge...
MITTERRAND : Adieu, scooter maudit, destrier indomptable...
SARKO : Oui, c'est ça... Après les régionales, c'est juré, je l'éjecte !
MITTERRAND : Adieu, sapins de Noël tout déplumés sur les trottoirs ! Adieu, santons de Provence. Adieu, Père Noël. Mais bonjour Père Fouettard ! Salut, boxeurs thaïs de quarante ans !

Galette à l'Élysée

• *Mardi, à l'Élysée, Nicolas Sarkozy a reçu la Confédération nationale de la boulangerie pour la remise de la traditionnelle galette des Rois. Une cérémonie qui s'est déroulée sous haute surveillance...*
(Musique des Gendarmes...)

GALABRU : Messieurs, Brice Hortefeux, notre ministre, compte sur nous pour que le président puisse tirer les Rois en toute sécurité. Je vous demanderai donc d'être d'une extrême vigilance...
FOUGASSE : Chef, si y en a qui veulent tirer les rois, j'ai rien contre, pour ma part, je préférerais tirer les reines !
GALABRU : Fougasse, vous vous croyez aux « Grosses Têtes » ? Gardez pour vous vos blagues salaces et dites-moi plutôt où se trouve Cruchot.
DE FUNÈS : Je suis là, mon adjudant, je suis là !
GALABRU : Et où étiez-vous encore passé, maréchal des logis Cruchot ?
DE FUNÈS : Voilà, chef. J'étais en train de faire mon inspection dans la salle des fêtes de l'Élysée quand des mitrons sont arrivés avec la galette géante présidentielle... D'abord je les ai tous fouillés ! Hop ! Même les toques ! Rien à signaler... Vous pouvez vous rhabiller...
GALABRU : C'est bien, Cruchot, là, vraiment, je peux dire que vous m'épatez...
DE FUNÈS : C'est pas fini, mon adjudant... Après, au cas où la galette aurait été piégée par des terroristes, je l'ai passée au détecteur de métaux... Brrrrr... Je l'ai bien balayée, comme quand je cherche des gourmettes en or enfouies dans le sable à Saint-Tropez...
GALABRU : Et alors, Cruchot ?
DE FUNÈS : Toujours rien à signaler, mon adjudant ! Mais comme les méthodes des terroristes se perfectionnent et comme l'Élysée n'est pas encore équipé en scanners, j'ai tâté la galette... Et là, sous mes doigts suspicieux... Clac ! Un tout petit objet, mais alors tout petit ! Très dur et très bien caché !... Sûrement un détonateur ! Ni une ni deux... Paf ! j'ai balancé la galette par la fenêtre !
GALABRU : Et elle a explosé ?
DE FUNÈS : Explosé, non... C'est un complice des terroristes qui se l'est prise en pleine tête... Regardez, on le voit par la fenêtre...
GALABRU : Ah ! le suspect s'essuie la frangipane... mais... mais... Ah ! ce visage, c'est celui du président Sarkozy ! Encore plus furieux que Berlusconi quand il s'est fait casser les dents par un fada ! Cette fois, c'est la fin ! Je vais être arrêté et jugé comme chef des terroristes ! Quarante ans incompressibles ! Mme Gerber n'aura jamais la patience d'attendre ma sortie ! Elle va prendre un amant... Je suis foutu !

Le Pen tire les Rois

• *Vous allez fêter l'Épiphanie en tirant les Rois, Jean-Marie Le Pen ?*
JEAN-MARIE LE PEN : *Ja wohl !* Je suis, vous le savez, très attaché aux fêtes traditionn*heil*, religieuses de surcroît... Rappelons cet épisode du Nouveau Testament où apparaissent ces trois rois étrangers, Melchior, roi des Arabes, Gaspard, roi de l'Inde, et Balthazar, roi des Perses. Trois immigrés qui, je le fais remarquer, d'une part, ne venaient pas les mains vides, et, d'autre part, avaient la politesse de repartir chez eux et cela sans que M. Besson soit obligé d'intervenir, n'est-ce pas... Hum. Cela dit, nous dégusterons la galette ce soir avec ma filleule, la petite Plume M'Bala M'Bala, en espérant que cela se passera mieux que l'année dernière.

• *Ah bon ! Qu'est-ce qu'il s'est passé l'an dernier ?*
LE PEN : Écoutez, pendant que ma Jany préparait la galette, j'ai éternué et mon œil de verre est tombé dans la frangipane... C'est ma petite Plume M'Bala M'Bala qui l'avala-l'avala en pensant que c'était la fève. Toute la journée j'ai dû guetter son œil de bronze pour récupérer mon œil de verre !

Chanson française

• *Aujourd'hui, c'est le début des soldes, ce qui a inspiré une petite chanson à Vincent Delerm.*
VINCENT DELERM :
Devant les soldes de chez Hermès
J'ai fait la queue avec Agnès
Je lui ai mis la main aux fesses
J'fais pas mimi j'ai un herpès
Pendant qu'elle s'achetait un grand sac
J'me tartinais au Zovirax
On est fragile de l'épiderme
Je vais te dire chez les Delerm.

• *Décidément, les fêtes de fin d'année ont beaucoup inspiré nos amis chanteurs. Bénabar nous raconte son nouvel an en chanson, une chanson inédite qui s'intitule d'ailleurs « Nouvel An »...*
BÉNABAR :
On a fêté le Nouvel An
À la campagne chez Luce et Jean

C'était vraiment une fête très chouette
On s'est régalés d'une raclette
Nouvel an, Nouvel an
C'est drôle tu reviens tous les ans
On s'réunit pour te fêter
Et c'est souvent en fin d'année
Le lendemain y avait neigé
Fallait des chaînes pour pas glisser
Décidément l'hiver est froid
Mais il fera chaud dans quelques mois...

• *Ce qui est formidable avec Bénabar, c'est qu'on apprend toujours quelque chose...*
Bonne année, bonne santé
Pour la gastro faut se laver
Les mains et même le derrière
Mais quand il gèle à fendre pierre
Ça fait geler les colombins
Dans ma cabane au fond du jardin.

« Plus belle la vie »

• *Lionel Jospin, vos Mémoires sortent aujourd'hui, un commentaire ?*
LIONEL JOSPIN : Oui... D'abord, j'ai beaucoup hésité pour le titre. Ce livre s'intitule *Lionel raconte Jospin,* mais il aurait pu tout autant s'intituler « Jospin raconte Lionel » ou « Lionel Jospin raconte » ou encore « Raconte, Lionel Jospin ! ». Finalement, ma femme, la philosophe féministe Sylviane Agacinski, m'a conseillé « Lionel raconte Jospin ». Mon prénom qui vient expliquer mon patronyme, c'est comme un pied de nez à l'idéologie patriarcale qui régit encore nos mœurs politiques...

• *Là, j'ai un peu de mal à vous suivre...*
JOSPIN : C'est normal, à part ma femme, personne n'arrive plus à me suivre depuis longtemps, surtout depuis le 22 avril 2002. C'est pour ça d'ailleurs que j'ai tenu à publier ces Mémoires, une sorte de testament politique.

• *Dans ces Mémoires, vous écrivez : « J'ai achevé mon parcours d'acteur. »*
Jospin : Oui... Cette phrase est à double sens. Car si j'arrête d'être un acteur politique, j'espère pouvoir faire comme Bernard Tapie en devenant un acteur populaire.

• *Vous pensez à quel rôle ?*
Jospin : Je pense avoir le charisme pour remplacer Roland, le patron du Mistral dans « Plus belle la vie », mon feuilleton préféré. Surtout, je saurai préparer aux clients de bonnes tisanes, notamment celle des « Deux Marmottes », par exemple l'infusion « Vigne rouge » qui soigne les varices que je testerai sur Myrta, la compagne de Roland, qui deviendrait donc la mienne, ce qui risque de créer des problèmes avec mon épouse, Sylviane Agacinski, qui, bien que féministe libérée, reste très exclusive. Je pourrai aussi préparer l'infusion « À fleur de peau » que je ferai goûter à Thomas, le barman homosexuel et fils de Roland, qui deviendrait donc le mien, et si ça ne lui fait pas d'effet, comme Myrta, il aura droit à « Vigne rouge » qui soigne aussi les hémorroïdes. Voilà.

Timbrés

La Poste vient de prendre une initiative sympathique liée au football, Eugène Saccomano ?
Eugène Saccomano : Eh oui, la Poste s'est associée à ELA pour lutter contre les leucodystrophies, en éditant un timbre collector à l'effigie de Zinédine Zidane. Sur chaque planche de timbres vendue, 1 euro sera reversé à l'association ELA. C'est effectivement une très bonne initiative. Mais ce n'est pas la tête de Zinédine Zidane qu'il faudrait coller sur vos enveloppes, c'est la tronche de cet abruti chronique de Raymond Domenech ! Lui, au moins, il est complètement timbré ! Et puis, s'il faut trouver du pognon pour une cause, Domenech n'a qu'à verser sa prime de qualification de 826 000 euros ! Mettre la main à la poche, c'est aussi facile que la mettre au ballon ! Et bonne année de meeerde !

• *Un commentaire, Roselyne Bachelot ?*
Roselyne Bachelot : En tant que ministre de la Santé, je me réjouis que l'argent récolté grâce à ces timbres puisse faire reculer les leucodystrophies. En revanche, en tant que ministre des Sports, je suis un peu déçue. Bien sûr, Zidane mérite d'avoir un timbre à son effigie, mais j'aimerais que mon chouchou Sébastien Chabal – hum... Chabal ! – ait droit, lui aussi, à son timbre. Et qui ne représente pas seulement sa tête chevelue, mais tout son corps poilu ! En plus, je ne veux

pas d'un timbre autocollant, mais d'un timbre avec de la colle au verso, comme ça, quand j'aurai une lettre à envoyer, ça me donnera l'occasion de donner un bon coup de langue à mon Chabal, juste derrière, là où il faut ! Hum... Chabal ! Avec le timbre Chabal, on peut lécher les poils !

Érection de colonnes

Au Palais-Royal, la restauration des Colonnes de Buren vient de s'achever. Un commentaire, Jack Lang ?

JACK LANG : Quand on pense que ces colonnes admirables, rayées comme des pyjamas, dont, en 1986, j'avais commandé et financé l'érection (eh oui ! c'est comme ça qu'on dit, Madie)... oui, quand on pense que ces colonnes ont à peine mis trente ans à se dégrader alors que l'obélisque de la Concorde est toujours intact au bout de deux mille trois cents ans, on ne peut être qu'admiratif pour le travail de Daniel Buren ! Bravo, l'artiste ! Heureusement, 4 millions d'euros ont été débloqués pour rénover ces merveilles et les voici restaurées !

• *Donc, vous êtes content, Jack Lang ?*

LANG : Mais non, Manon ! Vendredi, la réouverture du site dans la cour du Palais-Royal va donner lieu à une inauguration, et c'est l'usurpateur, le ministre fantoche de la Culture, qui coupera le ruban, alors que c'est à moi, et à moi seul, que devrait revenir cet honneur ! Mais je n'ai pas dit mon dernier mot, Momo. Dès l'après-élections, quand Nicolas m'aura nommé à ce poste qui me revient en toute légitimité, depuis les fenêtres de mon bureau, je contemplerai à nouveau mes colonnes de Buren en préparant l'inauguration des monuments de François Mitterrand à rénover : la pyramide du Louvre, qui coûte plus cher à nettoyer que ce qu'elle a coûté, l'Arche de la Défense, l'Opéra Bastille qui tient avec des filets depuis vingt ans, la Grande Bibliothèque où les livres jaunissaient parce qu'ils avaient oublié de mettre des rideaux... Ça va être chié non ?

Une petite histoire délicate d'Alain Juppé

• *En cette période hivernale, on parle beaucoup de la grippe H1N1, mais il ne faut pas oublier l'épidémie de gastro-entérite, ça vous inspire, Alain Juppé ?*
ALAIN JUPPÉ : Oui, c'est une jolie histoire de diarrhée pour remonter le moral à tous ceux qui sont vissés sur les gogues à cause de la gastro.
C'est une diarrhée qui rencontre trois petites crottes, elle leur dit : « Bonjour, qu'est-ce que vous faites, les crottes ? »
Les trois crottes répondent : « On part à la guerre ! »
« Ah bon ! dit la diarrhée. Je peux venir avec vous ? »
Alors là, le chef des crottes toise la diarrhée et lui dit : « Non ! Pas toi ! La guerre, c'est fait pour les durs ! »

On cherche acteur

• *Alors que le biopic sur Serge Gainsbourg sort la semaine prochaine, on cherche toujours un acteur pour incarner Yves Montand dans un biopic sur la vie du chanteur. Patrick Bruel est déjà sur les starting-blocks.*
PATRICK BRUEL : Mais pourquoi, Jean-Louis Livi le producteur, Jean-Louis Livi, qui est le neveu de Montand, n'a pas immédiatement pensé à moi, hein ? Il a eu raison de refuser le rôle à Vincent Cassel. Il aurait pas été crédible (comme dans Mesrine d'ailleurs) parce que Montand, c'est moi… Il est chanteur comme moi, il est acteur comme moi, il joue au poker comme moi, c'est un queutard comme moi…
Montand, c'est moi, j'l'incarne à la perfection… *Les feuuuilles mortes se ramassent-ta la pelle/Tu vois, je n'ai pas oublié…*
J'fais aussi Montand acteur, dans *La Folie des grandeurs* : « Il est l'or, Monseignor, l'or de se réveiller. » J'peux aussi faire de Funès : « Il en manque une ! Blase, y en manque une… »
J'fais Montand artiste engagé, qui vient causer à la télé, Montand en Papet avec l'accent du Midi : « Hooo, Galinette, c'est pas bon pour les œillets, c'est pas bon pour toi… »
Putain, j'vous le dis, Montand, c'est moi, merde !

Habemus papam

L'acteur et réalisateur Nanni Moretti s'apprête à tourner un film sur Benoît XVI, intitulé Habemus papam. *Vous n'avez pas l'air content, Benoît XVI ?*
BENOÎT XVI : Oui, je suis furieux… Je sais, je ne devrais pas m'énerver dans cette période où la tendance, c'est plutôt « Paix sur la terre aux hommes de bonne volonté », mais je suis très en colère contre M. Nanni Moretti.

• *Et pourquoi donc, très Saint-Siège ?*
BENOÎT XVI : Parce que je me suis présenté incognito au casting, et ce n'est même pas moi qui ai été retenu pour le rôle ! Vous vous rendez compte ! C'est Michel Piccoli qui a été choisi ! Qu'est-ce qu'il a de plus que moi ? Surtout pour jouer mon propre rôle ! OK, il vient de jouer dans un film où il incarne un grand-père. Mais, moi aussi, j'ai des petits-enfants ! Franchement, je suis écœuré ! C'est ma femme Ulla qui a raison, elle m'avait dit : « Ne va pas à ce casting, Joseph, de toute façon, au cinéma, pour réussir, il faut coucher ! » Ulla sait de quoi elle parle : c'est une ancienne actrice.

• *Vous aussi, vous semblez déçu par l'annonce de ce biopic du pape, Patrick Bruel…*
PATRICK BRUEL : Encore un biopic qui me passe sous le nez, c'est dégueulasse ! Nanni Moretti va prendre Michel Piccoli pour jouer le rôle de Benoît XVI ? Artistiquement, c'est n'importe quoi ! Parce que le seul qui puisse être crédible pour incarner ce personnage, c'est moi ! Vous me mettez une robe de chambre blanche, un cache-théière sur la tête en guise de tiare, une crosse dans la main, et hop ! miracle, je suis Benoît XVI ! Je parle couramment le latin : *« In vino veritas… Ave Cesar… Vade retro satana… Urbi et orbi. »* Je chante aussi en latin : *« Quassan vocem… Quassam vocem… Quassam vocem. »* Quand je me donne en concert, j'ai le même charisme que Benoît XVI pour faire chanter les gonzesses… Je peux faire le pape qui tombe par terre avec une groupie… Je peux faire aussi le pape quand il était jeune « Heili, heilo… ». Je peux faire la papamobile « Vroum, vroum… ». Donc ; je dis à Nanni Moretti qu'il est encore temps de m'engager…

Adieu, Philippe Séguin

Toc, toc, toc…
SARKO : Qui c'est qui vient encore me déranger ? Entrez !
JEAN-PIERRE RAFFARIN : Bonjour, Président Nicolas. Je te prie de bien vouloir avoir l'indulgence de m'excuser de te demander pardon de te déranger dans ton travail

dont je sais qu'il est considérable et dans lequel tu te consacres corps et âme au renouveau de la France…

SARKO : Écoute-moi bien, Polichinelle, j'ai pas de temps à perdre, alors, abrège tes salamalecs.

RAFFARIN : Président Nicolas, je suis bouleversé, retourné. Comme tu le sais, j'étais pour Philippe Séguin une sorte de confident, et surtout, il prêtait une oreille attentive à mes recommandations…

SARKO : Écoute, Jean-Pierre, tu disais déjà ça de Jacques Chirac ! Depuis 2007, je sais que tu dis ça de moi… Alors, tu ferais mieux d'être le confident de toi-même pour te souvenir de ce que tu racontes aux uns et aux autres. Et maintenant, tu vas me dire ce que tu as derrière la tête…

RAFFARIN : Président Nicolas, tu ne vois donc pas qu'elle rôde, qu'elle se rapproche ?

SARKO : Mais qui ça, Jean-Pierre ?

RAFFARIN : Mais la grande faucheuse ! La camarde ! Je te supplie de prendre soin de toi, Nicolas ! Ne nous quitte pas, ne me quitte pas… Moi, je t'offrirai des perles de pluie venues de pays où il ne pleut pas…

SARKO : Mais je suis en pleine forme et j'ai pas l'intention de quitter mon poste avant 2017 ou 2022 !

RAFFARIN : Il le faut, car, s'il t'arrivait malheur comme à ce pauvre président Philippe, c'est le vétérinaire de Rambouillet, Gérard Larcher, qui dirigerait la France !

Toc, toc, toc…

SARKO : Qui c'est qui, encore ?

FRED MITTERRAND : Bâsoir ! Adieu Philippe Séguin ! Tu naquis à Tunis, capitale de ma seconde patrie, la Tunisie, où, comme moi, depuis ta terrasse blanche, alangui sur un divan, tu écoutais avec délices les notes du oud monter dans la nuit étoilée…

SARKO : Manquait plus que le neveu, je croyais qu'il était à l'hôpital !

MITTERRAND : Bâsoir ! Oui, adieu, Philippe Séguin ! Que t'accompagnent au paradis les mélopées de ta jeunesse : celles de Khemaïs Tarnane, Mohamed Triki, Hassiba Rochdi, et bien sûr le mélodieux Sayed Chatta, venu d'Égypte, patrie de la grande Oum Kalsoum, notre déesse orientale à la voix de miel et de loukoum…

SARKO : Il va pas nous faire toute la liste des chanteurs tunisiens des années 1930 ! Demain, on y est encore !

MITTERRAND : Mais aussi Raoul Journo, Mohamed Jamoussi, Farid el-Atrach…

SARKO : Tout de même, ils auraient pu le garder à l'hôpital ! Allez, dehors ! Les oraisons funèbres, c'est moi qui m'en charge.

Un toutou pour Carla

Dans Gala, *on a appris que le couple présidentiel français voulait un chien. Mais, à l'heure qu'il est, Nicolas Sarkozy et la première dame de France ne se sont toujours pas décidés.*

SARKOZY : Tu es certaine que tu veux un toutou, ma Carlita ?

CARLA : Oui, mon amour, je t'en prie, fais-moi plaisir…

SARKO : Et tu es sûre qu'il va s'entendre avec ta petite chatte ?

CARLA : C'est une affaire de caresses. Comme ça, pas de jaloux !

SARKO : Décidément, je ne peux rien te refuser, ma Carlita. Je suis d'accord. Mais je vais être honnête avec toi ! Vu tout le boulot que j'ai sur le dos, j'aurai pas beaucoup le temps de sortir faire son pissou à Médor…

CARLA : C'est pas grave, mon amour, tu ne manques pas de personnel pour ça. T'as qu'à demander à tes conseillers : Claude Guéant, Bertrand Soubie et Henri Guaino, ils feront ça très bien…

SARKO : Je connais même certains de mes ministres qui se battront pour ramasser ses crottes… Au fait, ma Carlita, tu voudrais quel genre de chien ?

CARLA : Une petite chienne comme Lady, dans *La Belle et le Clochard.*

SARKO : Tu veux dire le cocker de Boule et Bill ? Il paraît que ça sent mauvais quand c'est mouillé, et je te dis pas l'haleine après son repas ! Comme Jean-Louis Borloo ! Non, moi, je préférerais un berger allemand…

Toc, toc, toc…

SARKO : Jamais tranquille ! J'aimerais tellement rester seul avec toi plus de cinq minutes, ma Carlita…

CARLA : Avec toi, cinq minutes valent cinq ans, mon amour. Va ouvrir, je me sauve, je ne voudrais pas rater les soldes chez Dior et Versace…

SARKO *(Il soupire.)* : Bon, entrez !

RAFFARIN : Bonjour, Président Nicolas, navré d'avoir à te prier de m'excuser de te déranger, mais il y a urgence…

SARKO : Dépêche-toi, Raffarin, tu sais que j'ai du boulot !

RAFFARIN : Président Nicolas, je viens d'apprendre que tu comptes avoir un chien !

SARKO : Et alors, Polichinelle, ça te défrise ?

RAFFARIN : Nicolas, si tu cherches un compagnon fidèle, un ami qui te rendra au centuple l'affection que tu lui donnes, pourquoi prendre un chien ?

SARKO : Oui, c'est vrai, pourquoi ?

RAFFARIN : Parce que tu m'as pour ami, Nicolas ! Pour ami et pour confident !

SARKO : Dans ce cas, plutôt que de t'avoir toujours dans les pattes, je préfère encore avoir un clébard !

RAFFARIN : Noooon ! Président Nicolas ! Nooon ! Ne prends pas de chien à l'Élysée !
SARKO : Explique-toi, Polichinelle !
RAFFARIN : Si tu prends un chien, le vétérinaire de Rambouillet, Gérard Larcher, se croira autorisé à venir soigner cet animal ! Comme ça, il mettra un pied à l'Élysée. Et s'il met un pied à l'Élysée, il ne tardera pas à y mettre le deuxième, définitivement ! Et puis, un chien, ça transmet des maladies : la rage, la grippe porcine ! Et tu connais la loi terrible de la République : si le président meurt, c'est le président du Sénat, c'est Larcher qui prendra sa place !
SARKO : Fiche-moi le camp, Polichinelle, ou je vais t'apprendre le caniveau !

• *Un commentaire sur le futur chien de l'Élysée, monsieur Le Pen ?*
JEAN-MARIE LE PEN : J'apprends donc que M. Sarkozy veut un berger allemand ! Une fois de plus, il ne peut s'empêcher de singer les positions du Front national en faisant chatoyer aux yeux des Français le thème de la sécurité ! Mais je ne laisserai pas davantage M. Sarkozy dévoyer nos idéaux !
S'il veut adopter un rottweiler, un braque de Weimar, un kromfohrlander, un schnauzer géant, un spitz ou un doberman, je dénoncerai cette récupération scandaleuse !
Mais comme j'entends déjà la meute de mes détracteurs en train d'aboyer leur haine à mon encontre, je tiens à préciser à tous ces voyous prêts à me rudoyer aux yeux d'une opinion désinformée que j'aime aussi les petits chiens de compagnie.
Et d'ailleurs, pour Noël, je me suis laissé attendrir par ma petite filleule, la fille de mon ami Dieudonné, et je lui ai offert un adorable chiot. Oui, à ma petite Plume M'Bala M'Bala, j'ai offert un chihuahua hua-hua !

• *Et vous, monsieur Villiers, qu'est-ce que vous en pensez ?*
PHILIPPE DE VILLIERS : Je trouve très chouette, comme on dit chez les chouans de ma chère Vendée, que M. et Mme Sarkozy veuillent faire l'acquisition d'un chien. Mais, pour déjouer la routine et pimenter un peu leur vie de couple, j'espère qu'ils n'auront pas la faiblesse de choisir la levrette…

• *Merci, monsieur Villiers.*

• *Quant à vous, monsieur Chirac, vous avez un conseil à donner aux Sarkozy ?*
JACQUES CHIRAC : Effectivement-e, si j'ai un conseil à donner à mon successeur, quand il aura à choisir un chiot-te… c'est d'en prendre un qui soit-e vraiment gentil. Car, voyez-vou-te, les chiens, c'est comme les hommes politiques : même le roquet le plus inoffensif peut tromper son monde et se révéler être un véri-

table prédateur. Ça a été malheureusement le cas de Sumo ! Pendant des mois, ça a été le plus adorable des bichons maltais, il me faisait des mamours, des léchouilles... Ah ! on a eu de bons moments tous les deux ! Et puis, un jour, sans crier gare, la bête féroce qui sommeillait-e en lui s'est réveillée et il m'a cruellement mordu les roubignoles... J'ai dû m'en séparer. Pas de mes roubignoles, de Sumo...

On tire les Rois !

VALÉRY GISCARD D'ESTAING :
J'aime la galette
Savez-vous comment ?
Quand elle est bien faite,
Avec du beurre dedans...
Tralalalalalala...
Cette année encore, j'ai eu beaucoup de chance, car j'ai mangé deux fois de la galette. D'abord, à l'Académie française avec mes collègues immortels. Enfin pas tous, parce qu'il y en a parmi eux qui n'arrivent même plus à mâcher la pâte feuilletée, et il faut passer leur portion au mixeur avec du lait tiède... Ça fait une sorte de milk-shake à la frangipane, et j'y ai goûté, c'est pas mauvais. Bien entendu, on ne met pas de fève, sinon ça fait sauter les bridges, et la céramique des dentiers se brise dessus... Ensuite, j'ai eu droit à une portion lors de la galette du Conseil constitutionnel. Là aussi, ni fève ni couronne ! Cette fois, pas pour les mêmes raisons. Mais par égard pour la tradition républicaine de cette institution.

• *Vous devez être gavé, monsieur Giscard d'Estaing ?*
GISCARD : Gavé ? Non. J'ai un solide appétit, vous savez. Je vais même vous confier un secret : je vais me taper une troisième galette que je dégusterai seul dans le secret de mon bureau, accompagnée de marmelade d'orange amère... Amère, vous l'avez compris, comme le souvenir de l'époque bénie où, à défaut de tirer les Rois, je tirais la princesse de Galles comme un fou. Ah ! je m'en suis mis jusque-là, de la tarte au poil, et j'en ai balancé de la crème anglaise ! Mais c'est bien fini, tout ça...

• *Merci, monsieur le Président. Au fait, votre livre s'est bien vendu ?*
GISCARD : Parlons d'autre chose parce que c'est pas avec ça que je vais toucher la grosse galette ! Bande de salauds !

Adieu Rohmer

La disparition d'Éric Rohmer a suscité de nombreuses réactions, à commencer par celle du ministre de la Culture.

FRED MITTERRAND : Adieu, Éric Rohmer, doyen de la Nouvelle Vague ! Cinéaste exigeant aux intrigues épurées, redessinant patiemment film après film les chemins tortueux de la carte du tendre où s'égarent les amants pris au jeu de l'amour, du hasard et du destin...

SARKOZY : Oh ! là, là ! le neveu est lancé ! En général, quand il dit qu'un cinéaste est exigeant, c'est qu'il est chiant...

MITTERRAND : Oui, adieu, Éric Rohmer, toi qui révélas au septième art Fabrice Luchini et Arielle Dombasle...

SARKO : Eh ben, celle-là, tu parles d'une révélation ! À part BHL, je vois pas qui pourrait être content de l'avoir trouvée !

MITTERRAND : Repose en paix, Rohmer, incarnation cinématographique de la rigueur et de la légèreté...

SARKO : Bon, maintenant, ça suffit comme ça ! Cette semaine, j'ai mon compte d'oraisons funèbres. En plus, les Français ont le moral dans les chaussettes, alors c'est pas le moment de leur faire l'éloge d'un cinéaste chiant que personne connaît.

Toc, toc, toc...

SARKO : Qui c'est encore ?

CARLA : C'est moi, mon amour...

SARKO : Entre, ma Carlita, tu sais bien que toi, tu ne me déranges jamais...

CARLA : Regarde, mon amour. Cadeau ! Je t'ai apporté l'œuvre intégrale de Rohmer : *Le Genou de Claire, La Collectionneuse, Pauline à la plage...*

SARKO : Ah ! ça c'est gentil... Ça a l'air passionnant. Merci, ma chérie... Quant à vous, Frédéric Mitterrand, vous devriez en prendre de la graine. Ma Carlita, au moins, elle me donne des bons conseils culturels... Tiens, je regarderais bien celui-là : *Perceval le Gallois*, j'aime bien les films de cape et d'épée avec de la baston. Ça me détend.

CARLA : C'est pas tout à fait ça, Chouchou...

SARKO : Alors, comme j'aime aussi les films de vampire romantique, genre *Twilight*, je vais regarder *Les Nuits de la pleine lune...*

CARLA : C'est pas tout à fait ça non plus, Nicolas... À tout à l'heure, mon amour !

MITTERRAND : Adieu, Mano Solo, rebelle insatisfait de la chanson...

SARKO : Ah, non ! Le neveu, tu arrêtes ça tout de suite ou je te pète l'autre bras ! Bon, je vais me regarder *Ma nuit chez Maud*, ça doit être un bon film de boules, ça. Ça me détendra.

Burqa

• *Frédéric Lefèbvre, le porte-parole du gouvernement, propose d'interdire l'accès aux prestations sociales aux femmes portant la burqa. Jean-Claude Gaudin, vous êtes d'accord avec Frédéric Lefèbvre ?*

JEAN-CLAUDE GAUDIN : Écoutez, depuis ma bourde sur le drapeau algérien, je ne sais pas comment me rattraper ! Alors, je ne vais pas approuver M. Lefèbvre ! Au contraire : pour prouver que le racisme, l'exclusion, l'islamophobie et moi, ça fait quatre, et pour bien montrer mon ouverture d'esprit, je suis prêt à donner des gages aux plus radicaux de mes détracteurs.

D'ores et déjà, j'ai proposé au conseil municipal de Marseille de modifier un certain nombre de noms phocéens et provençaux. Ainsi, notre Canebière sera rebaptisée Burquanebière ! Le rosé de Cassis s'appellera désormais rosé de Burquassis ! Et les délicieux calissons d'Aix deviendront des Burqualissons ! Et si ça suffit pas, on ira tous se baigner dans les Burqualanques !

Alors, bonne Mère ! Que l'on me foute la paix et que l'on vienne pas me burcasser les esgourdes en me disant que je suis intolérant !

• *La Burqa a aussi inspiré une nouvelle chanson à Vincent Delerm.*

VINCENT DELERM :

J'ai rencontré Malika
En traînant chez Ikea.
Elle est jolie, du moins je le crois
Car elle garde toujours sa burqa.
Elle est bâchée de la tête aux pieds
Et pas facile à repérer
Ça nous empêche pas de nous aimer
Chez moi c'est la voix qui est voilée.
Cet été, on va à la mer
Elle va pas bronzer, ma moukère,
Sur la plage, elle sera pas à poil,
Je lui ai offert un stage de voile.

Bois bandé

• *De retour de Mayotte et de la Réunion, Nicolas Sarkozy a regagné l'Élysée ce matin. Retrouvons-le en famille.*

CARLA : Qu'est-ce que tu as, Mamour ? Ce matin, je te sens tout contrarié. C'est parce que tu dois te taper le Conseil des ministres ?

SARKOZY : Non, ma Carlita, ça, c'est plutôt rigolo. Les ministres, je les engueule, et ils sont tous au garde-à-vous...

CARLA : Alors, c'est parce que tu es jetlagué, mon Chouchou...

SARKO : C'est vrai que la Réunion, c'est pas la porte à côté. Mais avec toi, je peux être franc, ma chérie. Voilà : je suis très content d'être grand-père (il est mignon, le petit Solal), mais quand même, rien qu'à l'idée d'être papy, j'ai peur d'avoir des faiblesses... Tu vois ce que je veux dire...

CARLA : Noooon !

SARKO : Si, si, ça me travaille ! Mais comme je t'ai promis de jamais prendre du Viagra...

CARLA : Ah, nooooon !

SARKO : De la Réunion, je me suis ramené une bouteille de « bois bandé ».

CARLA : Du bois bandé, qu'est-ce que c'est, Chouchou ?

SARKO : C'est très efficace ! Tiens, je viens d'en boire un petit verre, regarde...

CARLA : Waouh !

Toc, toc, toc...

SARKO : Décidément, jamais tranquille ! Y a personne !

JEAN-PIERRE RAFFARIN : Siiiiii ! Tu es là, Nicolas ! Je sais que tu es là !

SARKO : Allez, entre, Raffarin !

RAFFARIN : J'ai beaucoup réfléchi, Nicolas ! Un président est mort !

SARKO : Ah, bon ! lequel ?

RAFFARIN : Mais, voyons : Philippe Séguin, le président de la Cour des comptes ! Tu le sais : quand un président meurt, il est vite remplacé. Mais ce n'est jamais par la bonne personne ! Par exemple, toi, Nicolas, si tu mourais, c'est le vétérinaire boulimique de Rambouillet, l'Ogre du Sénat, Gérard Larcher, qui te remplacerait ! Ce serait une catastrophe !

SARKO : J'ai compris, Polichinelle ! Qu'est-ce que tu veux ?

RAFFARIN : À la Cour des comptes, je t'en supplie, ne va pas donner la place de président à n'importe qui ! À ce poste, il faut quelqu'un qui ait été proche de Philippe Séguin, qui allait le voir plusieurs fois par semaine pour dénoncer les gaspillages de l'argent public... Mais je parle, je parle... ça me donne soif... Il faut que je boive quelque chose... Tu permets ?

SARKO : Ah, non ! pas mon bois bandé !

CARLA : Ah !
RAFFARIN : Oh ! j'ai chaud ! Faut que je sorte...
SARKO : C'est ça, de l'air, du vent ! Polichinelle, il avait une bosse dans le dos, maintenant il en a une devant !

Troisième œil

• *Jean-Marie Le Pen,* Le Figaro *nous l'a appris : vous êtes convaincu que Dominique Strauss-Kahn va s'imposer comme candidat PS en 2012...*
JEAN-MARIE LE PEN : *Ja wohl !* Au risque de passer pour un cuistre, je me permets de vous rappeler qu'en 1994 j'avais prévu que Lionel Jospin serait le candidat PS de 1995... En 2001, j'avais également pronostiqué son effondrement pitoyable dès le premier tour de 2002... Enfin, plus récemment, en 2006, j'avais annoncé que Mme Royal arriverait en tête des primaires socialistes de 2006...

• *Vous êtes un visionnaire, monsieur Le Pen...*
LE PEN : Je crois, en effet, avoir un don de voyance autrement plus efficace que les sondages ruineux pour la nation commandés par M. Sarkozy. Pour renflouer les caisses du Front national qui sont à sec, je compte donc m'installer dans une roulotte où je pourrai déployer mes talents extralucides.

• *Comment allez-vous procéder, monsieur Le Pen ?*
LE PEN : Je lirai l'avenir dans mon œil de verre, qui, croyez-moi, est encore plus lucide que mon œil valide. Mais, voyez-vous, je suis aussi un peu médium, c'est-à-dire que je peux servir d'intermédiaire entre les vivants et les morts.

• *En exclusivité pour les auditeurs de RTL, vous pourriez nous faire une petite démonstration ?*
LE PEN : En ce moment, je communique régulièrement avec le bon vieux maréchal Pétain. Je vais essayer de le contacter... Mais ça demande un peu de silence et de « concentration »... Maréchal, vous voilà ? Maréchal, vous voilà ?

• *Vous sentez quelque chose, monsieur Le Pen ?*
LE PEN : Oui, je sens que ça vient, petite gourgandine ! Maréchal ? Vous voilà ?
PÉTAIN : Mes chers compatriotes, je suis là, à vos côtés, comme je l'ai toujours été aux heures les plus sombres de notre histoire...
LE PEN : Maréchal, avez-vous un message à envoyer aux Français ?
PÉTAIN : Mes chers compatriotes ! Aux élections régionales de mars 2010, en souvenir de votre bon vieux maréchal Pétain, votez tous pour le Front

national ! Vive la France aux vrais Français ! Vive la Milice ! Vive Jean-Marie Le Pen !

• *C'est très impressionnant... Et comment comptez-vous vous faire appeler, quand vous ferez la voyante, monsieur Le Pen ?*
Le Pen : Sur ma roulotte, j'ai fait peindre en lettres gothiques l'inscription suivante : « Madame Irm*heil* » !

Un poète à Bondy

• *À quelques jours du dénouement de l'affaire Clearstream, Dominique de Villepin vient d'effectuer une visite en Seine-Saint-Denis, à Bondy.*
Dominique de Villepin :
Nicolas Sarkozy fit de moi un bandit
Mais ce n'est pas ainsi qu'on me voit à Bondy
Car ici, en banlieue, c'est la vraie République
Pas celle des estrades et des viles polémiques !
Rencontrer les zyvas, moi, ça me fait kiffer
Et c'est pourquoi j' vais, pour me réconforter !
Zyva : Comment que tu nous causes à nous, bouffon ! On comprend que dalle à ta tchatche de blaireau !
Villepin :
Je sais : dans les cités, au-delà des fortifs
Rares sont les gamins qui ont passé l'certif
Alors pour qu'ils comprennent mon propos plein de flamme
J'y mettrai tout mon cœur, je parlerai en slam !
Zyva : Wha, je t'ai reconnu, t'es connu, toi, je t'ai vu sur Canal + avec un décodeur pirate... T'es « Grand Con Malade » ! On va te casser les deux jambes, bouffon de ta race, comme ça si tu reviens dans le 9.3 ce sera avec deux béquilles !

Madame Irm*heil* revient

• *Monsieur Le Pen, lundi, vous nous avez fait part de vos dons de voyance. Vous pouvez faire d'autres prédictions en vue des élections régionales ?*
Jean-Marie Le Pen : Oui, j'ai les moyens de prévoir les résultats en tirant les cartes d'adhérent du Front national, ou encore, n'est-ce pas, en lisant dans le Wehrmacht

de café. Mais j'ai surtout des visions très précises concernant la région PACA, où je suis candidat, en lisant l'avenir dans mon œil de verre.

• *Et alors, que voyez-vous en région PACA ?*
LE PEN : Je vois un FN qui renaît de ses cendres tel le FNnix, à tel point que, le 21 mars, je vois aussi une triangulaire UMP-PS-FN au deuxième tour. Et cela, malgré la présence, au premier tour, de la liste fantoche des amis de M. de Villiers et du traître Bompard (le maire d'Orange), liste destinée à dévoyer les citoyens tentés de voter pour moi.

• *Et vous exercez toujours vos talents de médium, monsieur Le Pen ?*
LE PEN : Pourquoi voudriez-vous que je les abandonnasse ? Effectivement, j'ai ce don, et je peux servir d'intermédiaire entre les vivants et les morts illustres de notre histoire, et vice versa.

• *En exclusivité, pour les auditeurs de RTL, première radio de France, vous voulez bien nous faire une petite séance, monsieur Le Pen ?*
LE PEN : Je ne suis pas une bête de foire, mademoiselle Pozzi !

• *Monsieur Le Pen, s'il vous plaît, allez, juste une fois...*
LE PEN : Si vous me prenez par les sentiments, petite coquine... Mais il faut que je me concentre pour envoyer mon message médiumnique... Esprit, es-tu là ? Esprit, es-tu là ?
FRANÇOIS MITTERRAND : Oui, oui, je suis là... Ici et maintenant... Je vous écoute...
LE PEN : Ça marche !

• *C'est incroyable, c'est l'esprit de François Mitterrand !*
LE PEN : Taisez-vous ou l'esprit va s'enfuir à jamais comme au jardin de l'Observatoire ! Président Mitterrand, vous êtes toujours là ?
MITTERRAND : Oui, oui... Je suis là, Jean-Marie. Je vois que, comme moi, tu crois aux forces de l'esprit et je t'en félicite. Mais n'aie pas peur ! Je vais t'aider comme je t'ai aidé en 1985 en instituant le scrutin proportionnel, ce qui t'avait permis d'avoir trente-cinq députés Front national à l'Assemblée...
LE PEN : Oui, c'était le bon temps ! Dites, Président Mitterrand, vous qui, en 1942, aviez serré la main du bon maréchal Pétain, il ne serait pas dans le coin, par hasard ?
MITTERRAND : Bien sûr... Je viens de le croiser à l'instant, bras dessus, bras dessous, avec mon ami René Bousquet.

Le Pen : René Bousquet, le maréchal... Décidément, votre coin est bien fréquenté ! Vous vous retrouvez tous à la même table, que d'émotions ! Ça vous dérangerait de me le passer ?
Mitterrand : Pas du tout. Ah, Maréchal, vous voilà ! Tenez, c'est pour vous... Un ami qui voudrait vous poser une question. Je vous le passe...
Le Pen : Maréchal ? Vous êtes là ?
Pétain : Me voilà, Jean-Marie.
Le Pen : Maréchal, avez-vous un message d'espoir à envoyer aux électeurs de la région PACA ?
Pétain : Mes chers compatriotes, aux prochaines élections régionales, votez tous massivement pour les listes Front national. Si le Chef Le Pen fait moins de 15 %, je fais le serment de bouffer mon képi ! Vive l'État français ! Vive la LVF ! Vive la fête des Mères !

Moment d'intimité

• *Ce matin, à l'Élysée, au petit déjeuner, Nicolas Sarkozy se préparait déjà pour l'interview de ce soir sur TF1.*
Sarkozy : Dis donc, ma Carlita, je reprendrais bien du muesli...
Carla : Oui, Mamour, il faut que tu reprennes des forces...
Sarko : Surtout après une nuit comme cette nuit... Tu as vu, il tient encore la forme, papy Sarkozy !
Carla : Dis-moi, Nicolas, c'est toi qui l'as choisie pour l'interview, Laurence Ferrari ?
Sarko : Pourquoi tu me demandes ça, ma Carlita ?
Carla : Pour rien, Mamour, comme ça...
Sarko : Me dis pas que tu es jalouse de Laurence Ferrari !
Carla : Non, mais la dernière interview que tu as donnée à la télé, elle était déjà là, la Ferrari... Et elle était avec Pujadas. Alors pourquoi ce soir, pour t'interviewer, avec la Ferrari, y a plus Pujadas ?
Sarko : Parce qu'il est sur France 2, et là, on sera sur TF1. Et sur TF1, c'est toujours Laurence Ferrari qui interviewe le président...
Carla : Et pourquoi t'as pas demandé à Harry Roselmack ?
Sarko : Hary Roselmack ? Qu'est-ce que tu lui trouves, à Harry Roselmack ?
Carla : Me dis pas que tu es jaloux de Harry Roselmack !
Sarko : Tu veux savoir si je suis jaloux de Harry Roselmack ? Eh bien, je vais te le dire, mais d'abord, dis-moi pourquoi tu tiens tant à ce que ce soit Harry Roselmack qui m'interviewe... Tu serais pas atteinte du syndrome Obama, par hasard ?

CARLA : Je t'en prie, Chouchou, change pas de sujet. Qu'est-ce qu'elle a de plus que moi, la Ferrari ?
Toc, toc, toc...
SARKO : Décidément, je peux pas avoir de vie privée, ici ! Entrez !
FRED MITTERRAND : Bâsoir ! Adieu, Super Nanny, admirable puéricultrice de M6 ! Adieu, nounou à la main de fer et au cœur d'or ! Dresseuse de galopins et terreur des merdaillons capricieux. Alors que tant de parents et d'éducateurs déboussolés baissaient les bras, tu fus la seule à dire non au laxisme démago !
SARKO : Bon, j'aimais bien Super Nanny, c'est vrai que, question éducation, elle était autrement plus efficace que cet empoté de Luc Chatel. Mais il faudrait pas que le neveu il fasse trop long...
MITTERRAND : Oui, adieu, Super Nanny, de ton vrai nom Caltoum Saraï, française originaire de cette Tunisie qui m'est si chère. Pointant ton index autoritaire vers un sale mioche mal élevé, plus jamais on ne t'entendra lui dire : « Arrête de cracher ta purée dans la figure de maman » ou « S'il te plaît, ne remets pas le chat dans le four à micro-ondes, je crois qu'il est cuit » ou encore « C'est la dernière fois que tu joues à Véronique Courjault, je te demande de sortir ta petite sœur du congélo et si tu continues, je vais chercher Super Émile Louis ! »
SARKO : Mais il est dingue ! Elle a jamais dit ça, Super Nanny !
MITTERRAND : Adieu, Jacques Martin, créateur des aventures d'Alix. Alix, jeune Gaulois, rompu à la lutte gréco-romaine lié d'une amitié si particulière avec Enak, éphèbe égyptien à la courte jupette dévoilant des cuisses à la peau si joliment ambrée...
SARKO : Décidément, c'est plus fort que lui...

Jack à Beaubourg

• *Le conseil d'administration de l'association pour le développement du Centre Pompidou vient d'élire Jack Lang président de l'association. Vous êtes satisfait, Jack Lang ?*
JACK LANG : Comment le serais-je, Nadège ? Pour vous dire la vérité, c'est en désespoir de cause que j'ai accepté ce poste ! Après tous ceux qui me sont passés sous le nez depuis deux ans, j'ai dû me résoudre à accepter cette aumône, Simone. Vous vous rendez compte ? Tandis que l'usurpateur à scooter, Frédéric Mitterrand, trône dans mon bureau du Palais-Royal en contemplant les raies de pyjama de mes colonnes de Buren, je dois me contenter d'une chaise minable dans un conseil d'administration qui n'a pas le rond !

• *Pourtant, le Centre Pompidou compte sur vous pour ramener des fonds privés et des mécènes !*
LANG : Mais ils peuvent toujours se brosser, Biyoncé ! Pas question d'aller faire le mendiant et de tendre un béret comme l'Abbé Pierre pour quémander quelque subside que ce soit ! Quand je pense qu'autrefois, du temps de ma splendeur, rue de Valois, c'est moi qui distribuais les subventions au Centre Pompidou !

• *Mais alors pourquoi acceptez-vous ce poste ?*
LANG : Au point où j'en suis, j'aurais même accepté la place de dame Pipi dans les toilettes du musée...

Un poète innocenté...

Enfin il est tombé, le généreux verdict
Je suis innocenté, j'échappe à la vindicte !
Nicolas Sarkozy voulait qu'on m'accrochât
À un croc de boucher, tout couvert de crachats.
Rendez-vous, maintenant, en avril 2012
Il m'aura sur le dos, pis qu'une ventouse :
Je sucerai son sang, lui pomperai des voix.
S'il n'est pas réélu, ce sera grâce à moi !

Février

L'innocent de Clearstream, les JO de Vancouver, les nuits agitées du président, la campagne des régionales, « La Ferme » et les chansons de Delerm

Villepin perdu ?

• *À l'Élysée, les suites de l'affaire Clearstream n'ont pas fini d'alimenter les conversations, à commencer par celles du couple présidentiel.*

SARKOZY : Ma Carlita, tu veux bien me faire plaisir ?

CARLA : Oui, Mamour. Qu'est-ce que tu veux que je te fasse ?

SARKO : Tu vas me répéter, mot pour mot, ce que tu as dit dans le « Journal inattendu » de RTL, première radio de France, à Harrry Roselmack, sur l'appel du parquet dans l'affaire Villepin, je veux dire dans l'affaire Clearstream… Si tu me fais ça, ça me ferait vraiment plaisir…

CARLA : OK, Chouchou… J'ai dit, heu… qu'est-ce que j'ai dit déjà ? Ah, oui ! voilà… : « Je suis très étonnée par le peu de confiance et d'indépendance que M. de Villepin et les médias accordent à la justice française. »

SARKO : Si tu savais comme ça me fait du bien quand tu dis tout ça ! Vas-y, ma Carlita ! Vas-y, continue…

CARLA : OK. J'ai dit aussi : « Je crois fondamentalement dans l'indépendance de la justice, je suis stupéfaite par ce genre d'allégations. »

SARKO : Oh ! ça, si tu savais comme c'est bon, ma Carlita ! Oh ! oui, encore ! Vas-y, je t'en supplie… T'arrête pas !

CARLA : J'ai dit aussi : « C'est un procès pénal. Il s'agit d'une affaire pénale, pas politique… »

SARKO : Ah ! ça aussi, c'est bon ! Oh ! oui ! c'est bon ! Tu dis tellement bien tout ça !

CARLA : Ça te plaît, Mamour, hein ? Oh ! oui ! je sens que tu aimes ça… Oui, tu aimes ça… Alors j'ai même ajouté : « Je me sens piégée, j'ai vraiment envie de partir ! »

SARKO : Là, tu veux vraiment me faire mourir de plaisir ! Rien que d'imaginer la tronche de Harry Roselmack, j'en peux vraiment plus…

Toc, toc, toc…

SARKO : Qui c'est encore ? Pas moyen d'avoir un peu d'intimité, ici ! Entrez !

ALAIN JUPPÉ : Salut, les gouines !

SARKO : Alain Juppé ! Entre ici, j'ai deux mots à te dire !

CARLA : Bon, je te laisse, Mamour… Je vais aller écrire une chanson. J'ai une idée, ça va s'appeler : « Les Villepin morts se ramassent à la pelle ».

SARKO : C'est un bon titre, ça ! Ma Carlita, je suis désolé, ce midi, je pourrai pas être avec toi. Je dois me taper un déjeuner avec le président du Turkménistan, M. Bourbangouly Berdymoukhamedov. Tu vois, tu loupes rien, allez sauve-toi !

JUPPÉ : Dis donc, celui-là, il a un nom rigolo « Merdy bouha medov »…

SARKO : Berdymoukhamedov ! Dis donc, Juppé, qu'est-ce qui t'a pris de déclarer dans *Les Échos* que je t'avais proposé la présidence de la Cour des comptes ?
JUPPÉ : Parce que tu me l'as proposée !
SARKO : Jamais de la vie !
JUPPÉ : Mais enfin, Nicolas, je ne suis pas encore complètement gâteux… C'était au téléphone, le 13 janvier…
SARKO : Décidément, tout le monde a décidé de me chier dans les bottes en ce moment !
JUPPÉ : Écoute, Nicolas, on va pas s'engueuler pour un poste dont j'ai rien à cirer ! Comme je te sens tendu comme le string de Miss Paris à cause de la relaxe de Villepin, je vais t'en raconter une bien poilante.

• *Affaire Clearstream toujours : après l'appel du parquet, vous allez contre-attaquer, Dominique de Villepin ?*
DOMINIQUE DE VILLEPIN :
Sarkozy espérait que je prendrais un max,
Me voici relaxé, je suis donc très relax.
J'ai dit : « Pas de rancune ! » Bien sûr, c'est de la frime ;
Je n'ai rien digéré de cette affaire Clearstream !
La vengeance est un plat à ne pas servir chaud
Que l'on savoure froid, tel que le gaspacho…
Mais Nicolas, têtu, à nouveau déraisonne,
Veut à tout prix ma peau et n'écoute personne !
En poussant le parquet à faire ainsi appel
Il va creuser sa tombe avec sa propre pelle !

La burqa, comment ça marche ?

• *La mission parlementaire sur le voile intégral vient d'achever ses travaux et François Fillon a saisi le Conseil d'État pour une interdiction totale de la burqa. Mais, au fait, Michel Chevalet, la burqa, comment ça marche ?*
MICHEL CHEVALET : Et d'abord comment la fabriquer ? C'est simple : sur le marché de votre quartier, vous repérez un marchand de tissu en gros. Là, vous achetez un coupon au rabais ou du tissu vendu au mètre. Mais attention ! Pas de couleurs printanières ou bariolées, pas d'imprimés fantaisie, genre Vichy, motif léopard ou camouflage.
Rentré chez vous, c'est très facile : vous cousez ça comme un sac, en ménageant bien sûr une ouverture pour les yeux, ouverture que vous ornerez d'un rectangle de moustiquaire. Bien entendu, si votre femme est non voyante, pas la peine de vous fatiguer à découper cette ouverture.

Maintenant, si vous n'êtes pas ultra-salafiste ou taliban, à quoi utiliser cette burqa ? Vous êtes apiculteur ? Vos abeilles sont nerveuses ? Recouvert de cette burqa parfaitement hermétique, vous pourrez récolter votre miel en toute sécurité !
Vous êtes sans domicile fixe et vous avez raté la dernière distribution de tentes Quechua des Enfants de Don Quichotte ? Eh bien, votre burqa, préalablement imperméabilisée, vous permettra de passer les nuits au chaud.
Vous êtes l'heureux propriétaire d'un scooter, d'un Solex, d'une Mobylette ou d'un Peugeot 103, mais vous n'avez pas de garage où abriter votre destrier ? Qu'à cela ne tienne, votre burqa fera une bâche parfaitement adaptée.
Enfin, comme Albert Algoud, vous élevez un perroquet ? La nuit, pour que ce volatile trouve le sommeil, recouvrez sa cage avec ce voile qui ne laisse pas filtrer la lumière. C'est la Burcacatoès !

Mangez du porc !

• *Cristina Kirchner, la présidente de l'Argentine, vient de conseiller aux Argentins de manger du porc pour améliorer leur activité sexuelle. Un commentaire, Jean-Pierre Coffe ?*
JEAN-PIERRE COFFE : Si j'étais un mâle argentin, je ne serais pas fier des propos de Mme Kirchner ! Parce que les Argentins, c'est bien connu, ils ne mangent pas des côtes de porc, mais des côtes de bœuf ! Et qu'est-ce qu'elle s'imagine, Mme Kirchner ? Elle confond le jambon avec le Viagra ? C'est pas parce que les Argentins vont boulotter du saucisson, du boudin ou des pieds de porc qu'ils vont soudain avoir la queue en tire-bouchon avec une folle envie de jambonner leur Conchita ! Moi, j'ai plutôt l'impression que cette Mme Kirchner, sauf le respect que je lui dois, est une sacrée cochonne !

Droit de réponse

• *Récemment, Valéry Giscard d'Estaing a tenu à répondre aux commentaires faits sur lui par Jacques Chirac dans ses Mémoires. Vous vouliez ajouter quelque chose, monsieur Giscard d'Estaing ?*
VALÉRY GISCARD D'ESTAING : Oui… dans son livre intitulé *Chaque pas doit être un but*, Jacques Chirac a dénoncé ce qu'il appelle mon « caractère méprisant ». D'abord, quand j'ai lu ces lignes, j'avoue que ça m'a fait quelque chose… Et puis je me suis dit que c'était une absurdité, car je ne me suis jamais senti supérieur à qui que ce soit ! J'ai une espèce d'instinct, qui est de considérer que je suis dans la couche normale de l'humanité. Et quand je parle de couche, je sais de quoi je

parle. D'ailleurs, au Conseil constitutionnel et surtout à l'Académie française, vu la longueur des séances, les couches, on en a tous besoin, et je peux vous assurer que je mets exactement les mêmes que celles de mes collègues. Ni inférieur ni supérieur !

Pour bien vous prouver que je n'ai jamais traité quelqu'un comme étant un être inférieur, je vais vous lire un passage de mon livre *La Princesse et le Président*, dont je rappelle qu'il est désormais disponible dans les bacs à soldes, les braderies « tout à un euro » et chez Emmaüs.

« Dans le feu de l'action, toute haletante et les joues en feu, la Princesse Diana s'est soudain retournée pour me présenter ostensiblement sa croupe frémissante en gémissant : *"Please beat me ! Beat me with your gros ceinturon !"* Alors, les yeux exorbités et la bite exorbitante, je me suis mis à cingler les rondeurs princières en hurlant : "Tiens, prends ça, catin rosbeef ! Prends ça, roulure, en souvenir de Jeanne d'Arc ! Et ça, c'est pour Waterloo !" »

Mais je peux vous dire que tout cela, contrairement à ce que dit le grabataire du Quai Voltaire, je le faisais sans aucun mépris et sans aucun sentiment de supériorité. Ça vous en bouche un coin, hein, bande de salauds !

Effet de gaz

• *Le Front national vient d'organiser à Nanterre un colloque sur le thème : « Réchauffement climatique, mythe ou réalité ». Vous étiez présent, monsieur Le Pen ?*

JEAN-MARIE LE PEN : *Ja wohl !* Et ça a été l'occasion pour moi de dénoncer l'intox de l'« écologisme », nouvelle religion des populations urbaines aisées de l'Occident : les bobos-gogos, qui veulent nous faire larmoyer en tentant de nous noyer dans un discours alarmiste sur un prétendu réchauffement climatique !

• *Mais ce réchauffement est indéniable, monsieur Le Pen !*

LE PEN : C'est vous qui me chauffez les oreilles, petite insolente ! Je ne conteste pas ce réchauffement climatique, en revanche, je conteste son origine humaine...

• *Pourtant, les gaz à effet de serre sont bien d'origine humaine...*

LE PEN : Mais les gaz, qu'ils soient à effet de serre ou de toute autre origine, ne sont qu'un détail de l'histoire ! Voyez-vous, je suis excédé d'avoir à guerroyer, à plaidoyer, à déployer des arguments pour lutter contre les fossoyeurs de la vérité que sont les bobos qui restent babas devant les contre-vérités effroyables de Daniel Cohn-Bendit et de ses amis. M. Bendit qui, d'ailleurs, est aussi trompeur qu'une pastèque, c'est-à-dire : vert dehors, mais rouge dedans ! Hum !

• *Vous n'étiez pas seul à ce colloque ?*
LE PEN : De nombreux scientifiques étaient présents, mais d'autres ont manqué à l'appel, comme le docteur Petiot, ou le docteur Mengele, retenu en Argentine pour des travaux plus importants. Quant à Robert Faurisson, professeur de renommée internationale et conseiller en négationnisme de mon ami Dieudonné, dont la fille, la petite Plume M'Bala M'Bala, est ma petite filleule, il n'était tout simplement pas là, pas là.

La ferme !

• *La direction de TF1, inquiète quant à l'aptitude de Benjamin Castaldi à pouvoir animer « La Ferme Célébrités », a décidé de tester sa bonne connaissance des candidats en le soumettant à un oral impitoyable.*
(Musique « Qui veut gagner des millions »…)
JEAN-PIERRE FOUCAULT : Bonsoir à tous, bienvenue dans « Qui veut gagner l'émission La Ferme Célébrités ». Ce soir, un seul candidat… Bonsoir, Benjamin…
BENJAMIN CASTALDI : Bonsoir ! Est-ce que je pourrais savoir ce que je fous là ?
FOUCAULT : Vous êtes prêt, Benjamin ?
CASTALDI : Ouais, ouais, je suis prêt, j'ai révisé toutes mes fiches…
FOUCAULT : Première question, qui porte sur l'œuvre lyrique du chanteur Francky Vincent. Dans un de ses tubes, Francky Vincent chante :
– « J'ai envie de m'étirer » réponse A
– « J'ai envie de me tirer » réponse B
– « J'ai envie de me retirer » réponse C
– « J'ai envie de tirer » réponse D.
CASTALDI : Heu, bon, alors je réfléchis avec mon cerveau… Vu que Francky Vincent est un des chefs de la ferme, ça m'étonnerait bien qu'il cherche à se tirer. Non, il peut pas se tirer… Il est là pour gagner. C'est un winner, comme moi… Donc j'élimine la réponse B.
FOUCAULT : Il reste donc trois réponses possibles, Benjamin…
CASTALDI : « J'ai envie de me retirer »… Là, je dirais que, vu ce que je sais de Francky Vincent, je le vois pas en train de se retirer en pleine action, au moment où il va tout balancer dans la bouche de Claudette Dion…
FOUCAULT : Reste donc : « J'ai envie de m'étirer » et « J'ai envie de tirer ».
CASTALDI : Là, j'hésite trop… Ah oui ! j'hésite trop… Je sais pas quoi répondre… Ça m'arrive jamais, mais là, je suis bloqué… La question est trop dure.
FOUCAULT : Je vous rappelle qu'il vous reste l'appel à un ami…
CASTALDI : Alors, je vais faire appel à mon père qui m'a tout appris de la vie.

Foucault : Très bien, Benjamin, on appelle tout de suite votre papa.
(Sonnerie de téléphone…)
Castaldi : Allô, papa, c'est Benjamin. J'ai besoin de tes compétences : Francky Vincent a chanté « J'ai envie de m'étirer » ou « J'ai envie de tirer » ?
Castaldi père : Grmbl gml blm grmbl…
Castaldi : Merci, papa ! Donc réponse A : « J'ai envie de m'étirer. »
Foucault : Oh ! Perdu, Benjamin ! La bonne réponse était « J'ai envie de tirer ». Pourtant, c'était facile. Et maintenant, tu vas te tirer.

• *Jean d'Ormesson, vous avez regardé « La Ferme Célébrités en Afrique » ?*
Jean d'Ormesson : J'avoue que, piqué par la curiosité, entre une séance à l'Académie et un saut tardif à mon bureau du *Figaro,* j'ai regardé en effet cette émission à la fois agricole et tropicale, et, ma foi, cela m'a bien diverti. Voir la sottise humaine à ce point concentrée chez ces candidats supposés s'occuper d'animaux rustiques, cela m'a rappelé cette citation de Jules Renard sur la bêtise : « Quand on dit "bêtise humaine", humaine est de trop. Car il n'y a que les hommes qui soient bêtes. » Cette émission, bien sûr, m'a fait également penser à l'admirable roman de George Orwell *La Ferme des animaux.* En voyant une telle veulerie, alliée à autant d'indécence, mon esprit toujours malicieux a imaginé un dénouement piquant à toute cette triste foire aux vanités. J'ai rêvé que, comme dans le roman de George Orwell, les animaux de cette ferme africaine (les girafes, les émeus, les éléphants, les lions) se révoltaient et prenaient le pouvoir. Mais les animaux ne sont pas forcément là où on croit les trouver, l'un d'eux est resté à Paris. Le sémillant Benjamin Castaldi qui, répandu dans son fauteuil, me fait irrésistiblement penser à l'hippopotame fier de patauger et de s'ébrouer dans sa merde !

Conseil des ministres

• *Hier, lors du Conseil des ministres, Nicolas Sarkozy a fait le point sur sa visite éclair en Corse.*
Sarkozy : Bonjour, tout le monde. En Corse, ça s'est très bien passé. Il faut les aider, les Corses ! Alors, je leur ai promis plein de trucs : des millions d'euros pour le développement durable, pour lutter contre les incendies, pour aider les agriculteurs, pour créer un parc naturel marin… Et puis aussi un truc qui fait l'unanimité dans l'île de Beauté : le raccordement de la Corse au futur gazoduc Algérie-Sardaigne-Italie. Et là, je peux vous dire qu'ils peuvent me faire confiance. Depuis qu'au cap Nègre j'ai fait raccorder la fosse septique de la maison de ma Carlita au tout-à-l'égout, question tuyaux et raccordements, je suis imbattable…

Évidemment, j'entends déjà les mauvaises langues qui disent que tout ça, c'est des promesses électorales, parce que j'ai trop les chocottes que l'UMP soit battue aux régionales…

FRED MITTERRAND : Bâsoir ! Adieu, Georges Wilson, inoubliable capitaine Haddock dans *Tintin et le Mystère de la Toison d'or.*

SARKO : Mais j'ai pas fini ! Alors, le neveu, tu te rassois et tu fais comme tous les autres ministres. Tu te la boucles et tu l'ouvres que si je te donne la parole ! Bon, qu'est-ce que je disais, déjà… Ah oui ! si je fais tout ça pour la Corse, c'est pas pour des basses raisons électorales. C'est parce que j'aime la Corse ! J'aime sa charcuterie, ses chanteurs I Muvrini (les chanteurs qui se tiennent une oreille parce qu'ils ont tous une otite). Et puis, vous savez, mes deux grands garçons, Pierre et Jeannot, l'Aiglon, sont…

FRED MITTERRAND : Bâsoir ! Adieu, Pierre Vaneck, inoubliable interprète de *L'Aiglon*. L'Aiglon, alias Charles-Joseph Bonaparte, prince impérial de France, roi de Rome et duc de Reichstadt…

SARKO : Besson, Hortefeux, mettez-lui un bâillon ! Bon, j'en étais où, déjà ? Ah, oui… l'Aiglon, je veux dire, mon Jeannot, le Dauphin, il est corse par sa maman. Alors, forcément, ça crée des liens avec l'île de Beauté…
Mais il y a une autre région dont je me sens aussi très proche, c'est l'Alsace. C'est joli, l'Alsace. Et puis y a les cigognes. J'aime bien les cigognes, comme celles qui m'ont apporté un petit-fils, le petit Solal, celui qui succédera un jour à mon Jeannot… Bref, j'aime aussi l'Alsace, mais pas parce qu'avec la Corse c'est la seule région qui a encore une majorité UMP…

MITTERRAND : Adieu, Bruce McCallum, créateur de Skippy le Kangourou, immortel et bondissant compagnon de notre jeunesse !

SARKO : Si personne est foutu de le bâillonner, ce dingo, je vais le faire moi-même, comme tout le reste !

MITTERRAND : Bâsoir, et vive Skippy le Kangourou, qui sautait sur sa queue et boxait comme un garçon thaï de quarante ans !

• *Les Conseils des ministres se suivent et ne se ressemblent pas. Tout à l'heure, à 10 heures, à l'Élysée, se tiendra un Conseil des ministres franco-allemand. Jack Lang, un commentaire ?*

JACK LANG : *Guten Tag, ich bin Jack !* Voilà des mois que je me suis mis à la langue allemande, Armande ! Voilà des mois que je me coltine, Martine, le casse-tête des déclinaisons : *der, des, dem, den, die, der, der, die, das, des, dem, das…* l'accusatif, le génitif, le datif, Abdelatif ! J'étais donc en droit d'espérer le poste de super-ministre franco-allemand dont j'avais suggéré à Nicolas la création, rien que pour moi.
Résultat de tous ces efforts, Hector ? Ce matin, c'est sans moi que ce Conseil des ministres franco-allemand se réunit à l'Élysée. Oui, je suis une fois de plus

blackboulé, ostracisé, mis sur la touche, Minouche… rejeté tel un lépreux plein de croûtes, condamné à signaler sa présence en agitant comme je fais maintenant la crécelle de l'amertume et du désespoir.

• *Vous songez à tout laisser tomber, Jack Lang ?*
LANG : Bien sûr que non, Manon ! Je vais continuer à me battre pour moi-même, jusqu'à mon dernier souffle ! Tenez, je reviens du festival de la BD d'Angoulême où j'ai engagé, c'est véridique, un combat pour sauver Bécassine !

• *Vous voulez dire Ségolène Royal ?*
LANG : Non, rien à secouer de la dingo du Poitou ! Je parle de la vraie Bécassine, elle, au moins, n'a pas de bouche pour raconter des conneries !

Cabrel chante « La Ferme Célébrités en Afrique »

FRANCIS CABREL :
Ma cabane chez les Africains
Moi, j'y vais quand j'ai besoin
Elle est cachée dans la brousse
C'est là qu'accroupi je pousse.
Mais mon froc, j'ai peur de baisser
À cause des mouches tsé-tsé.
Si elles m'endorment, je risque
De choir dans la fosse septique
Mais c'est un charmant petit coin
Ma cabane chez les Africains
Pour remplacer le papier
Y a des feuilles de bananier
Mais dans la raie ça glisse
Ça complique l'exercice.
Pour se laver le derrière
On va pas à la rivière
De crocodiles elle grouille
Prêts à vous bouffer les couilles
Elle est belle mais ça craint
Ma cabane chez les Africains.

La ferme, bon Dieu !

• *Francky Vincent, le chanteur guadeloupéen, revient dans la lumière grâce à « La Ferme Célébrités ». Mais Francky Vincent n'est pas seulement le roi du zouc, c'est aussi un poète très apprécié. D'ailleurs, ce sont les vrais amateurs de poésie qui savent le mieux citer et commenter son œuvre. N'est-ce pas, Fabrice Luchini ?*

FABRICE LUCHINI : À l'instar des plus grands poètes antillais, tels Aimé Césaire ou Édouard Glissant, Francky Vincent a su approfondir la connaissance poétique de la relation amoureuse. Pour vous en donner une petite idée, je vais vous lire le premier huitain d'un de ses chefs-d'œuvre : « Alice, ça glisse ». Rien que le titre, par sa rime intérieure, ça vaut toutes les introductions du monde. Vous allez voir, c'est énorme !

Je viens de commencer séquence caresse
Et tu me dis « Francky, faut pas cesser »

À nouveau, les allitérations en S. Le Francky Vincent est chaud comme la braise et la Alice fondante comme une mangue bien mûre, apparemment, il va se passer un truc très chaud… Ensuite, bon, c'est du créole, mais pas besoin de traduire, on a tous compris :

En ka fouter a dan…
Cé sa ké impo'tant

Après, le Francky file une des plus belles métaphores de la poésie francophone, avec une référence à Lewis Caroll :

Alice ça glisse… au pays des merveilles

Et là, ça monte très haut en intensité romantique :

« *Bravo Francky* – qu'elle lui susurre, la Alice –
Bravo Francky, je sens tes groseilles ! »

Métaphore fruitière d'une audace poétique incroyable : « Je sens tes groseilles ! » Les groseilles, c'est tout petit, et il les a toutes rouges et toutes petites : le Francky Vincent, il a dû se choper une MST tropicale ! Mais ça l'empêche pas de les avoir au fond du filet, les groseilles. Il va pas s'arrêter comme ça.

Alice, ça glisse… au pays des merveilles

Après, on touche carrément au sublime. Depuis Tristan et Yseult, Pelléas et Mélisande ou Stone et Charden, on n'avait jamais senti une telle tension érotique dans l'imagerie amoureuse.

Bravo, Francky… c'est du savon de Marseille

Faire des saletés avec du savon, c'est ce qu'on appelle un paradoxe, un oxymore, une antiphrase, une antilogie ! C'est du très haut vol ! Chapeau, Francky !

• *Jean-Pierre Coffe, vous aussi, vous êtes un admirateur de l'œuvre de Francky Vincent ?*
JEAN-PIERRE COFFE : Écoutez, Francky Vincent est un être plein de délicatesse, doublé d'un nutritionniste et d'un chantre de la bonne bouffe. Écoutez ça, c'est les vraies paroles, je n'invente rien :

Quand je suis chez moi, je bouffe que des choses saines,
En regardant avec Hélène quelques films obscènes
Au supermarché je prends tout c'qui est biologique,
Je fais dans l'esthétique et dans la diététique
Elle bouffe des hamburgers, des hot dogs, des sandwiches au thon,
Du boudin, des acras, des merguez et du mouton.

• *Effectivement, on dirait du Jean-Pierre Coffe. Au fait, quel est le titre de cette chanson ?*
COFFE : « Tu pues du cul » !

• *Mais je vous en prie, Jean-Pierre !*
COFFE : Mais c'est le titre de la chanson ! Je vous ai dit que je n'inventais rien… Tenez, je vais même vous lire le refrain.

• *C'est peut-être pas nécessaire, Jean-Pierre…*
COFFE : Mais si !
Tu pues du cul, tu pues du cul, tu pues du cul ! Prout ça pue, prout ça pue, prout ça pue !

• *Merci, Jean-Pierre.*

Les gendarmes au stade

• *La CRS 26, compagnie de CRS basée à Toulouse et qui avait été envoyée en mission à Bordeaux pour assurer la sécurité d'un match de foot, a été relevée de sa mission. Il lui a été reproché de ne pas s'être montrée assez répressive, notamment en ne distribuant pas assez de PV. Pour la remplacer, le ministère a fait appel à une de ses unités d'élite… (Musique du* Gendarme de Saint-Tropez*…)*

GALABRU : Messieurs, garde à vous ! Notre ministre, M. Morin, a décidé de renvoyer la CRS 26 dans sa caserne toulousaine…

FOUGASSE : Et pour quel motif, chef ?

GALABRU : Au motif que ces CRS étaient beaucoup trop gentils.

FOUGASSE : Mais, moi aussi, je suis gentil, chef…

GALABRU : La gentillesse ne signifie pas laxisme, Fougasse ! Les CRS de la 26 ne distribuaient pas assez de PV ! Ils ne verbalisaient pas à tour de bras comme l'exigent les quotas du ministère !

FOUGASSE : Mais, chef, quand je chope une conductrice en infraction, ce que je vérifie d'abord, c'est pas si elle est verbalisable, mais si elle est baisable…

GALABRU : À défaut de la fermer, Fougasse, faites taire le porc qui sommeille en vous ! Car, qui dit moins de PV dit moins d'argent dans les caisses de l'État ! Et qui dit moins d'argent dans les caisses de l'État, qui est notre employeur, dit moins de solde pour nous autres ! Désormais, c'est donc « nouzautres » qui assurerons la sécurité des matchs de foot aux abords du stade Chaban-Delmas avec un mot d'ordre : Sécurité égale Sévérité ! Tout ça ne me dit pas où est passé Cruchot.

DE FUNÈS : Je suis là, chef ! Je suis là !

GALABRU : Au rapport, maréchal des logis Cruchot !

DE FUNÈS : Mon adjudant, vous allez être fier de moi ! Je n'ai pas arrêté de verbaliser autour du stade Chaban-Delmas ! Quarante-trois carnets à souche de PV ! Ha, ha, ha ! À la fin, comme j'avais une crampe au poignet, je tenais mon stylo avec les dents… Clac, clac… Hum !

GALABRU : Très bien, Cruchot, très bien ! Grâce à vous, on va exploser les quotas !

DE FUNÈS : Mais c'est pas tout ! Sécurité égale Sévérité… alors j'ai aussi procédé à une double interpellation suivie d'une garde à vue musclée. D'abord, j'ai repéré un individu patibulaire, chauve comme une savonnette, un type triste, mais triste ! Pire qu'une porte de prison, qui essayait de s'introduire dans le stade côté tribune présidentielle… Alors là… Paf ! Ni une ni deux ! Je brandis mon Broveningue : « Bouge plus ! Mets tes mains sur ton crâne en peau de fesse ! » Ha, ha, ha ! C'est

là qu'un complice arrive à son secours. Mais lui aussi, paf ! Mains sur la tête ! Direction la fourgonnette ! Clic, clac ! Ha, ha, ha !
GALABRU : Cruchot, description du complice…
DE FUNÈS : Alors : individu très grand, très élégant, environ quarante-cinq ans, au moins 1,90 m, des petites lunettes sur le nez… lunettes que j'ai cassées à coups de talon… Crac !
GALABRU : Mais c'est Laurent Blanc ! Le futur entraîneur de l'équipe de France, et le chauve comme un savon, c'est Alain Juppé, le maire de Bordeaux ! Ils ont le bras très long ! Je vais être muté dans les tribunes au parc des Princes dans le Kop de Boulogne ou dans le virage d'Auteuil, au milieu des skinheads, des tifosis déchaînés !

Vieil armagnac

• *L'armagnac, la plus vieille eau-de-vie de France, fête cette année ses sept cents ans. Une délégation de professionnels de l'armagnac doit bientôt se rendre au Vatican pour obtenir une copie d'un manuscrit du XIV*e *siècle qui vante les vertus de cette liqueur. Vous allez lui faire bon accueil, Benoît XVI ?*
BENOÎT XVI : Au début, quand on m'a parlé de « vieillard maniaque », j'ai cru qu'on me parlait de mon prédécesseur, Jean-Paul II, qui dormait sur le carrelage et qui se fouettait le dos à grands coups de martinet ! Mais, quand j'ai compris qu'il s'agissait d'un armagnac très vieux, de la bonne liqueur gasconne, j'ai dit « OK, venez, et apportez-moi quelques bouteilles, ça me changera du schnaps ! »
Dans le manuscrit du Moyen Âge dont vous avez parlé, un moine a écrit que, pris avec modération, l'armagnac « délie la langue et donne l'audace au timide et qu'il peut même rendre le mouvement à un membre paralysé »… Comme ma femme Ulla trouve qu'un de mes membres (je dirai pas lequel) est un peu trop souvent paralysé, elle insiste pour que j'en boive tous les soirs !

Notre homme à Pékin

• *Dans une interview donnée à* Nice Matin, *Jean-Pierre Raffarin a confié qu'il avait refusé le poste d'ambassadeur en Chine que lui a récemment proposé Nicolas Sarkozy. Une réaction, Jack Lang ?*
JACK LANG : Là, c'en en trop ! J'explose, Marie-Rose ! Alors que je suis devenu le meilleur expert en rabibochage avec les dernières dictatures communistes, telles que Cuba et la Corée du Nord, où, à la demande de Nicolas, j'ai déployé des trésors de diplomatie, j'apprends que le même Nicolas vient de proposer le poste

d'ambassadeur en Chine à Raffarin ! Alors que c'est à moi que revient de droit cette ambassade prestigieuse !

• *Et pourquoi donc, monsieur Lang ?*
LANG : Ne faites pas l'idiote, Charlotte ! Vous le savez, je parle désormais couramment le coréen : *« Ann yong ha sé-yô ! Jack Lang im-ni-da »*, ce qui veut dire : « Bonjour, c'est Jack ». Ou encore : *« Thierry Mugler os-seul sa-ryo-gô-ham-ni-da »*, ce qui peut se traduire par : « Je voudrais m'acheter des vêtements Thierry Mugler. »
Apprendre le chinois sera donc pour moi un jeu d'enfant ! Mais ce n'est pas tout, Patou ! Dois-je vous rappeler qu'à l'Assemblée nationale j'ai un jour fait une apparition fracassante sanglé dans une veste Thierry Mugler à col Mao ? Et puis regardez-moi : grâce aux séances d'UV et aux applications quotidiennes d'autobronzant, n'ai-je pas le teint abricot des Chinois de souche du Hunan ou du Guangdong ? Et surtout, après quarante-cinq liftings, j'ai les yeux encore plus bridés que M. Hu Jintao, le président chinois, qui, du coup, ne sera pas dépaysé en me voyant. Alors, que Polichinelle aille se faire polir le chinois où il veut, mais pas en Chine !

Garde à vue

• *Vous suivez les débats et les polémiques qui ont lieu en ce moment autour du problème de la garde à vue, Lionel Jospin ?*
LIONEL JOSPIN : Oui. En tant que socialiste retraité, je suis évidemment opposé aux gardes à vue abusives. En revanche, en tant que téléspectateur fidèle de « Plus belle la vie », sur FR3, je vois avec inquiétude se profiler une réforme qui ferait baisser le nombre des gardes à vue. En effet, dans chaque épisode, il y a toujours un personnage qui se retrouve au gnouf, comme c'est le cas en ce moment de Boher, qui est pourtant policier. Boher, en effet, est accusé par sa supérieure, la commissaire Marie Bergman, d'avoir assassiné le Gitan Angelo Amaya, alors qu'en fait c'est Marie qui a fait le coup par vengeance, parce qu'elle est la fille cachée de la vieille Gitane Stella Florès qui a jeté un sort à Guillaume, le médecin chauve qui devient aveugle et qui sort avec Marie…

• *Merci, Lionel Jospin.*
JOSPIN : Non ! J'ai pas fini ! Stella Florès qui jadis avait fait assassiner le fiancé de Marie parce qu'il n'était pas gitan force maintenant son fils, Johnny, le frère de Marie, à plaquer Sybille, la fille de l'éducateur Benoît Cassagne, qui avait lui aussi été mis en garde à vue pour un viol qu'il n'avait pas commis et qui est devenu

barman avec Thomas le serveur homosexuel du Mistral et le fils de Roland qui s'était retrouvé au trou après un contrôle fiscal injuste. Vous voyez, sans garde à vue, « Plus belle la vie », ça vaudrait pas le coup d'être vu !

« La Nouvelle Star » : c'est reparti !

• *On sait qui va remplacer Sinclair dans le jury de « La Nouvelle Star » qui redémarre le 4 mars et dont les auditions ont déjà commencé.*

PHILIPPE MANŒUVRE : Salut, les kids ! Ouais, c'est Marco Prince qui va succéder à Sinclair. Marco Prince, c'était le leader de FFF, les initiales de Fédération française de funk ! Encore une magouille de la prod', qui prétend que ce Marco Prince, je cite : « a une vraie légitimité artistique, un profil funk complémentaire avec celui des autres jurés : jazz pour André Manoukian, variété pop pour Lio et rock pour Philippe Manœuvre ». C'est vrai, la légitimité rock, c'est moi ! Mais putain, la légitimité funk, c'est moi aussi ! Pas ce Prince d'opérette qui est un nobody total ! C'est quoi, le funk ? C'est la musique de James Brown, alias Mister Dynamite, le Soul Brother number One ! Vraiment, comparer James Brown, le génial créateur de tubes planétaires comme « Sex Machine », avec ce sous- « Prince » de FFF, c'est une bad joke qui me donne envie, comme James Brown en 1988, de me charger à la phényl-cyclidine hallucinogène, de monter dans ma caisse et de foncer sur le périf' à 220, jusqu'à ce que les flics m'arrêtent pour excès de vitesse ! Comme ça, j'en aurais fini avec « La Nouvelle Star » avant que cet enfer commence ! Bullshit !

La peluche Chabal

• *Demain, un match de rugby très attendu : France-Irlande. Un commentaire, Roselyne Bachelot ?*

ROSELYNE BACHELOT : En tant que ministre des Sports, je suis évidemment toute chagrinée que Chabal, mon chouchou, ne puisse pas jouer demain au Stade de France contre l'Irlande ! J'aurais tellement aimé aller le congratuler sous la douche, comme je le fais toujours. Je sais, il y aura Mathieu Bastareaud qui lui aussi est un beau morceau, mais ça ne remplacera pas mon Chabal ! Hum... Chabal ! Maintenant, en tant que ministre de la Santé et ancienne pharmacienne, je me propose de prodiguer moi-même des soins intensifs à mon Chabal et des massages appropriés pour apaiser ses douleurs au dos.

• *Chabal est au cœur d'une campagne de pub pour la Saint-Valentin avec une peluche à son effigie...*
ROSELYNE : Mais oui, mais oui ! Vous avez vu ces affiches géantes ! Et cette phrase qui me met dans tous mes états ! « Pour la Saint-Valentin, dites-vous Je t'aime comme si c'était la dernière fois. » C'est un petit peu sombre, on se croirait à la Toussaint, mais, en même temps, on imagine que ça doit être fougueux ! Ah ! se faire plaquer sur le gazon par un colosse tout poilu... Chabal, contrairement à ce que disent les Anglais, ça n'est pas Cromagnon, c'est Gros Mignon ! C'est pour ça que je vais acheter la peluche Chabal. Le soir, pour m'endormir, je vais la serrer très fort contre moi !

Présomption d'innocence

• *Les choses ne s'arrangent pas entre le président de la République et Dominique de Villepin. Celui-ci en effet a décidé de maintenir sa plainte contre Nicolas Sarkozy pour atteinte à la présomption d'innocence.*
DOMINIQUE DE VILLEPIN :
Au début du procès, Sarkozy lamentable
M'avait déjà jugé, me traitant de coupable.
Bafouant ce qu'on nomme « Présomption d'innocence »
Il me voyait déjà en gibier de potence.
J'ai été relaxé ! Nicolas, me voici !
Je vais bien me venger et te faire des soucis !
Tu as beau invoquer l'immunité pénale
Avec moi tu auras une douleur anale.

• *Au fait, monsieur Villepin, dans le Finistère où vous étiez en déplacement, on vous a vu prendre dans vos bras un porcelet...*
VILLEPIN :
Il est vrai, dans mes bras, j'ai tenu un cochon
Les oreilles pointues, la queue en tire-bouchon.
Il était tout petit, faisait beaucoup de bruit ;
D'aucuns l'ont comparé à Monsieur Sarkozy.
À cela j'ai dit non, voyez ce regard franc
Il ne ressemble en rien à notre président !

Tripotages épiscopaux

• *Le pape Benoît XVI a reçu les évêques d'Irlande qui doivent faire face à une crise profonde. En effet, la justice irlandaise a établi plusieurs rapports sur la violence et la pédophilie qui ont sévi pendant des dizaines d'années dans les institutions religieuses irlandaises. Un commentaire, Benoît XVI ?*

BENOÎT XVI : Le week-end dernier, quand j'ai annoncé que trente évêques irlandais allaient débarquer au Vatican, ça a été la panique générale. Alerte, les tripoteurs arrivent ! J'ai eu beau expliquer que ces évêques-là venaient pour que je leur mette les points sur les i et qu'ils se tiendraient à carreau, mes employés n'ont rien voulu entendre !

Alors il a fallu cacher dans les catacombes les enfants de chœur, les moinillons, les Petits Chanteurs à la croix de bois, les scouts et les louveteaux en short. Sans oublier les poussins, les benjamins, les minimes et les cadets du Vatican Football Club. J'ai aussi fait fermer la halte-garderie, les cours de catéchisme et le centre de formation des jeunes gardes suisses.

C'est vrai, le fondateur de ma boîte avait dit autrefois : « Laissez venir à moi les petits enfants. » Mais comme dit ma femme Ulla, c'est quand même pas une raison pour en profiter ! Du coup, Ulla m'a fait une scène terrible ! Elle a décidé d'envoyer tous nos petits-fils dans notre maison de campagne à Castel Gandolfo. Allez, hop, tous dans la papamobile !

Quand je me suis retrouvé avec les évêques, je leur ai passé un de ces savons ! « Bande de salopards ! Vous êtes nuls ! J'ai honte de vous ! Pendant des siècles, personne n'a jamais rien su de ces tripotages ! Mais à cause de vous, maintenant, je suis dans le caca. Mon plan com' est foutu en l'air ! Un jour, je vais me barrer et vous vous démerderez tout seuls ! *Scheisse !* »

Merci, Thierry

EUGÈNE SACCOMANO : France-Irlande : trente-trois à dix pour l'équipe de France ! Merci qui ? Merci, Marc Lièvremont ? Mais non ! C'est Raymond Domenech qu'il faut remercier ! Mais oui, merci, Raymond Domenech ! Depuis qu'il a donné l'exemple avec Thierry Henry au Stade de France, il y a trois mois contre les Irlandais, les Français n'ont jamais aussi bien joué à la main !

Et meeeerde !

De la neige pour Vancouver !

• *À Vancouver, à cause des mauvaises conditions météo, les premières épreuves de ski alpin ont été reportées. Cela vous a donné une idée, Gérard Holtz.*
GÉRARD HOLTZ : Mobilisez-vous ! Mo-BI-LI-SEZ-VOUS ! Chez nous, en France, il y a de la neige, beaucoup, beaucoup de neige, surtout dans les régions où on fait pas de ski ! Mais, à Vancouver, il n'y en a pas ! Et même quand il y en a, elle est complètement ramollie par la pluie ! Les températures sont trop douces, beaucoup trop douces ! Alors, pour qu'il y ait des descentes, des combinés et des slaloms, je lance un « Neigeothon » !
Mobilisez-vous ! Mo-BI-LI-SEZ-VOUS ! Pensez à nos skieurs et à nos skieuses dans le besoin ! À Vancouver, la neige manque dramatiquement ! Alors, envoyez de la neige à Vancouver ! Comme la DDE souvent ne la dégage pas, allez-y ! Dans des glacières, des Tupperware, des sacs Picard ! N'attendez pas que la neige fonde sur le toit de vos voitures ! Mettez-en de côté au congélo pour le Neigeothon ! Et si vous manquez de poudreuse, demandez à Thierry Ardisson et à Jean-Luc Delarue d'envoyer à Vancouver de la bonne poudreuse bien blanche !

Chansons d'amour

• *Ça s'est bien passé, votre Saint-Valentin avec Balkany, Brigitte Bardot ?*
BRIGITTE BARDOT : Ça va pas ? Quel gros beauf, ce Balkany ! Il raconte partout qu'il a couché avec moi ! Si je n'aimais pas autant les animaux, je dirais que c'est un gros porc doublé d'un cochon répugnant ! D'ailleurs, ça m'a inspiré une petite chanson...

Balkany fut pas mon amant
C'est une chose bien connue
C'est un gros vantard et il ment
Balkany fut pas mon amant.

Oh ! là, là ! C'est rigolo

• *Le conflit sur les salaires n'est toujours pas fini chez Ikea. Cela a inspiré une nouvelle chanson à Vincent Delerm.*
VINCENT DELERM :
J'avais besoin d'une étagère
Pour y ranger mes dictionnaires

Et puis aussi d'un cadre blanc
Pour ma photo de Fanny Ardant.
Alors j'ai dit à Monika
« On en trouvera chez Ikea ».
T'as pas envie, mais on fera vite
J'achèterai même de l'aquavit.
Mais arrivé sur le parking
Des grévistes faisaient un sit in.
Moi j'ai voulu les écraser
Mais Monika s'est écriée
« Je sais qu'ils ont brisé ton rêve
Mais moi je veux pas briser leur grève »
On est rentrés regarder « La Ferme »
Ça se passe comme ça, chez les Delerm !

La Pythie des régionales

• *Plus qu'un mois avant les régionales. Monsieur Le Pen, lors d'un conseil national où vous avez présenté vos têtes de liste, vous avez prédit que vous serez probablement élu conseiller régional.*
JEAN-MARIE LE PEN : *Ja wohl !* Mais j'ai surtout dit que des mauvaises langues appelaient M. Fillon « Fidèle Castré ». Hum... Hum...

• *Décidément, monsieur Le Pen, vous aimez les jeux de mots vaseux.*
LE PEN : Gardez vos commentaires pour vous, petite effrontée ! Ça apprendra à M. Fillon ce qu'il en coûte de me traiter en employé des socialistes !

• *Et dans les autres régions, monsieur Le Pen ? Quelles sont vos prédictions pour le FN ?*
LE PEN : Nous allons nettoyer les écuries d'Augias, mais en guerroyant à la loyale ! Notamment dans le Nord-Pas-de-Calais où je vois Marine voguer allègrement vers les 20 %... « Marine »... « Voguer »... Hum, hum...

• *Monsieur Le Pen, au lieu de vous obstiner à jouer avec les mots, vous ne voulez pas faire une démonstration de vos talents de médium ?*
LE PEN : Écoutez, mademoiselle, combien de fois devrais-je vous répéter que je ne suis pas une vedette de music-hall qui vient faire son numéro pour épater la galerie !

• *Allez, juste un petit coup !*
Le Pen : Attention à ce que vous dites, petite coquinette ! Mais puisque vous insistez, et pour éclairer les citoyens qui nous écoutent, je consens à me mettre en relation avec un grand disparu de notre histoire… Je vous demanderai donc un peu de silence…

• *Allez-y, monsieur Le Pen…*
Le Pen : Ah ! Je vous ai demandé de vous taire ! Ça fait des interférences… Esprit, es-tu là ? Maréchal, vous voilà ? Maréchal, vous voilà ?
De Gaulle : Françaises, Français ! Je vous ai compris !
Le Pen : Mais que se passe-t-il ? Ça ne marche pas ! Cette voix d'outre-tombe, ça n'est pas celle du bon maréchal Pétain, mais celle du général de Gaulle, le bradeur de l'Algérie française et de notre empire colonial !
De Gaulle : Comment voulez-vous gouverner un pays où il existe deux cent cinquante-huit variétés de fromages ? Alors, pour les régionales, dans le Nord-Pas-de-Calais, comme ailleurs, votez pour qui vous voulez, je m'en contrefous complètement !
Pétain : Mes chers compatriotes !
Le Pen : Ah ! quand même, voilà le bon maréchal !
Pétain : Mes chers compatriotes ! N'écoutez pas le traître Charles de Gaulle ! En région Nord-Pas-de-Calais, en mémoire de votre bon vieux maréchal, votez tous massivement pour la liste de la fille du Chef Le Pen !
Le Pen : Merci, mon Maréchal, Marine va être contente ! J'en ai mon œil de verre tout humide !
Pétain : Vive le travail, la famille Le Pen et la Patrie ! Vive la Marine ! Vive le vent, vive le vent d'hiver et bonne année, grand-mère !

Nouvel an chinois

• *À Paris, cette semaine, la communauté chinoise fête le nouvel an. Bertrand Delanoë, vous vous associez à ces réjouissances ?*
Bertrand Delanoë : Effectivement, et ça a commencé dimanche dernier avec le rituel incontournable de la cérémonie de l'œil et le défilé du dragon. Avec le maire du IIIe arrondissement, on a dessiné un œil couleur bronze sur le dragon ! Après, on a allumé les lanternes, les pétards et les feux de Bengale ! C'était joli !
Mais ça n'est pas fini : dimanche prochain, on remettra ça, dans le XIIIe arrondissement, à Chinatown, avec un grand défilé qui attirera plus de cent mille spectateurs en délire. J'ai demandé aux organisateurs de rebaptiser ce cortège la « Chinois Pride », mais ils n'ont pas été d'accord.

Pourtant, qu'est-ce qu'ils veulent, les Franciliens, les Parisiens, les socialistes ? C'est plus de chapeaux pointus turlututu, plus de dragons avec des longues queues, plus de fêtes complètement débridées et plus de fêtards qui arrivent à pied par la Chine et qui se polissent le chinois !

• *Vous vous sentez concerné par ces festivités, Jack Lang ?*
JACK LANG : Mais c'est clair, Marie-Claire ! Tout d'abord, je voudrais souhaiter aux Chinois de France et de Navarre un bon nouvel an chinois ! *Xin nian kouaïe lè !* Bonne nouvelle année !

• *Vous vous êtes mis au chinois, Jack Lang ?*
LANG : Mais vous savez bien que je suis polyglotte, Charlotte ! Récemment, j'ai enrichi mon éventail linguistique en apprenant l'espagnol (avec l'accent cubain). *Vamos a bailar...* Je me suis également perfectionné dans la langue de Goethe : *Hallo, ich bin Jack !* allant jusqu'à maîtriser les dialectes bavarois et autrichiens : *Grüss Gott, ich heisse Yack.* Et tout ça pourquoi, Benoît ? Parce que, dans ces pays, Nicolas m'a fait l'honneur de me confier des missions aussi prestigieuses que délicates.
Mais comme je viens d'apprendre qu'il entendait nommer sous peu un ambassadeur de France à Pékin, ni une ni deux, je me suis mis au chinois.

• *Au fait, on a appris que Jean-Pierre Raffarin avait refusé ce poste d'ambassadeur à Pékin, mais pour savoir quels étaient les motifs de son refus, rendons-nous à l'Élysée, dans le bureau présidentiel...*
Toc, toc, toc...
SARKOZY : Entre, Polichinelle !
JEAN-PIERRE RAFFARIN : Président Nicolas, comment as-tu deviné que c'était moi ?
SARKO : Mais enfin, Jean-Pierre, y en a qu'un pour toquer à ma porte de façon aussi mielleuse (et pourtant autour de moi, les obséquieux, c'est pas ce qui manque...).
RAFFARIN : C'est que je serais désolé d'avoir l'outrecuidance de me montrer importun en venant te déranger alors que tu te démènes pour sortir la France de l'ornière...
SARKO : Bon, ça va, arrête de me beurrer la tartine. Qu'est-ce que tu veux ?
RAFFARIN : Tu devrais plutôt me demander : « Qu'est-ce que tu ne veux pas ? » Car, voilà, Président Nicolas, je refuse le poste d'ambassadeur en Chine que tu m'as proposé.
SARKO : Mais c'est un poste en or, une sinécure !

RAFFARIN : Nooooon ! Le danger est énorme ! J'aime la Chine dont je me flatte d'être l'interlocuteur privilégié, mais tu te souviens du scandale des canapés empoisonnés qui provoquent des allergies et des eczémas très graves ?
SARKO : Oui, et alors ?
RAFFARIN : Il y en a sûrement dans les salons de l'ambassade ! Je vais me retrouver avec le postérieur tout brûlé ! Il y a aussi le lait contaminé à la mélamine !
SARKO : T'auras qu'à boire du thé !
RAFFARIN : Tu sais bien que je le prends toujours avec un nuage de lait ! Il y a aussi les tongs au diméthyl-fumarate qui provoquent des démangeaisons atroces…
SARKO : Bref, tu refuses ce poste parce que tu as les chocottes !
RAFFARIN : Ce n'est pas pour moi que j'ai peur, Président Nicolas, c'est pour toi ! Quand je reviendrai te voir en France, je risquerai de te contaminer ! Tu ne comprends donc pas que la mort rôde comme un zombie autour de l'Élysée ! Je la sens, la camarde, qui tend vers toi ses doigts de squelette ! Et si tu meurs, c'est le sumo du Sénat, le Bibendum du palais du Luxembourg, qui prendra ta place !
SARKO : Gérard Larcher ? Mais c'est mon ami !
RAFFARIN : Nooon ! Nooon ! Le vétérinaire de Rambouillet n'est pas ton ami ! Le général de Gaulle disait : « Les hommes peuvent avoir des amis, pas les hommes d'État. »
SARKO : Alors, toi non plus, tu n'es pas mon ami ?
RAFFARIN : Nooon ! Euh, je veux dire… siiii ! Je suis ton ami, ton seul ami !

Fast-food halal

• *L'initiative d'une chaîne de fast-food qui propose exclusivement de la viande halal dans plusieurs de ses enseignes ne semble pas vous laisser indifférent, monsieur Le Pen ?*

JEAN-MARIE LE PEN : D'abord, je vous ferai remarquer que ce qui m'exaspère encore plus que les hamburgers halal, c'est le néologisme *fast-food* que vous venez d'employer. Que je sache dans la langue française ça s'appelle de la restauration rapide ! Ensuite, contrairement à ce que vous pourriez penser : que des mercantis remplacent le porc par de la dinde, j'm'en bats l'œil de verre, puisque je ne mets jamais les pieds dans ce genre d'établissement.

Par ailleurs, je dirai à la meute de tous ceux qui sont aujourd'hui en train d'aboyer avec les loups que je ne les ai pas attendus pour protester contre le noyautage halal de la France. Qui se souvient que je fus le seul à dénoncer la multiplication dans les faubourgs commerciaux de nos vieilles cités gauloises de la Halal aux chaussures et de la Halal aux vêtements ? À Lyon, j'ai vilipendé la Halal Tony

Garnier et, à Paris, la Grande Halal de la Villette ! Ils allèrent même jusqu'à en faire des chansons « halal pêche aux moules, moules ».
Il y a juste une chose qui me chiffonne un peu. Régulièrement, mon ami Dieudonné, quand il est en voyage en Iran ou en pèlerinage à Berchtesgaden avec le professeur Faurisson, mon ami Dieudonné, disais-je, me confie la garde de sa fille, qui est aussi ma filleule chérie, la petite Plume M'Bala M'Bala. Oui, j'avoue que je serais bien embarrassé si, au moment du déjeuner, elle me demande un hamburger halal halal !

Vancouver, vent mauvais

• *Depuis presque une semaine, pas de médaille pour les Français aux JO de Vancouver. Un commentaire, Roselyne Bachelot ?*
Roselyne Bachelot : En tant que ministre de la Santé, j'ai toutes les raisons d'être satisfaite : aucun de nos athlètes n'a attrapé la grippe A ou ne s'est retrouvé avec la goutte au nez. En revanche, en tant que ministre des Sports, je suis très déçue par cette débandade !

• *Mais vous avez une explication à ces contre-performances des Français ?*
Roselyne : Tout est de ma faute ! Mais si, mais si ! J'aurais dû me rendre à Vancouver pour préparer les athlètes et les encourager comme je l'avais fait avec mes chouchous Alain Bernard et Sébastien Chabal... Bref, je suis sûre que, si j'avais aidé ce pauvre Brian Joubert à rouler ses patins ou si j'avais secoué les bâtons de nos skieurs, ça les aurait tous galvanisés, parole de Roselyne ! Mais les JO ne sont pas finis ! Je saute dans le premier avion pour Vancouver et je fonce direct dans le chalet de l'équipe de France pour encourager nos champions ! Mais, rassurez-vous, je ne suis pas ministre de la Santé pour rien et j'emporte avec moi tout ce qu'il faut ! D'ailleurs, j'ai un slogan formidable pour nos rois de la glisse : « À Vancouver, sortez couverts ! »

• *Vous voulez intervenir, Gérard Holtz ?*
Gérard Holtz : C'est une catastrophe, une ca-ta-strophe ! À Vancouver, les skieuses françaises n'ont gagné aucune médaille ! Aucune médaille ! Alors mobilisez-vous ! Mobilisez-vous pour un grand Médaillothon ! Aux JO, les Français recherchent des médailles et n'en trouvent pas ? Il faut les aider ! Il faut les aider en leur envoyant des médailles dans le cadre de ce grand Médaillothon ! Toutes les médailles sont bonnes à prendre : les décorations militaires de votre grand-père, votre médaille de baptême, de première communion, votre première ou

votre deuxième étoile, votre chamois de bronze ou votre flèche d'argent ! J'accepte les médailles en chocolat ! Mobilisez-vous pour ce Médaillothon !

• *Et pour vous, Philippe Candeloro, tout se passe bien à Vancouver ?*
PHILIPPE CANDELORO : Moi, ça va, mais les patineurs français, décidément, sur la glace, ils broient du noir.

• *Philippe, vous n'allez pas recommencer !*
CANDELORO : Ben quoi ? Du coup, j'ai hâte que la secrétaire d'État aux Sports vienne encourager nos patineurs et nos patineuses...

• *Vous parlez de Rama Yade ?*
CANDELORO : Oui. Elle, au moins, sur la glace, c'est une ministre qui ressortira bien...

• *Philippe !*
CANDELORO : Ben quoi ?

Le revenant de la Cour

CARLA : Je peux éteindre, Mamour ?
SARKOZY : Bien sûr, ma Carlita ! Pour une fois, ça va me faire du bien de m'endormir de bonne heure...
CARLA *(déçue)* : Tu veux t'endormir tout de suite ?
SARKO : Tu sais, ma chérie, la nomination de Didier Migaud comme premier président de la Cour des comptes, c'est le plus beau coup que j'ai fait depuis longtemps. Alors, excuse-moi si j'ai pas trop la tête à faire pouet-pouet, il faut que je recouvre mes esprits. Mais, demain matin, au réveil, tu auras une belle surprise ! Mais attention, une vraie surprise, pas comme celles que je promets pour les élections régionales...
CARLA : Ah ! Bonne nuit, Mamour... Fais de beaux rêves... Pom pom pom pom ! Bonne nuit, le Petit !
SARKO : Toi aussi... *(À lui-même :)* Ah ! c'est bizarre, cette sensation de froid... pourtant la fenêtre est bien fermée.
(Musique inquiétante...)
Séguin : Oouuuhh !
SARKO : Qui est là ? Qu'est-ce que c'est que cette énorme forme blanche ? Une couette volante ?... Ah ! Philippe Séguin, tu m'as fait peur !

PHILIPPE SÉGUIN : Ah ! N'aie pas peur, Nicolas, je ne reviens pas pour te faire chier, comme quand j'étais premier président de la Cour des comptes !
SARKO : Alors, c'est que t'es plus dans ton état normal…
SÉGUIN *(il rigole)* : Ha, ha, ha ! C'est exactement ça !
SARKO : Je disais ça pour faire de l'humour noir…
SÉGUIN : Ah ! Essaie d'être un peu sérieux… À partir de cette nuit, c'est plus à cause de moi que tu vas en chier, mais à cause de Didier Migaud !
SARKO : Mais j'ai pas nommé Didier Migaud pour qu'il me fasse chier, mais pour qu'il fasse chier la gauche et me fasse gagner les régionales !
SÉGUIN : Ah ! très mauvais calcul ! Didier Migaud, c'est vrai, il est socialiste, sauf que lui, il n'est pas du genre « va chercher », comme Éric Besson ou Kouchner ! Il va éplucher les comptes de l'Élysée à la loupe ! Il va être encore pire que moi ! Ah ! Tu as introduit le loup dans la bergerie ! Le loup-ouh, ouh !
SARKO : Non, Président Philippe, non ! Pas le loup ! Pas le loup !
CARLA : Qu'est-ce qu'il y a, Mamour ? À qui tu parlais ?
SARKO : À personne, ma Carlita… À personne… Dis, tu voudrais pas voir le loup, j'ai besoin de me détendre…
CARLA : Ah !

Bongo était son nom !

• *Depuis hier, Nicolas Sarkozy est en visite présidentielle au Gabon, où il a été accueilli chaleureusement par Ali Bongo. Souvenez-vous, la récente élection du fils d'Omar Bongo avait inspiré à Robert Hossein un de ses plus beaux spectacles.*
(Musique…)
ROBERT HOSSEIN : Après « Omar Bongo était son nom ! », voici enfin sur scène les exploits de son fils… « Ali Bongo était son nom ! » L'incroyable couronnement du dauphin du clan Bongo ! Dans le rôle d'Ali Bongo : Gérard Depardieu !
GÉRARD DEPARDIEU : Oh ! mais qu'est-ce qu'ils ont tous, ces opposants de malheur, à contester mon élection ? J'ai fait comme papa, merde ! Acheter tout le monde, bourrer les urnes, être soutenu à fond par le gouvernement français, me gaver grâce au pétrole et au bois exotique, il m'a tout appris dès le berceau, mon papa Omar !
HOSSEIN : « Ali Bongo était son nom ! » Dans le rôle de Mme Ali Bongo : Jeanne Moreau !
JEANNE MOREAU : Oh ! mon Ali, j'ai envie de faire du shopping à Paris, comme faisait ta maman, trois fois par semaine, avenue Montaigne…
DEPARDIEU : Mais, bien sûr, ma Gazelle d'amour… Tiens, t'as qu'à prendre le Falcon de papa pour aller t'acheter des bijtos et des sacs en croco. Chez les Bongo, on est bons gars, pour le bingo !

JEANNE : Oh ! merci, mon Ali. Comme ça, on dira de moi : « Elle avait des bagues à chaque doigt, des tas de bracelets autour des poignets »...
DEPARDIEU : Oh ! arrête de chanter ou t'auras rien du tout et je garde tout pour me payer des putes russes et des costumes Smalto !
HOSSEIN : « Ali Bongo était son nom ! » L'irrésistible ascension du fils le plus gâté d'Afrique !
DEPARDIEU : Oh ! et Jean Sarkozy, c'est pas « un fils de », peut-être ? Alors, foutez-moi la paix et aboulez l'oseille !

Un bon gars au Gabon

Au Gabon, où il est en visite officielle, Nicolas Sarkozy a passé une nuit plutôt agitée.
SARKOZY : Il fait une de ces chaleurs ! Même en slip et avec la clim' à fond, c'est pas supportable ! Je voudrais tellement pouvoir dormir...
Toc, toc, toc...
SARKO : Qui c'est ? C'est l'amour qui frappe à ma porte ? Une gazelle envoyée par le président Bongo ? Non, merci, c'est bon ! J'ai besoin de rien ! J'ai ma Carlita qui m'attend à l'Élysée...
(Musique inquiétante...)
SARKO : Mais qu'est-ce que c'est que ça ? C'est de la magie noire ? J'aurais dû me méfier d'Ali Bongo ! Il a dû me marabouter ! Ou alors j'ai pas digéré le manioc...
FRANÇOIS MITTERRAND : Nicolas Sarkozy ! Nicolas Sarkozyyyy !
SARKO : Cette forme, avec un chapeau et une écharpe... J'hallucine... mais... c'est, c'est...
FRANÇOIS MITTERRAND : Oui, c'est moi, François Mitterrand... Nicolas, arrêtez de taper dans mon cheptel : Kouchner, Besson, Bockel, Migaud et aussi mon neveu, cet empoté de Frédéric, et maintenant un de mes plus fidèles lieutenants : Michel Charasse ! Vous n'avez donc pas d'amis dans votre camp pour devoir me piquer tous les miens sans aucun scrupule ?
SARKO : Entre présidents, on pourrait quand même se tutoyer, non ?
MITTERRAND : Ça ne va pas, non ? Nous n'avons pas été décorés de la francisque ensemble !
SARKO : Bon, qu'est-ce que vous me voulez, monsieur le Président ?
MITTERRAND : Que vous arrêtiez de dévoyer des socialistes ou je reviendrai vous hanter tous les soirs où que vous soyez !
SARKO : Mais je comptais donner un poste à Jack Lang, ça fait longtemps qu'il attend.

MITTERRAND : Jamais ! Qu'il aille se brosser ! C'est un piranha ! Vous lui tendez la main, il vous bouffe le bras...
SARKO : Bon, ben, d'accord, Président. Je vais le faire lanterner...
MITTERRAND : Vous avez intérêt sinon je reviens vous hanter et vous finirez comme Grossouvre dans une soupente de l'Élysée...
SARKO : Non, pas comme Grossouvre, pas comme Grossouvre !
(Sonnerie de téléphone...)
SARKO : Hein, qu'est-ce que c'est ? Allô ? C'est toi, ma Carlita ?
CHARLES PASQUA : Eh non ! c'est pas Carlita, c'est Charles Pasqua ! Alors, Nicolas, je croyais que c'était fini, la Françafrique ? Alors, on est toujours reçus comme des rois, chez les Bongo ? Comme au bon vieux temps. On arrive avec des contrats, on repart pour Paris avec des mallettes bien pleines...
SARKO : Qu'est-ce que tu veux, Charles ?
PASQUA : Rien ! La nuit, tu sais, je fais des insomnies. Alors j'appelle des vieux amis, je prends de leurs nouvelles tout en classant mes petits papiers... Au fait, c'est en avril, mon procès... Allez... Po, po, po, po, po pom, bonne nuit, le Petit !

La ferme ça gueule !

• *Rien ne va plus à « La Ferme Célébrités » dont les audiences sont très décevantes. Les dirigeants de TF1 ont donc demandé aux deux animateurs de l'émission de réagir.*
JEAN-PIERRE FOUCAULT : Bonsoir à tous ! Vous le savez, « La Ferme Célébrités » est dans la panade, les scores d'audience sont aussi accablants que la chaleur qui ramollit le cerveau des candidats... Du coup, les recettes publicitaires sont en baisse. C'est très embêtant ! Mais, pour renflouer les caisses de la régie publicitaire, j'appelle tout de suite notre premier candidat, qui veut gagner des millions !
(Musique de « Qui veut gagner des millions »...)
FOUCAULT : Bonjour, comment vous appelez-vous ?
BENJAMIN CASTALDI : Je m'appelle Benji.
FOUCAULT : À vos souhaits. Quand vous éternuez, mettez quand même la main devant votre nez... Attention, Benji, pour renflouer la régie publicitaire de TF1, première question ! Vous êtes prêt ?
CASTALDI : Je suis prêt, Jean-Pierre.
FOUCAULT : Attention, Benji, première question : Le chanteur de charme Francky Vincent, présent à « La Ferme Célébrités », a connu une gloire méritée avec son gros tube encore sur toutes les grandes lèvres, « Alice ça glisse »...
Dans cette chanson sentimentale, que répond à Francky une de ses multiples partenaires ?

« Bravo Francky...
– je sens ton oseille »　　　　réponse A
– je sens tes oreilles »　　　　réponse B
– je sens ton gros orteil »　　　réponse C
– je sens tes groseilles »　　　réponse D.

CASTALDI : Je connais cette chanson, mais là, je suis incapable de m'en souvenir... J'enlève la réponse A, parce que, s'il avait de l'oseille, Francky serait pas obligé d'aller s'enfermer dans la ferme avec une telle brochette d'abrutis... J'enlève aussi la réponse C « Je sens ton gros orteil » parce que, quand on est équipé comme Francky, on sort autre chose qu'un gros orteil pour épater sa copine. Après... j'hésite...

FOUCAULT : Je vous rappelle, Benji, que vous pouvez faire appel à un ami...

CASTALDI : OK, Jean-Pierre, j'appelle mon père...

(Sonnerie de teléphone...)

FOUCAULT : Allô ? Jean-Pierre Castaldi ? C'est Jean-Pierre Foucault à l'appareil...

CASTALDI PÈRE : Qu'est-ce que tu veux que ça me foute ?

CASTALDI JR. : Allô, papa ? C'est ton fils Benji. Dans « Alice ça glisse », la gonzesse qui répond à Francky Vincent, elle lui dit : « Bravo, Francky, je sens tes groseilles » ou « je sens tes oreilles » ?

CASTALDI PÈRE : Elle peut pas dire : « Je sens tes groseilles »... parce que Francky, il est comme moi, il a les burnes grosses comme des noix de coco ! Mais comme il a un énorme lobe (comme moi) alors la gonzesse lui dit : « Je sens tes oreilles. »

CASTALDI JR. : Merci, papa ! Donc, je réponds comme papa : réponse B.

FOUCAULT : C'est votre dernier mot, Benji ?

CASTALDI JR. : C'est mon dernier mot, Jean-Pierre !

Musique

FOUCAULT *(déçu)* : Oh ! Mauvaise réponse ! Décidément, la Ferme en Afrique, c'est la Ferme sans le fric !

Dernière ligne droite avant « La Nouvelle Star »

• *« La Nouvelle Star » 5ᵉ saison redémarre sur M6, mercredi prochain. Vous êtes prêt, Philippe Manœuvre ?*

PHILIPPE MANŒUVRE : Salut, les kids ! Putain, je suis vraiment le plus vieil ado de France ! Parce que, quand je pense qu'il va falloir remettre ça dès mercredi, j'ai la totale impression d'être un lycéen boutonneux qui doit retourner au bahut après de super vacances ! Rien que d'y penser, j'en ai mal aux tripes !

• *Pourtant, vous allez retrouver vos camarades ?*
MANŒUVRE : Retrouver la mère Lio, c'est vraiment galère ! Heureusement que c'est encore l'hiver, ça l'empêchera de se déloquer pour exhiber la tache de vomi qui lui sert de tatouage. Manoukian, il est sympa, mais dès qu'il parle de jazz, je me fais chier à mort ! Pour remplacer Sinclair, il paraît qu'il y a un nouveau : Marco Prince, qu'il s'appelle. Son kif, c'est le funk ! Mais, putain, comment on peut faire du funk en s'appelant Marco ? Vous imaginez le trip si James Brown s'était appelé Marco ! Le 10 juin 1967 sur la scène de l'Apollo Theatre à Harlem, si Le MC Dany Ray l'avait présenté en disant : « *Ladies and gentlemen : Maaaaarco Brown !* » James ne serait jamais devenu le Soul Brother number One !
Putain, j'ai signé avec la prod' de M6, mais je veux pas la faire, cette rentrée ! Bullshit !

L'exorciste de l'Élysée

• *Cette semaine, l'agenda de Nicolas Sarkozy est encore bien chargé. Voyons comment cela est vécu par le couple présidentiel...*
CARLA : Mamour... Et si on prenait notre temps, ce matin, tous les deux, en amoureux ?
SARKOZY : Je peux pas, ma Carlita. Tout à l'heure, je reçois toutes les têtes de liste départementales de l'UMP en Ile-de-France ! Ça va être coton ! Jamais vu une bande de bras cassés pareils ! Et ce soir, je dois me farcir une réunion de boulot avec le président russe Medvedev...
En plus, ce matin, j'ai convoqué ma dernière recrue socialiste : Didier Migaud, que j'ai nommé président de la Cour des comptes pour succéder à Séguin et pour faire chier la gauche...
Toc, toc, toc...
SARKO : Tiens, d'ailleurs le voilà ! *(Mielleux :)* Entrez, Didier Migaud...
CARLA : Oh ! il a l'air tout bizarre...
SARKO : Alors, Didier Migaud, ça se passe comme vous voulez à la Cour des comptes ?
VOIX DE PHILIPPE SÉGUIN : Oouuuhh...
CARLA : Oh ! Mamour, j'ai peur !
SÉGUIN-MIGAUD : Ah ! tais-toi, la Ritale !
SARKO : Mais cette voix ! Je la connais, c'est pas celle de Didier Migaud, c'est celle de... de Philippe Séguin !
SÉGUIN-MIGAUD : Ah ! je vais éplucher tes comptes, Nicolas... Centime par centime ! Tu vas en chier à mort !

CARLA : Mais c'est horrible, mon amour.... Qu'est-ce qui se passe ?
SARKO : Ça doit être un cas de possession. Didier Migaud est possédé par l'esprit de Philippe Séguin !
SÉGUIN-MIGAUD : Ah ! je vais te pourrir ta vie ! Ça va être un enfer !
CARLA : Oh ! Nicolas, il faut un exorcisme pour chasser l'esprit de Séguin du corps de M. Migaud...
SARKO : Mais je sais pas faire ça ! Il faut un prêtre spécialisé...
CARLA : Appelle Benoît XVI, il va t'arranger ça. Regarde dans ton répertoire...
SARKO : Voyons voir... Balkany... Bigard... Ah ! Benoît XVI ! Allô, allô, Saint-Siège ? Nicolas Sarkozy à l'appareil...
BENOÎT XVI : Ah ! Nicolas, comment vas-tu depuis la dernière fois avec ton ami Bigard ?
SARKO : En ce moment, c'est pas terrible. Je vous appelle parce que j'aurais besoin d'un coup de main.
BENOÎT XVI : Dis toujours, je verrai ce que Dieu peut faire pour toi...
SARKO : Voilà, j'ai besoin d'un exorcisme... Il y a Philippe Séguin qui habite le corps de Didier Migaud et je voudrais qu'il en sorte...
BENOÎT XVI : Un exorcisme ? Oh ! là, là ! Ça fait un bail que j'en ai pas fait. Je ne sais pas si j'ai toujours le coup de main... Et c'est urgent ?
SARKO : C'est super urgent. Le possédé est de plus en plus agité ! Tiens, je mets le haut-parleur...
SÉGUIN-MIGAUD : Ah ! Vieux pape de malheur ! Ta mère suce des bites en enfer !
BENOÎT XVI : J'ai compris, c'est très, très grave ! Je vais essayer un exorcisme par téléphone. Tenez-le bien !
SÉGUIN-MIGAUD : Ah ! lâchez-moi, bande de salopards !
CARLA : Oh ! Mamour, regarde, le fauteuil se soulève !
SARKO : Et tu as vu sa tête, elle a fait un tour complet !
BENOÎT XVI : Arrière, puissance démoniaque ! *Vade retro Séguinas !* Sors de ce corps, Philippe Séguin ! Dieu le Père te somme de fuir ! Jésus-Christ te somme de fuir !
SÉGUIN-MIGAUD : Ha, ha ! C'est toi qui as une fuite, vieil incontinent !
BENOÎT XVI : Ach ! *Scheisse !* Il a vomi tout vert dans le téléphone ! Satan l'habite ! C'est dégoûtant ! Nicolas, je n'y arrive pas !
SARKO : Quand même, vous êtes le pape !
BENOÎT XVI : J'ai une super idée ! Demandez à Carla de chanter ! Ça va peut-être le faire fuir !
CARLA *(elle chante)* : « Aujourd'hui quelqu'un m'a dit que tu m'aimais encore... Serait-ce possible, alors ?... »

SÉGUIN-MIGAUD : Ah ! Arrête de chanter, maudite Ritale ! Pitié, je t'en supplie...
CARLA : « Aujourd'hui quelqu'un m'a dit... »
SÉGUIN-MIGAUD : C'est bon, tu as gagné, espèce de vieux sorcier ! Je sors du corps de Didier Migaud. Mais attention à toi, Nicolas, je reviendrai te faire chier dans celui de Michel Charasse ! Ah !

Vancouver, c'est fini

Roselyne Bachelot, pas trop déçue par les résultats des athlètes français aux JO de Vancouver ?
ROSELYNE BACHELOT : Mais non, mais non ! Ces jeux ont été riches en enseignements. Vous avez remarqué toutes ces belles médailles remportées par les Français en biathlon, une discipline qui ne compte que trois cents licenciés ? Comme quoi il n'y a pas besoin de pratiquer un sport de masse pour gagner de belles médailles ! J'ai donc décidé de demander au Comité olympique international d'homologuer rapidement des sports d'hiver sans licenciés du tout.

• *Vous pensez à des sports précis ?*
ROSELYNE : Mais oui, mais oui ! Alors... je propose les courses de tire-fesses et de télésiège. Les batailles de boules de neige, le concours du plus beau bonhomme de neige (avec une belle carotte bien rouge pour le nez)... Il y a aussi la compétition du plus gros mangeur de raclette et, bien sûr, la dégustation de fondue en individuel et par équipe.
Je pense que, dans ces disciplines, la France aurait toutes ses chances. Cerise sur le gâteau : je vais proposer le concours de Monsieur Abominable Homme des Neiges. Et là, avec notre Yéti national plein de poils, Sébastien Chabal, on est sûr de gagner la médaille d'or !

• *Et vous, Philippe Candeloro, vous avez des nouvelles disciplines à proposer ?*
PHILIPPE CANDELORO : On pourrait homologuer une nouvelle forme de biathlon combinant le ski de fond et le tir sur cibles vivantes. Une sorte de « gendarme et voleur », mais à skis.

• *Oh ! Philippe !*
CANDELORO : Ben quoi ? On n'aura qu'à recruter les cibles dans la population carcérale contre des remises de peine. Fini, les prisons surpeuplées ! Je pense aussi au cirage de parquet avec patins.

• *Oh ! Philippe !*
CANDELORO : Ben quoi ?

• *À propos de prison, c'est le film de Jacques Audiard,* Un prophète, *qui a été récompensé par plusieurs César. Bertrand Tavernier a appelé Roman Polanski pour le tenir au courant.*
(Sonnerie de téléphone…)
BERTRAND TAVERNIER : Allô, Roman, c'est Bertrand. Tu as vu, le film qui a tout raflé, c'est un film sur la prison…
ROMAN POLANSKI : Ah ! non, pas la prison !

Mars

Les élections régionales, « La Ferme Célébrités » s'enlise, « La Nouvelle Star » continue, Villepin se place et le XV de France fait le Grand Chelem

Pas vraiment Nouvelle Star

PHILIPPE MANŒUVRE : Salut, les kids ! Ce soir, reprise de « La Nouvelle Star » ! Et ça commence directement à Toulouse qui rime avec la lose. Parce que, quitte à être au pays du cassoulet, je préférerais carrément auditionner des pétomanes plutôt que ces boutonneux qui n'ont pas fini de muer et qui m'écorchent les oreilles en massacrant aussi bien les joyaux cold wave de Joy Division du cultissime Ian Curtis que « Emmène-moi danser ce soir » de Michèle Torr ! En plus, si tout ça, c'est pour finir à « La Ferme Célébrités », comme Miss Dominique, contrainte de couiner « Dominique nique nique » sous les coups de boutoir de Francky Vincent, je dis vivement que je prenne mon chèque et que ça se termine ! Bullshit !

Olé, olé !

• *En Espagne, un jeune prêtre a été révoqué par l'archevêque de Tolède parce qu'il se prostituait sur Internet. Un commentaire, Benoît XVI ?*
BENOÎT XVI : Ah ! quelle douloureuse affaire ! Mais que ceux qui n'ont jamais péché sur Internet lui jettent la première pierre virtuelle ! Qu'est-ce qu'il faisait de mal, le père Martin ? Je vous lis son annonce, deux points, ouvrez mes saints guillemets. « Hector (c'est son pseudonyme. Oui, moi aussi, j'en ai un : mon vrai prénom, c'est Joseph, mais je me fais appeler Benoît. Pas de mal à ça ! Mais je reprends l'annonce du père Martin :) Hector, homme hétéro espagnol, au service de ton bonheur : pour femmes et couples. Bien doté : 15 cm. (C'est pas Rocco Siffredi, mais c'est honorable.) Je suis ouvert à tout, sauf au SM. (Ce qui ne veut pas dire Sainte Marie, mais sadomasochisme. Je continue l'annonce :) Vous ne le regretterez pas, je vous ferai jouir de bonheur comme personne. » Voilà. Je ne trouve rien à redire à cette offre charitable. Le père Martin se propose d'apporter le bonheur à son prochain en se sacrifiant !
En plus, j'ai regardé ses tarifs. Ils sont vraiment très raisonnables : 50 euros pour un quart d'heure ! C'est donné ! Et pour une heure : pas 200 euros, mais 150 ! En cette période de crise, c'est vraiment une promo incroyable !
Le seul reproche que j'ai à lui faire, c'est que, pour assouvir ses fantasmes, il a un peu tapé dans la caisse en piquant l'argent de la paroisse. Alors, pour boucher ce trou, je propose une grande qué-quette. Si vous ne trouvez pas les paniers, n'hésitez pas à glisser votre obole dans la fente.

Hallyday On Ice

JOHNNY : Bonjour, c'est Johnny. Je ne suis pas très content, parce que j'ai vu un peu partû en France qu'il y avait en ce moment une tûrnée de « Hallyday On Ice ». Alors je tiens à dire tout de suite que c'est pas possible parce qu'on dit du « whisky on ice », du « burbon on ice » ou « on the rocks ». Mais, même si j'aime le rock, on ne peut pas dire « Hallyday On Ice ». Parce que je ne suis pas une boisson ! Deuxièmement, la deuxième raison qui est la seconde pour laquelle vous verrez jamais « Hallyday On Ice », c'est que, à cause de ma hanche en plastique, s'il m'arrivait de choirer, non de choyer... Oh !... y a un mot ! Bref, de me casser la gueule comme Brian Jûbert... je ne pourrais pas repartir en tûrnée... la VRAIE tûrnée, celle des adieux de Johnny qui s'en va jusqu'à ce qu'il revienne ! Pas la tûrnée de « Hallyday On Ice » !

• *Mais, Johnny, les gens ne confondent pas, ils savent très bien que « Holiday On Ice », c'est un show sur la glace avec Philippe Candeloro !*
JOHNNY : Oh ! que vous dites ! Moi, je crois qu'il cherche à se sucrer sur mon dos, ce Philipe Canderel-Oro...

• *Non, Can-de-lo-ro !*
JOHNNY : Oh ! de toute façon, je déteste le sucre glace !

Poéter plus haut que...

• *Dominique de Villepin était ce matin l'invité de RTL. Avant de quitter les studios, il a tenu à faire une déclaration.*
DOMINIQUE DE VILLEPIN :
L'agriculture m'attend là où elle tient Salon
Les paysans, je sais, ne me croient pas félon !
Ils vont m'ovationner et me faire un triomphe
Ces marques d'amitié, voilà qui me regonfle.
Le nabot a bien tort, après moi, d'y passer
à ce qu'il va entendre je n'ose pas penser !
« Retourne à l'Élysée, oui, casse-toi, pauvre con !
Venir le dernier jour, ça n'est pas des façons ! »
Moi, je suis prévoyant et je sème à l'avance
Pour récolter plus tard les fruits de ma vengeance !
Nicolas, sache-le, quand viendra deux mille douze,
Je t'enfoncerai, crois-moi jusqu'au cou dans la bouse !

Guy Bedos commente l'actualité

• *Guy Bedos, il y a longtemps que vous n'êtes pas venu commenter l'actualité pour nous…*
GUY BEDOS : Ben, c'est parce que je viens quand j'ai quelque chose à dire… Sinon, je reste chez moi et je ferme ma gueule… Ça me fait des vacances et ça en fait à tout le monde. Alors, qu'est-ce que j'ai vu… La catastrophe en Charente-Maritime… Terrible.

• *La tempête Xynthia ?*
BEDOS : Non, Ségolène Royal qui s'accroche et qui veut rester présidente de la région… Ah ! et puis il y a « La Ferme Célébrités » aussi… C'est atterrant… Je regarde dix minutes, je pleure deux heures… Je suis atterré… Déjà, rien que dans le titre il y a un problème… Les célébrités normalement, elles sont célèbres, non ? Là, je les connais pas… Karine Durand, jamais vue nulle part… Farid Khider, inconnu au bataillon… Karine Dupray, personne ne sait qui c'est… Et Vendetta, il est célèbre ? Il est célèbre pour quoi ? À mon avis, il doit servir de mètre étalon pour la connerie, c'est pour ça qu'il est connu… Et puis, ce qui a fait mon bonheur aussi, c'est Fillon, le Premier ministre invisible, qui déclare que le chômage va augmenter alors que Sarkozy a annoncé il y a un mois sur TF1 : « Vous allez voir le chômage baisser » ! C'est à se demander s'ils se croisent de temps en temps, ces deux-là !
Et le pompon, c'est Christine Lagarde qui affirme pour mettre tout le monde d'accord, je vous la cite parce que ça vaut son pesant de cacahuètes : « Je crois que pour le chômage l'année 2010 va être une année de retournement »… Elle ajoute que, si l'économie va mieux, le chômage diminuera ! Soit elle descend en droite ligne du vicomte de La Palisse, soit elle se fout de notre gueule ! Moi, je penche plutôt pour la seconde solution. C'est sûr que, pour les chômeurs, 2010 sera l'année du retournement : ceux qui venaient de quitter l'ANPE, ils vont y retourner ! Ah ! et puis je voulais saluer les supporters du PSG… Quand ils n'ont pas d'adversaire avec qui se foutre sur la gueule, des Marseillais ou des Bordelais, ils se castagnent entre eux, c'est l'autosuffisance absolue, l'invention du mouvement perpétuel de la connerie ! Chapeau, les gars !

Petit guide des insultes européennes

• *Nigel Farage, le chef de file des députés europhobes britanniques, vient d'être condamné à 3 000 euros d'amende pour avoir proféré des insultes contre Herman Van Rompuy. Jean-Pierre Raffarin est allé réconforter le président de l'Union européenne.*

JEAN-PIERRE RAFFARIN : Bonjour, président Rampouille.

HERMAN VAN ROMPUY : « Rompoye » comme « cow-boy ». Qu'est-ce qu'il y a pour votre service, s'il vous plaît, monsieur Troisfoisrien, représentant personnel de Nicolas Sarkozy pour la francophonie ?

RAFFARIN : Voilà, Président Von Playboy : j'ai appris la condamnation méritée de cet infâme Nigel Farage, qui vous a insulté de façon épouvantable !

VAN ROMPUY : Pour vous dire la vérité, ce n'est point moi qui ai porté plainte contre ce député britannique, c'est mon collègue Jerzy Buzek, le président du Parlement européen.

RAFFARIN : Mais, Président Von Papouille, pourquoi n'avez-vous pas porté plainte vous-même ?

VAN ROMPUY : Mais, mon cher Tartarin, tout simplement parce que je n'avais pas compris qu'il m'insultait !

RAFFARIN : Pourtant, il vous a dit, je le cite : « Vous avez le charisme d'une serpillière humide et l'apparence d'un petit employé de banque. »

VAN ROMPUY : « Employé de banque », je ne vois pas en quoi cela est une insulte ! Car ça est vrai que je m'habille comme un petit employé de banque, chez Armand Thierry… et alors ?

RAFFARIN : Mais, « serpillière humide », Président Von Cramouille, c'est grave !

VAN ROMPUY : Je vais vous faire une confidence, monsieur Platàgratin : « serpillière », c'est un mot que je ne comprends pas !

RAFFARIN : C'est vrai, que je suis bête ! Chez vous, on ne dit pas « une serpillière », on dit « un torchon » ou « une wassingue » !

VAN ROMPUY : Dans ce cas, si cet Anglais m'a traité de « torchon humide » ou de « wassingue », il va voir de quel bois se chauffe Van Rompuy, monsieur Grostarin !

RAFFARIN : Si vous voulez, Président Homme Grenouille, je peux vous apprendre des insultes pour fustiger comme il le mérite ce représentant de la perfide Albion.

VAN ROMPUY : Vraiment, si vous en connaissez, monsieur Sertàrien, je vais les noter. Et s'il me traite encore une fois, je les lui enverrai dans la gueule à ce mal au trou.

RAFFARIN : *Malotru*, Président Von Magouille. En français, « mal au trou », c'est autre chose. Mais, à ce propos, vous pourrez traiter ce Rosbeef de « son of a bitch », de « bloody mother fucker », ou de « dick head » !
VAN ROMPUY : Ah ! je la connais, celle-là, ça veut dire « tête de nœud ». Mais, dans votre langue, la pire insulte que je connaisse et qui pourrait lui river son clou une fois… c'est « Polichinelle » !
RAFFARIN : Non, pas Polichinelle, vous n'avez pas le droit, monsieur Von Mes couilles ! Pas Polichinelle, jamais !

Inquiétudes élyséennes

• *À une semaine des élections régionales, une grande tension régnait ce matin à l'Élysée…*
CARLA : Je te beurre encore une tartine, Mamour ?
SARKOZY : Non, merci, ma Carlita, avec tout ce que j'ai dû accepter de bouffer au Salon de l'agriculture pour pas vexer davantage les agriculteurs, je sens gonfler à vue d'œil mes poignées d'amour…
CARLA : Oh !… je sais comment te les faire perdre…
Toc, toc, toc…
SARKO : Entrez !
JEAN-PIERRE RAFFARIN : Bonjour, Président Nicolas, mes hommages, Madame la Présidente…
SARKO : Tu vois pas que tu nous déranges, Polichinelle ?
RAFFARIN : Nicolas, je suis très inquiet pour l'équipe de France de football…
SARKO : Et c'est pour me dire ça, avec tous les emmerdements que j'ai, que tu viens me gâcher mon petit déj' ?
RAFFARIN : Cette défaite est un signe, Nicolas ! Domenech est le coach des Bleus, et toi tu es le coach de la France. Le rapport est évident ! Cette défaite est un ultime avertissement !
SARKO : Mais un avertissement de quoi ?
RAFFARIN : De ce qui va se passer pour toi… Ouvre les yeux avant qu'il ne soit trop tard, Président Nicolas. Écoute ton ami le plus sincère ! Les signes funestes s'accumulent…
SARKO : Mais de quels signes tu parles ?
RAFFARIN : Mylène Farmer qui se casse un orteil en montant les marches de l'Élysée ; Miss Dominique virée de « La Ferme Célébrités » ! Doc Gynéco obligé de s'inscrire au Pôle emploi de Neuilly ! Enrico Macias ruiné par Madof !

Sarko : Mais j'y suis pour rien, dans tous ces malheurs...
Raffarin : Mais ce ne sont pas des malheurs, c'est une malédiction ! Comme tous ceux qui entrèrent dans le tombeau de Toutankhamon, comme dans *Les Sept Boules de cristal* de Tintin, tous tes plus fidèles supporters semblent frappés par un sort terrible ! J'ai peur, Président Nicolas, j'ai très peur !
Sarko : Mais peur de quoi ?
Raffarin : Peur d'être frappé à mon tour par un mauvais sort !
Sarko : Et qu'est-ce que je dois faire pour conjurer ce mauvais sort ?
Raffarin : Il faut toucher ma bosse, Président Nicolas !
Sarko : Mais c'est hors de question, je ne suis pas comme Passepoil dans *Le Bossu* !
Raffarin : Je t'en conjure, touche ma bosse, Nicolas !
Sarko : Mais je veux pas toucher ta bosse, oiseau de malheur !

Satan l'habite !

• *Après les scandales retentissants de pédophilie au sein du clergé qui ont éclaté aux États-Unis, en Irlande, au Mexique et tout récemment aux Pays-Bas, l'Église doit faire face à de nouveaux abus en Allemagne, notamment dans un célèbre chœur dirigé par le frère du pape Benoît XVI.*
Benoît XVI : Ah ! là, là ! quand je vous dis que pape, ce n'est pas un métier de tout repos, je n'exagère pas ! Je croyais enfin être tranquille avec toutes ces histoires de tripotage partout dans le monde, et voilà que le scandale rebondit en Bavière, chez moi, dans mon propre pays ! Mais le pire dans tout ça, c'est que ça s'est passé dans le chœur des Petits Chanteurs de Ratisbonne qui a été dirigé par mon propre frère, Georg Ratzinger, qui est aussi l'évêque de Ratisbonne. Eh oui, dans la famille, on est évêque de père en fils !

• *Et qu'est-ce que vous comptez faire, Benoît XVI ?*
Benoît XVI : Mon frère Georg a dit à la presse qu'il était au courant de rien du tout... Mais j'ai du mal à le croire et je ne vois donc qu'une solution !

• *Vous allez l'excommunier ?*
Benoît XVI : Mais non, je ne peux pas faire ça à mon frère, et puis je manque de plus en plus de personnel. Alors je vais exorciser Georg ! D'ailleurs, je vais faire ça tout de suite ! Par téléphone !
(Sonnerie de téléphone...)
Georg : Ah !

BENOÎT XVI : Allô ? Georg, *mein Bruder,* tu m'entends, c'est ton frère Joseph, à l'appareil !
GEORG : *Ach ! Scheisse ! Deine Mutter lutscht Schwänze in der Hölle !*

• *Vous pouvez traduire ce qu'il dit, Benoît XVI ?*
BENOÎT XVI : Non, je ne peux pas, c'est trop dégoûtant ! Il dit que ma mère fait des choses horribles en enfer !
GEORG : *Ach !*
BENOÎT XVI : Il est possédé par le démon ! Il faut que je l'exorcise d'urgence pour protéger les Petits Chanteurs de Ratisbonne ! *Vade retro pédophilas !* Sors du corps de mon frère, immonde pédophile ! Je te l'ordonne !
GEORG : *Ach ! Maul zu ! Aschlor !*
BENOÎT XVI : Je te donne l'ordre, par le juge des vivants et des morts, de quitter à jamais ce serviteur de Dieu !
GEORG : *Nein ! Nein ! Ach !*
BENOÎT XVI : Ah ! Il vomit de la bière et de la choucroute !

• *Dites, ça n'a pas l'air de marcher, Benoît XVI !*
BENOÎT XVI : Non, *der Teufel,* le diable ne veut pas sortir de mon frère ! Satan l'habite ! Satan l'habite !
GEORG : *Ach !*

Gros programme

JEAN-MICHEL APHATIE : Bertrand Delanoë, bonjour.
BERTRAND DELANOË : Bonjour, monsieur Aphatie.
APHATIE : Vous avez déclaré à plusieurs reprises qu'il valait mieux limiter le nombre des mandats successifs. Donc, vous pensez déjà à votre succession ?
DELANOË : J'ai déjà dit, monsieur Aphatie, que ma succession n'était pas du tout d'actualité.
APHATIE : Bertrand Delanoë, vous êtes peut-être sans succession, mais moi, je suis sans concession, alors je vous demande de ne pas vous dérober.
DELANOË : Ah ! mais il m'embête, celui-là ! Les municipales, c'est en 2014, et d'ici là, j'ai encore du pain sur la planche pour dépenser l'argent des Parisiens, des Franciliens et des socialistes : la rénovation des urgences, la prolongation du tramway, avec du beau gazon entre les rails (ça va être joli)... Mais il y a d'autres chantiers qui me tiennent encore plus à cœur.
APHATIE : On peut savoir de quels chantiers à la con il s'agit, monsieur Delanoë ?

<u>Delanoë</u> : D'abord, il y a Autolib' !
<u>Aphatie</u> : Qu'est-ce que c'est que ce nouvel attrape-couillon ?
<u>Delanoë</u> : Autolib', c'est comme un Vélib', mais sans les pédales ; avec quatre roues et une grosse prise. Ça va être pratique !
<u>Aphatie</u> : Vous êtes en train de nous dire que vous allez nous rajouter des voitures alors qu'on ne peut plus rouler dans la capitale ! Mais c'est aberrant !
<u>Delanoë</u> : Mais les Autolib', monsieur Aphatie, elles sont toutes petites ! Elles pourront même slalomer entre les potelets !
<u>Aphatie</u> : Ah ! parlons-en des potelets ! Depuis que vous êtes maire, vous avez planté 185 000 nouveaux potelets ! Ça a coûté 85 millions d'euros à la mairie. Tout ça pour des bittes en fer, vous ne pensez pas qu'il y a d'autres priorités ?
<u>Delanoë</u> : Mais bien sûr que si : les canons à confettis ! Parce que qu'est-ce qu'ils veulent les Parisiens, les socialistes et les Franciliens : c'est des occasions de faire la fête, de s'amuser ensemble ! Mais trop souvent, ils n'ont pas de canon à confettis sous la main ! Donc, la mairie va mettre en place des canons à Confettilib' ! Boum ! ça va faire du bruit et ça va être joli !
<u>Aphatie</u> : Bertrand Delanoë était notre invité. Il nous a parlé de : gazon entre les rails, d'Autolib', de potelets et de canons à confettis. Un beau programme en vue des régionales.

Tension à l'Élysée

• *Nicolas Sarkozy a prévu d'accorder une interview au* Figaro Magazine *qui paraîtra la veille des régionales. Pour préparer cet entretien, ce matin, à l'heure du petit déjeuner, le couple présidentiel, plus soudé que jamais, a reçu une visite…*
<u>Carla</u> : Oh ! Mamour, tu n'es pas trop tendu avec ces maudites régionales qui approchent ?
<u>Sarkozy</u> : Tendu, moi ? Pas du tout ! Re-beurre-moi donc une triscotte.
Toc, toc, toc…
<u>Carla</u> : Oh ! cette façon toute mielleuse de frapper à la porte, ça doit être Raffarin…
<u>Sarko</u> : Eh non ! Perdu, ma Carlita ! Cette fois, c'est l'ami Étienne Mougeotte ! Entre, Étienne.
<u>Étienne Mougeotte</u> : Bonjour, Nicolas. Oh ! le beau parquet ! Tu veux que je mette les patins ?
<u>Sarko</u> : Non, c'est gentil, tu me cires déjà assez les pompes comme ça.
<u>Mougeotte</u> : Bon, alors, pour cette interview, comment on procède ?

SARKO : Ben, comme d'habitude, Étienne ! Tiens : tout est là. Mes conseillers Claude Guéant et Henri Guaino ont écrit les questions et les réponses. J'ai tout relu, c'est bien. Tu changes rien. Tu publies comme ça.
MOUGEOTTE : D'accord, Nicolas, merci, Nicolas… Mais tu crois pas que les gens vont trouver ça un peu gros, juste la veille des régionales ?
SARKO : Comment ça, un peu gros ? Tu vas pas t'y mettre, toi aussi ! Comme tous ces journalistes qui font remarquer que, pour quelqu'un qui avait promis de rester neutre, je viens de terminer une tournée en France pour soutenir les têtes de file de l'UMP ? Pas toi, Étienne !
MOUGEOTTE : Je dis ça, Nicolas, parce que la devise du *Figaro,* c'est la phrase de Beaumarchais : « Sans la liberté de blâmer, il n'est point d'éloge flatteur. »
SARKO : Eh bien quoi, Étienne ? Sans la liberté de blâmer l'opposition, il n'est pas d'éloge flatteur du président.
MOUGEOTTE : Ah, oui ! d'accord ! Comme ça, c'est clair. Il faut que je l'écrive aussi dans mon *Figaro Magazine* ?
SARKO : Non, ça, c'est pas la peine. Ça reste entre nous. Allez, dépêche-toi. Il faut pas rater le bouclage.
CARLA : Dis, Mamour, tu as pensé à la photo pour illustrer ton interview ?
SARKO : Ah, ben non. Tu as une idée, ma chérie d'amour ?
CARLA : Oui, celle en maillot de bain où ils ont retouché tes bourrelets avec Photoshop… Tu es beau… Elle m'excite…
SARKO : Oui, mais elle appartient à *Paris Match.*
MOUGEOTTE : C'est pas grave. C'est aussi tes amis. On doit pouvoir s'arranger entre collègues.
SARKO : Bon, allez, salut, Étienne ! Et pour le deuxième tour, si les sondages sont mauvais, tu les publies pas, hein… Ah ! il est sympa, cet Étienne ! Si tous les journalistes étaient comme lui, la France irait mieux.

Présidentielle 2012

• *François Fillon a déclaré qu'il n'envisageait pas du tout de se présenter à la présidentielle en 2012. Un commentaire, Dominique de Villepin ?*
DOMINIQUE DE VILLEPIN :
Tel un Monsieur Loyal, notre Premier ministre,
Impassible et prudent reste au bord de la piste.
Il laisse Sarkozy jouer les acrobates
Attendant sans broncher qu'il se brise une patte.
Nicolas et François, comme Laurel et Hardy,
Font semblant de s'aimer, mais ne sont pas amis

Quand dans son numéro de grand escamoteur
Nicolas veut réduire le nombre des chômeurs,
Fillon, mine de rien, balance les vrais chiffres
Au risque de se prendre un très violent bourre-pif !

• *Et vous dans tout ça, monsieur Villepin ?*
VILLEPIN :
Après les régionales, on va bien s'amuser
Je serai dans la course : objectif l'Élysée !
Alors que Fillon fasse, oui ou non, allégeance
Cela ne change en rien mon désir de vengeance
Car j'en suis bien certain : avec ou sans Fillon
Au final Nicolas, tu l'auras dans le fion !

La ferme patauge

• *L'Audimat de « La Ferme Célébrités » continue à stagner. Les recettes publicitaires ayant dû être revues à la baisse, les animateurs de l'émission ont décidé de prendre les choses en main.*

JEAN-PIERRE FOUCAULT : Bonsoir à tous ! Faute d'argent, « La Ferme Célébrités » risque de manquer de fourrage pour nourrir ses bêtes et ses candidats, des candidats qui sont tous bêtes à manger du foin. Alors, tout de suite j'appelle le premier candidat de ce spécial « Qui veut gagner des millions pour "La Ferme Célébrités" ». Bonsoir, comment vous appelez-vous ?

BENJAMIN CASTALDI : B-b-b-b-benji....

FOUCAULT : Vous pouvez répéter ? Ou vous préférez peut-être qu'on sous-titre vos propos comme pour les sourds et malentendants ?

CASTALDI : Non, non... C'est pas la peine... Je m'appelle Benji...

FOUCAULT : On me dit dans l'oreillette que vous vous appelez Benji. Benji, vous êtes prêt pour la première question ?

CASTALDI : Je suis prêt, Jean-Pierre.

FOUCAULT : Attention, Benji ! Le chanteur et poète antillais Francky Vincent, dans une de ses plus belles complaintes, déclare à la femme qu'il aime : « Y a pas que la fesse dans la vie... » Il y a...

– le latex aussi	réponse A
– l'index aussi	réponse B
– la Rolex aussi	réponse C
– le sexe aussi	réponse D.

Alors, Benji ?

BENJI : Bon, y a pas que la fesse dans la vie, je suis d'accord, mais après ? Est-ce que c'est… « Y a la Rolex aussi » ? Bon, c'est vrai que, pour emballer, une grosse Rolex, ça le fait… Mais si Francky est candidat à « La Ferme Célébrités », c'est pas pour pouvoir se payer une Rolex….

FOUCAULT : Il reste trois réponses, Benji…

BENJI : Bon, j'enlèverai aussi la réponse B : « Y a l'index aussi. » Parce que Francky Vincent, question préliminaire, c'est pas le genre à jouer de la mandoline pendant des heures. D'après ce que m'ont dit Jane Manson et Claudette Dion, il y va direct, le Francky !

FOUCAULT : Il reste donc « Y a le latex aussi », réponse A et : « Y a le sexe aussi », réponse D… Oh ! là, là ! je vous sens hésitant, Benji…

BENJI : Ah ! oui, là, j'hésite, j'hésite vraiment…

FOUCAULT : Tout espoir n'est pas perdu, vous pouvez faire appel à un ami…

BENJI : Mieux qu'un ami, je vais appeler mon père…

(Sonnerie de téléphone…)

CASTALDI PÈRE : Allô ?

FOUCAULT : Allô, Jean-Pierre, c'est Jean-Pierre…

CASTALDI PÈRE : C'est pourquoi ?

BENJI : Allô, papa ? C'est Benji. Dis-moi, Francky Vincent a dit : « Y a pas que la fesse dans la vie, y a le latex aussi », ou il a dit « Y a le sexe aussi » ?

CASTALDI PÈRE : T'es con ou quoi, Benji ? La fesse et le sexe, c'est pareil… L'un va pas sans l'autre. Et puis Francky, vu le nombre de gonzesses qu'il se tape, il a intérêt à se protéger et elles aussi… alors je dirais réponse D.

BENJI : Tu es sûr, papa ?

CASTALDI PÈRE : Mais oui, c'est bon ! Vas-y, Benji, c'est bon ! Vas-y, Benji, c'est bon, bon, bon !

BENJI : Alors je dis : réponse D, Jean-Pierre.

FOUCAULT : C'est votre dernier mot, Benji ?

BENJI : C'est mon dernier mot, Jean-Pierre…

(Musique…)

FOUCAULT : Oh ! Mauvaise réponse !

Spécial régionales (premier tour)

JOHNNY : Euh ! bonjour, c'est Johnny. J'y comprends rien du tout à l'élection du vote électoral régional pour les régions. Je vois que l'abstention a fait 52 %, et je lui dis bravo, c'est elle qui a gagné haut les mains, et pourtant ni elle ni aucun de ses candidats a été invité à RTL ou sur les plateaux de télé. Moi, comme je suis loin à distance, j'ai voté pour elle par procuration. Et la semaine prochaine, je voterai encore pour elle. Et si je peux me permettre un pronostic prévisionnel, je crois encore qu'elle va gagner, l'abstention.

• *Un commentaire sur ces élections, monsieur Bayrou ?*
FRANÇOIS BAYROU : Pour vous donner mon sentiment sur ces élections, j'attends les résultats officiels, pas ceux qui sont sortis des instituts de sondage… Car je vous rappelle que je n'ai toujours pas reçu les résultats officiels du premier tour des élections de 2007, dont je crois pouvoir annoncer, sans forfanterie, qu'ils me sont favorables…

• *Quand même, monsieur Bayrou, vous vous êtes pris la branlée de votre vie !*
BAYROU : Je n'emploierai pas ce mot, que je trouve un peu excessif. Car, voyez-vous, pour ma part, et je ne tricherai pas avec vous, ni avec les électeurs qui m'ont fait confiance, à savoir ma femme, mon cheval et Marielle de Sarnez… Donc, je dirai que c'est une déception, c'est une leçon dont il faut tirer les enseignements, c'est un avertissement, c'est un signal d'alarme, c'est une déconfiture, c'est une déroute, une déculottée… Bref, une douleur dans le cul !

Ce matin, nous sommes allés voir à l'Élysée quelle était l'ambiance au petit déjeuner…

SARKOZY : On a gagné ! On a gagné !
CARLA : Tu es sûr que ça va bien, Mamour ?
SARKO : Mais oui, ma Carlita ! Tu te rends compte qu'on est en route pour le Grand Chelem !
CARLA : Le Grand Chelem ? Franchement, tu m'inquiètes, mon chéri ! Ce ne seraient pas toutes ces rumeurs qui te perturbent ?
SARKO : De quelles rumeurs tu me causes ?
CARLA : Tu sais bien, sur nous deux, sur notre couple…
SARKO : Écoute, j'ai pas une demi-seconde à perdre avec ces bruits de chiottes, alors arrête de me gâcher ma joie !
CARLA : Mais enfin, Chouchou, quand tu parles de Grand Chelem, on dirait Martine Aubry…

SARKO : Mais, je te parle pas d'Aubry, je te parle de rugby ! On a gagné 46 à 20 contre l'Italie !
CARLA : Oh ! Moi, j'aime bien l'Italie !
SARKO : Écoute. Pour une fois qu'il y a une bonne nouvelle dans tout ce merdier, je te demanderai de pas me contredire…
CARLA : Oh ! parle-moi sur un autre ton ou je me tire…
FRED MITTERRAND : Bâsoir ! Adieu, Jean Ferrat ! Inoubliable poète moustachu qui sut, à la différence de tant d'hommes qui se disaient de gauche, rester fidèle à ses engagements… Lui qui, hier soir, aurait pu chanter « Voter à perdre la région »…
SARKO : Ah ! ben, il est sacrément gonflé, le neveu !
MITTERRAND : Bâsoir ! Adieu, Jean Ferrat, poète de l'amour absolu. Toi qui sus dire à la femme aimée : « Tu peux m'ouvrir cent fois les bras, c'est toujours la première fois ! »
CARLA : C'est vrai, c'est beau, cette chanson. C'est pas toi, Nicolas, qui serais capable de me dire des choses aussi romantiques…
SARKO : Mais oui, c'est ça ! T'aurais dû tomber amoureuse d'un chanteur, pas d'un président…

C'est un autre ton chez Dominique de Villepin

DOMINIQUE DE VILLEPIN :
Les Français ont voté, la nouvelle est tombée
Je n'ai pu m'empêcher dimanche soir d'exulter.
Si j'étais le nabot, je raserais les murs
Devant ce désaveu, cette déconfiture.
En accusant la crise ou bien l'abstension
Il ne sort point grandi ce cette élec-ti-on.
Le pays n'est pas dupe qui fait parler les urnes
Donnant à Sarkozy un grand coup dans les burnes.

Le Languedoc à la Frêche

GEORGES FRÊCHE : Je vais vous dire une bonne chose, con ! La mère Aubry, si elle fait pas le Grand Chelem, ça sera pas à cause des Alsaciens, des Corses ou de Tartampion, ce sera à cause de Georges Frêche. Bien fait pour elle, elle avait qu'à pas me chercher, cette grosse vache…

• *Oh ! monsieur Frêche !*
FRÊCHE : Quoi ? Qu'est-ce que j'ai dit encore ? C'est joli, c'est utile, une vache ! Ça peut brouter jusqu'à des trente-cinq heures par jour... Mais l'heure est à la réconciliation. Je veux bien tendre la main à tous ceux qui lui avaient craché dedans, comme cette pauvre Mme Mandroux... Combien elle a fait déjà ? 7,7 % ? C'est un caca dans la grande bleue, mais c'est pas mal pour elle ! Ses électeurs devaient être bourrés au vin du Languedoc... C'est mon bulletin qu'ils auraient dû glisser dans la fente. Bah ! ils se rattraperont au deuxième tour.

Ferrat repassé

• *Patrick Bruel, vous qui êtes chanteur, un chanteur engagé, un commentaire sur la mort de Jean Ferrat ?*
PATRICK BRUEL : Je suis un grand fan de Jean Ferrat... Je suis bouleversé... Et je suis pas comme Frédéric Mitterrand, si j'avais pu, je serais allé à son enterrement... Alors, je dis preum's pour le biopic ! Parce que Jean Ferrat, c'est moi !
Ben oui, je me mets une moustache en poils de crin sous le nez, je prends ma carte au PCF, et hop ! le tour est joué !
Je vous le dis, je peux faire tous les Ferrat : le Ferrat engagé, le Ferrat inspiré, le Ferrat censuré, le Ferrat repassé, le Ferrat frisé, le Ferrat soudé... Alors, que les producteurs se dépêchent, j'ai pas envie que Jean Rochefort me pique le rôle à cause de sa moustache !

Cerné par les traîtres

• *Plus que trois jours avant le deuxième tour. À l'Élysée, le président Sarkozy a reçu une visite.*
Toc, toc toc...
JEAN-PIERRE RAFFARIN : Président Nicolas, Président Nicolas !
SARKOZY : Dis donc, Raffarin, qu'est-ce qui te prend d'entrer comme ça avant que j'aie dit « Entrez ! » ?
RAFFARIN : Président Nicolas, tu as appris la terrible nouvelle ? L'homme le plus petit du monde, le chinois Ping Ping, est mort !
SARKO : Je ne vois pas le rapport entre moi et ce bling-bling...
RAFFARIN : Ping Ping ! Président Nicolas ! Ping Ping ! C'est un signe du destin ! Un avertissement !
SARKO : Un avertissement de quoi, Polichinelle ?
RAFFARIN : De ce qui t'attend, si tu n'ouvres pas les yeux !

SARKO : Mais sur quoi, sur qui ?
RAFFARIN : Sur ton entourage ! Tu n'as pas lu le dernier sondage sur la future présidentielle de 2012 ? 43 % des Français préféreraient que François Fillon soit le candidat de l'UMP ! Tandis que seulement 29 % préféreraient que ce soit toi.
SARKO : Qu'est-ce que tu veux que ça me foute ?
RAFFARIN : Mais François Fillon va se monter le bourrichon ! Je le sais, j'ai été Premier ministre, moi aussi ! Après le deuxième tour, je suis sûr que Fillon va rejoindre la cabale de tous ceux qui complotent dans ton dos depuis que tout va mal...
SARKO : Mais qu'est-ce qui va mal ? Y a rien qui va mal ! Comme je l'ai dit lundi matin aux élus UMP, il n'y a pas eu de vote sanction. Et puis on peut encore gagner plusieurs régions...
RAFFARIN : Président Nicolas ! Tu me fais penser à Jules César, qui ne s'était pas méfié des conjurés qui allaient l'éliminer. Il avait le même âge que le tien, cinquante-cinq ans !
SARKO : Mais j'en ai rien à cirer de Jules César !
RAFFARIN : Ne dis pas ça ! Bientôt, il sera trop tard... Alors la trahison déploiera ses ailes de chauve-souris, et tous ceux que tu croyais fidèles te renieront et te laisseront tomber comme une vieille chaussette !
SARKO : Écoute, question trahison, j'en connais un rayon. Surtout à l'UMP. Alors je peux te dire que les fourbes, les félons et les faux culs, je les repère de loin.
RAFFARIN : Mais, Président Nicolas, pourquoi tu me regardes bizarrement en disant ça ?
SARKO : Pour rien, Polichinelle, pour rien...

Spécial régionales (deuxième tour)

PHILIPPE BOUVARD : Eh bien, je trouve cette élection décevante, surtout, surtout en Rhône-Alpes, où ma candidate favorite n'a pas obtenu un nombre de suffrages suffisant, elle n'a fait que 34 %... Il s'agit, bien sûr, de Françoise Grossetête !

• *François Bayrou, on ne vous a pas entendu hier soir, qu'est-ce qui se passe ?*
FRANÇOIS BAYROU : Pour vous donner mon sentiment sur ces élections régionales, j'attends que soient enfin annoncés les résultats officiels et authentiques du premier tour. Quand j'en aurai pris connaissance, à ce moment-là, je vous ferai part de mes analyses et de mes projets pour 2012...

• *Mais, au fait, vous n'étiez pas présent au deuxième tour ?*
Bayrou : Moi-même, non ! Par discrétion ! En revanche, en Aquitaine, je vous rappelle qu'il y avait Jean Lassalle... Oui, il y avait Lassalle de garde. Et je vous rappelle le slogan que je lui ai trouvé : « Allez, Lassalle, hop ! »

• *Ce matin, à l'Élysée, drôle d'ambiance au petit déjeuner.*
Sarkozy : On a gagné ! On a gagné !
Carla : Mais, Mamour, comment tu peux dire ça ?
Sarko *(chantonné)* : Le Grand Chelem ! Le Grand Chelem !
Carla : Oh ! mon chéri ! je t'en supplie, reviens sur terre !
Sarko : Tu te rends compte, ma Carlita, on leur a mis 12 à 10 !
Carla : Écoute, je sais que douze plus dix, ça fait vingt-deux. Mais sur vingt-deux régions, l'UMP n'en a gardé qu'une !
Sarko : Mais qui c'est qui te parle des régions ? J'en ai rien à carrer, moi, des régionales, de toute façon, « Ils n'auront pas l'Alsace et la Lorraine... » Et la Réunion, c'est à qui, hein ? C'est à moi, la Réunion !
Fred Mitterrand : Bâsoir ! Adieu, Francky Vincent ! Admirable poète antillais qui sut avec autant d'audace que de délicatesse renouveler les thèmes éternels de l'amour courtois...
Sarko : Mais il est timbré, le neveu ! Il fait comme cette andouille de Fillon qui annonce qu'un type est mort sans vérifier qu'il est toujours vivant ! Ça devient une manie dans ce gouvernement !
Mitterrand : Oui, adieu, Francky Vincent, poète maudit, honteusement chassé de « La Ferme Célébrités » pour délit de priapisme...
Sarko : C'est pas possible, j'en peux plus de ce nécrophile. Tu vas voir, si jamais je fais un remaniement, il dégage vite fait. Je le nomme consul adjoint à Bangkok. Au moins, là-bas, il sera dans son élément !

• *Vous avez l'air satisfait, monsieur Le Pen ?*
Le Pen : Comment ne le serais-je point quand tant de citoyens et de citoyennes nous ont donné les moyens de faire entendre la voix nationale de la vraie France, et non pas celle occupée par les sbires à la solde de Mme Aubry et de M. Sarkozy, les tenants de la coalition UMPS ?

• *Quels sont vos projets, Jean-Marie Le Pen ?*
Le Pen : À vue d'œil et au débotté, compte tenu des résultats flamboyants du Front national, vous n'avez pas fini d'entendre parler de moi.

• *On dit que vous avez un coach très particulier, monsieur Le Pen ?*
Le Pen : Effectivement, et même s'il repose éternellement à l'île d'Yeu, grâce à mes talents de médium, je le consulte régulièrement. D'ailleurs, afin d'y voir plus clair, je vais tenter d'entrer en liaison médiumnique avec lui…
(Musique médium…)
Le Pen : Maréchal, vous voilà ? Maréchal, vous voilà ?… Ah ! ça ne capte pas… Ça doit être occupé… Normal, c'est le maréchal… Mais taisez-vous ! Ça y est, j'ai obtenu la ligne Maginot…
Pétain : Chef Le Pen ! Toutes mes félicitations ! Ma moustache frétille d'émotion comme le 10 juillet 1940 quand le Parlement m'a accordé les pleins pouvoirs…
Le Pen : Justement, Maréchal, j'ai un petit conseil à vous demander, sans vouloir abuser de votre temps… J'aurais besoin de votre collaboration…
Pétain : Ma collaboration ? Vous me faites honneur ! Quand vous voulez !
Le Pen : Un jour comme aujourd'hui, alors que mes militants sont en train de festoyer, je suis tenté, voyez-vous, de rempiler. Je me sens toujours vert, pour ne pas dire vert-de-gris. Mais est-ce bien raisonnable, Maréchal ?
Pétain : Chef Le Pen ! Plus qu'une mission, c'est un devoir ! En 1940, j'avais quatre-vingt-quatre ans. Vous aurez le même âge en 2012 ! Alors vous pouvez envisager l'avenir d'un bon œil !
Le Pen : Merci, Maréchal ! Mais, ma fille, qu'est-ce que j'en fais ?
Pétain : Qu'elle reste à la maison pour faire la vaisselle et torcher les gosses ! Vive les pleins pouvoirs ! Vive 2012 ! Vive Radio Paris ! Vive l'Hôtel du Parc !

• *En Languedoc-Roussillon, vous avez été réélu avec 53,3 % des suffrages. Un commentaire, Georges Frêche ?*
Georges Frêche : Tout d'abord, je tiens à remercier mes électeurs, mais surtout je dis : Merci, Martine ! La pauvre femme, elle est plus à plaindre qu'à blâmer. Mais oui, elle a des gros problèmes de latéralisation. Dans ma région, elle ne voit plus qui est à gauche, elle ne sait plus qui est à droite… Alors, pour lui remettre les yeux en face des trous, à cette grosse vache…

• *Monsieur Frêche, tout de même !*
Frêche : Hoooo ! Si ça peut vous faire plaisir, je dirai juste que c'est une peau de vache ! C'est vrai qu'elle a été vache avé moi ! Donc, pour lui remettre les yeux en face des trous, à la mère Aubry, je ferai remarquer que même les électeurs qui avaient voté au premier tour pour cette malheureuse Mme Mandroux, ils ont voté pour moi au second. Parce que, n'en déplaise à la reine du maroilles, la gauche en Languedoc-Roussillon, elle est avé moi ! Et je vais même vous dire une bonne chose. Mme Mandroux, quand il s'est agi de glisser son bulletin dans l'enveloppe, dans le secret de l'isoloir, comme elle avait pas la Aubry sur le dos pour la sur-

veiller, je sais qu'elle a voté pour moi, comme elle l'a toujours fait quand elle était mon adjointe. Mais oui, cette pauvre Mandroux, elle était pas très maligne, elle n'a pas inventé le couteau à huîtres de Bouzigues, elle est docile comme un toutou ! Et elle faisait là où je lui disais de faire. Alors, j'ai même pas eu à siffler pour qu'elle rentre à la niche ! Pauvre femme ! En plus, elle est pas aidée par la nature, maigre comme une chaîne de puits, un vrai épouvantail à électeurs... Mais non, c'est pas méchant...

La semaine de la Poésie

• *Aujourd'hui commence la semaine de la Poésie. De retour de Chine, Dominique de Villepin a composé un poème de circonstance.*

Dominique de Villepin :
Je reviens d'Orient regagnant l'Hexagone,
Où, à ma grande joie, c'est Sarko qui rit jaune.
Pourtant, à ses erreurs s'accrochant mordicus
Je vois qu'il n'a pas lu le sage Confucius
Qui disait : « Si tu n'es qu'un petit Pékinois
Surtout ne te prends pas pour un tigre chinois. »
Mais voyons plus avant : deux mille douze, c'est bientôt
Et comme un rémouleur, j'aiguise mes couteaux.
Je m'entraîne au lancer, j'exerce mon adresse,
Nicolas ferait bien de protéger ses fesses.

• *À Paris, double raison de se réjouir, car le printemps est revenu et c'est la semaine de la Poésie. Vous avez tenu à fêter ça, Bertrand Delanoë ?*

Bertrand Delanoë : Bien sûr, parce que qu'est-ce qu'ils veulent les Parisiens, les Franciliens et les socialistes ? C'est de la sève toute neuve qui remonte dans les tiges ! C'est des bourgeons bien poisseux qui explosent ! Des étamines toutes gonflées qui lâchent enfin leur pollen, des corolles qui s'offrent et des pistils qui se broutent ! Le printemps, c'est joli ! Mais c'est encore plus beau quand c'est la semaine de la Poésie. Alors, pour célébrer ces deux événements, j'ai rédigé un poème. Ça s'appelle « Ode aux potelets ».

Potelet tout maigrelet,
Tu te dresses sur les trottoirs.
Tôt le matin ou tard le soir,
Potelet tu fais la haie !

Tous ceux qui te trouvent laid
Me plongent dans le désespoir !
Et je les hais, ces salopards
Qui tordent ton cou de poulet.

Potelet croquignolet
Avec au bout ton gland bien rond
Tu pousses comme un champignon
Bien plus gracieux qu'un bolet !

Potelet tout rondelet,
Pourquoi es-tu aussi marron ?
Pour résoudre cette question
Allons voir dans le Marais…

Taxe carbone

• *L'annonce du report de la taxe carbone (une décision de Nicolas Sarkozy) a vivement fait réagir Michel Rocard qui est allé faire part de son indignation à Alain Juppé.*
MICHEL ROCARD : Mon cher Alain, tu te souviens sans doute que c'est moi qui avais organisé en juillet 2009 une conférence sur la taxe carbone, expressément à la demande du président Sarkozy, qui, aujourd'hui, à ma grande stupéfaction, se renie comme un lâche…
ALAIN JUPPÉ : Je dirai même comme une couille molle. Il faut le dire…
ROCARD : Et moi, dans tout ça ? Moi qui avais tant misé sur sa sincérité, j'ai l'air de quoi ?
JUPPÉ : D'un con, Michel. Désolé, mais c'est le mot. D'ailleurs, je me souviens que Nicolas avait dit à ce moment-là (je le cite, deux-points et j'ouvre ses guillemets) : « Je ne comprends pas comment on peut avoir signé le pacte de Nicolas Hulot au printemps 2007 et aujourd'hui renier sa parole et ne pas faire ce qu'on a dit que l'on ferait. Je l'ai signé ; je le fais, c'est une question d'honnêteté. » Eh oui, il avait dit ça, Nicolas.
ROCARD : Je me suis fait enfumer, rouler dans la farine… et, du coup, j'ai bien peur qu'en matière de duplicité Sarkozy soit aussi machiavélique que le vieux roublard à malices de la rue de Bièvre, aussi fourbe que le queutard à chapeau de Solutré, François Mitterrand ! Quand je pense que, pendant plus de trois ans, j'ai cru que Nicolas était écolo…
JUPPÉ : C'est pas étonnant que tu te sois fait rouler, Michel. Pendant plus de vingt ans, tu as cru que Mitterrand était socialiste !

• *Et vous, José Bové, que Nicolas Sarkozy renonce à la taxe carbone, ça vous fait quoi ?*
José Bové : Ni chaud ni froid ! D'abord, parce que c'était une taxe inégalitaire, ensuite parce que c'est pas la peine d'investir des milliards pour produire de l'énergie propre (quand je dis « propre », je me comprends...).

• *Vous pouvez nous donner des précisions, José Bové ?*
Bové : Vous commencez à savoir que j'incite les Français à caguer dans la sciure...

• *C'est peut-être pas la peine d'y revenir...*
Bové : Eh si ! Parce que je me suis rendu compte qu'une grande partie de notre électorat (je pense notamment aux citadins qui votent écolo) ne pouvait pas caguer dans la sciure comme j'ai la chance de le faire dans mes cagoinces à Montredon.

• *Et alors ?*
Bové : Et alors ? En ville, il y a quand même un moyen de produire de l'énergie à base de cague. Je vous avais déjà parlé des « grebons », les bouses de vache séchées que les paysans de la Maurienne font brûler pour se chauffer...

• *Mais, José Bové, en ville, il n'y a pas de vaches...*
Bové : Y a pas de vaches, mais il y a des chiens. Alors, ramassez les crottes de votre clébard et ramassez aussi celles des autres clebs. Vous faites des briquettes, et l'hiver prochain quand elles seront bien sèches, vous les brûlerez dans votre poêle, votre cheminée... Mais attention, j'ai bien dit sèches, les briquettes canines, sinon, ça fume et ça pique les yeux.

• *Merci, José...*
Bové : Attendez, j'ai pas fini ! Évitez de faire ça avec de la merde de chat. C'est hyper-acide. Mon Dany, quand il était gosse, il avait essayé et c'est comme ça qu'il est devenu rouquin.

Un couple dans la tourmente

• *Ce matin, avant le Conseil des ministres, Jean-Pierre Raffarin s'est invité sans prévenir au petit déjeuner chez les Sarkozy, plus unis que jamais dans la tourmente...*
Carla : Tu reprends de la gelée, Mamour ?
Sarkozy : De la dégelée ? Tu crois pas que dimanche j'ai eu ma dose ?

CARLA : Dis donc, tu es vraiment à cran en ce moment ! Qu'est-ce que je t'ai fait ? C'est de la gelée de groseille que je te proposais… De la ge-lée !
SARKO : Écoute, ma Carlita, je t'aime à la folie, mais y a des matins où faudrait que tu évites ce genre de sous-entendu blessant…
CARLA : Oh ! Bonjour, l'ambiance !
JEAN-PIERRE RAFFARIN : Nicolas ! Nicolas ! L'heure est grave !
SARKO : L'heure est peut-être grave, Polichinelle, mais c'est pas une raison pour entrer chez moi comme ça sans frapper !
RAFFARIN : Mais c'est le destin qui va te frapper cruellement si tu ne m'écoutes pas !
SARKO : Écoute, aujourd'hui, c'est une journée infernale qui m'attend, alors tu vides ton sac vite fait.
RAFFARIN : Voilà, Président Nicolas : Marc-Philippe Daubresse, le ministre de la Jeunesse et des Solidarités actives, est mon ami. Tu peux être assuré de sa loyauté et de sa fidélité absolues ! Il est comme moi, jamais il ne trahira ! Jamais !
SARKO : Mais oui, mais oui, c'est ça, la « loyauté » ! Bon, t'as fini ton numéro, Monsieur Loyal ?
RAFFARIN : Non ! Non ! Baroin, ministre du Budget ! Méfie-toi de lui ! Rappelle-toi qu'il est le maire de Troyes ! Le cheval, Nicolas ! Le cheval !
SARKO : Ben oui, en tant que ministre du Budget, il va aussi gérer le PMU, et alors ?
RAFFARIN : Mais non, mais non ! Relis *L'Iliade* et *L'Odyssée !*
SARKO : C'est quoi « Liliane et l'Odyssée » ? C'est le nouveau livre de Marc Lévy ?
RAFFARIN : Mais voyons, c'est la mythologie ! C'est Homère…
SARKO : Homer Simpson ? Qu'est-ce qu'il vient foutre là-dedans ? De toute façon, avec tout le boulot que j'ai, j'ai pas eu le temps de voir cet épisode.
RAFFARIN : Je veux dire que Baroin est comme le cheval de Troie du chiraquisme ! Tu as eu tort de l'introduire dans la place !
SARKO : Bon, tu as fini ta crise de parano ?
RAFFARIN : Non ! Et Tron ! Et Tron ! Un séide de Villepin ! En l'engageant, c'est comme si tu affûtais la lame perfide qui va te poignarder dans le dos. Et Tron, qui vient aussi du Fillon, va te mettre dans la merde jusqu'au cou !
SARKO : C'est toi qui commences sérieusement à me faire chier, Monsieur Loyal ! Alors je serais toi, j'irais directement chercher du boulot chez Pinder. Au moins, là-bas, tu seras dans ton élément, plus qu'au Sénat où tu fais plus rire personne.

Patins en relief

<u>Philippe Candeloro</u> : Ah ! j'ai bien rigolé en fin de semaine dernière. Joubert a eu une médaille de bronze. C'est marrant, parce que d'habitude, le bronze, il préfère en couler sur la glace. Ben, oui, il patine comme une merde ! Ben quoi, qu'est-ce que j'ai dit ?

• *La firme Sony vient d'annoncer que le 10 juin prochain elle va mettre sur le marché les premiers téléviseurs en 3D. Un commentaire, Philippe Candeloro ?*
<u>Candeloro</u> : C'est super, avec les lunettes spéciales, on va pouvoir voir les compètes de patinage en relief ! Ça va être marrant de voir Brian Joubert prendre des gadins et venir s'écraser direct sur le tapis du salon ! Mais faudra faire gaffe à pas se prendre des coups de patin en pleine gueule.
Moi, ce que j'attends surtout avec impatience, c'est de voir les films de boules sur XXL et sur Canal ! Vous imaginez les hardeuses les plus chaudasses de chez Marc Dorcel qui vont venir poser leurs nibards surgonflés sur vos genoux ! Là, on aura même pas le temps de sortir le Sopalin ! Y a quand même un inconvénient : faudra juste faire gaffe à pas se prendre le sgègue de Rocco Siffredi en pleine tronche ! Et je vous parle pas des éjacs faciales des hardeurs togolais !

• *Oh ! non, Philippe, non !*
<u>Candeloro</u> : Ben quoi ?

Et c'est parti pour les primaires

• *À gauche comme à droite, il est déjà question de primaires en vue de la présidentielle de 2012. Qu'est-ce que vous en pensez, Georges Frêche ?*
<u>Georges Frêche</u> : Décidément, ces régionales, ça me rappelle les descentes de flics dans les bobinards ! Depuis le 21 mars, c'est l'affolement général, on remet sa culotte et on cavale dans tous les sens !
À droite, à l'U aime P, regardez Jean-François Coppé, avec sa tronche d'Iznogoud, il ne rêve que d'une chose : c'est être calife à la place du calife !
Eh bien, Coppé, après avoir savonné la planche de Sarkozy, maintenant le voilà qui dit : « Tous derrière Nicolas pour lui permettre d'emporter la présidentielle en 2012. » Aucune fierté !
Et au PS, c'est pas mieux ! Prenez Benoît Hamon, qui a tout d'un employé des pompes funèbres... Mais non, c'est pas méchant. Il en faut, des croque-morts, surtout au PS, avec le nombre de cadavres qu'ils ont dans les placards...

Donc, Benoît Hamon évoque, je le cite : « L'hypothèse de primaires pour choisir le meilleur candidat pour la gauche en 2012. » Eh bien, je vais peut-être vous surprendre, mais je suis d'accord avé lui. Et je vais même l'aider à trouver un candidat !
Eh oui, des primaires, c'est pas ce qui manque au Parti socialiste ! Rien qu'à Montpellier on a déjà cette malheureuse Mme Mandroux ! Fallait-il qu'elle soit primaire et sans cervelle, cette pauvre femme, pour accepter d'être envoyée au casse-pipe contre moi, sur ordre de la grosse vache de la rue de Solferino !

• *Là, monsieur Frêche, vous exagérez !*
FRÊCHE : Mais non, c'est pas méchant ! Je ne suis pas Stéphane Guillon, c'est juste une comparaison un peu imagée pour les auditeurs ! On est à la radio !

La dernière d'Alain Juppé

• *Les résultats d'une étude scientifique américaine ont l'air de vous réjouir, Alain Juppé.*
ALAIN JUPPÉ : Salut, les gouines ! Effectivement, dans la revue *Psychological Science,* des chercheurs américains démontrent que plus on sourit, plus on vit longtemps. C'est la raison pour laquelle en 2012, si Nicolas renonce à être candidat à la présidentielle, j'envisage de me présenter aux primaires de l'UMP (que je compte d'ailleurs rebaptiser Union pour la Marade et la Poilade !). Mon programme ? Faire se bidonner les Français pour qu'ils vivent plus longtemps. Déjà, le fait que j'envisage d'être candidat, ça fait marrer tout le monde. Alors, vous imaginez la poilade si je suis élu président !

• *Alain Juppé, Bordeaux s'est incliné 3 à 1 face à Marseille lors de la finale de la Coupe de la ligue, vous n'êtes pas trop déçu ?*
JUPPÉ : Écoutez, je ne vais pas vous dire que ça me fait plaisir. Je ne vais pas nier non plus qu'on s'est pris une branlée ! Ce serait aussi con que si Nicolas Sarkozy ne reconnaissait pas s'être complètement vautré aux régionales et ne changeait pas du tout sa politique... Non, je suis un peu triste pour les Bordelaises et les Bordelais qui aiment leur équipe des Girondins autant qu'ils aiment leur maire ! Non, sans déconner, ce n'est pas dramatique... D'ailleurs, hier soir, juste avant le match contre Lyon, dans les vestiaires, pour détendre les joueurs et le staff, j'ai raconté une bonne blague...
La voici : trois supporters, un Marseillais, un Bordelais et un Parisien, sont dans le même bus. Soudain, le chauffeur aperçoit une voiture renversée sur le bas-côté. Tout le monde descend, et les trois supporters se retrouvent face à

une superbe jeune femme allongée, apparemment évanouie, et complètement nue. Comme ce sont néanmoins des gentlemen, le supporter marseillais pose son bonnet de l'OM sur le sein gauche de la fille, puis le supporter bordelais protège le sein droit, et enfin le supporter parisien lui pose son bonnet sur le sexe. Quelques minutes plus tard, le SAMU arrive, et un médecin commence à examiner la jeune fille. Il soulève le bonnet bordelais, puis le repose, fait de même avec le bonnet marseillais, puis le remet à sa place. Enfin, il soulève le bonnet du PSG et le repose, mais, juste après, il le soulève à nouveau, le repose, et cela quatre fois de suite... Le supporter parisien, irrité, lui lance :
– Hé ! mais ça va pas ? T'es quoi, toi ? Un pervers ou quoi ?
Le médecin le regarde alors et lui répond :
– Pas du tout, mais je ne comprends pas : d'habitude, sous ce genre de bonnet, il y a toujours un trou du cul...

Villepin complet

• *Dominique de Villepin, vous venez d'annoncer la création prochaine d'un mouvement politique ouvert à tous. Vous pouvez nous donner quelques précisions sur vos intentions ?*
DOMINIQUE DE VILLEPIN :
Dans la course au pouvoir me voilà relancé.
Oui, mais cette démarche est désintéressée.
Servir la République et défendre la France,
Tel est mon beau projet et ma grande espérance.
Assez des vils calculs et des divisions.
Mon seul but ? Que Sarko l'ait profond dans le fion !

• *Vous avez l'air très mécontent, Patrick Sébastien ?*
PATRICK SÉBASTIEN : Putain, y a de quoi, merde ! Vous avez vu Villepin. Il a dit : « J'ai décidé de créer un mouvement libre et indépendant, ouvert à tous, au-dessus des clivages partisans, qui pourra rassembler toutes les bonnes volontés. » Le sale copieur ! C'est mon programme du Dard ! En plus, il a dit ça le lendemain de ma conférence de presse ! L'enculé, il m'a pompé le Dard et bien à fond ! J'ai l'air de quoi, moi maintenant ? Je vais me le mettre sur l'oreille, mon Dard. Moi, je dis que c'est un coup monté ! Comme ça, on parle que de Villepin et pas de mon Dard ! Je leur fais peur, aux politiques !

Dans l'intimité du couple présidentiel

• *Tôt ce matin, à l'Élysée, avant leur départ pour les États-Unis, les Sarkozy, plus unis que jamais dans la tourmente, ont eu des échanges fructueux.*

Carla : Oh ! Mamour, réveille-toi ! Tu es encore tout ensommeillé...

Sarkozy : Oui, je sais, j'ai les yeux en trous de pine. Mais qu'est-ce que tu veux... J'ai une heure de sommeil en moins ! C'est à cause du passage à l'heure d'été.

Carla : Mais, Chouchou, tu devrais la supprimer, cette heure d'été !

Sarko : Écoute, ma Carlita, c'est vraiment pas le moment de lancer une nouvelle réforme ! Tu sais quand même qu'il y a eu des élections régionales et que je me suis pris une énorme branlée, même si, en public, j'ai serré les dents et j'ai gardé le sourire...

Carla : Oh ! tu es courageux, Nicolas...

Sarko : Je suis peut-être courageux, comme tu dis, mais qu'est-ce qui t'a pris d'aller raconter dans *Le Figaro Madame* de mon ami Étienne Mougeotte que tu souhaites pas que je brigue un second mandat présidentiel en 2012 ? De quoi je me mêle ? Tu es de mèche avec mon père ?

Carla : Avec Pal ? T'es dingue ! Les beaux-pères, j'ai déjà donné.

Sarko : Pourtant dans *Le Parisien,* papa a dit tout comme toi : que j'aurais une vie plus tranquille si je me représentais pas en 2012 !

Carla : Oh ! dis, ça va ! Tu ne me parles pas comme à la Jouanno ! Si monsieur s'énerve parce que je m'inquiète pour sa santé, moi, je dirai plus rien...

Sarko : Excuse-moi, ma Carlita, je suis un peu à cran, en ce moment...

Toc, toc, toc...

Sarko : Qu'est-ce que c'est encore ?

Carla : Ça doit être Raffarin. Je te laisse. Tu seras sûrement plus aimable avec lui qu'avec moi...

Jean-Pierre Raffarin : Président Nicolas, Président Nicolas ! L'heure est grave ! Très grave ! Regarde ce sondage : Martine Aubry te battrait au second tour de l'élection présidentielle avec 52 % des voix contre %...

Sarko : Qu'est-ce que tu cherches en m'annonçant un truc pareil, Polichinelle ? Si tu veux m'achever, dis-le carrément !

Raffarin : Non ! Président Nicolas ! Non ! Je suis là pour t'aider... Il faut que tu arrêtes l'ouverture ! L'ouverture à gauche a fait voter à gauche ! L'ouverture à droite fera voter à l'extrême droite !

Sarko : Alors, qu'est-ce que je dois faire, Polichinelle ?

Raffarin : La fermeture, Nicolas ! Les traîtres rôdent ! Il faut tout boucler, tout verrouiller, tout claquemurer !

Sarko : Mais fermer quoi, Jean-Pierre ?

RAFFARIN : D'abord : la porte de ta salle de bains ! Ne prends plus de bain, Nicolas ! C'est trop dangereux, tu finiras comme Marat, assassiné dans ta baignoire avec dans la main une lettre d'excuses du P-DG de Radio France ! Oui, il faut tout fermer, car si tu meurs dans ta baignoire, Nicolas, c'est le cachalot du Sénat, le Moby Dick de Rambouillet qui se jettera à l'eau et qui deviendra président à ta place !
SARKO : Écoute, Polichinelle, puisque tu parles de président, y en a un qui m'attend impatiemment, c'est le président Obama. Alors si j'ai un truc à fermer, c'est ma valise, et toi, tu vas fermer ta gueule !

• *Pendant ce temps-là, Jean-Michel Aphatie et Étienne Mougeotte parlaient boulot.*
JEAN-MICHEL APHATIE : Étienne Mougeotte, bonjour ! Dis donc, j'ai vu le numéro spécial du *Figaro Madame* : « Carla Bruni-Sarkozy rédactrice en chef ». Déontologiquement parlant, tu ne crois pas que tu vas un peu loin ? Ton magazine, c'est la *Pravda* ! En plus glamour, c'est vrai, mais c'est la *Pravda* !
ÉTIENNE MOUGEOTTE : Tu exagères, Jean-Michel. Carla Bruni, c'est la femme de mon ami. En ce moment, mon ami a des soucis, alors je lui remonte le moral avec mon *Figaro Madame*...
APHATIE : Mais ça n'est pas du journalisme, c'est de la propagande ! On se croirait dans la Roumanie d'Helena Ceausescu, ou aux Philippines du temps de Mme Marcos avec ses trois mille paires de chaussures !
MOUGEOTTE : Carla est quand même plus jolie !
APHATIE : Et pour les prochains numéros, qu'est-ce que tu comptes faire ?
MOUGEOTTE : J'envisage un spécial Jean Sarkozy, le fils de mon ami. Et le numéro d'après, je ferai un spécial Pal Sarkozy...
APHATIE : Pal Sarkozy ? Mais tu ne vas quand même pas reproduire les tableaux de femmes à poil aux couleurs atrocement criardes de ce barbouilleur de croûtes ?
MOUGEOTTE : Mais si ! C'est un grand artiste !
APHATIE : Et esthétiquement parlant, qu'est-ce qui te fait dire ça ?
MOUGEOTTE : Ben, parce que c'est le père de Nicolas !

Mouvement perpétuel

• *José Bové, vous vouliez intervenir au sujet du rapport parlementaire sur les éoliennes ?*
JOSÉ BOVÉ : Oui, parce que, pour les vrais écolos, comme mon Dany et moi, les éoliennes, c'est complètement bidon ! Ça fait des années qu'on le sait, c'est énorme, c'est moche, ça fait un raffut du diable et ça n'enrichit que les industriels

qui les fabriquent et les communes et les cantons qui touchent un maximum de subventions pour les installer… Une fois enlevés le prix de la machine et le coût des subventions, ben, tu peux les regarder tourner pendant quelques années avant qu'elles commencent à te faire faire de véritables économies, tes éoliennes !
Non, pour les vrais de vrai comme mon Dany et moi, les solutions sont individuelles. Pas besoin de machines infernales pour faire des économies de bouts de chandelle. Nous, on est pour la mini-éolienne ! C'est simple : un mini-ventilo que tu tiens à la main, mon cousin, que ton gamin, en se servant de ses cours de techno, il branche sur une dynamo et que tu relies à une batterie ! Tu positionnes le ventilo juste en bas du dos et tu pètes un bon coup dessus pour faire tourner le bitonio ! Ça, c'est efficace !
Trois jours de pets, et tu accumules assez d'énergie pour chauffer un studio pendant cinq heures ou faire cuire un cassoulet, ensuite le cassoulet, tu le bouffes et tu repètes sur ton éolienne de poche ! C'est le mouvement perpétuel ! Fallait y penser ! Moi, je vous le dis, avec mon Dany, on a les vraies solutions !
D'ailleurs, je lance un appel à Nicolas Hulot qui vient de quitter le Grenelle bidon de Sarkozy. Il a qu'à nous rejoindre. Bon, pour l'instant, il est un peu propre sur lui, il sent un peu trop son gel douche Ushuaia, mais s'il accepte de ne changer de chemise et de slibard qu'une fois par mois, alors il sera le bienvenu chez les vrais écolos qui puent ! Allez, on t'attend, Nicolas ! En attendant, je vais aller péter un peu sur mon éolienne parce que j'ai du monde à bouffer ce soir et que ma soupe est pas cuite…

Droit de succession

• *À droite comme à gauche, il est fortement question de primaires. Au Front national, est-ce que vous y pensez aussi, Jean- Marie Le Pen ?*
Jean-Marie Le Pen : Mais pourquoi voudriez-vous qu'au Front national nous désignassions notre candidat à la présidentielle en singeant les pratiques en cours à l'UMPS qui relèvent plus de magouilles bassement électoralistes que d'un élan militant…

• *Mais alors, comment allez-vous procéder ?*
Le Pen : Vous devriez le savoir, chère madame ! Oui, vous le sauriez, si, comme tant de vos consœurs et confrères de la camarilla journalistique, vous n'aviez pas participé à l'omerta médiatique dont le mouvement que je dirige d'un œil clair et d'une main de fer dans un gant de bronze a été la victime systématique…

• *Je n'ai participé à rien du tout, monsieur Le Pen. Je veux juste savoir comment sera désigné le candidat du Front national.*
Le Pen : Écoutez, cessez de me noyer de questions. Notre candidat, je la désignerai en temps utile, voilà !

• *Monsieur Le Pen, vous vous êtes trahi par un lapsus...*
Le Pen : Lapsus toi-même, petite fouineuse !

• *Mais il vous arrive quand même de consulter vos conseillers ?*
Le Pen : Des conseillers ? Quels conseillers ?

• *Des gens d'expérience, capables de vous aider à faire les bons choix...*
Le Pen : Effectivement, j'en ai un, mais il ne s'agit pas d'un de ces communicants politico-médiatiques, experts en désinformation systématique ! Non, voyez-vous, le seul conseiller dont j'ai accepté qu'il me guidât, ce mentor n'est hélas ! plus de ce monde...

• *Et alors, comment pouvez-vous le consulter ?*
Le Pen : Je vous vois venir, mademoiselle... Vous savez très bien que ça se passe au cours de séances médiumniques...

• *Monsieur Le Pen, si j'insiste, c'est uniquement parce que ça intéresse nos auditeurs...*
Le Pen : Bien... Laissez-moi me concentrer... Maréchal, vous voilà ? Maréchal, vous voilà ?

• *Vous confirmez donc que le maréchal Pétain est votre seul coach ?*
Le Pen : Taisez-vous ! Et d'abord parlez-moi français ! Je n'ai pas de « coach », j'ai un guide !... Maréchal, vous voilà ?
L'Abbé Pierre : Brzegm gnmgnan mgnn...
Le Pen : Ah ! Mais c'est l'Abbé Pierre ! C'est pas lui que je cherche à joindre ! Je veux parler au maréchal ! Décidément, les liaisons sont de plus en plus mauvaises !
L'Abbé Pierre : Gnmem mllnn mggnn...
Le Pen : Tais-toi, espèce de vieux brocanteur ! Et passe-moi le maréchal !
Pétain : Chef Le Pen, ici votre bon vieux Maréchal...
Le Pen : Ah, enfin ! Mes respects, Maréchal ! Ça n'est pas facile de vous joindre en ce moment...
Pétain : Chef Le Pen, j'ai confiance en vous ! Et je souhaite de tout cœur qu'en 2012 vous deveniez le chef de l'État français !
Le Pen : Ah ! merci de votre soutien loyal, Maréchal...

PÉTAIN : Chef Le Pen, sachez que je serai à vos côtés dans les moments de gloire, comme je l'ai été dans les moments de peine ! Vive l'île d'Yeu ! Vive Stéphane Guillon ! Vive Éric Besson ! Vive le docteur Petiot et vive le docteur House, qui a la même canne que moi et qui a beaucoup de succès aussi !
L'ABBÉ PIERRE : Mgnn gmemm.... Imposteur ! Vieux collabo ! Moi aussi, j'ai une canne ! Moi aussi, je soigne les pauvres ! Appelez-moi docteur EmmaHouse !

Sortez vos tapettes !

• *Une enquête du journal* Libération *révèle qu'à Paris les rats et les souris sont massivement de retour. Une réaction, Bertrand Delanoë ?*
BERTRAND DELANOË : Écoutez, j'ai toujours été fan de Mickey Maousse avec sa longue queue et ses grandes oreilles et j'aime beaucoup sa femme Minnie, mais là, je ne vous cache pas que cette invasion des sous-sols parisiens par des bestioles à moustaches me fait froid dans le dos. Les chiffres sont effrayants : il y aurait quatre rongeurs par habitant dans les quartiers riches et de huit à dix dans les arrondissements moins privilégiés.

• *Mais qu'est-ce que vous comptez faire, monsieur le Maire ?*
DELANOË : Alors, avec mes adjoints à la mairie de Paris, on a décidé de réagir. Parce que qu'est-ce qu'ils ne veulent plus, les Parisiens, les Franciliens et les socialistes, ils ne veulent plus de souris qui viennent faire des trous supplémentaires dans leurs portions de gruyère. Ils en ont assez des gros ratounets qui vont jusqu'à ronger les pneus des Vélib' ou qui, avec leurs dents acérées, s'attaquent à mes potelets, qu'ils rongent à la base, comme des castors ! Bref, pour en finir avec cette invasion, je lance une grande opération ! Je vais faire placer des pièges, des tapettes à rats, dans toute la capitale. Avec un slogan pour mobiliser la population : « Pour un Paris bien net, sortons les tapettes. »

Mon ami Barack

• *Vous êtes satisfait de votre voyage aux États-Unis, monsieur le Président ?*
SARKOZY : Vous avez vu comme il m'a accueilli, mon copain Barack ? « Mon cher ami » par-ci, « *My best friend Nicolas* » par-là ! En plus, il a été d'accord avec moi sur tous les sujets délicats que je lui ai soumis : renforcement des sanctions contre l'Iran, réchauffement climatique (bon, là, c'est vrai, j'ai pas trop

parlé de la taxe carbone). Mais c'est pas tout, mon pote Barack, il a été aussi d'accord avec moi sur l'Afghanistan, sur la réintégration de la France dans le commandement de l'OTAN et surtout sur la recette du hot dog à la saucisse fumée. Parce que là, j'ai été intraitable, et je lui ai dit : « Je te préviens : si la saucisse est trop fumée, je la mange pas ! » Eh bien, j'aime mieux vous dire qu'il a fait attention !

• *Donc, un bilan globalement positif ?*
SARKO : Ultra positif ! À aucun moment, il m'a contredit, mon copain de la Maison-Blanche ! Même pour la commande des avions ravitailleurs que l'armée américaine nous avait promis et qui nous est passée sous le nez : il m'a avoué que c'était pas lui, mais son ministre de la Défense qui avait essayé de m'entuber ! Une franchise comme ça, c'est pas chez nous qu'on verrait ça !
Du coup, pour le remercier, j'ai offert à ses filles des albums d'Astérix. Comme ça, elles vont bien comprendre qu'est-ce que c'est que la France en ce moment. C'est un tout petit homme, très nerveux, qui est seul contre tous. Avec juste à côté de lui une sorte de David Douillet qui mange que du sanglier, et Falbala, un grand porte-manteau tout mince et très joli, comme ma Carlita d'amour.

• *J'imagine qu'avec le président Obama vous avez aussi envisagé l'avenir ?*
SARKO : Effectivement, et pour rien vous cacher, on a évoqué la présidentielle de 2012. J'ai bien réfléchi, compte tenu de ma popularité en ce moment, j'envisage très sérieusement d'être candidat en 2012 !

• *Ça, c'est un scoop qui va passionner les Français...*
SARKO : Et surtout les Américains ! Parce que, moi, quand je parle de la présidentielle de 2012, je vous parle de la présidentielle américaine ! Là-bas, je suis au top dans les sondages, je suis soutenu à fond par mon copain Barack, donc c'est là que je vais me présenter. Et j'ai déjà les slogans de ma campagne : « *Work more for earning more* » (Travailler plus pour gagner plus !), « *I say what I do and I do what I say* » (Je dis ce que je fais et je fais ce que je dis !) Et aussi « *The rupture* » (La rupture) ! Entre nous, les Amerloques, c'est des grands enfants, alors, à tous les coups, c'est dans la poche ! « *Sarkozy for President.* »
Mais non, je déconne ! Poisson d'avril !

Avril

Rumeurs et clapotis sur l'Élysée, dossier retraites, polémique chez les Miss, Exposition universelle et volcan islandais

Villepin et les zyvas

• *Mercredi dernier, Dominique de Villepin est allé dialoguer avec des jeunes des quartiers dans un café parisien du XVIIIe arrondissement.*

DOMINIQUE DE VILLEPIN :
Salut à vous, jeunes espoirs de nos cités
Dans ce bar, en ami je viens pour discuter.

JEUNE : Putain, la tcheutcha ! Comment y s'exprime ! C'est la totale secla ! Y scande comme un rappeur. Tu lui mets une béquille, à cette grande saucisse, il peut remplacer Grand Corps malade !

VILLEPIN :
Il est vrai que le rap sans oublier le slam
De l'antique poésie ont ravivé la flamme.
Mais je ne suis point là pour parler rhétorique
Revenons au présent et à la politique.
Alors que Sarkozy en est à faire une pause,
Avec vous je voudrais faire bouger les choses.

JEUNE : Oh ! M'sieur, fallait les faire bouger quand t'étais Premier ministre ! On n'en s'rait pas là aujourd'hui, dans ce bordel que nous, on en voye pas le bout du tunnel !

VILLEPIN :
N'allez pas oublier que du temps de Chirac
Je me suis opposé à la guerre en Irak !

JEUNE : C'est vrai, M'sieur Villepin, c'était cool ! On a vraiment kiffé, mais c'était dans le vieux temps. Dis-nous qu'est-ce que tu nous proposes pour maintenant !

VILLEPIN :
L'essentiel aujourd'hui, c'est la question sociale
Le chômage est très haut, voilà le vrai scandale !

JEUNE : Et pour les keufs, la sécurité, tout ça, c'est quoi, ton plan ? Ça, ça nous intéresse !

VILLEPIN :
Il faut en revenir à la proximité
Avec des policiers présents dans les quartiers.

JEUNE : Putain, t'as raison, c'est génial, la proximité ! Si les keufs sont plus près, ce sera plus facile pour les caillasser ! Mais y a un truc qu'on voudrait te dire. C'est que une de tes propositions, on la trouve pas utile : c'est quand tu proposes qu'il faut aménager les rez-de-chaussée des immeubles pour des activités économiques. C'est pas la peine de te fatiguer, des activités économiques, ça fait longtemps qu'on en a, dans les halls, dans les cages d'escalier, dans les caves, dans les box... D'ailleurs si tu veux sniffer des trucs pour te donner un coup de fouet, avec tout le taf que t'as, on a ce qu'il faut !

VILLEPIN :
Non, merci, mes amis, car j'ai pour stimulant
Une colère en moi quelque chose de violent !
J'ai un compte à régler avec un tout minus
En avril 2012, il l'aura dans l'anus !

Magnifique Patrouille de France

• *Le 21 avril prochain sur France 2, la Patrouille de France sera l'invitée exceptionnelle de l'émission « Vivement Dimanche » animée par Michel Drucker. C'est à l'Élysée, au petit déjeuner, que tout a commencé.*

SARKOZY : Ma Carlita, je vais te confier une mission très importante ! C'est toi qui vas être la marraine de la Patrouille de France !

CARLA : Tu veux que je m'occupe de la garde républicaine ?

SARKO : Mais non, ma chérie, la Patrouille de France, c'est pas les gendarmes de l'Élysée, c'est une escadrille d'élite de l'armée de l'air, un groupe d'avions qui fait plein d'acrobaties dans les airs que rien qu'à les regarder tous les 14 juillet, je sors mon sac à vomi...

CARLA : Oh ! dis donc, pourquoi tu me racontes ça maintenant ? J'ai les muffins qui passent pas...

SARKO : Il va falloir t'accrocher parce que, le 21 avril, tu vas monter dans l'avion piloté par la commandant Virginie Guyot, la première femme-pilote et leader de la Patrouille de France !

CARLA : Oh ! mais j'ai peur, Chouchou !

SARKO : Eh ben, c'est pas le moment d'avoir les chocottes. T'as vu mes sondages ! C'est la chute en feuille morte, comme disent les aviateurs. C'est carrément du vol en piqué comme les kamikazes japonais !

CARLA : Mais qu'est-ce que tu veux que je fasse, Nicolas ?

SARKO : Que tu tires sur le manche à balai de toutes tes forces, comme si c'était le mien. Ça va épater les Français et, du coup, comme ton Alpha jet qui va remonter en altitude, moi, je vais remonter dans les sondages...

Toc, toc, toc...

SARKO : Qui c'est encore ? Entrez !

MICHEL DRUCKER : Magnifique ! Magnifique Carla ! Magnifique service à petit déjeuner ! Magnifique salle à manger !

SARKO : Et moi, Michel Drucker, j'ai droit à rien ?

Drucker : Si ! Magnifique branlée aux régionales…
Sarko : Mais ça va pas, Michel, c'est pas parce qu'on fait du vélo ensemble de temps en temps qu'il faut te croire tout permis !
Drucker : Mais non, je déconne. Depuis que je fréquente Anne Roumanoff, je fais des vannes.
Sarko : Je te préviens : ma Carlita, elle fait pas ton émission pour déconner ! Primo : il faut que ça me fasse remonter dans les sondages. Secundo, ça fera de la pub pour les avions français, comme les Rafale, les avions ravitailleurs que je dois vendre à l'étranger, pour remonter aussi dans les sondages !
Drucker : Magnifique !
Fred Mitterrand : Bâsoir ! Adieu, Rachida Dati, princesse déchue de la place Vendôme, favorite délaissée, tantôt exilée dans la lointaine Wallonie, tantôt, telle une Farah Diba inconsolable, claquemurée dans un sombre bureau de la mairie du VIIe arrondissement…
Sarko : Mais c'est pas le moment, je vais le tuer, le neveu !
Mitterrand : Oui, adieu, voiture de fonction rutilante, 607 bleu marine au gyrophare éblouissant ! Adieu, quadrille de gardes du corps, vigoureux garçons de quarante ans, rompus au tir à vue et à la box thaïe !
Drucker : Magnifique Frédéric Mitterrand ! Tous les Mitterrand sont magnifiques ! François, Danièle, Mazarine…
Sarko : Mais c'est pas possible un numéro de lèche pareille ! Allez ouste ! tout le monde dehors ! J'ai compris, si c'est pas moi que je m'en occupe, ça va encore être mal fait ! Alors, la Patrouille de France, c'est moi qui vais la piloter…

Rumeur sur le couple élyséen

• *Monsieur Villepin, un commentaire sur cette fameuse rumeur…*
Dominique de Villepin :
Les juges m'ont blanchi mais ça n'empêche pas
La vile calomnie d'avancer d'un bon pas !
J'apprends qu'à l'Élysée un conseiller menteur
Insinue que c'est moi qui répands la rumeur.
Rien d'étonnant à ça : depuis l'affaire Clearstream
Me voilà soupçonné, chargé de tous les crimes !

• *Donc, vous n'êtes pour rien là-dedans ?*
Villepin :
Les Français ne sont plus de ceux que l'on abuse
Et personne ne croit que j'ai créé le buzz.

• *Vous allez continuer votre tour de la France rurale ?*
VILLEPIN :
Mieux vaut avoir les yeux rivés au cul des vaches
Que guetter les sondages en tremblant comme un lâche !
C'est pourquoi tel Jacques Brel j'ai voulu voir Vesoul
Et des Montbéliardes sentir le lait qui coule.

• *Et votre avenir politique, vous le voyez comment ?*
VILLEPIN :
Tout en pressant le pis d'un bovin consentant
Je pensais à Sarko et à ce qui l'attend.
« Toi aussi, me disais-je, bien pompé tu seras,
Car je vais siphonner tout ton électorat !
En juin 2012 je te promets la dèche
Et tu la sentiras bien profond dans ton derche. »

Pas de retraite pour les braves

• *Jean-Marie Le Pen, vous avez déclaré au* Figaro Magazine *que vous ne seriez pas candidat à la présidentielle de 2012. Vous pouvez nous en dire plus ?*
JEAN-MARIE LE PEN : Et pourquoi voudriez-vous que je vous en disasse davantage ? Vous êtes de la police ? J'ai tout dit dans le *Figaro Magazine* !

• *En tout cas, vous n'avez pas dit qui va vous succéder à la tête du Front national…*
LE PEN : Mais le Front national est un parti démocratique, n'est-ce pas, avec un congrès, avec des bottes, pardon… avec des votes… Donc, ne comptez pas sur moi pour vous dire que c'est ma fille Marine qui va me succéder.

• *J'imagine que cette décision de raccrocher n'a pas dû être facile à prendre…*
LE PEN : Pas facile en effet, j'ai beaucoup louvoyé avant de me décider. J'en avais même les boyaux noués. Et lorsque je me suis enfin décidé, j'avoue que j'ai pleuré de tout mon œil.

• *Vous avez demandé conseil à quelqu'un ?*
LE PEN : D'habitude, je consulte un vieil ami qui m'a toujours appuyé au cours de ma carrière ! Un homme providentiel qui s'est constamment montré clairvoyant en ce qui me concerne…

• *Vous voulez parler de votre coach médiumnique… Vous ne pourriez pas essayer de le joindre pour une petite consultation ?*
LE PEN : Ah ! fichez-moi la paix, espèce de petite sangsue !

• *Allez, bientôt vous serez à la retraite et personne ne viendra plus vous embêter, alors faites un petit effort…*
LE PEN : Bon… Maréchal, vous voilà ?… Maréchal ? Il doit faire la sieste.

• *À 9 heures du matin ?*
LE PEN : Là où se trouve le maréchal, sachez que le temps n'a plus d'emprise sur lui !

• *Essayez quand même de le joindre ! Allez !*
LE PEN : Maréchal, vous voilà ?
PÉTAIN : Chef Le Pen ! C'est le cœur serré que j'ai appris votre décision de ne plus vouloir accéder à la tête de l'État français !
LE PEN : Mais, Maréchal, je suis fatigué, je suis très âgé…
PÉTAIN : Chef Le Pen, l'âge n'est pas un obstacle à l'autorité suprême, bien au contraire : il force l'admiration et le respect !
LE PEN : En 2012, je vais avoir quatre-vingt-quatre ans !
PÉTAIN : Et alors, Chef Le Pen ? Ne vous dérobez pas lâchement à votre mission ! Je vous ai déjà dit que quatre-vingt-quatre ans, c'est l'âge que j'avais quand le Parlement m'a confié les pleins pouvoirs…
LE PEN : Mais, Maréchal, c'est quand même un âge canonique !
PÉTAIN : Un âge canonique ? Je vais vous montrer, moi, ce que c'est qu'un âge canonique… Je vous mets en liaison avec un spécimen…
JEANNE CALMENT : Bgnam gnammm, canonique ta mère… Votez Bayrou… Votez Bayrou !
LE PEN : Ah, Jeanne Calment ! La doyenne des Français ! Je vous en supplie, Maréchal, faites taire cette vieille toupie !
PÉTAIN : Je la ferai taire si vous me promettez de revenir sur votre décision !
LE PEN : Mais, Maréchal, c'est ma fille en qui j'ai toute confiance qui va prendre les rênes…
PÉTAIN : Comme disait mon collègue Adolf, qui, en dépit de ses excès, avait parfois du bon sens, le destin des filles, c'est : *Kinder, Kirche, Küche !* « Les enfants, l'Église et la cuisine ».
JEANNE : C'est pas vrai ! Et Jeanne d'Arc ? Hein ? Et Jeanne d'Arc… Mgngnmm, salaud ! Mgnmmm, mmmnumm, collabo !
PÉTAIN : Chef Le Pen, vous avez encore le temps de réfléchir. Je vous laisse, je dois aller prendre le thé avec François Mitterrand et Arletty. Vive les Chantiers de

Jeunesse ! Vive les taxis vélos et vive la Jouvence de l'abbé Soury (à consommer avec modération) !

• *Ce matin, à l'Élysée, c'était le petit déjeuner de début de semaine.*
SARKOZY : Ma Carlita, tu m'excuseras, j'avale mes flocons d'avoine en vitesse et je file, parce que j'ai un agenda qu'il est chargé comme tu peux pas imaginer. D'abord, je vais m'occuper du dossier retraite...
CARLA : Ah ! enfin ! Mamour, tu vas t'arrêter en 2012... Enfin, on va être tranquilles, tous les deux, en amoureux...
SARKO : Mais non, ma Carlita. Quand je parle des retraites, c'est celles des Français, pas la mienne...
CARLA : Oh ! je suis déçue, Nicolas...
SARKO : Écoute, tu vas pas faire comme Juppé qui attend qu'une chose, c'est que je me représente pas pour prendre ma place !
CARLA : Oh... Mais je m'en fiche de Juppé, je ne suis pas mariée avec lui !
SARKO : Ben heureusement, parce que tous les matins au réveil avoir un crâne en peau de fesse sous le nez, ça doit pas être la fête...
CARLA : Oui, c'est pas comme toi, Chouchou, avec tes beaux cheveux crantés !
SARKO : Tu veux savoir pourquoi ils sont crantés, eh bien, je vais te le dire : c'est parce que j'ai du cran ! Et en ce moment il m'en faut !
CARLA : Moi, je te trouve surtout à cran, Nicolas... Toujours de mauvaise humeur...
SARKO : De mauvaises rumeurs ?
CARLA : Tu vois bien que t'es à cran ! Tu déformes mes propos ! Tu deviens parano !
SARKO : C'est bizarre, tous les deux, plus on est amoureux, plus on n'arrête pas de se chamailler...
Toc, toc, toc...
SARKO : Encore un emmerdeur !... Allez, c'est bon... Entrez !
JEAN-PIERRE RAFFARIN : Bonjour, Président Nicolas, bonjour, Madame la première dame de France ! Vous êtes très en beauté, ce matin, comme tous les matins d'ailleurs...
CARLA : Oh ! c'est gentil, monsieur Raffarin...
SARKO : Arrête tes salamalecs, Polichinelle, et dis-moi ce qui t'amène.
RAFFARIN : Président Nicolas, je sais que tu veux te rendre aux obsèques du président polonais, Lech Kaczynski... Mais je t'en conjure ! N'y va pas ! N'y va pas !
SARKO : Et pourquoi donc que j'irais pas ?
RAFFARIN : Parce qu'il va t'arriver la même chose !

SARKO : Mais je fais pas la connerie de voler en Tupolev, moi, avec un pilote bourré à la vodka ! Et je vais pas y aller en train. Avec toutes ces grèves... Je suis pas arrivé !
RAFFARIN : Mais ne vois-tu pas qu'elle rôde ? Ne la sens-tu pas qui se rapproche plus que jamais ?
SARKO : Si tu me parles de la rumeur, je te préviens, je t'en colle une !

Mme de Fontenay était son nom !

• *La polémique autour des Miss France a inspiré à Robert Hossein son prochain spectacle...*
ROBERT HOSSEIN : « Mme de Fontenay était son nom ! » L'incroyable histoire de la dame au chapeau. À soixante-dix-huit ans, la taulière des Miss France part en guerre contre le géant Endemol et reprend ses billes pour repartir de zéro ! Dans le rôle de Geneviève de Fontenay : Jeanne Moreau !
JEANNE MOREAU : Cinquante ans de Miss France pour en arriver là ! J'ai été trahie ! Bafouée ! Ils ont renié mes valeurs ! Mais dis quelque chose, mon Xavier !
HOSSEIN : Dans le rôle de Xavier de Fontenay : Gérard Depardieu !
GÉRARD DEPARDIEU : Oh ! la mère ! Calme-toi un peu ! Qu'est-ce qui t'arrive ?
JEANNE : Mais enfin, mon Xavier ! C'est vraiment dégueulasse, ce qu'ils ont fait de mes Miss France !
DEPARDIEU : Mais qu'est-ce qu'ils en ont fait, bon Dieu ! à part les faire défiler sur TF1 en tordant du croupion comme des dindes dans une foire à la volaille ?
JEANNE : Oh ! mon Xavier ! Dans *Entrevue,* tu n'as donc pas vu la Kelly Bochenko, l'ex-Miss Paris, les cuisses écartées avec un doigt là où je pense ! Ensuite ils ont envoyé cette boule de vice dans « La Ferme Célébrités »...
DEPARDIEU : Mais, je la trouve bonne, moi, la Bochenko ! Si j'avais été à la place de Francky Vincent, c'est pas les mamelles des vaches que j'aurais malaxées !
JEANNE : Et la Valérie Bègue qui fait du théâtre en simulant des orgasmes sur scène tout en couinant « Défonce-moi ! Défonce-moi ! ».
DEPARDIEU : Oh ! la vieille ! Arrête ! Toutes ces histoires, ça me fout la trique ! Je vais encore avoir du mal à marcher ! Et puis, réfléchis un peu sous ton chapeau ! Si on plaque Endemol, qu'est-ce qu'on va devenir ? Comment que je vais gagner ma croûte sans mes poulettes ?
JEANNE : Oh !... T'inquiète pas, mon Xavier ! Maman Geneviève a pensé à tout ! Celles qui voudront écarter les cuisses iront chez Endemol, les autres iront chez moi ! Je vais créer un nouveau concours de beauté et d'élégance : l'élection des Miss Poirot !

Depardieu : Tais-toi donc, la mère ! Avec un nom pareil, on va récolter que des cageots ! Eh oui… des cageots de poireaux ! Ha, ha, ha !
Jeanne : Oh ! mon Xavier, en ce moment, j'ai pas envie de rigoler…
Depardieu : Eh ben, c'est pas plus mal, parce que, quand t'ouvres la bouche, t'as du rouge à lèvres sur les dents !
Hossein : « Mme de Fontenay était son nom ! » L'histoire d'une femme vertueuse et fière de ne jamais avoir écarté les cuisses ! Bientôt au palais des Sports et à la halle aux volailles de Rungis !

Crise de Miss

• *Face à la crise des Miss France, Gérard Holtz a décidé de réagir…*
Gérard Holtz : Les Miss France vont mal, les Miss France vont très mal, oui, elles vont très, très mal ! Alors mobilisez-vous, oui, MO-BI-LI-SEZ-VOUS, pour sauver les Miss France ! Endemol veut faire bouffer son chapeau à Geneviève de Fontenay, alors envoyez des chapeaux à Mme de Fontenay, beaucoup de chapeaux !
Fouillez vos greniers, vos malles, vos cagibis ! Envoyez des galurins, des bibis, des hauts-de-forme, des canotiers, des képis, des chéchias, des chapkas ! Oui, envoyez des chapeaux à Mme de Fontenay pour qu'elle garde la tête haute et ne se fasse plus de cheveux ! Ça n'est pas tout, non, ça n'est pas tout ! Si Endemol reprend le concours des Miss France, alors Geneviève de Fontenay va aussi manquer de candidates. Donc : mobilisez-vous ! De toutes les régions de France envoyez des Miss à la dame au chapeau ! Miss Andouille de Vire, Miss Rillettes du Mans, Miss Jambon de Bayonne, Miss Saucisse de Strasbourg…
Au point où elle en est, Geneviève accepte tous les gabarits : Miss Bourride de Marseille, Miss Kouign-Amann de Quimper, Miss Gras-Double de Lyon !

Coup de frein sur le Vélib'

• *À Paris, les abonnements au Vélib'ont enregistré une baisse de près de 20 % en deux ans. Un commentaire, Bertrand Delanoë ?*
Bertrand Delanoë : Pourquoi ce coup de frein des utilisateurs des Vélib' ? D'abord, il y a des problèmes techniques. Par exemple, s'il est facile de trouver des Vélib' disponibles, eh bien, bizarrement, quand on a fini de bien pédaler à fond, c'est pas commode du tout de trouver une borne pour laisser son Vélib'. Mais la responsable, je la connais, c'est la météo ! Mais oui, l'hiver a été rigoureux… Brrrrr ! Parce que qu'est-ce qu'ils n'aiment pas, les Parisiens, les Franciliens

et les socialistes, c'est de se les geler à vélo, d'être obligés de se glisser un journal sous le pull pour couper le vent glacé !

• *Mais qu'est-ce que vous comptez faire, monsieur le Maire ?*
DELANOË : On va renforcer le dispositif de régulation en transformant en bornes à Vélib' tous les potelets. Mais surtout, on va équiper les Vélib' avec des selles chauffantes. Ça va être chaud !

Spécial Savoie

• *Ce matin, à l'Élysée, Nicolas Sarkozy a reçu une visite…*
Toc, toc, toc…
SARKOZY : Entrez… Ah ! Jean-Pierre Raffarin… Qu'est-ce que tu veux ?
JEAN-PIERRE RAFFARIN : Bonjour, Président Nicolas, j'ai appris que tu partais tout à l'heure pour Chambéry…
SARKO : Oui, et j'y vais pour célébrer le cent cinquantième anniversaire du rattachement de la Savoie à la France…
RAFFARIN : C'est justement pour ça que je me suis permis d'avoir l'outrecuidance d'oser te déranger… Comme tu le sais, coiffé de mon bonnet, avec ma doudoune, mes moufles qui font des gros pouces et mes moon boots, je fais régulièrement de la luge à Combloux. Au risque de paraître immodeste, je peux dire que je connais très bien la Savoie…
SARKO : Et alors, Polichinelle ? Qu'est-ce que tu veux que ça me foute ?
RAFFARIN : Président Nicolas ! Tu dois reconquérir l'opinion. Alors, pour te mettre les Savoyards dans la poche, il faut absolument que, dans ton discours, tu rappelles ce que la Savoie a apporté à la France. Par exemple, la tomme…
SARKO : Mais t'es dingue ! Je me suis assez mis à dos les écolos avec l'annulation de la taxe carbone ! Alors il est pas question que j'évoque le nucléaire.
RAFFARIN : Mais non, Président Nicolas, quand je te parle de la tomme, je parle de la tomme de Savoie, du fromage !
SARKO : Alors, il faudra aussi que je parle du reblochon ?
RAFFARIN : Bien sûr ! Mais aussi du beaufort, du bleu du mont Cenis, du persillé des Aravis… Et n'oublie pas les vins : apremont, crépy, seyssel, abymes, ripaille, roussette… Il y a également la tartiflette et les savoureuses charcuteries de Savoie : les diots, les atriaux… tout ce qui va avec la raclette…
SARKO : Bon, ça va, j'ai compris…
RAFFARIN : Cela dit, je te déconseille d'aller à Chambéry, car là-bas, tu cours de très grands dangers !

SARKO : Je vois pas quel danger que je cours ! Les Savoyards sont des gens pacifiques qui savent prendre de la hauteur…
RAFFARIN : Méfie-toi des avalanches, Président Nicolas ! C'est la saison des avalanches !
SARKO : Des avalanches à Chambéry ? Faut arrêter le génépi, Polichinelle !
RAFFARIN : Je te parle des avalanches d'emmerdements qui risquent de t'emporter et de t'ensevelir ! Depuis quelque temps, tu fais de la politique comme certains imprudents font du hors-piste, sans se soucier du danger. Et surtout sans guide pour éviter le pire ! Alors, je t'en supplie, Nicolas, laisse-moi te guider jusqu'à 2012 !
SARKO : C'est ça, c'est ça… Écoute, si j'ai besoin de quelqu'un pour illustrer l'expression « crétin des Alpes », je ferai appel à toi !

• *Et vous, José Bové, les célébrations du rattachement de la Savoie à la France, qu'est-ce que vous en pensez ?*
JOSÉ BOVÉ : En tant que paysan, je reconnais que la Savoie a enrichi le patrimoine gastronomique français avec plein de bons produits. Mais il faudrait pas oublier que la Savoie a surtout donné l'exemple en matière d'économie d'énergie.

• *Vous voulez parler des barrages hydroélectriques ?*
BOVÉ : Bien sûr que non ! Je veux parler des greubons et des bleyess.

• *Les greubons ? Les bleyess ?*
BOVÉ : Ouais, les greubons, les bleyess, en haute Maurienne, c'est sûrement un des trucs les plus géniaux que les Savoyards ont apportés à la France. C'étaient des agglomérats de paille et de bouse de vache. Après les avoir séchés, les paysans les brûlaient pour se chauffer. C'est vrai que cet usage a eu tendance à se perdre, mais, heureusement, je suis en train de le relancer, à ma manière.

• *Vous faites des greubons, José Bové ?*
BOVÉ : Une sorte de greubon. Sauf qu'à la place de la paille je mets de la sciure, et à la place de la bouse, je mets la crotte de mes biquettes et du caca. J'en fais des galettes que je mets à sécher, et quand j'ai besoin de combustible, je bourre mon poêle avec.

• *Votre ami Dany s'y est mis, lui aussi ?*
BOVÉ : Oui, mais il a eu un petit problème, et depuis il est un peu dégoûté…

• *Racontez-nous ça…*
BOVÉ : Mon Dany, il a toujours l'estomac qui réclame. Chez moi, il est comme chez lui. Alors, un soir, il est allé se chercher quelque chose à grignoter. Malheu-

reusement, il s'est trompé de réserve. Il a cru croquer dans un brownie ou un cooky, à cause des pépites de chocolat. Manque de pot, c'étaient des greubons ! Pour faire passer le goût, je lui ai proposé un petit coup de rouquin, mais il l'a mal pris !

« L'École des fans » (6)

• *Sur la chaîne Gulli, « L'École des fans », présentée par Philippe Risoli, rencontre toujours un joli succès…*

PHILIPPE RISOLI : Bonsoir, les enfants ! Bonsoir, les parents ! Bienvenue dans « L'École des fans », et tout de suite un premier candidat. Bonjour, comment tu t'appelles ?

XAVIER POIROT : Xavier.

RISOLI : Xavier comment ?

XAVIER : Xavier Poirot.

RISOLI : Poirot, comme Hercule ! Pas mal, pas mal ! Et tu es venu avec qui, Xavier ?

XAVIER : Avec ma manman. Elle est là-bas !

RISOLI : La dame avec le chapeau de clown sur la tête ? Et qu'est-ce que tu veux faire plus tard, Xavier ?

XAVIER : Je veux faire comme ma manman !

RISOLI : Et qu'est-ce qu'elle fait, ta manman ?

XAVIER : Elle fait défiler des filles presque à poil.

RISOLI : Des majorettes avec des bâtons ?

XAVIER : Non, elles ont pas de bâton. Parce que, quand je regarde défiler les Miss presque à poil, le bâton, c'est moi qui l'ai dans mon pantalon.

RISOLI : Pas mal, pas mal ! Et qu'est-ce que tu veux gagner, Xavier ?

XAVIER : Je veux gagner une Miss qui écarte les cuisses.

RISOLI : Pour quoi faire, Xavier ?

XAVIER : Pour tirer un coup ! Mais faut pas le dire à ma manman, parce qu'elle veut pas des Miss qui écartent les cuisses. Elle dit que c'est sale !

Emploi des seniors

• *Bonjour, monsieur Chirac, vous avez l'air rayonnant… Tout va bien ?*

JACQUES CHIRAC : Si j'ai mal aux reins ? Ah, non ! pas du tout, je pète la forme, moi ! Et puis, tout va bien, non ? Vous savez, j'ai souvent dit du mal du petit qui occupe maintenant mon bureau de l'Élysée… Eh bien, je dois reconnaître qu'il fait du boulot ! Il a réussi à juguler la crise, le pouvoir d'achat augmente sacrément et puis le chômage, c'est fini ! Il a même réglé le problème de l'emploi des seniors, formidable non ?

• *Ah bon ? Je ne crois pas que cet optimisme soit partagé par les Français... Vous vous basez sur quoi pour affirmer ça ?*
CHIRAC : Eh bien, prenez par exemple Bernadette... À soixante-dix-sept balais, elle vient de trouver du boulot comme... Comme... Comme je ne sais pas quoi exactement au conseil d'administration de LVMH... Eh bien, ça règle à la fois un problème de chômage, d'emploi de senior et même de retraite ! Alors ? C'est pas fortiche, ça ? Et je ne parle même pas du pouvoir d'achat... Parce que, je peux vous le dire, les jetons de présence de chez Bernard Arnaud, c'est pas des pièces jaunes ! Ça en fait du brouzouf ! Et puis, à vous je peux le dire, le grand avantage, c'est que, pendant qu'elle est là-bas, je ne l'ai pas sur le dos à me gueuler dessus parce que je mets les pieds sur la table du salon des Hariri et que je chique des binouzes en regardant les sélections de « La Nouvelle Star »... Elle me lâche un peu la grappe, et ça, c'est inestimable ! Parce que, s'emmerder à cent sous de l'heure à la retraite, c'est une chose, mais s'emmerder et se faire engueuler en plus, ça c'est pas supportable ! Allez, je vous laisse, y a du curling sur Eurosport !

Blanc comme neige

• *Bonjour, Charles Pasqua... Comment se passe votre procès devant la cour de justice de la République qui entre aujourd'hui dans sa quatrième journée ?*
CHARLES PASQUA : Bien, très bien... On m'a installé un grand fauteuil confortable pour que mes vieilles vertèbres n'aient pas à souffrir de l'inconfort du banc des accusés... Pour le reste, les yeux mi-clos comme l'alligator qui somnole, j'écoute ces messieurs débiter leurs petits discours... On m'accuse de choses incroyables, comme d'avoir permis à ma famille de toucher des pots-de-vin ! C'est bien mal me connaître ! À la maison, c'est pastis, pas pinard ! Des pots d'anis peut-être, mais de vin jamais ! Et puis quoi... Je n'étais que ministre de l'Intérieur à l'époque, pas Dieu le Père... Je n'étais quand même pas responsable de tout ce qui se passait en France... Ce fameux casino d'Annemasse, par exemple, dont le dossier d'agrément a été accéléré par mon ministère... Non seulement je n'étais pas au courant mais, en plus, pour une fois que des fonctionnaires travaillent vite, on ne va quand même pas me le reprocher, non ? Bon, après, que les associés de ce casino soient corses et que la nièce de l'un d'eux se soit retrouvée sur la liste de mon parti pour les européennes de 1999 en apportant 7,5 millions d'euros pour

financer la campagne, que voulez-vous que j'y fasse ? C'est sûrement le hasard... Eh oui, il peut aussi parfois bien faire les choses...
Ah ! c'est étonnant, le hasard parfois... Oui, alors que vous classez des vieux papiers, il vous fait retrouver des notes signées par des gens maintenant en place au sommet, des petits courriers que certains auraient préféré oublier... Je le dis souvent, il ne faut rien jeter... *(Il chante.)* « Laissez parler les p'tits papiers, à l'occasion papier chiffon, puissent-ils un soir papier buvard, vous consoler »... Lalalalalalala...

Ça bastonne en Wallonie

JOHNNY : Euh ! bonjour, c'est Johnny... Je veux dire que je suis inquiet pour la Belgique qui est mon pays d'origine d'où je viens... Parce que les Wallons et les Flamands, ils ne s'aiment pas et que maintenant c'est la crise politique du gouvernement des dirigeants qui démissionnent et que le roi après il est coincé dans des décisions sans issue qu'il faut qu'il choisisse quand même pour prendre une décision... C'est moche... Mais le plus moche, c'est que à cause de tout ça dans la même ville, les gens ils se battent de se taper dessus...

• *C'est peut-être un peu exagéré, ça, Johnny... Vous êtes sûr ?*
JOHNNY : Ben, oui, que je suis sûr ! Tu écoutes pas les informations de RTL, la première radio française de France ? Tout le week-end de la fin de semaine, on a entendu « Liège bastonne Liège »... Ils se foutent sur la gueule, tu vois, c'est moche... Moi, je dis : c'est triste la guerre civile, surtout entre des gens du même pays !

Il faut toucher les jeunes !

• *Bonjour, Votre Sainteté, ce week-end encore, les affaires de pédophilie au sein de l'Église ont continué à défrayer la chronique... Une réaction, Saint-Siège ?*
BENOÎT XVI : Ah ! je n'en peux plus ! Mais jusqu'où s'arrêteront-ils ? Enfin, je veux dire... Ah ! je suis fatigué ! Chaque jour apporte son lot de révélations et de démissions, déjà qu'il n'y a plus beaucoup de curés, alors là, c'est l'hémorragie ! Et pas seulement du côté des prêtres, du côté des fidèles aussi ! Oui... En Allemagne, mon propre pays, des milliers de catholiques auraient décidé de quitter l'Église ! Ach... Le navire prend l'eau de partout ! Il ne faut jamais faire de cachotteries, ça finit toujours par vous retomber sur la tonsure. Oui, c'est ce qu'on explique aux enfants au catéchisme, mais nous n'avons pas été capables de l'appliquer à nous-mêmes ! Ach, malheur de malheur ! *Scheisse !*

L'évêque de Bruges a démissionné pour avoir tripoté un gamin et, en Allemagne, c'est l'évêque d'Augsbourg qui abdique, mais lui, c'est parce qu'il cognait les enfants ! On ne sait pas s'il les battait parce qu'ils voulaient parler ou parce qu'ils refusaient de se laisser toucher les burettes, mais il cognait !
La semaine dernière, c'étaient l'archevêque de Miami et celui de Kildare en Irlande qui démissionnaient… Ça va trop vite ! C'est l'effet boule de neige ! C'est pour ça que nous avons lancé une grande campagne de recrutement auprès des jeunes. Nous avons besoin de nouveaux curés. Il y a des prospectus, des annonces dans les journaux et même des badges sur lesquels il est écrit *« Jesus is my boss »*, « My boss », ça veut dire mon patron, hein, il ne s'agit pas de la bosse dans le pantalon, bien sûr ! Avec toutes ces démissions et la crise des vocations, nous devons absolument séduire les jeunes… Enfin, quand je dis « séduire », je me comprends… Pourquoi les catholiques se détournent de l'Église ? Ah ! ça me rend triste, ça va faire un gros manque à gagner ! Un manque spirituel, bien sûr… Heureusement que ma femme me soutient, elle n'a jamais douté… Ah ! j'aimerais que tous les fidèles gardent le même élan qu'Ulla !
Et puis j'ai une autre consolation, c'est le succès du groupe Les Prêtres… Oui, les trois curés français qui chantent ! Ils sont premiers du Top 50 ! Cent mille albums vendus ! Ce boy's band religieux va sûrement nous permettre de toucher les jeunes… Ach ! Quand je dis « toucher », je me comprends, bien sûr…
Que de soucis, que de soucis… Et la Pentecôte qui arrive, il va falloir encore organiser des raouts, des messes dans tous les sens, et faire des discours ! Vraiment, pape, c'est un métier que je ne souhaite à personne…

Soirée des Molières

• *Fabrice Luchini, vous teniez à nous raconter votre soirée d'hier ?*
<u>Fabrice Luchini</u> : Oui, n'ayant rien d'autre à faire, ce dimanche, je me suis fadé les Molières… Et, au milieu des discours des uns et des mercis obligatoires des autres, je pensais à Molière… Oui, à Jean-Baptiste, le Patron. Lui qui aimait tant moquer les pédants et les prétentieux, les faux modestes et les vrais hypocrites, je crois qu'il aurait été à la fête, vraiment ! Ah ! quel beau défilé de Précieuses Ridicules, de Fâcheux, de Femmes Savantes, de Tartuffes et de Bourgeois Gentilshommes ! Au premier rang, j'ai même cru apercevoir un ministre malgré lui… Ah ! tous ces discours sans fin et ces discoureurs qui s'écoutent parler, ces remerciements mielleux, ces hommages sans cœur et ces embrassades où l'on se tâte le dos pour trouver l'endroit où planter le poignard… Ils étaient venus, ils étaient tous là, les mangeurs de subventions,

les Trissotins de banlieue et les petits marquis des Boulevards... Ils étaient venus et ils étaient si bien entre eux à se congratuler, à se sourire et à se jalouser, qu'au bout d'un moment on avait la sensation étrange de déranger... Oui, ils étaient tous là et, encore une fois, ne manquait que le public ! Mais le Patron n'est plus là et, au théâtre aujourd'hui, le public, c'est vraiment accessoire...

Mariage des prêtres

• *Un rapprochement serait en train de s'opérer entre l'Église anglicane et l'Église catholique... Qu'en est-il exactement, votre Saint-Siège ?*
BENOÎT XVI : *Yes, it is absolutely true !* Je parle bien anglais, hein ? L'Église catholique se rapproche de l'Église anglicane et nous avons même signé un accord dans ce sens avec l'archevêque de Canterbury ! Dès que je peux récupérer deux ou trois calotins, je ne m'en prive pas !
Ces anglicans sont des catholiques, comme nous... Ils se sont séparés de Rome au XVIe siècle parce que le pape Clément VII avait refusé d'annuler le mariage d'Henry VIII, ce cochon qui vivait à la cour avec sa maîtresse, Anne Boylen, aux yeux de tous ! Aujourd'hui, certains de ces anglicans se rapprochent de nous, car ils refusent l'ordination des femmes et la nomination d'évêques homosexuels, quelle horreur ! La grande différence aussi avec nous, les catholiques de Rome, c'est que, chez les anglicans, les prêtres peuvent officiellement se marier. Oui, ils peuvent même faire des enfants, ce qui leur évite sûrement de tripoter ceux des autres... Moi, entre nous, le mariage des prêtres ne me gêne pas vraiment, comme je le disais encore hier à Ulla, ma femme... Ce qu'il y a de bien avec ce rapprochement, c'est que ceux qui veulent devenir prêtres mais qui ont quand même envie de tirer leur crampe, ils pourront le faire chez les anglicans et se marier, les autres, les coincés du slip, ils resteront chez les catholiques... Comme ça, tout le monde est content !
Je me dis même qu'un jour ou l'autre Ulla et moi on pourra officialiser notre situation ! *Very good !* Par contre, il y a une chose sur laquelle je ne céderai pas, c'est l'ordination des femmes. Ça, c'est n'importe quoi. Comme je le dis toujours à ma femme : « Chacun à sa place : Benoît au goupillon et Ulla à la maison ! »...

Bienvenue chez Vulvania !

• *Valéry Giscard d'Estaing, votre livre* La Princesse et le Président *a beaucoup fait parler de lui, mais le succès en librairie n'a pas suivi… Vous êtes touché par ce demi-échec ?*

VALÉRY GISCARD D'ESTAING : Pas du tout ! Peu importe le commerce, ce qui restera, c'est l'œuvre ! Et aujourd'hui, tous ceux qui ont lu mon livre me placent au premier rang des écrivains érotiques du XXe et du XXIe siècle… En effet, rares sont les auteurs qui possèdent une telle puissance évocatrice, rappelez-vous ce passage page 98, j'ouvre mes guillemets : « Je saisis la Princesse par les épaules et je la courbai brutalement, je la pénétrai enfin puis la besognai avec des "hans" de bûcheron, sa tête cogna plusieurs fois le bois du lit pendant qu'elle feulait comme une mangouste décérébrée ! », c'est quand même pas de la merde, non ?

Grâce à la parution de ce livre, de nouveaux projets sont nés… Ainsi, vous n'êtes pas sans savoir que le parc d'attractions Vulcania que j'ai créé en Auvergne ne marche pas très fort… Alors, pour le relancer, j'ai eu une idée, nous allons le transformer en « Vulvania », le parc du plaisir féminin ! « Vulvania », ça sonne bien, non ? Dans ce parc éducatif, qui ressemblera à des organes génitaux féminins géants, les enfants de France et leurs parents vont pouvoir apprendre le mécanisme du plaisir chez la femme. Pendant que des passages suggestifs de mes œuvres littéraires seront diffusés par les haut-parleurs, les petits groupes descendront par des escaliers roulants au plus profond du mystère de l'orgasme ! Pas mal, non ? Les transformations se feront à moindres frais, car, pour passer d'un volcan à une foufoune, il n'y aura pas beaucoup de travaux à faire. Voilà, je ne demande qu'une chose en échange de cette idée de génie, c'est que le parc soit baptisé « Vulvania VGE », ils me doivent bien ça, les Auvergnats, non ? Bande de salauds !

Nuage sur l'Élysée

• *Ce matin, à l'Élysée, comme d'habitude, le couple présidentiel a pris son petit déjeuner de très bonne heure.*

SARKOZY : Tiens, ma Carlita, tu veux du lait dans ton thé ?

CARLA : Merci, Chouchou, juste un nuage…

SARKO : À propos de nuage, ma chérie : la situation est grave…

CARLA : Oh ! Mamour, tu ne vas pas encore me parler de cette rumeur, j'en ai marre…

SARKO : Mais non, je sais bien que notre amour est sans nuages, lui. Moi, ce que je te parle, c'est pas de tout ce clafoutis, c'est de la fumée du volcan. C'est très inquiétant...
CARLA : Oh ! tu sais, à certains moments, rien de tel qu'un bon rideau de fumée pour masquer les vrais problèmes...
SARKO : Dis donc, ma Carlita, t'aurais dû faire de la politique !
CARLA : Oh ! tu sais, je te regarde faire, c'est tout...
Toc, toc, toc...
SARKO : Déjà un emmerdeur ! ! Je suis encore en pyjama, c'est plus une vie... Entrez !
ROSELYNE BACHELOT : Bonjour, bonjour !
SARKO : Ah ! Roselyne Bachelot ! Vous avez réfléchi à cette menace volcanique ?
ROSELYNE : Mais oui, mais oui ! Il n'y a pas de risque pour la santé, mais on ne sait jamais... Alors, par précaution, je propose que les millions de masques qui n'ont pas servi pour se protéger contre la terrible grippe A soient distribués pour ne pas respirer les poussières du volcan ! Comme ça, pas de gâchis !
SARKO : Oui, ça, c'est pas une mauvaise idée...
ROSELYNE : Ensuite, même s'il n'y a aucun risque, je propose qu'on vaccine les Français contre les maladies respiratoires comme la silicose. J'ai commandé aux labos 94 millions de doses et je vais organiser la vaccination de toute la population...
SARKO : Alors là, si je n'avais pas changé de voix depuis mon interview au sujet de tout ce petit clapotis, là, je crois que j'exploserais encore plus que le volcan islandais... Vous allez tout de suite arrêter vos conneries ! Parce que, moi, c'est vos espérances de rester ministre que je vais réduire en cendres !

• *L'éruption du volcan islandais suscite l'inquiétude en Islande et en Europe, mais elle n'a pas l'air de vous faire peur, Valéry Giscard d'Estaing ?*
VALÉRY GISCARD D'ESTAING :
On a vu souvent
Rejaillir le feu
D'un ancien volcan
Qu'on croyait trop vieux

• *Monsieur Giscard d'Estaing, monsieur le Président, vous ne m'avez pas répondu...*
GISCARD : Figurez-vous que cette éruption du volcan d'Eyja fjalla jökull (oui, c'est comme ça qu'il s'appelle)... cette éruption et toute cette fumée ne m'impressionnent pas du tout, mais alors pas du tout ! D'abord, le vulcanisme est une science qui m'est familière. Je l'ai étudiée quand a été conçu le parc Vulcania, pas loin de Volvic : « Volvic, la bonne minéralité... »

Mais si cette éruption ne me fait pas peur, c'est surtout parce qu'elle présente des analogies stupéfiantes avec l'idylle torride que j'ai vécue avec Lady Di. Je vais même vous faire une confidence qui ne figure pas dans mon best-seller *La Princesse et le Président*… C'était un soir, au château de Rambouillet… le souffle court, je me suis penché sur l'objet de tous mes désirs, et tout en lui mordillant le lobe, j'ai murmuré d'une voix rauque : *« Oh ! darling, I feel like a volcano, ready to spit it's magma. »* Ce qui veut dire : « Ma chérie, tel le volcan, je suis prêt à cracher la lave de mon désir… » Ce à quoi la Princesse a répondu : *« Don't worry, Valery, I am ready to swallow the smoke ! »*, « T'inquiète, je suis prête à avaler la fumée ».

• *Un commentaire sur ce nuage de cendres, José Bové ?*
<u>José Bové</u> : Au risque de vous surprendre, moi, je dis que ce nuage, c'est une chance pour la planète et pour l'environnement.

• *Effectivement, c'est surprenant comme point de vue…*
<u>Bové</u> : Réfléchissez un peu ! Chez nous, à la campagne, on peut facilement aller scier…

• *Pardon ?*
<u>Bové</u> : Ben oui, à la cambrousse, on a du bois, donc, c'est facile d'aller scier, de récupérer la sciure et de caguer dedans pour faire du bon compost pour les légumes bio ou pour se chauffer. Alors qu'en ville, où y a moins de bois, c'est plus difficile de trouver de la sciure pour caguer dedans… Vous me suivez ?

• *À peu près. Mais quel rapport avec le nuage de cendres ?*
<u>Bové</u> : C'est simple. Quand les cendres vont se déposer sur les trottoirs et sur le bitume, y aura qu'à les récupérer dans des seaux. Ensuite, une fois rentrés chez eux, les citadins pourront caguer directement dans les seaux et, croyez-moi, ce mélange, ça fait un engrais naturel formidable.

• *Mais, en ville, qu'est-ce que vous voulez qu'on en fasse, de cet engrais ?*
<u>Bové</u> : On organisera le ramassage pour expédier le mélange à la campagne !

Les gendarmes à Shanghai

• *À l'exposition de Shanghai, le ministre de l'Intérieur a dépêché une de ses unités d'élite pour une mission de la plus haute importance.*
(Musique des Gendarmes…)

GALABRU : Messieurs, messieurs, maintenant que nous sommes arrivés à Shanghai, je peux vous dévoiler l'objet de notre mission…
FOUGASSE : On va faire du pousse-pousse avec des petites Chinoises ?
GALABRU : Je ne suis pas d'humeur à plaisanter, Fougasse ! Il s'agit pour notre brigade d'assurer la sécurité du président Sarkozy et de son entourage ! Est-ce qu'au moins, comme je vous l'avais demandé, vous avez lu *Le Lotus bleu* de Tintin pour comprendre comment fonctionnent les Chinois ?
FOUGASSE : Je l'ai pas fini, chef. Douze heures d'avion, c'est pas suffisant pour lire tout l'album. Et puis y a un truc que je ne comprends pas… Pourquoi Tintin, quand il parle en français aux Chinois, les Chinois le comprennent, alors que, moi, quand je parle en français aux Chinois, ils me comprennent pas…
GALABRU : Vous êtes désespérant, Fougasse ! À vous tout seul, vous êtes plus imbécile que Dupont et Dupond réunis ! Maintenant, passons de la théorie à la pratique… Cruchot, au rapport !
DE FUNÈS : Me voilà, mon adjudant, me voilà ! Alors, comme vous me l'avez demandé, j'ai fait ma ronde autour du pavillon français. Très, très beau pavillon ! On dirait un gaufrier géant… Donc, ce matin, j'étais en train de surveiller l'entrée où aura lieu l'inauguration, quand, d'un seul coup, paf ! Qu'est-ce que je vois ! Une Chinoise qui essaie de s'introduire dans le gaufrier… Immédiatement, je lui dis de circuler. « Allez, circulez ! hop, hop ! Du balai ! Mais, comme dans *Le Lotus bleu*, elle me répond en français…
GALABRU : Cruchot, qu'est-ce qui vous fait dire que cette suspecte était chinoise si elle vous a parlé en français ?
DE FUNÈS : À cause de ses yeux… en amande, bien bridés, sur un visage tout lisse, mais alors lisse, complètement lisse, avec des pommettes bien saillantes…
GALABRU : Cruchot, description de cette femme !
DE FUNÈS : Grande, très élégante. Que du Dior ! Le tailleur, le sac, les chaussures : Dior ! Les bijoux : Dior ! Comme les Chinois sont très forts pour les contrefaçons, clac ! ni une ni deux, je lui ai passé les menottes ! Elle a eu beau crier qu'elle allait se plaindre à son mari, je l'ai embarquée ! Rien à cirer de son mari ! Rien ! Regardez, je vous ai amené son sac à main… C'est bien imité, vous ne trouvez pas, mon adjudant ?
GALABRU : Une femme grande, élégante, distinguée… la peau lisse, les yeux taillés en amande… Tenez, ouvrez le sac, Cruchot… Il doit y avoir ses papiers…
DE FUNÈS : Effectivement, il y a un passeport… un passeport italien…
GALABRU : Lisez, Cruchot, lisez le nom de la suspecte…
DE FUNÈS : Nom : Bruni-Sarkozy. Prénom : Carla… Tiens, c'est bizarre… À mon avis, ça aussi, ça doit être un faux !
GALABRU : Mais non, c'est pas un faux ! Et vous, vous êtes un vrai abruti ! Vous avez arrêté la première dame de France ! Je ne reverrai jamais Saint-Tropez ! Le

président Sarkozy va me faire muter dans les terribles mines de charbon de Wangjialing ! Et Mme Gerber qui a horreur du riz cantonais !

Coaching gastronomique

• *Entre deux étapes de son tour des régions de France, Dominique de Villepin est allé faire le point avec son coach...*

Toc, toc, toc...

JACQUES CHIRAC : Qui est là-te ?

DOMINIQUE DE VILLEPIN :

Président c'est moi, Dominique de Villepin.

Nous avons rendez-vous si j'en crois mon calepin.

CHIRAC : Ah oui ! j'avais oublie-tte, que tu devais venir pour une séance de coaching politique... Entre... Attends... je dégage Sumette de mon plaid... Ah ! elle est collante ! Quand c'est pas Bernadette que j'ai sur le dos, c'est Sumette que j'ai sur les genoux ! Allez, va t'en ! Dégage !

VILLEPIN :

Un sondage récent me donne du courage

Et je sais que Sarko doit être vert de rage.

CHIRAC : Montre-moi ça-te... *(Il lit :)* « 24 % des Français feraient davantage confiance à Dominique de Villepin qu'à Nicolas Sarkozy pour représenter la droite au cours des années qui viennent... »

VILLEPIN :

Comme quoi, j'ai bien fait de suivre vos avis

Grâce à vous, du nabot je vais pourrir la vie !

CHIRAC : Y a un truc qui me fait marrer... Tout ce qui t'arrive en ce moment, ça me rappelle la présidentielle de 1995. Au départ, c'était Balladur, le grand favori de la droite. Quant à moi-te, y avait personne pour miser un seul kopek sur mes chances de l'emporter. Un peu comme toi avant le procès Clearstream. Mais au final, c'est bibi qui s'est retrouvé président et le goitreux l'a eu dans le vase ! Mais c'est pas tout, il faut que je te parle cuisine...

VILLEPIN :

Fût-elle électorale ou bien politicienne

Cette cuisine-là n'est pas ce qui me mène

Car pour la France j'ai de plus nobles desseins

Au-dessus des partis je place mon destin.

CHIRAC : Quand je te parle de cuisine, je te parle de la bonne bouffe ! Car, pour être populaire, il faut montrer qu'on aime bien bouffer. Tiens, soulève le couvercle de ce chaudron...

VILLEPIN :
Mon Dieu ! C'est effrayant ! Au fond de la marmite
Ces deux yeux globuleux qui sortent des orbites
Et ce museau tout mou qui me tire la langue
J'en ai des haut-le-cœur et les jambes qui tanguent.

CHIRAC : Mais non, Dominique, c'est de la tête de veau ! Tu sais, ils sont marrants, les Français ! Ils ne bouffent jamais de tête de veau, mais ils adorent ceux qui en mangent. Alors, si tu veux être populaire comme moi-te, il faut absolument que tu t'y mettes.

VILLEPIN :
Pour accéder un jour au plus haut des niveaux
J'accepte de goûter à la tête de veau
Je dois passer par là pour être président
Et Sarkozy l'aura profond dans le fond'ment.

Super Gaucheman

• *Bonjour, Jack Lang. Vous avez déclaré récemment que le socle du projet PS pour 2012 n'était pas assez à gauche.*

JACK LANG : Oui, je me tue à le répéter, Dorothée, ce projet présenté au bureau national du PS, à part quelques réformettes, est trop traditionnel, trop techno et pas assez visionnaire ! *(Il a vraiment dit ça.)* Dans son rapport, Pierre Moscovici prône une nouvelle civilisation. Mais comment voulez-vous avoir un projet de civilisation sans rien sur l'éducation, sans rien sur la culture, sans rien sur les changements de mentalité, ni, comme disait Marx, sans rien sur la transformation des superstructures ?

• *La transformation des superstructures ?*

LANG : Oui, la transformation des superstructures, Arthur ! Je ne sais pas ce que ça veut dire, mais ça en jette ! C'est chié, non ? Mais surtout, là où je trouve que ce projet n'est pas assez à gauche, c'est que, pas un seul instant, il ne mentionne mon nom !

• *Vous êtes toujours de gauche, Jack Lang ?*

LANG : Jamais je ne l'ai été autant, Gontrand ! Plus que Kouchner ! Plus que Besson ! Plus que Strauss-Kahn ! C'est ce que n'a pas compris Nicolas qui leur a donné un poste, mais qui m'a négligé ! D'ailleurs, s'il m'avait pris à ses côtés, il ne serait pas dans cette décrépitude, Gertrude ! Alors tant pis pour lui !

• *Donc, par déception, vous êtes prêt à retourner votre veste ?*
LANG : Mais ma veste est de gauche ! De gauche à l'endroit, de gauche à l'envers ! Comme ma chemise ! Rose dessus, rose dessous ! Et je m'y connais, en vestes de gauche ! N'oubliez pas que j'ai été le seul à arborer un col Mao à l'Assemblée nationale. Et j'ai si souvent aidé François Mitterrand à enfiler son pardessus ! Alors si le PS ne pense pas à moi dans son projet, moi dans mon projet, je pense à moi ! En 2012, je serai candidat !

Nouvelle Star à lunettes

• *Bonjour, Philippe Manœuvre, ça fait longtemps que vous ne nous avez pas donné de nouvelles de « La Nouvelle Star ».*
PHILIPPE MANŒUVRE : Salut, les kids ! Je sais, I know ! Ça fait un bail ! Vous l'avez peut-être vu en regardant le dernier prime : la seule news intéressante, c'est mes nouvelles lunettes-miroirs à reflets rouges.

• *Et pourquoi des nouvelles lunettes ?*
MANŒUVRE : Parce que je ne veux plus voir du tout les candidats. Déjà, c'est un supplice de les entendre couiner. Alors les voir se trémousser, c'est ajouter une douleur à cette torture ! Donc : never more ! Mes lunettes d'avant empêchaient les gens de voir mes yeux, eh bien, les nouvelles m'empêchent de voir les gens. Maintenant, je fais le black out total ! Façon Ray Charles ! Et comme ça, je ne vois plus l'abominable tatouage de Lio, les sourcils épilés de Manoukian ou la casquette de Marco Prince !

• *Et comment faites-vous pour attribuer des croix bleues ou des croix rouges aux candidats ?*
MANŒUVRE : J'y vais au hasard ! Je tape au pif ! Malheureusement, tous les mercredis soir, y a pas que mes lunettes qui soient rouges, y a aussi mes oreilles ! C'est dingue, quand j'étais pas encore le plus vieil ado de France, je suis allé à des concerts d'ACDC, de Mötley Crüe ou de Kiss, considérés comme les groupes de hard les plus bruyants du monde ; j'étais toujours au premier rang, les oreilles collées aux amplis à 180 décibels ! Eh bien, j'ai jamais rien eu aux oreilles ! Mais depuis que je fais partie du jury de « La Nouvelle Star », j'ai les tympans qui saignent ! Du coup, je suis en train d'apprendre la langue des signes ! Bullshit !

Clapotis au petit déj'

• *Très tôt ce matin, le président de la République et son épouse s'apprêtaient à faire un long voyage…*

CARLA : Mamour, pour une fois, tu ne devrais pas boire du café, tu devrais prendre du thé, comme moi.

SARKOZY : Pourquoi ? T'as peur que le café, ça m'énerve ? T'as pas remarqué comment que je me suis calmé depuis l'affaire du clapotis ?

CARLA : Oh ! si, Chouchou ! Tu es métamorphosé. Mais le thé, en Chine, tu vas devoir en boire des litres. Alors, tu devrais t'entraîner…

SARKO : Bon, on verra dans l'avion, parce que, ma Carlita, si tu te dépêches pas de finir le tien, de thé, on va être en retard pour l'aéroport.

CARLA : Mais tu t'en fiches, Chouchou, c'est l'avion présidentiel, il ne va pas partir sans toi !

SARKO : C'est vrai, mais avec les mauvais sondages que je t'ai parlé, c'est pas le moment de faire mon malin. La ponctualité, c'est la politesse des présidents… Toc, toc, toc…

SARKO : Mais qui c'est ? Là, on va vraiment être en retard !

JEAN-PIERRE RAFFARIN : Bonjour, Président Nicolas. Mes hommages, Ô charmante première dame de France !

CARLA : Merci, Jean-Pierre !

SARKO : Vraiment, tu tombes mal, Polichinelle ! On s'apprête à partir à Shanghai pour inaugurer l'Exposition universelle…

RAFFARIN : Hélas ! je le sais, Nicolas ! Mais je t'en conjure, n'y va pas ! Renonce à ce voyage pendant qu'il en est encore temps !

SARKO : T'es complètement dingue ! Tu veux que je m'embrouille avec le gouvernement chinois ?

RAFFARIN : Ne pars pas, Nicolas ! Ne pars pas !

SARKO : Mais enfin, le volcan s'est calmé, y a plus aucun risque à prendre l'avion.

RAFFARIN : Même si tu devais prendre le Transsibérien ou arriver à pied par la Chine, je te dirais de ne pas y aller ! Je connais l'Empire du Milieu aussi bien que le haut Poitou et je peux te dire que là-bas tu cours les pires dangers !

SARKO : Bon, allez, bouge de là, on doit y aller.

RAFFARIN : Puisque tu ne veux pas renoncer à ce voyage, écoute au moins mes conseils ! À Shanghai, ne t'assois jamais !

SARKO : Mais enfin, je vais pas rester tout le temps debout ?

CARLA : Je te comprends Chouchou, les talonnettes, c'est comme les talons aiguilles, ça fatigue !

Raffarin : Écoute-moi, Nicolas ! Leurs fauteuils, leurs canapés sont bourrés de diméthyl-fumarate. Si tu t'assois, rien qu'un instant, tu te retrouveras le cul tout brûlé !
Carla : Oh ! mais ça va être horrible !
Raffarin : Et n'allonge pas ton thé avec du lait chinois, c'est de la mélamine ! Évite aussi la sauce au soja fabriquée à base de cheveux dissous dans de l'acide... Quant à vous, Carla, dont l'élégance n'est plus à vanter, n'achetez surtout pas de chaussures : vos pieds charmants se retrouveraient rongés par l'eczéma et couverts de champignons...
Sarko : En parlant de champignons, tu commences sérieusement à m'empoisonner ! Si tu veux te rendre utile, tu prends ma valise et tu la portes jusqu'au perron.
Fred Mitterrand : Bâsoir ! Adieu, Occident en folie, bonjour, Empire céleste, vaste pays de la sagesse ! Salut à toi, Confucius...
Sarko : Confucius, c'est quoi, ça ? Une nouvelle voiture chinoise pas chère ?
Mitterrand : Oui, salut à toi, Confucius, vénérable philosophe de l'harmonie sociale dont les puissants de ce monde feraient bien de méditer les enseignements, comme cet aphorisme : « Il faut se redresser pour être grand, il n'y a qu'à rester comme on est pour être petit. »
Sarko : Il peut se le garder, son Confucius ! Moi, je préfère Jean de La Fontaine. Au moins quand il disait : « On a toujours besoin d'un plus petit que soi », lui, il disait pas de conneries...

Grosse commission

Jean-Michel Aphatie : Édouard Balladur, bonjour.
Édouard Balladur : Bonjour, monsieur Aphatie.
Aphatie : Édouard Balladur, en préambule à cet entretien, une question sans concession : Oui, ou non, pour financer votre campagne présidentielle de 1995, avez-vous touché des commissions occultes liées à des ventes de sous-marins au Pakistan ?
Balladur : Écoutez, monsieur Aphatie, ça commence à bien faire ! Je n'ai jamais touché de commissions occultes ! En revanche, si vous continuez, je sens que vous, vous allez vous prendre un coup de pied occulte !
Aphatie : Monsieur Balladur, je persiste en dépit de vos menaces. Comment expliquez-vous le chiffre avancé par certains confrères : 10 millions de francs dont la moitié aurait été versée en coupures de 500 francs ?
Balladur : Mais qu'est-ce que j'aurais bien pu foutre avec des talbins de 500 balles ? Jouer au casino ? Aller aux putes ? Franchement, tout ça n'est qu'un

tissu d'invraisemblances et d'absurdités. Je dirais même que tout ce petit clapotis n'a pas d'importance pour moi. J'ai une vie très calme.

APHATIE : C'est étrange, monsieur Balladur, vous parlez comme Nicolas Sarkozy.

BALLADUR : Ça, c'est normal. À l'époque, Nicolas était à bonne école, il était mon directeur de campagne.

APHATIE : D'après vous, Édouard Balladur, qui aurait intérêt à vous mettre ainsi en cause ?

BALLADUR : À tous les coups, j'en suis sûr, c'est une campagne de l'extrême goitre !

Mai

La burqa en France, la marée noire en Louisiane, la crise en Grèce, la sélection de Raymond et toujours les évêques pédophiles

Contre la grippe A, la burqa !

• *Ce matin à l'Élysée, c'était la reprise.*

Carla : Oh ! Mamour, depuis notre retour de Chine, je te trouve tout mollasson.

Sarkozy : Mollasson, ma Carlita ? Non, je suis juste encore un peu jetlagué, et puis retrouver tous ces problèmes : les retraites, les agriculteurs, les sondages de merde… Après un voyage aussi merveilleux, c'est pas évident…

Carla : C'est vrai, Chouchou, c'était merveilleux ! Surtout au dîner officiel, quand la fanfare a joué deux de mes chansons…

Sarko : C'est vrai, comme me l'a dit le président Hu Jintao : « C'est comme si du nectar coulait dans nos cages à miel »…

Carla : Oh ! c'est joli ! Et puis au pavillon français, c'était chouette de rencontrer Alain Delon… Il est beau !

Sarko : Il est beau, il est beau, c'est vite dit. J'ai préféré Léon, notre mascotte…

Carla : Oh ! Chaton, tu es jaloux ?

Sarko : Moi, jaloux ? Je suis pas jaloux. Franchement, qu'est-ce qu'il a de plus que moi, Alain Delon ?

Toc, toc, toc…

Sarko : Qu'est-ce que je te disais ? Même un 1er mai, les emmerdements qui reprennent. Entrez…

Roselyne Bachelot : Bonjour, bonjour !

Sarko : Bon, c'est quoi le problème que je dois régler ?

Roselyne : Voilà, Président, j'ai bien réfléchi : la burqa, il ne faut pas l'interdire !

Sarko : Mais de quoi je me mêle, madame la ministre de la Santé ?

Roselyne : Justement, en tant que ministre de la Santé, je pense que la burqa ferait une excellente protection contre la grippe A. Surtout à l'automne prochain, quand elle va revenir faire des ravages. Parce qu'elle va revenir…

Sarko : Et alors ?

Roselyne : Eh bien, la burqa, c'est comme un masque, mais pour tout le corps ! Et comme ça, pas besoin de vaccin ! J'ai même le slogan de la campagne de prévention : « Contre la grippe A, toutes en Burq A ! »

Sarko : Décidément, il va falloir que je le fasse, ce remaniement !

Tous ses amis sont là

• *Bonjour, Jean-Marie Le Pen. Le cortège de Jeanne d'Arc s'est bien passé ?*
Jean-Marie Le Pen : Affirmatif ! Mais j'avoue que, comme c'est le dernier que je préside en tant que leader du Front national, j'en ai l'œil encore tout embué...

• *La semaine dernière, vous avez défrayé la chronique en évoquant le rôle de Philippe Pétain pendant la dernière guerre...*
Le Pen : MM. Mougeotte et Aphatie n'avaient qu'à pas me chercher là-dessus !

• *Et l'intéressé, je veux dire Philippe Pétain, comment a-t-il réagi ?*
Le Pen : Justement, j'essaie d'entrer en relation médiumnique avec lui... Taisez-vous !... Maréchal, vous voilà ? Maréchal, vous voilà ?...

• *La connexion ne se fait pas ?*
Le Pen : Silence ! Je n'ai pas besoin de vos mauvaises ondes... Maréchal, vous voilà ?
(Musique médiévale...)
Jeanne d'Arc : Jehan-Marie ! Jehan-Marie !
Le Pen : Mais ce n'est pas le maréchal !
Jeanne d'Arc : Jehan-Marie, moult peine m'avez faites processionner le premier jor du mois de may, et non point le huit. Car iceluy est de la mienne feste le vreai jor que bons chrestiens solaient célébrer !
Le Pen : Cette voix, comme envoyée du Ciel... Mais oui ! C'est Jeanne d'Arc ! La Pucelle !

• *Mais elle parle en ancien français. Vous pouvez nous traduire ce qu'elle vous a dit, monsieur Le Pen ?*
Le Pen : Jeanne d'Arc me reproche d'avoir défilé devant sa statue le 1er mai, et non le 30, qui est le vrai jour de sa fête.
Jeanne d'Arc : Jehan-Marie ! Jehan-Marie ! Au nom de saint Michel, promptement vous mande explication.
Le Pen : Voilà, Jeanne ! Si je fais cortège le 1er mai, c'est pour ne pas laisser les rues de la capitale du royaume à la piétaille des mécréants syndiqués et autres suppôts de l'anti-France.
Pétain : Chef Le Pen ? Chef Le Pen ? M'entendez-vous ? M'entendez-vous ?
Le Pen : Ah ! c'est le maréchal ! Je vous reçois cinq sur cinq, Maréchal. J'étais en communication avec Jeanne d'Arc.

PÉTAIN : Chef Le Pen ! Si j'étais encore chef de l'État français, pour vous remercier de toutes les belles choses que vous avez dites sur moi l'autre jour sur Radio Luxembourg, je vous remettrais la francisque, comme je l'ai jadis remise à François Mitterrand.
LE PEN : Maréchal, vous m'en voyez très honoré. J'ai juste expliqué que vos lois antijuives, dans le fond, étaient des lois positives... Vous n'étiez pour rien dans tout ça... La police française non plus. C'est tout la faute à M. Hitler...
PÉTAIN : Chef Le Pen, je vous remercie. Merci également d'honorer comme je l'ai honorée dans les heures les plus sombres la sainte de la Patrie, qui bouta les Anglais hors de France.
JEANNE CALMENT : Bgnmamm... Gnamm... J'en ai marre de la Pucelle !... Gneum Mgnnn et moi, je compte pour du beurre ?
LE PEN : Ah ! revoilà Jeanne Calment, la doyenne des Français ! Quelle plaie !
JEANNE : Gnmemm... Mmoung... Moi, je suis Jeanne d'Arles... et j'aime bien les Rosbeefs...
PÉTAIN : Méchante vieille sorcière, tu déshonores le prénom sacré que tu portes. Pour te punir, je te confisque ton dentier !
JEANNE : Mgnnam... Gneem... mon dentier ! Rends-moi mon dentier ! Je le dirai à Bayrou ! Bande de collabos ! Blllboub...
PÉTAIN : Chef Le Pen, je vais raccrocher. Je dois aller prendre une chicorée avec mes amis le général Franco, Benito Mussolini et Sacha Guitry.
LE PEN : Ah ! vous avez de la chance, Maréchal !
PÉTAIN : Sois patient, Jean-Marie. Un jour, ton tour viendra ! Vive le pain de seigle ! Vive la saccharine ! Vive Jeanne d'Arc et vive la famille Le Pen...
JEANNE : Blll ! Rends-moi mon dentier ! Mon dentier ! Votez Bayrou ! Mgnamm... Mgnnn...

Foot X

EUGÈNE SACCOMANO : Marc Dorcel, le célèbre producteur de films X, vient de proposer à Mlle Zahia, l'escort girl qui vient de défrayer la chronique, de devenir actrice dans une de ses prochaines productions qui mettra en scène des footballeurs. Du foot X ! Comme le nom de la mascotte de l'équipe de France en 1998 ! Du temps où on gagnait, car, à cette époque bénie, Domenech ne sévissait pas ! Donc, je serais M. Dorcel, pour donner la réplique à Mlle Zahia, j'engagerais des footballeurs crédibles, des professionnels expérimentés qui ont déjà joué avec elle, comme Ribéry, Govou et Benzema. Au moins, avec ces garçons, les passes seront de qualité, pas comme quand ils jouent sous la houlette de cet impuissant de Domenech ! Mais oui ! Avec Zahia, on est sûr que Ribéry, Govou et Benzema

vont tirer des coups francs bien francs, qu'ils vont mouiller le maillot et qu'ils vont la mettre bien au fond !
Et meerde !

Saint suaire

• *Bonjour, Benoît XVI…*
Benoît XVI : Après des semaines et des semaines de polémique autour de ces histoires de pédophilie – Ah ! ça, on peut dire que j'en ai pris plein la tiare ! – oui, après tout ce bazar, je croyais enfin que j'allais pouvoir souffler un peu en allant m'agenouiller devant le saint suaire de Turin.

• *Un saint suaire qui suscite lui aussi des controverses…*
Benoît XVI : Eh oui ! Des mécréants me font suer avec le saint suaire ! Des historiens qui se croient malins prétendent que ce linceul a été tissé au Moyen Âge, entre 1260 et 1390. Ils étaient là pour le voir ? Non ! Moi, je suis comme saint Thomas, je ne crois que ce que je vois ! Et à Turin, ce que je vois sur ce saint drap : c'est la tête du fondateur de ma boîte qui est aussi le fils du Grand Patron ! Oui, c'est lui ! Y a pas photo !

• *Mais, Saint-Siège, ces scientifiques s'appuient sur des tests de datation au carbone 14 !*
Benoît XVI : Mais les mécréants, les incrédules qui me font le coup du carbone 14 sont les mêmes qui, en ce moment, pour nous nuire vont farfouiller dans les bacs à linge de nos pensionnats religieux et dans la buanderie de la chorale de mon frère Georg…

• *Mais pour y trouver quoi, Saint-Siège ?*
Benoît XVI : Mais des draps bien amidonnés, avec des images…

• *Des images ?*
Benoît XVI : Oui, des cartes d'Irlande, de Bavière, des cartes du Mexique, des États-Unis… Aussi des cartes de Belgique, divisée en deux par les deux langues… Ah ! qu'est-ce que je raconte… Et surtout, je suis désolé pour votre pays qui est la fille aînée de l'Église, des cartes de France !

Marée noire

PHILIPPE CANDELORO : Obama, dimanche, il est venu en Louisiane pour rencontrer un groupe de pêcheurs. Il pleuvait, il était tout mouillé, on l'a pas bien vu. Mais quand il reviendra, on le verra plus du tout.

• *Pourquoi ça, Philippe ?*
CANDELORO : Ben, la marée noire, noir sur noir... Ça ressortira pas bien... En Alaska, ça aurait été mieux, ou alors devant le volcan islandais qui fait de la fumée blanche, là il ressortirait bien, Obama !

• *Oh ! Philippe !*
CANDELORO : Ben quoi ? Comme Surya Bonaly sur la glace !

Grèssothon (1)

• *Bouleversé par la terrible crise qui frappe la Grèce, Gérard Holtz a décidé lui aussi de réagir.*
GÉRARD HOLTZ : La Grèce va mal, la Grèce va très mal ! Et moi aussi, ça me fait très mal, car la Grèce est la patrie du sport, la patrie de l'olympisme, de l'athlétisme et du culturisme ! Alors, au nom du sport, oui, au nom du sport, mobilisez-vous ! MO-BI-LI-SEZ-VOUS pour un Grèssothon ! Un Grèssothon pour sauver la Grèce !

• *Et qu'est-ce qu'il faut envoyer à ce Grèssothon, Gérard Holtz ?*
HOLTZ : Les Grecs manquent de tout, les Grecs ont faim, oui, les Grecs ont faim ! Alors envoyez-leur des olives à la grecque, du tarama, de la moussaka, oui, de la moussaka, des barquettes de moussaka ! Envoyez aussi des yaourts ! Beaucoup de yaourts, mais aussi de la feta, des calamars, des feuilles de vigne farcies à la viande hachée ! La Grèce, c'est aussi la patrie de la culture. Alors il faut vous mobiliser ! Envoyez des CD, des disques, des mini-cassettes : de Demis Roussos, de Nana Mouskouri, de Vangelis, de Georges Moustaki ! Tout !

Paire de potes

• *Occupé à régler le problème du nuage islandais et la crise grecque, Herman Van Rompuy, le président du Conseil européen, a reçu une visite inattendue dans son bureau de Bruxelles…*

Toc, toc, toc…

HERMAN VAN ROMPUY : Inattendue, inattendue ! Je t'en ficherais, oui ! Quand on frappe comme ça, je sais très bien qui c'est ! *Gotferdom !* C'est le Polichinelle du Poitou ! Mais il est pire qu'une taxe européenne ce type-là, impossible de s'en débarrasser !

Toc, toc, toc…

VAN ROMPUY : Je n'ai pas le temps d'écouter ses sornettes ! Je vais le virer vite fait ! Entrez, entrez !

JEAN-PIERRE RAFFARIN : Ah, bonjour, Président Van Waterzoï ! Comment allez-vous ?

VAN ROMPUY : Très bien, monsieur Ratetontrain, très bien… Mais je suis un peu pressé.

RAFFARIN : Je ne serai pas long, Président Van Ratatouille, je sais que vous avez de nombreux problèmes à régler… Il y a cette Grèce qui vous pèse beaucoup…

VAN ROMPUY : Non, contrairement à vous, je n'ai pas de problème avec ma graisse, monsieur Pètunjoint !

RAFFARIN : Je parlais du pays, Président Von Pètezouille… Bien. Comme vous le savez, je suis le représentant personnel du président Sarkozy pour la francophonie…

VAN ROMPUY : Mais qui pourrait l'ignorer, cher Manquedesoin !

RAFFARIN : À ce titre, je vais voler vers la Louisiane, cette terre francophone, pour la sauver de la marée noire mais, avant de partir, je voulais vous offrir comme à la charmante Cathy Ashton, la représentante du Conseil européen pour les affaires étrangères, quelques ouvrages pour vous donner le goût de notre belle langue française…

VAN ROMPUY : Monsieur Tempsdechien, on peut dire beaucoup de choses de Cathy Ashton, sauf qu'elle est charmante ! Elle est si vilaine que les fonctionnaires européens ont obtenu qu'elle porte un masque d'Arlette Chabot pour se déplacer dans nos locaux…

RAFFARIN : Effectivement, elle a un physique… très… très… anglais, disons… Voici, pour vous, Président Von Langued'Oïl, les livres que je lui ai offerts : les Mémoires de Jacques Delors et *Le Pouvoir et la Vie* de Valéry Giscard d'Estaing…

VAN ROMPUY : C'est… C'est très aimable à vous, monsieur Chutedereins, vous n'avez qu'à les mettre au feu… Les poser sur la cheminée, je voulais dire une fois ! *(À part :)* Je n'en peux plus, il faut qu'il s'en aille ! *(À Raffarin :)* Allez, bonne journée à vous !

RAFFARIN : Oui, merci, Président Tartaupoil ! Juste une dernière chose : je crois que votre secrétariat ou votre éditeur a dû faire une erreur car je n'ai pas reçu d'exemplaire dédicacé de votre magnifique recueil d'haïkus...

VAN ROMPUY *(à part)* : Une erreur, tu parles ! Je préfère en bouffer un que de le lui offrir ! *(À Raffarin :)* Oui, bien sûr, c'est un oubli une fois... Je vais leur demander de vous en faire parvenir un sans faute ! Au revoir, cher...

RAFFARIN : Pas la peine d'en envoyer, pas la peine, Président Pairedecouilles ! J'en ai acheté un, le voici, merci de me le dédicacer !

VAN ROMPUY : Ah !... Donnez, donnez... *(À part :)* N'importe quoi, pourvu qu'il fiche le camp ! *(À Raffarin :)* Une petite dédicace... Voilà... Au revoir... Bonne fin de journée, cher ami !

Bruit de porte qui se ferme...

RAFFARIN : Au rev... Il était vraiment pressé... Voyons ce qu'il a écrit. « À Jean-Pierre Cassetoiloin. Avec toute mon affliction. HVR. »... « Affliction » ? Non, il a dû vouloir écrire « affection »... Bien sûr... Il m'adore, ce Von Merdouille !

« L'École des fans » (7)

• *Cette semaine encore, sur la chaîne Gulli, « L'École des fans », animée par Philippe Risoli, a fait un carton.*

PHILIPPE RISOLI : Bonjour, les enfants ! Bonjour, les parents ! Bienvenue dans « L'École des fans » ! Et tout de suite j'accueille un jeune candidat. Bonjour, comment tu t'appelles ?

PASQUA FILS : Je m'appelle Pierre-Philippe.

RISOLI : Pierre, c'est ton prénom, et Philippe, c'est ton nom ?

PASQUA FILS : Mais non, mais non, tu es fada, toi ! Pierre-Philippe, c'est mon prénom.

RISOLI : OK, j'ai compris ! Tu as un prénom composé à la con ! Mais alors, c'est quoi, ton nom ?

PASQUA FILS : C'est celui de mon père...

RISOLI : De ton père ! Pas mal, pas mal ! Et il est là, ton papa ?

PASQUA FILS : Oui, c'est lui, là-bas.

RISOLI : Le monsieur avec des chaussures bicolores, assis entre deux gendarmes et qui ressemble à Fernandel ? Et qu'est-ce qu'il fait, ton papa ?

PASQUA FILS : Il est condamné à un an de prison avec sursis.

RISOLI : Avec sursis ! Pas mal, pas mal ! Et avant, qu'est-ce qu'il faisait, ton papa avec sursis ?

PASQUA FILS : Il était sénateur. Et avant, il était ministre de l'Intérieur. Et encore avant, il vendait du pastis !
RISOLI : Du pastis, Jean-Philippe ! Pas mal, pas mal !
PASQUA FILS : Oui, c'est fort, mais c'est bon !
RISOLI : Et qu'est-ce que tu veux gagner, Jean-Philippe ? Du pastis ?
PASQUA FILS : Mais non, je veux gagner des petits papiers !
RISOLI : Tu aimes dessiner, Jean-Philippe ?
PASQUA FILS : Non, ça me gonfle ! Les petits papiers, c'est pour que mon papa il écrive dessus le nom de tous les bâtards qui zont pas été gentils avec lui.
RISOLI : Et ton papa, il n'a pas de petits papiers ?
PASQUA FILS : Il en a pas assez, parce qu'il a plein de noms à écrire dessus. Et si tu me fais pas gagner, toi aussi, mon papa, il va écrire ton nom sur ses petits papiers !

Petit déj' 0 %

CARLA : Oh ! Mamour, tu as la mine toute chiffonnée, ce matin...
SARKOZY : Toutes ces réunions pour sauver l'euro.
CARLA : Pour reprendre des forces, mange encore une brioche, mon chéri...
SARKO : Non, merci, ma Carlita...
CARLA : Oh ! Chouchou, tu as peur de reprendre du poids ?
SARKO : Non, c'est pas pour ça. J'ai très envie d'une cinquième brioche, mais c'est pas au moment que je demande aux Français de se serrer la ceinture que je vais desserrer la mienne après que je me sois gavé.
CARLA : Et moi, je peux reprendre un yaourt Sveltesse 0 % ?
SARKO : Écoute, Carlita : les yaourts à 0 % que tu manges le matin, ils sont payés à 100 % par le budget de l'État. Exactement comme mes brioches. Or, j'ai décidé de geler les dépenses de l'État...
CARLA : Oh ! on va avoir froid ?
SARKO : Tu veux savoir ce que c'est que le gel des dépenses ? Eh bien, je vais te le dire. Le gel, ça signifie que, désormais, le pouvoir d'achat réel de l'État sera réduit en proportion de l'inflation chaque année. Si, en 2011, l'inflation est identique à celle de 2010, soit 1,2 %...
CARLA : Oh ! arrête, Chaton ! Tu me donnes mal à la tête... Passe-moi une barre Gerlinéa...
SARKO : Je te dis que non ! Tous les Français doivent faire des efforts. Et l'exemplarité, ça commence à l'Élysée, au petit déjeuner. Surtout au moment où je remonte dans les sondages...
CARLA : Oui, mais faut dire que tu partais de si bas...

(Sonnerie de portable…)
SARKO : Excuse-moi, Carlita, ça doit être Barack Obama, j'attends son coup de fil sur la crise grecque… Allô ?… Oui, c'est moi… Oui, je vous la passe… *(À Carla :)* C'est pour toi, ma Carlita… C'est pas Obama, c'est le chauffeur de bus de Tremblay que je t'ai passé l'autre jour…
CARLA *(bas)* : Mais j'ai rien à lui dire ! Il est lourd… T'aurais jamais dû lui laisser ton numéro…
SARKO *(à Carla)* : Je pouvais pas faire autrement, y avait des journalistes… *(Au chauffeur :)* Allô, monsieur le chauffeur, je suis désolé, Carla vient juste de partir… Oui, oui, je lui dirai… C'est ça… Bonne continuation !
FRED MITTERRAND : Bâsoir ! Adieu, dépenses inutiles et superflues ! Oui, au revoir, espérance de bombance et d'abondance !
SARKO : Si j'avais su, j'aurais pas annulé mon voyage en Russie. Comme ça, ce matin, j'aurais pas eu à me farcir ce boulet.
MITTERRAND : Bye, bye « Travailler plus pour gagner plus » ! Désormais, tel le boxeur thaï de quarante ans ajustant son short avant le combat, il va falloir se serrer la ceinture…

Suspense insoutenable

• *Mardi soir, à 20 heures sur TF1, Raymond Domenech va révéler la liste des vingt-trois joueurs sélectionnés pour le Mondial. Un commentaire, Eugène Saccomano ?*
EUGÈNE SACCOMANO : Qu'ils soient vingt-trois, trente-six ou huit cent cinquante, ça ne changera rien à l'affaire puisque, de toute façon, cette équipe de culs-de-jatte est coachée par Domenech ! Mais, comme l'heure est aux économies et aux restrictions budgétaires, moi, je sais comment on peut faire des économies considérables ! Il faut annuler le voyage des Bleus en Afrique du Sud ! Mais oui ! Cette bande de piedsbots, c'est pas la peine de les envoyer à l'autre bout du monde, où, de toute façon, ils vont se faire ramasser, dégager, éliminer ! Comme ça, on économisera les billets aller et les billets retour ! Sans parler des notes d'hôtel et du pognon pour payer des escort girls à Ribéry et à Govou ! Quant à Domenech, ça lui permettra de partir plus tôt à la retraite et ça lui évitera de connaître son Waterloo. Et s'il veut quand même voyager, y a qu'à l'envoyer se faire voir chez les Grecs !
Et meerde !

Pas franc

• *Nicolas Dupont-Aignan, le président de Debout la République, a annoncé mercredi le lancement d'une pétition pour que la France abandonne l'euro. Qu'en pensez-vous, Philippe de Villiers ?*
PHILIPPE DE VILLIERS : Bien que je me sois rapproché de Nicolas Sarkozy depuis les régionales, j'avoue que les thèses souverainistes de M. Dupont-Aignan ne me laissent pas indifférent. Mais abandonner l'euro et revenir au franc, ça me révulse.

• *Mais pourquoi donc, monsieur Villiers ?*
VILLIERS : Parce que, rien qu'à imaginer que certains dépravés pourraient glisser dans la poche de leur pantalon un rouleau de pièces de 5 francs pour faire croire qu'ils ont été avantagés par la nature, je suis dégoûté. Quitte à retrouver une monnaie ancienne, il faut remonter encore plus en arrière, avant la Révolution de 1789. Oui, il faut revenir à l'époque où toutes les transactions se faisaient en louis d'or, en sous et en deniers.

• *Et l'écu, monsieur Villiers ?*
VILLIERS : Écoutez, l'écu me dégoûte encore plus que les rouleaux de pièces de 5 francs dans la poche du pantalon. Les culs sur la commode ! Les culs aux rondeurs affolantes ! Les culs bien fermes... Les culs que les avares reluquent et caressent en cachette. Les culs qu'on palpe, qu'on claque et qu'on astique vigoureusement pour bien qu'ils reluisent... J'arrête, je bande !

• *Et vous, monsieur Le Pen, que pensez-vous de la campagne de M. Dupont-Aignan ?*
JEAN-MARIE LE PEN : D'abord, je tiens à dire que je trouve que ce Nicolas Dupont est vraiment gnan-gnan ! Si ma mémoire est bonne : au deuxième tour, en 2007, M. Dupont-Aignan n'avait-il pas appelé les citoyens à voter Sarkozy, ce même Sarkozy qui est l'un des plus zélés pourvoyeurs de l'euro, cette monnaie supranationale et apatride ? Après s'être lamentablement fourvoyé, voilà donc notre Dupont et Dupond du souverainisme qui découvre la nocivité de l'Union monétaire européenne !

• *Monsieur Pasqua, vous qui avez milité pour le Non au traité de Maastricht en 1992, vous qui avez quitté le RPR pour fonder le Rassemblement pour la France, qui était un mouvement « souverainiste », vous qui avez fait campagne pour le Non à la*

Constitution européenne au référendum du 29 mai 2005... Que pensez-vous de cette campagne anti-euro ?
CHARLES PASQUA : Avant de vous répondre, laissez-moi vous dire, Mlle Pozzi, que je regrette de ne pas vous avoir connue plus tôt, car question « petits papiers », vous m'avez l'air plutôt fortiche ! Et je vous aurais volontiers prise comme collaboratrice...

• *Je ne fais que mon travail de journaliste...*
PASQUA : En tout cas, vous êtes sacrément bien renseignée... Mais revenons à votre question. Est-ce que je veux rester à l'euro ou revenir au franc ? Comme vous devez le savoir, j'ai décidé de me pourvoir en cassation. Pourquoi la cassation ? Pour faire rendre gorge à mes accusateurs. Et comment je vais leur faire rendre gorge ? Grâce à mes petits papiers ! Et quand j'aurai obtenu gain de cause et que j'aurai été encore plus blanchi qu'un agnelet tétant encore sa mère, je demanderai à mes détracteurs des dommages et intérêts considérables. Et en quoi, vais-je les demander ? En milliers d'euros si on reste à l'euro, en milliers de francs si on revient au franc. Et toutes ces liasses de billets, ça va en faire, des petits papiers...

Élargissons le centre

• *Jean-Pierre Raffarin, qui est vice-président de l'UMP, a affirmé récemment que son parti devrait tendre la main à François Bayrou, lequel, de son côté, devrait réfléchir à un retour au sein d'une majorité présidentielle élargie. Du coup, François Bayrou est allé trouver Jean-Pierre Raffarin.*
Toc, toc, toc...
JEAN-PIERRE RAFFARIN : Qui est là ?
FRANÇOIS BAYROU : C'est moi, François Bayrou.
RAFFARIN : Ah, mon vieux copain François, entre ! Mets-toi à l'aise...
BAYROU : Bonjour, Polichinelle. Alors comme ça, il paraît que tu veux me tendre la main ?
RAFFARIN : Oui, cher François, il faut te rendre à l'évidence, ta stratégie avec la gauche était certes audacieuse, mais hélas ! pour toi, elle est dans une impasse, alors tu dois réfléchir à revenir au sein d'une majorité présidentielle élargie, comme au bon vieux temps de l'UDF.
BAYROU : Toi, je le sens, tu as une idée derrière ta tête de faux cul. Ça ne serait pas, par hasard, parce que Nicolas Sarkozy a besoin de réserves pour la présidentielle de 2012 ?
RAFFARIN : 2012 ? Pourquoi 2012 ? Non, ami François, non ! Qu'est-ce que tu vas chercher ! C'est par pure amitié que je te tends cette main fraternelle !

BAYROU : Polichinelle, sache que je ne mange pas de ce pain-là ! Tu me prends à la fois pour Besson, le traître de gauche, et pour Morin, le traître de droite !
RAFFARIN : Mais non, je ne veux pas te débaucher, François ! Je t'en conjure : accepte cette main…
BAYROU : Tu le sais bien, Jean-Pierre, en tant que centriste, je ne peux accepter ni main droite ni main gauche !
RAFFARIN : Alors accepte les deux ! Viens dans mes bras que je te donne l'accolade !
BAYROU : Tu veux dire l'enculade !

Tony Musulin était son nom !

• *Le procès du convoyeur de fonds Tony Musulin, qui vient de s'ouvrir à Lyon, a donné à Robert Hossein l'idée de son prochain spectacle.*
ROBERT HOSSEIN : « Tony Musulin était son nom ! » : l'histoire rocambolesque du petit convoyeur devenu le voleur le plus audacieux du XXIe siècle ! Dans le rôle de Tony Musulin : Gérard Depardieu !
GÉRARD DEPARDIEU : Je suis pas Robin des bois, moi ! Je suis qu'un petit convoyeur, un modeste salarié ! Alors, un jour, j'en ai eu ma claque de trimbaler les talbins des autres ! Toute cette oseille, ça m'est monté à la tête !
HOSSEIN : « Tony Musulin était son nom ! », le procès palpitant de l'Arsène Lupin de Lyon ! Dans le rôle de l'avocate de Toni Musulin : Jeanne Moreau.
JEANNE MOREAU : Oh ! mon Tony, pendant qu'on est seuls tous les deux, dis-moi la vérité : Qu'est-ce que tu as fait des 2,5 millions qu'on n'a pas retrouvés ? J'espère que tu ne les as pas placés dans une banque. En ce moment, c'est pas prudent !
DEPARDIEU : Mais, dis donc, tu me prends pour un cave ou quoi ! Je les connais, les banquiers ! Je les ai livrés pendant dix ans ! Je sais qu'on peut pas leur faire confiance ! Jamais je leur aurais filé mon magot !
JEANNE : Ah ! tu vois bien que t'as planqué le butin !
DEPARDIEU : Tais-toi, la baveuse ! Le juge va t'entendre ! Y a le greffier qui note tout ce qu'on dit ! Fumier ! À cause de toi, je vais en prendre pour dix ans !
HOSSEIN : « Tony Musulin était son nom ! » L'histoire inouïe d'un amnésique qui ne se rappelle plus ce qu'il a fait de l'argent !
DEPARDIEU : J'en ai laissé dans le camion. Le reste, je l'ai mis dans le garage, et après, je sais pas. Oh ! et puis merde, vous allez pas me faire chier pour les 2,5 pauvres millions qui manquent ! Et les 110 milliards d'euros pour les Grecs, je vous en parle, moi ? Qui c'est qui se le met dans les fouilles ? Les banques ! Hein, ça vous en bouche un coin, ça !

HOSSEIN : « Tony Musulin était son nom ! » Après la halle Tony Garnier et la Bourse du travail, prolongations au palais de Justice de Lyon !
DEPARDIEU : Et les 750 milliards du fonds de soutien européen ? C'est pour qui ? Pour les banques ! Alors, me faites pas chier !

Supercoach a encore frappé

EUGÈNE SACCOMANO : Ça y est ! Domenech a communiqué sa liste ! Sur les trente joueurs qu'il a retenus, c'est bizarre, il y a seulement quatre gardiens de but : Mandanda, Lloris, Landreau et Carasso...

•*Quatre gardiens, ça fait beaucoup !*
SACCOMANO : Mais non ! Pour l'équipe de France, c'est pas assez ! C'est même onze gardiens qu'il aurait fallu sélectionner. Pour que Domenech les fasse jouer ensemble ! Mais oui, un goal, ça peut jouer aussi bien avec les pieds qu'avec les mains. Alors, à onze gardiens, je peux vous dire qu'en Afrique du Sud l'équipe de France aurait une chance de l'emporter.
Et meeerde !

Grèssothon (2)

GÉRARD HOLTZ : La Grèce va mal, la Grèce va très, très mal ! Il faut la sauver ! Bien sûr, les 110 milliards du FMI et du Conseil européen ont fait du bien aux Grecs, oui, ça a fait du bien aux Grecs... Mais, ça ne suffit pas, car les Grecs continuent à manquer de tout, alors il faut continuer à envoyer vos dons au Grèssothon... Oui, mobilisez-vous ! MO-BI-LI-SEZ-VOUS ! Comme les artistes qui se sont engagés à sauver la Grèce, comme Georges Moustaki. Bonjour, Georges...
GEORGES MOUSTAKI : Bonjour !
HOLTZ : Georges, vous avez mis tout votre dynamisme au service de cette grande cause : sauver la Grèce. Vous avez d'ailleurs adapté l'une de vos chansons pour en faire le slogan de ce Grèssothon...
MOUSTAKI : « Nous aurons toute la vie pour tout rembourser
Nous aurons toute la mort pour nous remplumer. »
HOLTZ : Bravo Georges ! Mieux que ça, vous allez vendre un disque. Eh oui ! je rappelle que ce sont les Grecs qui ont inventé le lancer du disque. Ça peut

pas mieux tomber ! Un titre emblématique. Une adaptation de votre tube : « Le Métèque ».
À vous Georges et vive le sport !
MOUSTAKI :
Avec la Grèce qu'on hypothèque
On s'est fait enculer à sec
Et du coup on n'a plus d'argent

Avec l'euro tout dévalué
Qui nous donne l'air de mendier
Moi qui ne mendie plus souvent

Avec les conneries des traders
Des financiers et des voleurs
Qui ont pillé tant de jardins

À cause d'eux on l'a dans le cul
La Grèce n'a plus un seul écu
Et on va tous crever de faim

Bravo, l'artiste !

• *Au Palais-Royal, la restauration des Colonnes de Buren vient de s'achever. Un commentaire, Jack Lang ?*
JACK LANG : Quand on pense que ces colonnes admirables, rayées comme des pyjamas, dont, en 1986, j'avais commandé et financé l'érection (eh oui, c'est comme ça qu'on dit, Madie)... oui, quand on pense que ces colonnes ont à peine mis trente ans à se dégrader alors que l'obélisque de la Concorde est toujours intact au bout de deux mille trois cents ans, on ne peut être qu'admiratif pour le travail de Daniel Buren ! Bravo, l'artiste !

Jospin regarde Lionel

• *Ce soir sur Arte, à 20 h 10, deuxième partie du film* Lionel raconte Jospin. *Vous serez devant votre téléviseur, Lionel Jospin ?*
LIONEL JOSPIN : Oui... En revanche, je ne ferai pas partie des téléspectateurs qui regarderont ce documentaire consacré à moi-même.

• *Comment ça se fait, monsieur Jospin ?*
JOSPIN : Comme vous l'avez dit, le début de ce film est programmé sur Arte à 20 h 10, exactement à la même heure que « Plus belle la vie » sur FR3. Et j'aime mieux vous dire qu'entre un documentaire sur moi et « Plus belle la vie », y a pas photo, je choisis « Plus belle la vie » ! En effet, je tiens absolument à savoir comment l'éducateur Benoît Cassagne va évoluer. Après avoir passé plus d'un mois aux Baumettes pour un viol qu'il n'a pas commis, ce pauvre Benoît a les patates au fond du sac et j'aimerais savoir s'il va jambonner la blonde Ninon ou sa rivale Mélanie, la serveuse abrutie du Mistral !
Donc, ce soir, avec ma femme, la philosophe féministe Sylviane Agacinski, nous dînerons comme d'habitude à 19 h 22. Pendant que je ferai la vaisselle, à 19 h 50, je mettrai de l'eau à bouillir pour préparer l'infusion des « Deux Marmottes » qu'on boira à 20 h 10. Vu la météo, je pense que je vais préparer l'infusion « Frisson d'hiver », un mélange de cannelle, de thym, d'écorce de citron, de clou de girofle et d'eucalyptus. Et comme c'est une tisane plus puissante que d'habitude, j'espère ne pas m'endormir dès la fin du générique.

• *Encore une question, monsieur Jospin. Vous avez déclaré dans* Le Monde *que Nicolas Sarkozy vous avait proposé une mission de réflexion. Pourquoi avez-vous refusé ?*
JOSPIN : J'ai dit au président de la République que je ne souhaitais pas être un scalp à sa ceinture. Ça, c'était la raison officielle, mais, en fait, là encore, c'était une question d'horaires. Toutes les réunions prévues se terminaient vers 20 h 40, ce qui m'aurait empêché de voir « Plus belle la vie ». Voilà...

Pas de panique !

• *Jean-Pierre Coffe, deux importantes chaînes de grandes surfaces françaises viennent d'annoncer le rappel de plusieurs lots de boîtes de haricots verts en conserve... Une réaction ?*
JEAN-PIERRE COFFE : Oui, ma petite poule au riz, bien sûr que je vais réagir, mais je tiens d'abord à préciser que les magasins dont je fais la pub ne sont pas impliqués dans cette affaire... Je préfère préciser parce que, sinon, ils sont capables de ne pas me faire mon chèque à la fin du mois...
Alors, c'est quoi, cette histoire ? Franchement, comme disait le marquis de Sade, il n'y a pas de quoi fouetter une chatte ! On s'est aperçu que certaines boîtes de haricots verts contenaient de la *Datura stramonium,* c'est une plante assez courante en France qui, à forte dose, peut se révéler toxique, d'accord... Mais la datura est aussi connue de certaines tribus amérindiennes et même en Chine pour ses vertus hallucinogènes... Les chamanes l'utilisaient à petites doses au cours de séances de

divination ou d'initiation rituelles. Alors, mes petits chéris, si, après avoir mangé une poêlée de haricots avec son steak haché, le petit dernier vous raconte que l'armoire de la salle de bains lui chante des chansons, si soudain la grand-mère à demi grabataire se lève de sa chaise et, la culotte sur la tête, se met à vociférer des chansons des Sex Pistols en serbo-croate, c'est qu'ils viennent d'ingurgiter une dose de datura ! Dans ce cas-là, pas de panique : une bonne douche froide, un somnifère et les voilà partis pour une bonne nuit de sommeil avec des rêves de toutes les couleurs... Le lendemain matin, ils devraient avoir un peu mal au crâne, mais la crise sera passée... Dans les cas plus extrêmes, qui se manifestent par une envie de voter Bayrou ou d'acheter un album de Carla Bruni, il vaut quand même mieux consulter le médecin ou le service des urgences.
Si vous n'avez pas encore ouvert la boîte et que vous avez un doute, vous la ramenez au magasin qui se fera un plaisir de vous rembourser... Voilà, mes enfants, c'est pas bien compliqué, pas besoin de paniquer les foules... Allez, vive les grandes surfaces et les chèques avec quatre ou cinq zéros... Allez-y, les enfants, allez-y !

L'impromptu de Bruxelles

• *Alors qu'il court d'une réunion des ministres des Finances des Vingt-sept à un rendez-vous avec Sarkozy, Zapatero ou Barroso, Herman Van Rompuy, le président du Conseil européen, reçoit parfois des visites qu'il n'attend pas...*
Toc, toc, toc...
HERMAN VAN ROMPUY : Ah, *gotferdom de gotferdom !* Le baudet du Poitou, comme si je n'avais que ça à faire ! J'avais pourtant interdit qu'on le laisse pénétrer dans l'immeuble ! Je ne peux même pas manger mon sandwouiche tranquille !
Toc, toc, toc...
VAN ROMPUY : Entrez une fois !
JEAN-PIERRE RAFFARIN : Président Van Babyboy, je suis désolé de vous déranger et je vous en demande pardon... J'ai profité de l'heure du déjeuner pour m'entretenir avec vous pendant cinq minutes...
VAN ROMPUY : Je vous en prie, cher Sacavin, c'est toujours un plaisir de recevoir le représentant personnel du président Sarkozy pour la mise en plis...
RAFFARIN : Pour la francophonie, Président Von Manchacouilles ! Pour la francophonie...
VAN ROMPUY : Oui, c'est ça, la francophonie, monsieur Coqauvin. Soyez bref...
RAFFARIN : Voilà, comme vous le savez sûrement puisque la presse mondiale s'en est fait l'écho... Comme le savez donc, je pars faire un pèlerinage à pied à Saint-Jacques-de-Compostelle...

VAN ROMPUY : Ah ? L'information m'avait échappé, monsieur Grosmachin… C'est passionnant, bonne route et à dans deux ou trois ans !
RAFFARIN : Je reviendrai plus tôt que ça, rassurez-vous Président Antirouille ! Si je suis venu aujourd'hui, c'est comme je l'ai fait pour mon ami Nicolas Sarkozy, c'est pour vous parler de la lenteur…
VAN ROMPUY : La lenteur, cher Boucheencoin ? D'accord, mais vite fait une fois !
RAFFARIN : Je voulais vous faire part de quelques réflexions puissantes et lumineuses qui, comme Nicolas, pourront vous aider dans l'exercice de votre lourde tâche… Par exemple, celle-ci que j'ai livrée dans une interview au *Journal du Dimanche* du samedi, écoutez bien : « En politique, il faut à la fois savoir aller vite et prendre son temps »… C'est fort, hein ?
VAN ROMPUY : Oui, très fort, monsieur Touchetongroin, je vais prendre une semaine ou deux pour y réfléchir !
RAFFARIN : Attendez, Président Soupeauxnouilles, ce n'est pas tout, j'en ai d'autres… Comme celle-ci par exemple : « Un président qui court, c'est bien, mais il nous faut aussi un président piéton »… C'est beau, non ? On dirait du Confucius !
VAN ROMPUY : Tout à fait oui, ou du Didier Barbelivien. C'est très beau, cher Rongetonfrein. Très puissant ! Très fort ! Il va falloir que je reste seul maintenant pour pouvoir y réfléchir tranquillement…
RAFFARIN : Bien, alors je vais vous laisser, cher Président Sitépasfeujtégoy ! Bien entendu, si un poste d'importance et à la hauteur de mon talent se libérait dans l'appareil européen, n'hésitez pas à me le faire savoir… Je viendrai vous rendre visite à mon retour de Saint-Jacques-de-Compostelle…
VAN ROMPUY : Tout à fait, tout à fait, mon cher Grosmandrin… Mais, pendant que vous y êtes, n'hésitez pas à faire un détour par Lourdes et par Fatima !
RAFFARIN : Bien sûr… Mais je ne veux pas priver trop longtemps la France et l'Europe de mes conseils et de mes réflexions… À bientôt, Président Chefdepatrouille !

Le cercle des poètes disparus

• *Toujours très actif, Dominique de Villepin, après une visite au Club de Paris, un cercle franc-maçon très influent, est allé trouver celui qui désormais le coache en vue de la présidentielle de 2012.*
Toc, toc, toc…
JACQUES CHIRAC : Ah ! c'est agaçant, ces parasites dans mon Sonotone !
Toc, Toc, Toc…
CHIRAC : Ils sont même de plus en plus forts !

Dominique de Villepin :
N'allez point accuser ce petit appareil
C'est moi qui ai frappé pour demander conseil.
Chirac : Ah ! Dominique ! Ça me fait plaisir de te voir ! Tu sait-e, ça me rappelle le bon vieux temps, quand tu venais me voir dans mon bureau de l'Élysée…
Villepin :
J'avais alors, c'est vrai, votre entière confiance
Main dans la main tous deux nous gouvernions la France.
Chirac : Bon, le passé, c'est le passé ! Regardons l'avenir et faisons le point-e. Donc, tu es allé rendre visite à des paysans ; tu as bu du lait tout chaud directement au pis de la vache sans dégueuler ! Je t'ai initié à la tête de veau. Maintenant, dis-moi comment ça s'est passé au Club de Paris…
Villepin :
Monsieur le Président, je le dis sans façon
Je me suis bien senti parmi ces francs-maçons.
Même sans tablier et les mains sans gants blancs
Je leur ai montré que j'étais quelqu'un de franc.
J'attends donc à présent de la maçonnerie
Qu'elle condamne aussi du nabot les conneries.
Chirac : Tout ça, c'est très bien, Dominique ! Mais j'aimerais que tu m'expliques pourquoi-te tu as dit que tu approuvais le rôle du gnôme dans le plan de rigueur européen ?
Villepin :
Si j'ai parlé ainsi, ne vous y trompez pas.
Ce n'est pas que je cherche à flatter Nicolas.
Oui, faisons attention, place aux économies
Mais tant qu'à nous priver, privons-nous donc de lui.
Chirac : Ah ! c'est tout ce que je nous souhaite ! Tiens, s'il y a une chose sur laquelle je vais pas radiner, c'est la binouze ! Alors, pour nous encourager, on va s'en boire une, de la mexicaine bien fraîche, avec une rondelle de citron !
Villepin :
Oui, à notre santé ! Levons nos deux binouzes
Et trinquons en pensant très fort à deux mille douze.
Cette année-là, en mai, je n'ai qu'un objectif :
Que Sarko se la prenne profond dans le dargif !

Apéro géant

BENOÎT XVI : Je ne comprends pas tout ce raffut avec les apéros géants ! Mais oui, réunir des milliers de fêtards, ça fait longtemps que, dans ma boîte, on organise ça, et que ça se passe très bien ! Tenez, la semaine dernière, à Fatima, c'est pas dix mille fêtards que j'ai réunis, mais cinq cent mille ! Quelle teuf on a faite ! Un demi-million de fidèles en folie heureux de faire la fête ! C'est énorme ! Et vous voulez savoir pourquoi il n'y a pas eu d'incidents ?

• *Oui, Saint-Siège, on aimerait bien le savoir.*
BENOÎT XVI : Le secret, c'est que, dans nos apéros géants, je suis le seul à boire ! Eh oui ! le vin de messe, y a que moi qui m'en envoie une bonne rasade dans le saint cornet ! Cinq cent mille personnes, mais une seule bouteille ! Pas de beuverie générale, pas de « Bitch drinking ». Et aussi, pas de verre brisé, pas de canettes à ramasser, pas de jeunes gens qui vomissent dans les caniveaux !

• *Mais quand vous buvez, c'est avec modération ?*
BENOÎT XVI : Ach… En ce moment, avec toutes ces histoires de pédophilie qui me tombent sur la chasuble, je dois confesser que je cherche parfois à noyer mes soucis dans l'alcool. Mais, attention, je ne fais pas courir de danger à qui que ce soit ! Car après la fête, je me fais raccompagner. Eh oui ! ce n'est pas moi alors qui conduits la papamobile, c'est ma femme. Elle fait la « capitaine de soirée ». Et quand je suis pompette, pas question de la gruger en lui dissimulant mon état éthylique. Car, de toute façon, elle voit bien que je suis en manque, Ulla.

• *Monsieur Pasqua, un commentaire sur ces apéros géants ?*
CHARLES PASQUA : Comme vous le savez, avant de faire de la politique, j'étais dans le pastis. J'étais même le numéro deux d'une marque de boisson anisée bien connue, mais dont je tairai le nom, pour la simple et bonne raison que je ne tiens pas à m'attirer les foudres du Conseil supérieur de l'audiovisuel, le CSA, car, en ce moment, j'ai assez de procès sur le dos !
Tout ça pour vous dire que l'apéro, ça me connaît ! Quant à l'apéro géant, moi aussi, je compte bien en organiser un à l'occasion de mon pourvoi en cassation !

• *Et qui comptez-vous inviter, monsieur Pasqua ?*
PASQUA : Pour vous faire une confidence, j'inviterai à cet apéro géant tous ceux qui figurent sur mes petits papiers ! Croyez-moi, ça fait du monde et j'en connais certains quand je donnerai leurs noms qui vont sacrément trinquer ! Allez, santé !

• *Et vous, Jack Lang, que pensez-vous des apéros géants ?*
JACK LANG : Il était temps que vous me posassiez la question, car, voyez-vous, une fois de plus, j'ai été négligé, jeté aux oubliettes, Juliette !

• *Comment ça ?*
LANG : Mais nom d'une colonne de Buren ! C'est moi, et moi seul, qui suis l'inventeur des apéros géants ! Mais oui ! On voudrait nous faire croire qu'il s'agit de je ne sais quel phénomène nouveau, alors que la fête de la Musique, la Techno Parade, la Gay Pride, tous ces rassemblements festifs que j'ai crées existent depuis longtemps et sont des apéros géants !
Mais oui, et dans ces immenses fiestas sorties de mon inventif cerveau, les djeunes qui s'y rencontrent par dizaines de milliers, qu'est-ce que vous imaginez qu'ils y boivent ? Du lait fraise ? Du diabolo menthe ? Mais non ! Pour tenir le coup et pour échapper au martèlement infernal d'une musique qui rend sourd, ils boivent de l'alcool en immense quantité, ils vomissent partout et, en plus, ils ont droit au canon à confettis ! Alors, de grâce, rendez à Jack ce qui revient à Jack ! Et s'il venait à l'idée du président de créer un ministère des Apéros géants, je suis son homme !

• *Bertrand Delanoë, vous avez décidé d'interdire un apéro géant qui devait se dérouler le 23 mai au Champ-de-Mars. Vous pouvez nous en dire plus ?*
BERTRAND DELANOË : D'abord, il faut savoir que cet apéro géant a été baptisé par ses organisateurs « Record du plus grand apéro de France à Paris ». Il était donc hors de question que je laisse passer un truc pareil ! Parce que le plus grand apéro de France, c'est quand même la fête des Voisins !
Vous voyez donc que je n'ai rien contre les rassemblements de jeunes sur la voie publique dans un esprit festif. La Techno Parade, la Gay Pride, la Nuit blanche, la Nuit des musées… chaque année, je suis le premier à y aller et je ne suis pas le dernier non plus pour faire péter le canon à confettis… Boum ! Alors, pourquoi interdire cet apéro géant ? Tout simplement parce que faire consommer le maximum d'alcool à un maximum de gens dans un même endroit, ça génère un maximum de risques. Parce que qu'est-ce qu'ils veulent les Parisiens, les socialistes et les Franciliens ? C'est ne pas se repasser des herpès, de la gourme et des hépatites en tétant à plusieurs au même goulot.

Et « La Nouvelle Star », dans tout ça ?

• *Philippe Manœuvre, vous avez l'air bougon, ce matin.*
PHILIPPE MANŒUVRE : Salut, les kids ! Putain, je ne me suis toujours pas remis de ce qui m'est arrivé la semaine dernière ! Mercredi dernier, la mort dans l'âme,

après m'être déguisé en plus vieil ado de France, je me pointe à la halle Baltard pour rejoindre les jurés de « La Nouvelle Star ». Et là, nobody ! Personne ! Je me dis : « Génial ! L'enfer touche à sa fin ! Yes ! M6 a supprimé l'émission ! » C'est alors qu'un vigile vient m'annoncer que le prime a été reporté au lendemain à cause du foot ! La very bad news ! J'ai eu la rage et j'ai explosé mes Ray Ban rouges à grands coups de santiags.
Du coup, le lendemain, ça a été un des pires prime de ce putain de show ! Passe encore d'écouter un homonyme de Dave complètement chauve singer lamentablement Lady Gaga. Mais l'abomination, c'est quand Ramon (un espingouin dont on comprend jamais ce qu'il dit) a bousillé « Last Request » de Paolo Nutini. Pour moi, c'est comme si ce sous-crooner insultait David Bowie, Damien Rice, Oasis, U2, Fleetwood Mac, Ray Charles et Van Morrison réunis. Bullshit !

Mais non, c'est pas méchant !

• *Vous avez l'air bien jovial, Georges Frêche.*
<u>GEORGES FRÊCHE</u> : Vous avez vu ce qu'a dit Mme Boutin en réponse à Marine Le Pen ? « Mieux vaut être un cheval de labour qu'une vache qui meugle. » J'ai trouvé ça marrant ! Et ça m'a fait penser à ce qui va se passer au Parti socialiste à l'approche de la présidentielle quand il faudra choisir entre Dominique Strauss-Kahn et Martine Aubry. J'ai déjà le slogan : « Mieux vaut un vieux cheval de retour que cette grosse vache de Martine Aubry. »

• *Oh ! monsieur Frêche !*
<u>FRÊCHE</u> : Mais non, c'est pas méchant ! Et puis, j'aime bien les vaches, moi. Les vaches maigres, par exemple, comme celles que va connaître bientôt cette pauvre Mme Mandroux à Montpellier quand je reviendrai m'occuper de la mairie. Je peux même vous dire qu'elle va bouffer de la vache enragée, cette vieille carne. Mais non, c'est pas méchant !

Star de Cannes

• *Lionel Jospin, jeudi dernier, vous avez fait un triomphe à Cannes. Vous pouvez nous en dire plus ?*
<u>LIONEL JOSPIN</u> : Moi qui n'ai jamais réussi à monter en vainqueur les marches du palais de l'Élysée, j'ai été très heureux de grimper les marches du palais des Festivals sous les applaudissements pour le film *Le Nom des gens*. Déjà, le titre est

bien, il donne très envie d'y aller. Je n'apparais que deux minutes et demie, mais ça m'a vraiment donné envie de me lancer dans une carrière de comédien.

• *Vous avez des propositions ?*
JOSPIN : Oui...

•*Vous pouvez nous en dire davantage ?*
JOSPIN : Je reçois des scénarios qui sont tentants comme *Maman, j'ai encore raté une élection, Jospin des bois, Harry Potter vieux.* Là, avec mes lunettes, mes cheveux blancs et mes yeux globuleux, j'ai déjà la tête... Je suis tenté aussi par *Hibernatus III,* l'histoire d'un revenant qu'on décongèle, avec Véronique Courgeaud en guest star. On m'a proposé aussi *On se calme et on boit frais à Ars-en-Ré,* tourné dans ma maison avec mes voisins conchyliculteurs, une sorte d'hommage à Max Pécas. Mais je vais sûrement accepter un rôle dans *Avatar 2,* un film en 3D, parce que c'est la seule occasion dans ma vie où j'aurai un peu de relief. Enfin il y a *Un éléphant, ça trompe énormément,* mais là y a plusieurs socialistes sur le coup, et j'ai bien peur que ce ne soit Dominique Strauss-Kahn qui décroche le rôle, parce qu'il a une plus grosse trompe que la mienne.

Âge de la retraite

• *Georges Frêche, Martine Aubry a déclaré : « Nous nous opposons de toutes nos forces au fait de repousser l'âge de la retraite au-delà de soixante ans. » Vous souhaitez faire un commentaire ?*
GEORGES FRÊCHE : Elle sait de quoi elle parle, cette pauvre Mme Aubry. Le 8 août, elle va fêter ses soixante ans. Eh oui, ça y est : elle va atteindre l'âge de la retraite ! Ça veut dire que, dans deux mois, comme c'est une socialiste en accord avec ses idées, normalement, on ne devrait plus entendre parler de cette grosse vache !

• *Oh ! monsieur Frêche, quand même !*
FRÊCHE : Mais non, c'est pas méchant. Vous savez, les vieilles vaches, d'habitude, on les envoie chez l'équarrisseur. Eh bien, celle-là, c'est pas ce que je lui souhaite. Je ne suis pas rancunier. Qu'elle aille brouter à Lille. Le 8 août, bon vent et happy birthday ! Je dirai même happy de vache !

Problème de poils

• *La CSC, la Commission de la sécurité des consommateurs, a constaté que, dans beaucoup de salles de sport, de vestiaires et de piscines, les conditions de sécurité et d'hygiène n'étaient pas au point. Vous comptez faire quelque chose, Roselyne Bachelot ?*
ROSELYNE BACHELOT : Mais oui, mais oui ! Et ça, croyez-moi, c'est beaucoup plus important que les problèmes des anesthésistes ! Car c'est aussi bien la ministre des Sports que celle de la Santé qui est concernée ! Pardonnez-moi d'être crue mais, chez les sportifs, le gros problème d'hygiène, ce sont les poils et les cheveux. Mais oui, mais oui ! Dans les douches, ce sont les poils qui obstruent les siphons, avec les conséquences que l'on sait. Je n'entre pas dans les détails...

• *Et vous avez pris des mesures ?*
ROSELYNE : Mais oui, mais oui ! Je me suis rendue à Colombes, au stade Yves-du-Manoir, dans les vestiaires du Racing-Métro, le club de mon Chouchou, Sébastien Chabal ! Hum... Chabal ! Juste après le match, au moment où il allait prendre sa douche... Hop ! je lui ai mis ses longs cheveux dans une charlotte, et la queue-de-cheval avec. Hou ! la belle queue dans la charlotte ! Et les poils ? me direz-vous. Eh bien, j'ai tenté une épilation intégrale avec mes bandes de cire jetables personnelles ! Mais, chez mon Chabal, c'est pas des poils, c'est du crin ! Alors, pour lui faire les jambes et le maillot, j'ai dû carrément y aller à la débroussailleuse, avec le casque antibruit et les chaussures de sécurité ! Plus j'en enlevais, plus il en venait ! Et j'ai fait les finitions avec un rouleau de Scotch ! Mais j'aime mieux vous dire qu'après ça la douche n'a pas été bouchée ! Bon, je file, je dois aller à la piscine d'Antibes où s'entraîne Alain Bernard, mon autre chouchou. Lui, il n'a pas de poils, il est tout lisse pour nager plus vite. Mais je vais quand même vérifier si sa zézette sent le chlore.

Petit déj' sensuel

• *Discussion d'ordre très intime ce matin lors du petit déjeuner présidentiel.*
CARLA : Dis donc, Chouchou, tu as l'air drôlement énervé, ce matin...
SARKOZY : Écoute, ma Carlita, depuis l'affaire du clapotis, j'avais décidé de me calmer, de la jouer zen... Mais là, je sens que je vais péter un câble. Pas seulement à cause des logements de fonction d'Estrosi ou des Mexicains qui me refusent le transfert de Florence Cassez... D'ailleurs, ils m'emmerdent, les Mexicains, parce que, là, j'ai pas d'assassin à leur échanger contre une jeune femme, comme avec les Iraniens... Mais si je suis aussi énervé, c'est surtout à cause de la pub de Sixt, le loueur de voitures allemand. Non mais, tu as vu cette pub ?

Carla : Mamour, j'ai pas besoin de louer de voiture puisque j'en ai une officielle.
Sarko : D'accord, mais écoute quand même cette pub : « Faites comme Mme Bruni, optez pour un petit modèle français » !
Carla : Tu devrais prendre ça à la rigolade, Mamour.
Sarko : C'est hors de question ! Déjà que j'ai dû menacer les Allemands de quitter la zone euro s'ils m'aidaient pas à sauver la Grèce. Alors, si les boches continuent à passer cette pub, j'aime mieux te dire qu'elle va m'entendre, Ancula Merkel !
Carla : Mais, mon chéri, tu sais, je suis très contente de ton petit modèle...
Sarko : C'est vrai, que, pour bien se gratter l'oreille, ça va mieux avec l'auriculaire qu'avec le pouce, mais c'était pas une raison pour que t'ailles faire des confidences très intimes sur notre vie de couple au sosie de Michel Leeb...
Carla : Au sosie de Michel Leeb ?
Sarko : Oui, Michelle Obama. Ben oui, dans un livre qui est sorti hier aux États-Unis... ça s'appelle *The Promise*, eh bien, dans ce livre, le journaliste Jonathan Alter dit que tu aurais raconté à Michelle Obama que tu avais fait attendre la reine d'Angleterre parce que tu étais occupée à faire l'amour avec moi.
Carla : Mais tu sais bien que c'est la vérité, mon chaton !
Sarko : Oui, mais ça doit rester un secret d'État. Déjà avec Strauss-Kahn au FMI, les Français passent pour des chauds lapins qui ne pensent qu'à la bagatelle... Alors, tes confidences, au moment où je dois encore sauver l'Europe de la crise, ça ne va pas arranger notre réputation. Bon, c'est pas tout, faut que je me prépare à recevoir le commissaire européen à l'agriculture...
Carla : Oh ! Mamour, tu veux pas qu'on le fasse attendre un petit peu ?
Sarko : Mais Carlita... je t'adore, tu le sais, mais c'est pas raisonnable...
Fred Mitterrand : Bâsoir ! Adieu, Henri IV, lâchement assassiné voici quatre siècles ! Oui, le bon roi Henri est mort, mais dans le cœur des Français, il demeure à jamais le Vert Galant, trousseur de jupons, amateur de poules dont les cuisses appétissantes ne furent pas toujours celles de sa légendaire poule au pot...
Sarko : Pour une fois qu'il arrive à temps, le neveu...
Mitterrand : Bâsoir ! Oui, comme disait Henri IV : Labourage et pâturage sont les deux mamelles de la France...
Sarko : Ah ! ça, c'est un truc que je vais ressortir au commissaire à l'agriculture...
Mitterrand : Adieu, Henri IV qui succéda à Henri III Cajoleur de Mignons qui partageaient sa couche pour de folles parties de bilboquet humain...
Sarko : Ça y est, il est parti pour jacter pendant une heure... et ça tombe mal, les anesthésistes sont en grève... Ah ! y a des jours...

• *D'ailleurs la grève des anesthésistes a inspiré une nouvelle chanson à Vincent Delerm.*
VINCENT DELERM :
En sortant d'Ikea
mon amie Malika
Avait très mal à l'aine
Sous sa burqa en laine.
J'ai dit il faut faire vite
c'est une appendicite !
Mais à l'hosto, c'est triste
Y a plus d'anesthésistes
Faut opérer à vif
Ça va pas être jouissif !
Soudain j'ai eu la bonne idée
Je lui ai passé mon CD
Mieux qu'une piqûre dans l'épiderme
Elle a dormi grâce à Delerm !

Deux polichinelles et un tiroir

• *L'événement de la semaine, c'est Céline Dion enceinte de jumeaux. Alors, heureuse ?*
CÉLINE DION : Ça y est, j'ai la guérite qu'est ben bombée… J'en ai deux comme mon mari René, c't'incroyable ! J'aurais dû m'en douter quand j'ai vu la pipette avec la semence de mon René pleine à ras bord… Y en a mis en masse dedans. L'inséminatrice qu'est pourtant si délicate d'habitude était toute décontenancée quand elle a retiré la pipette de ma boîte à ouvrages qu'en avait de partout. Elle a crié : « Calice, votre affaire, on dirait les babines d'un bulldog qui aurait mangé du fromage blanc ! » C'est vrai que, sur ce coup-là, mon René, il a fait fort… S'était retenu pendant un mois, s'était fait un garrot pour tout retenir, il commençait à avoir le membre tout violet, presque noir… On a évité la gangrène du sguègue de justesse… C'est pour ça, quand il a coupé la ficelle à la banque du sperme, c'est tout parti d'un coup : deux litres de laitance, z'avaient jamais vu ça ! Y en avait même sur les murs ! Ils en ont même redistribué à d'autres ! Et pi voilà, me v'là avec deux polichinelles. Comment que j'vais faire avec mes deux pauvres ptits tétés tout plats pour les allaiter, ces enfants-là ! C'est pas une vie, m'sieur Parisot, c'est pas une vie.

« Qui veut gagner des pardons ? »

JEAN-PIERRE FOUCAULT : « Qui veut gagner des pardons ? » avec ce soir un candidat tout à fait exceptionnel qui va défendre son association. Il s'agit de Benoît ou de Joseph, je ne sais pas, sur ma fiche, j'ai les deux prénoms... Comment je dois vous appeler ?
BENOÎT XVI : Mon vrai prénom, c'est Joseph, mais mon pseudo, c'est Benoît, numéro complémentaire, le 16... Sur mon passeport j'ai les deux... mais appellez-moi Benoît.
FOUCAULT : Alors, Benoît, je vous rappelle que vous jouez pour l'association Tripoteurs sans frontières et que, dans la vie, vous êtes chef d'entreprise...
BENOÎT XVI : Oui, j'ai une multinationale avec des employés un peu partout dans le monde. En Irlande, au Brésil, en Bavière... et même aux États-Unis où j'ai une filiale où l'on s'occupe de très près des sourds et malentendants.
FOUCAULT : Ah ! très impressionnant, Benoît. Alors, vous êtes prêt ? Nous jouons pour 100 euros avec cette question. En Irlande, quel prêtre célèbre a fait parler de lui récemment...
– le père Inée réponse A
– le père Vers réponse B
– le père de Burnes réponse C
– le père de Miches réponse D.
BENOÎT XVI : Ach ! C'est dur ! Il y en a tellement... Je vais me lancer... je pense qu'il s'agit du père de Burnes, plus connu là-bas sous le nom de Father Rupetts.
FOUCAULT : C'est votre dernier mot ?
BENOÎT XVI : C'est mon dernier mot, mon fils.
FOUCAULT : Quel suspense... Bravo ! Vous avez gagné 100 euros... Et nous jouons maintenant pour 200 euros... Dans la chorale des Petits Chanteurs à la pine de bois, lorsqu'un enfant est malade on l'emmène :
– chez le pédiatre réponse A
– chez le pédagogue réponse B
– chez le pédicure réponse C
– chez le pédophile réponse D.
BENOÎT XVI : Ach, c'est dur ! Je suis un peu perdu avec toutes ces histoires...
FOUCAULT : Benoît, vous n'avez pas encore utilisé vos jokers, c'est peut-être le moment... Il y a le 50-50, l'avis du public et le coup de pédophile à un ami.
BENOÎT XVI : Je vais prendre celui-là, je vais appeler mon frère Georg, c'est un spécialiste.
(Sonnerie...)

Georg : *Was passiert ? Scheisse !... Ach !*
Benoît XVI : Georg, c'est ton frère Joseph, *dein Bruder.* Pour « Qui veut gagner des pardons ? ». Georg, je n'ai que trente secondes, concentre-toi... Quand un petit enfant est malade dans la chorale, tu l'emmènes chez qui ?
Georg : Ach, saloperie de gamin ! À la schlague ! Grosse torgniole ! Coup de règle sur les doigts ! À poil dans les orties ! Ça te fera passer le mal... *Schweine...* Tiens ! Tiens ! Tiens ! *Tripotiert !*
Benoît XVI : Ach, excusez-le, il est un peu sanguin, mon frère...
Foucault : Oui, mais le temps passe, c'est trop tard maintenant... Vous avez échoué à « Qui veut gagner des pardons ? ». Votre femme qui est dans l'assistance doit être déçue.
Benoît XVI : Oui, la prochaine fois, je ferai votre émission en duo avec elle... À deux, on a plus de chances... Oui, Jean-Pierre, si vous m'invitez à nouveau, je pourrai la faire en même temps qu'Ulla !

Comment ça, « vieux démago » ?

• *Dans le château d'Estaing qu'il a racheté en 2005, Valéry Giscard d'Estaing compte ouvrir au public plusieurs salles où seront exposés des documents et des souvenirs personnels. Lors d'une première visite expérimentale, nos micros ont accompagné l'ancien président de la République.*
Valéry Giscard d'Estaing : Mesdames, Mesdemoiselles, Messieurs, si vous voulez bien vous avancer, la visite va commencer... Tout d'abord, quelques souvenirs de mon septennat qui remonte au xxe siècle après Jésus-Christ. Dans cette vitrine, vous pouvez voir, annotée de ma main, la partition originale de *La Marseillaise au ralenti.* Une de mes premières réformes, en effet, avait été de faire jouer *La Marseillaise* sur un ton moins fort et sur un rythme plus lent... Avant, ça donnait... *(il chante vite :)* « Allons, enfants de la patrie... », alors qu'après ma réforme, ça a donné... *(lentement :)* « Allons, enfants de la patrie... »
Dans cette autre vitrine... S'il vous plaît ! Les petits devant, les grands derrière ! Vous pouvez admirer des diamants offerts par mon ami Jean Bedel Bokassa, empereur de Centrafrique. Juste à côté sont placées mes décorations avec, évidemment, le collier de grand maître de la Légion d'honneur, mais aussi les insignes de chevalier de l'ordre de l'Éléphant du Danemark. Authentique... Elle est belle, hein, ma trompe ?
Sur cette photo, vous pouvez me voir en train de prendre mon petit déjeuner à l'Élysée avec des éboueurs... Comment ça, « vieux démago » ? À votre gauche, mon accordéon. Les enfants, on ne touche pas ! Mais oui, madame, c'est-celui

avec lequel j'avais emballé Daniel Gilbert en lui jouant « Je cherche fortune autour du Chat noir ». Comment ça, « vieux démago » ?
Si vous le voulez bien, nous allons passer maintenant dans la salle dite de « la lingerie ». Ici est exposé le short qu'en juin 1973, alors que j'étais ministre des Finances mais aussi maire de la commune de Chamalières, j'avais revêtu pour un match de football organisé entre les commerçants et le conseil municipal... Comment ça, « vieux démago » ? Ça commence à bien faire ! Devant vous : le calbute de bain que le chancelier Helmut Schmidt m'avait prêté en 1978 pour faire trempette avec lui à la Guadeloupe. Comme il était tout petit... J'aime mieux vous dire que j'avais eu du mal à l'enfiler... Hein ? Mais non, pas Helmut Schmidt ! Le short !
À votre droite, une pièce très rare, la culotte fendue aux couleurs de l'Union Jack que portait Lady Diana le soir de notre première rencontre au château de Rambouillet... Et j'aime mieux vous dire que je n'ai pas eu de mal à l'enfiler... Hein ? Mais non, pas la culotte fendue ! Lady Di !
Enfin, clou de cette section, le slip que je portais le soir du deuxième tour de l'élection présidentielle, le 10 mai 1981. Comme vous pouvez le constater, ce slip porte encore les traces de l'émotion que j'ai laissée exploser quand soudain, à 20 heures pétantes, sur l'écran de télévision est apparu le visage de François Mitterrand...
Mesdames, Mesdemoiselles, Messieurs, la visite est terminée... Merci de ne pas oublier le guide... Bande de salauds !

Juin

Le triomphe des Bleus en Afrique du Sud, les dérapages de Brice Hortefeux, les derniers « prime » de « La Nouvelle Star » et la Fête du Slip à Périgueux.

France-Chine à la Réunion

• *Prêt pour le match de demain soir, Raymond Domenech ?*
RAYMOND DOMENECH : Je pense que mes gars sont en train de monter en puissance. Hier, côté transit, tout est rentré dans l'ordre. Il faut dire que j'ai fait supprimer les épices à tous les repas. Y a que Ribéry qui a voulu goûter au plat traditionnel de la Réunion, le rougaï-saucisse, même s'il est converti à l'islam. Depuis quelque temps, la saucisse, c'est une obsession chez lui.
J'ai demandé discrètement au cuistot de l'hôtel de ne pas forcer sur le gingembre, mais comme Ribéry a arrosé le repas avec du punch au bois bandé et du rhum arrangé, quand il a quitté la table, il était comme un type qui sort de prison au bout de quinze ans, les patates au fond du jogging…

• *Vous avez réussi à contrôler la situation ?*
DOMENECH : Vous savez, quand Ribéry est comme ça, il est pas facile à gérer. Il a pris un des VTT avec lesquels j'entraîne mes gars à bien jouer au foot… Et comme un fou il a grimpé jusqu'au volcan, le piton de la Fournaise. Ben oui, Ribéry, dès qu'il a un trou brûlant dans le secteur, il cherche à s'en approcher le plus près possible. Résultat, les pneus du VTT ont fondu, et Ribéry, il en est ressorti tout noir. Voilà. Le Mondial, ça se prépare, ça se prépare.

À pied par la Chine

EUGÈNE SACCOMANO : Se faire battre par les Chinois, quatre-vingt-quatrième équipe du monde, fallait le faire ! Bravo, Domenech ! Bravo ! Grâce à lui, les Bleus sont arrivés à pied par la Chine, et nous, on en a chié des ronds de chapeau de voir ces nullités en short cavaler dans tous les sens après le ballon pour l'envoyer n'importe où, sauf dans la cage adverse !
Ah ! ce ballon, le ballon officiel du Mondial, le « Jabulani », voici que les Bleus le rendent responsable de leur pitoyable déculottée par les Chinois. Comme ce pauvre Sagna qui a dit dans *Le Parisien* : « Ce ballon flotte énormément et ses trajectoires changent au dernier moment. » Si c'est la faute au ballon, y a qu'à en changer. Peut-être qu'avec un ballon ovale ça ira mieux et, comme ça, Thierry Henry pourra tranquillement jouer à la main ! Et meeerde !

• *Un commentaire sur la défaite des Bleus face à la Chine, Raymond Domenech ?*
DOMENECH : Mes gars sont vraiment en train de monter en puissance. On évolue, on progresse. Mais oui : la Chine, c'est combien d'habitants ? 1 milliard 339 millions ! La France, c'est combien d'habitants ? 65 millions ! C'est-à-dire que les Chinois sont presque vingt-deux fois plus nombreux que les Français. C'est comme si mes gars avaient joué à onze contre quatre cent quarante-deux ! Le calcul est donc simple : c'est pas 1-0 qu'on aurait dû perdre, c'est 22 à 0. On a donc frôlé l'exploit. Je pense aussi que, juste avant le match, si j'avais fait jouer mes gars au ping-pong, on aurait été mieux préparés pour battre les Chinois.

• *Il n'empêche qu'à quelques jours du Mondial, c'est très inquiétant...*
DOMENECH : C'est qu'un match de préparation... Y a juste une chose que je ne comprends pas. Mes gars, la Fédération leur offre des super vacances. Je les emmène dans les hôtels les plus luxueux, à Tignes, en Tunisie, à la Réunion, et maintenant au Pezula Hôtel, qui est l'hôtel le plus cher de toutes les équipes du Mondial, avec golf, tennis, bar à champagne et « cigar lounge ». Et pour me remercier, ils sont pas foutus de gagner un match !

• *Ah ! quand même, vous vous inquiétez d'avoir perdu.*
DOMENECH : Je m'inquiète surtout qu'on ait perdu la valise de Ribéry qui a été égarée à l'aéroport. C'est embêtant, parce que, dedans, il y avait tout son matériel d'entraînement : des menottes, des préservatifs au Nutella, des vibromasseurs et une ceinture-gode. Je ne sais pas si on va trouver tout ça sur place... Ça se prépare, le Mondial, ça se prépare.

Logements de fonction

• *Après les révélations du* Canard enchaîné *sur les logements de fonction de certains membres du gouvernement, vous avez décidé de réagir, Gérard Holtz.*
GÉRARD HOLTZ : Désormais, certains ministres ne peuvent plus faire profiter de leur logement de fonction certains de leurs proches. C'est un scandale ! Le frère de Fadela Amara va se retrouver à la rue ! La fille de Christian Estrosi risque de devenir SDF... Oui, c'est un scandale ! Car eux aussi ont droit au logement. Voilà pourquoi j'ai décidé de lancer un grand Logithon. Oui, il faut absolument aider les membres du gouvernement (les ministres, les secrétaires d'État, les sous-secrétaires d'État) à loger leurs fils, leurs filles, leurs frères et leurs sœurs (Oh ! Oh ! c'est ça, le vrai bonheur).
Alors mobilisez-vous ! MO-BI-LI-SEZ-VOUS ! Trouvez des appartements, des lofts, des F3, F4, des F2, des studios, des studettes, des chambres de bonne... et envoyez

les adresses au Logithon ! Et pendant que vous y êtes, trouvez un appart pour Raymond Domenech, qui lui aussi va très bientôt – oui très bientôt – se retrouver à la rue après avoir été chassé du luxueux Pezula Hôtel, roulé dans du goudron et des plumes. Comme il est encore en Afrique du Sud, envoyez vos adresses de logement pour Domenech à Appart'Aide !

Quand y en a un...

• *Brice Hortefeux, le ministre de l'Intérieur, vient d'être condamné à 750 euros d'amende pour injure raciale. Monsieur Frêche, vous voulez faire un commentaire ?*
GEORGES FRÊCHE : Je ne veux pas entrer dans cette polémique et commenter une décision de justice, mais qu'est-ce qu'il a dit, ce pauvre M. Hortefeux ? « Quand y en a un, ça va. C'est quand y en a plusieurs qu'il y a des problèmes »... mais non, c'est pas méchant. D'ailleurs moi, j'ai dit à peu près la même chose, et personne ne m'a fait de procès...

• *Comment ça ?*
FRÊCHE : Cette pauvre Mme Aubry, quand elle m'a fait des misères, je l'ai traitée de grosse vache. Eh oui, j'ai même dit : Si elle n'était pas aussi grosse vache, ça irait. Mais comme elle pèse le poids de plusieurs, il y a des problèmes...

• *Oh ! Monsieur Frêche.*
FRÊCHE : Mais, non, c'est pas méchant...

Nervosité à gauche ?

• *Dominique Besnehard, Ségolène Royal est dans la rubrique des faits divers... André, son compagnon, aurait violemment insulté un agent immobilier ?*
DOMINIQUE BESNEHARD : Oui, j'ai lu ça. « Petite fiente, je vais t'écraser comme une merde, sale connard », qu'il aurait dit, le Dédé ! C'est pas poli... C'est pas gentil, même si l'agent immobilier l'avait passablement énervé d'après ce que j'ai compris... En même temps, faut le comprendre, ce pauvre André... Se supporter la Ségo à longueur de journée, y a de quoi rendre violent le dalaï-lama lui-même ! Mais siiiii, Ségo, vous lui confiez Georges Moustaki, au bout de huit jours, il se met à hurler comme le chanteur d'ACDC ! Pas facile à dire ça, ACDC... Non, mais je plaisante pas, hein... La preuve, vous avez vu Porcinet comme il a l'air zen depuis qu'il est plus avec elle ? Il est tout changé, il n'a même plus son teint

rougeaud d'apoplectique toujours au bord de l'explosion... Non, on sent que c'est un garçon qui revit...
Et puis, en plus, en ce moment, avec ce qui se passe au PS, elle doit pas être à prendre avec des pincettes, la Ségo. La preuve : elle a encore dit une connerie hier soir, elle sait plus comment se faire remarquer ! Ben oui, y en a que pour Aubry et DSK ! Ça doit la rendre folle ! Le duo par-ci, le tandem Aubry-Strauss-Kahn par-là... Ça l'énerve tellement tout ça qu'elle a même proposé de faire un duo à trois ! Oui, vous avez déjà essayé de monter à trois sur un tandem ? C'est un peu casse-gueule, non ? Surtout avec la grosse Aubry et DSK qui va se prendre le service trois pièces dans les rayons ! Je sens que ces primaires, ça va être aussi consternant que les Bleus à la Coupe du monde.

Népotisme à droite ?

• *Madame Bachelot, on a appris la nomination de votre fils, Pierre Bachelot, à la direction générale de l'INPES (Institut national de prévention et d'éducation pour la santé), un institut qui dépend directement de votre ministère...*
ROSELYNE BACHELOT : Oui, oui, oui... C'est possible... Vous savez, c'est un grand ministère et je ne sais pas toujours tout ce qui s'y passe ! Non, c'est une information sans importance. Ce qui est important, je vais vous le dire, c'est qu'à la veille du week-end j'ai inauguré à Marcoussis le centre d'entraînement de nos rugbymen, un magnifique simulateur de mêlées ! Un appareil superbe issu de la recherche française ! Vous placez bien vos épaules, vous mettez votre tête dans la machine et zou ! J'ai essayé, c'est formidable ! Vous avez l'impression d'avoir tout le pack des All Blacks qui vous bouscule et qui essaie de vous monter dessus comme un vibromasseur géant ! Ouh ! les beaux impacts, les belles ruades ! Je suis ressortie de là toute moulue, mais j'ai adoré. Vous savez quoi ? Eh bien là, les poils en moins bien sûr, j'ai eu tout à fait l'impression de faire un corps-à-corps avec mon Chabal !

• *C'est très intéressant, madame Bachelot... Mais pour la nomination de votre fils ?*
ROSELYNE : Vous pensez pas qu'il y a des choses plus importantes ? Mais oui, mais oui, je le redis ! Allez, stop ! On est derrière notre équipe, qui est comme elle est ! Et on va aller la soutenir de toutes nos forces. Je rappelle que cet hôtel, si luxueux soit-il, ne coûte pas un sou au contribuable. Et vous savez, la facture des vaccins contre la terrible grippe A s'élève à environ 1 milliard d'euros, alors on ne va pas chipoter pour des chambres à 600 euros la nuit ! Allez, les Bleus !

4-3-3... 0

• *À quatre jours du match contre l'Uruguay, est-il vrai, Raymond Domenech, comme vous l'avez dit dans « Téléfoot » dimanche dernier, que vous n'avez fermé la porte à aucune option tactique ?*

RAYMOND DOMENECH : D'abord, je tiens à dire que mes gars n'ont pas arrêté de monter en puissance. Sur les trois matches de préparation, on a testé beaucoup, beaucoup d'options. Maintenant, on ne doit pas se tromper, et il faut choisir la meilleure. On a encore trois jours pour essayer des formules, des dispositions, des situations. Tout est possible... Je vais peut-être revenir au 4-2-3-1 des qualifications. Ça a donné des matchs sans intérêt, mais ça correspond bien au jeu des Bleus, qui est, lui aussi, sans intérêt.

Y a aussi l'option 5-5-1. Un bon équilibre entre les défensifs et les offensifs. Les défensifs prennent des buts et les offensifs n'en marquent pas. Mais on va essayer d'autres trucs. Le 2-7-2... le 9-1-1... Le 1-2-3 soleil... Mais au point où on en est, le facteur chance reste prépondérant, je vais donc jouer la place de mes gars au quatre-deux-un.

• *Le quatre-deux-un ?*

DOMENECH : Oui, le 421. J'ai apporté des dés. Les joueurs vont jouer entre eux et les gagnants seront retenus pour le match contre l'Uruguay et ils pourront même choisir leur place sur le terrain. C'est un truc qui a jamais été fait. Je vais l'essayer. Y a juste Ribéry qui est réticent. Ben oui, je vous explique : au Pezula Hôtel, en plus du bar à champagne et du bar à whisky, vu le prix exorbitant des chambres, je pensais qu'il y aurait aussi un bar à putes. Malheureusement, y en a pas et, du coup, Ribéry, pour se consoler, il a dû se rabattre sur une combinaison : le 5 contre 1... Pour bien se vider de son stress, il se tape plusieurs fois par jour un 5 contre 1 dans sa chambre en regardant des photos de Zahia. Eh oui ! ça se prépare, le Mondial, ça se prépare...

Compte à rebours (1)

EUGÈNE SACCOMANO : J moins 3... J moins 3 avant la cata... Qu'ils profitent bien de leur hôtel, les vacances sont bientôt terminées ! J moins 3 avant la grande rigolade contre l'Uruguay et, aujourd'hui, à J moins 3, petite éphéméride. C'est en effet la Saint-Médard. Et s'il pleut à la Saint-Médard... les Bleus se prendront une branlée trois jours plus tard !

Compte à rebours (2)

EUGÈNE SACCOMANO : J moins 2 avant la débandade ! Et je vous garantis que vous allez pouvoir devenir plus riches que tous les joueurs de l'équipe de France réunis !

• *Comment ça, Eugène Saccomano ?*
SACCOMANO : Mais en pariant sur les matchs du Mondial ! Car, ça y est, le gouvernement vient d'autoriser les paris sportifs en ligne. Vous voulez un tuyau ? Pariez tout de suite sur la débâcle de ces bons à rien de l'équipe de France ! Eux, ils sont sûrs de perdre, et vous, vous êtes sûrs de gagner ! D'ailleurs, si j'ai un conseil à donner à cet encroûté de Domenech, ce serait de parier tout de suite tout son pognon sur l'éjection rapide des Bleus, car je peux vous dire que la prime de victoire, il est pas près de la toucher !

Merci, Rama

• *À deux jours de France-Uruguay, pas trop tendu, Raymond Domenech ?*
DOMENECH : Pas du tout... Mes gars sont vraiment en train de monter en puissance. Je ne voudrais pas revenir sur la polémique à propos du Pezula Hôtel que Mme Rama Yade trouve trop luxueux. Mais elle oublie qu'il a été choisi par la Fédération, comme tous les établissements précédents, pour que les Bleus bénéficient du meilleur entraînement possible. C'est important, l'entraînement. Bien sûr, ils disposent de VTT, c'est important, le VTT, quand on est footballeur. Et dans les deux piscines, je les entraîne au 4-3-3 au water-polo. Comme il fait chaud, c'est bien le water-polo, c'est comme le foot, mais dans l'eau. Et ça se joue à la main. Comme ça, ça met Thierry Henry en confiance. Ils ont râlé parce que le ballon, le Jabulani, flottait. Là ils sont servis.
Après le VTT, pour relaxer mes gars, y a un spa, des Jacuzzi, un sauna, du fitness et du massage. Malheureusement, c'est pas le genre de massage auquel s'attendait Ribéry. Il a été très déçu. Pour se défouler il est allé au golf. Mais, là encore, y a eu un gros malentendu. C'est un peu de ma faute. Je vous explique. Samedi dernier, quand on est arrivés au Pezula, j'ai dit : « Super, les gars, y a dix-huit trous, on va s'éclater et on va se faire des super putt... » Maintenant, je comprends mieux pourquoi Ribéry était dans cet état. Il ne savait pas qu'un putt, en termes de golf, c'est quand tu rentres la balle dans le trou en la frappant avec le club. Du coup, seulement vêtu de son haut de jogging, il a été surpris par la sécurité,

couché au-dessus d'un trou où il essayait de faire rentrer ses deux balles. Voilà, ça se prépare, le Mondial, ça se prépare.

Interview en voile

• *Philippe Candeloro, ça vous a choqué de voir Laurence Ferrari voilée, pendant le journal de TF1 ?*
PHILIPPE CANDELORO : Ouais, moi, je veux dire... Si Laurence Ferrari, elle met un voile pour interviewer Ahmadinejad, alors vivement qu'elle interviewe un chef bantou ! Elle sera à poil avec un pagne !

• *Oh ! Philippe !*
CANDELORO : Ben quoi ? Et puis si elle interviewe Raoni, le chef des Indiens d'Amazonie, elle va avoir un plateau dans la lèvre inférieure ? Elle a intérêt à s'entraîner parce que déjà que, sans, on comprend pas tout ce qu'elle dit !

• *Philippe !*
CANDELORO : Ben quoi ? Ah ! j'en ai encore une bonne pour rester dans le même domaine de la religion. Ribéry qui est converti à l'islam, j'ai lu dans *Le Parisien* qu'il se faisait appeler « Bilal », son nom musulman. J'ai mal compris, j'pensais que c'était « Bital », vu le personnage... Et s'il joue à côté de Thierry Henry, ça fait Bital la main... Bital la main mon cousin ! Ben quoi !

Curé maquereau

• *Bonjour Saint-Siège. Votre voyage à Chypre s'est mal passé ? Vous avez l'air bouleversé...*
BENOÎT XVI : Ach non, Chypre, c'était très bien, très cool... Non, le problème, c'est le reste ! Tout le reste ! Ach, vraiment, rien ne m'aura été épargné, rien ! Mon pontificat est un long et douloureux chemin de croix ! Des curés et des évêques nazis. Des pédophiles en veux-tu en voilà. Des églises qui se vident comme un bidet sans bonde... Ach, et puis j'oubliais aussi le curé espagnol qui se prostitue sur Internet et maintenant pour couronner le tout, le pompon ! Un prêtre proxénète ! Uiii ! Uiii ! Un curé maquereau ! Un prêtre de Metz qui fréquentait les clubs échangistes ! Ach, *mein Got !* Mais en plus... En plus... Ach, je n'arrive pas à parler, ma gorge se noue ! En plus, il avait fait placer une de ses protégées, une catin, une roulure du nom de Morgane, dans une maison close clandestine ! Chez Mme Hortense ! Uiii ! Uiii !

Mais ils sont tous devenus fous à croire qu'ils sont sous la coupe de Domenech avec Ribéry ! Jusqu'où iront-ils ? Je me demande si je ne vais pas finir par leur accorder le droit au mariage ! Uiii, qu'ils aient des bonnes femmes officielles et qu'on n'en parle plus ! Moi, c'est mon équilibre, je suis épanoui tant qu'Ulla est là.

Fast-food XL

• *Jean-Pierre Coffe, certaines associations de consommateurs demandent la suppression des menus XL dans les fast-food, quelle est votre réaction ?*
JEAN-PIERRE COFFE : Mais, ma petite crème brûlée aux épices, ma réaction, c'est que je suis entièrement d'accord avec ces associations ! Vous les connaissez, ces menus XL, XXL, Maxi Plus et je sais plus quoi... Double hamburger bien gras, dégoulinant de sauce tomate trop sucrée, une portion de frites énormes et bien grasses, de quoi nourrir une équipe de rugbymen belges, un dessert 100 % sucre et du soda américain servi au tonneau !
Résultat des courses, ma petite cocotte en fonte, 1 500 Kcalories pour un repas, c'est-à-dire les deux tiers des besoins quotidiens d'un adulte ! Et c'est des mômes qui mangent ça ! L'équivalent d'un cassoulet, la moitié d'un plateau de fromages et six gaufres chantilly ! Mais, à dix ans, les pauvres gosses sont boursouflés comme des gorets, comme des verrats de concours ! C'est plus de la bouffe, c'est du gavage ! Et si encore c'était bon, leurs trucs, à la limite on pourrait les comprendre, mais c'est dégueulasse ! Moi, je dis, c'est pas les menus XL ou je sais pas quoi qu'il faut interdire, c'est les fast-food, c'est de la merde ! N'y allez pas, les enfants, n'y allez pas !

« La Nouvelle Star », avant-dernière !

• *Ce soir, sur M6, c'est l'avant-dernier « prime » de « La Nouvelle Star ».*
PHILIPPE MANŒUVRE : Salut, les kids ! Putain, je pensais qu'il n'y avait plus que deux prime à tenir pour que mon calvaire touche à sa fin. Mais j'ai bien peur que, pour moi, tout se termine ce soir ! Comme Jim Morrison, le chanteur des Doors, décédé dans les toilettes du Rock and Roll Circus le 3 juillet 1971, je vais chanter « This is the end ». Oui, j'ai peur que, pour moi, ce soit la fin !
La prod' a décidé d'inviter Soan, l'invraisemblable vainqueur de l'an dernier, à venir brailler sur la scène de la halle des Bâtards ! Putain, ce Soan, avec son look de croque-mort gothique, je croyais qu'il avait trouvé un job dans un train fantôme ou au Père Lachaise, et qu'on le reverrait jamais ! Il me fait encore plus peur que Ribéry. Mais le revoilà !

Le pire, ce serait qu'il chante en duo avec l'espingouin Ramon ! Quand je pense que la prod' a accepté qu'un candidat puisse porter le nom de mon groupe culte : « The Ramones » ! Putain, la honte ! Là où ils sont, dans l'enfer des rockers morts, j'espère que Joey et Dee Dee Ramones ne croient pas que je cautionne une telle imposture ! Ça me donne envie de faire comme Marky Ramones qui, le jour de l'enregistrement de l'album « Brain Drain », le 11 octobre 1989, s'est mis à tout péter dans le local de répétition.
Bullshit ! c'est moi qui vais tout péter avant de me tirer !

France-Uruguay

EUGÈNE SACCOMANO : On l'a appris ce matin, 81 % des Français n'ont pas été convertis par la prestation des Bleus. C'est bizarre. Je me régale avec cette Coupe du monde… France-Uruguay ? Encore un match nul, complètement nul ! Même à onze contre dix, cette bande de gribouilles a été infoutue de marquer !
Et contre les Mexicains, jeudi, ça va être encore plus nul. Le Mexique, c'est le pays des cactus. Avec les épines qu'il va se prendre, je sens que cet engourdi de Domenech va avoir du mal à s'asseoir dans l'avion qui va très bientôt le ramener à Paris ! Allez, bravo, les Bleus ! Faites-nous encore rigoler !

• *Raymond Domenech, un commentaire sur France-Uruguay ?*
RAYMOND DOMENECH : Mes gars sont vraiment en train de monter en puissance. Bon, je l'ai déjà dit : c'était presque un bon 0-0, mais j'aurais préféré un mauvais 1-0. Ceci dit, contre l'Uruguay, les Bleus ont fait un match encourageant. Et ils ont du mérite, parce qu'ils avaient plein de trucs contre eux.
D'abord, il y a le Jabulani, le ballon officiel du Mondial, une balle qui flotte, comme les couilles de Ribéry, qui prend toutes les directions, sauf celle des buts… Mais c'est pas tout. Il y a aussi les *vuvuzelas,* ces longues trompettes en plastique dans lesquelles les spectateurs sud-africains soufflent pendant tout le match. Vendredi, y en avait des milliers. Ça faisait un bruit assourdissant. Sur la pelouse, mes gars ont eu l'impression de se trouver pris dans un gigantesque essaim de frelons géants. Ça les a paniqués et surtout ça les a fait saigner des tympans.

• *À ce point ?*
DOMENECH : Oui, des études ont été faites : une *vuvuzela,* ça émet un son de 127 décibels, ce qui est supérieur à celui d'une tronçonneuse et même d'un coup de sifflet de l'arbitre. Quand le son est supérieur à 100 décibels, la perte auditive peut se produire en quinze minutes. Alors, pour protéger l'ouïe de mes joueurs, à la mi-temps, au vestiaire, je leur ai distribué des boules Quiès. Résultat : pendant

la deuxième période, mes gars n'ont pas pu entendre les consignes que je leur criais et ils n'ont pas marqué comme c'était prévu. Y a juste Ribéry à qui j'ai pas donné de boules Quiès, parce que, lui, y a plus rien à faire. À force de se tirer sur l'élastique en lorgnant des photos de Zahia, ça fait longtemps que ça l'a rendu sourd. Voilà... Maintenant, on est fin prêts pour affronter le Mexique. Les bonnes femmes ont fait un aller-retour, ils ont remis les glandes à niveau, ils sont détendus... J'suis confiant pour jeudi.

Cumuls et parasites

• *Après Christine Boutin qui a renoncé à son salaire de consultante de luxe, c'est vous, Roselyne Bachelot, qui êtes soupçonnée de cumuler retraite et salaire de ministre ?*
Roselyne Bachelot : Oui, oui, oui... Alors là, écoutez, je ne suis pas au courant pour cette histoire de salaire, je ne m'occupe pas du tout de ça, c'est mon mari Jacques qui gère les comptes à la maison, moi, je suis complètement fâchée avec les chiffres... Vous vous en êtes rendu compte avec l'histoire des vaccins contre la grippe A... Dès qu'on passe les dix mille, je suis complètement larguée ! Et puis, vous savez, je ne suis pas la seule demi-retraitée ni la seule cumularde du gouvernement... Je ne veux pas cafter, mais pourquoi vous n'allez pas poser la même question à MAM, à Bockel, à Mercier, à Falco et même à Devedjian, hein ?
De toute façon, ce n'est pas ça l'important ! L'important, c'est que l'équipe de France a réussi à ne pas perdre son premier match, ça, c'est une bonne nouvelle, non ? L'important, c'est d'arrêter tout de suite toutes ces polémiques parasites pour permettre aux Bleus de se concentrer et de remporter la Coupe du monde ! Ça, c'est important ! Et un et deux et trois zéro ! On va l'avoir ! Allez, les Bleus !
Dites, entre nous, c'est cette péronnelle de Rama Yade qui a cafté pour mon salaire ? Passez-moi une *vuvuzela* que je lui souffle un coup dans les oreilles pour lui apprendre la vie !

Roman noir

• *Johnny Hallyday, qui est en ce moment en villégiature à Gstaad, est allé rendre visite à son ami et voisin Roman Polanski... Nos micros étaient là...*
Coups sur la porte...
Roman Polanski : Oh ! non... C'est encore un de ces satanés journalistes ! Fichez-moi la paix, vraiment !
Coups sur la porte...

JOHNNY : Roman ! Oh ! Roman ! C'est Johnny ! C'est Johnny Hallyday ! Je suis venu te rendre visite pour venir te voir !

POLANSKI : Ah ! Johnny, mon ami, ça me fait plaisir vraiment, entre, entre ! Tu es en villégiature ?

JOHNNY : Non, je suis en vacances... Tu es toujours en résidence surveillée d'isolement ?

POLANSKI : Oui, je ne peux pas sortir de ce chalet. Je n'en peux plus, vraiment ! Je m'emmerde !

JOHNNY : Ne t'inquiète pas, Roman, je suis sûr que tu vas bientôt sortir...

POLANSKI : Oui, je vais sortir parce qu'ils vont m'extraditionner vers les États-Unis ! C'est cette ministre suisse de la Justice, elle me déteste, Eveline Widmer-Schlumpf !

JOHNNY : Il y a des schtroumpfs en Suisse ? Tu es sûr ? J'en ai jamais vu... Euh... Mais tu sais, moi aussi, j'ai des problèmes avec la justice, je suis en procès de jugement, à cause de ce médecin qui m'a opéré, Delajoux...

POLANSKI : Tu t'es fait opérer de la joue ?

JOHNNY : Non, je me suis fait opérer du dos... Par Delajoux...

POLANSKI : Ils sont passés par ta joue pour t'opérer du dos ? Je comprends que tu leur fasses un procès, vraiment...

JOHNNY : Euh ! oui, mais non, Roman... Delajoux, c'est le nom du médecin... C'était l'ami d'Adjani...

POLANSKI : Ah ! c'était un copain à toi ?

JOHNNY : Euh, non, pourquoi tu dis ça, Roman ?

POLANSKI : Ben, tu dis, c'était l'ami de Johnny...

JOHNNY : Euh ! non, d'Adjani ! C'était le mec d'Isabelle Adjani... La comédienne...

POLANSKI : Ah, non ! Ne parle pas de comédiennes ! Vraiment... Elles sont toutes folles, Johnny ! Elles m'accusent toutes d'avoir couché avec elles quand elles avaient quatorze ou quinze ans !

JOHNNY : Toutes ? Même Jeanne Moreau ?

POLANSKI : Ah, non ! pas Moreau, Johnny ! Pas les centenaires !

JOHNNY : Ah ! quand même... Euh, il va falloir que je te laisse, parce que Laeticia a préparé un soufflé au gruyère et c'est pas bon froid...

POLANSKI : Oui, c'est vrai, c'est comme le bortsch !

JOHNNY : À tes souhaits, Roman... Bon, prends soin de toi... À bientôt...

POLANSKI : Oui, à bientôt Johnny, vraiment... Tu ne veux pas me chanter un petit truc avant de partir ? Pour me donner du baume au cœur ?

JOHNNY : Euh... Oui... « Les portes du pénitencier bientôt vont se refermer... et c'est là, que... »

POLANSKI : Euh, non, merci. Pas cette chanson, vraiment...

Art moderne

• *Bertrand Delanoë, après trois semaines de fermeture, le musée d'Art moderne de la Ville de Paris a rouvert ses portes ce week-end ?*

BERTRAND DELANOË : Oui, et le palais de Tokyo accueille une nouvelle exposition qui s'appelle *Dynasty* et qui est consacrée à de jeunes artistes contemporains. C'est joliiii ! C'est frais, c'est moderne, c'est dérangeant, c'est talentueux... C'est jouissif ! Attention, c'est aussi une expo qui a un message et le message, c'est : l'anti bling-bling ! Ça va loin, vous savez ! C'est que de la récupération, comme la politique...

Par exemple, vous avez une installation de Meier et Momeni qui utilise des moustiques vivants sonorisés pour qu'on puisse les entendre s'accoupler... C'est beau ! Vous avez aussi une sculpture géante en spaghettis, ça fait peur, on dirait Domenech ! Et puis, il y a « La Caverne », qui est un amas de chaises avec un miroir et un télescope... C'est une référence à Platon... Attention, ça fait réfléchir... Il y a aussi une œuvre intitulée « Caténaires » qui est un empilement de parpaings... Très franchement, là, j'ai pas bien saisi le rapport avec la SNCF et la symbolique... Mais je vais y retourner pour comprendre... Petit regret, pas d'œuvre autour du Vélib' et des potelets.

Bon, je tiens à rassurer les Parisiens, les Franciliens et les socialistes, maintenant le système de sécurité fonctionne... Oui, depuis qu'on s'est fait voler cinq toiles de maître le mois dernier, on a renforcé les systèmes d'alarme et on a multiplié les rondes... Ben oui ! Ça serait quand même dommage qu'on se fasse voler le géant en spaghettis !

La blague d'Alain Juppé

• *Bonjour, Alain Juppé, vous vouliez dire un petit mot pour soutenir l'équipe de France ?*

ALAIN JUPPÉ : Oui, c'est pas facile pour eux en ce moment, alors pour leur remonter le moral, j'ai une petite blague...

Un jour, Raymond Domenech, qui en a vraiment marre des mauvais résultats de son équipe, se décide à appeler Diego Maradona, l'entraîneur argentin, pour lui demander quelques conseils.

– Allô, Diego ? C'est Raymond. Dis-moi, comment fais-tu pour avoir une si bonne équipe ?

Maradona aime bien la France, alors il accepte de donner un petit coup de pouce à Domenech :

– Écoute, c'est simple ! Tous les jours à l'entraînement, je dispose onze mannequins en plastique sur le terrain, je fais jouer mes gars contre ces mannequins, et comme ils gagnent à chaque fois par au moins 80 à 0, ils ont un moral d'acier !
Domenech, emballé :
– Ah ! d'accord ! Je vais essayer...
Deux jours plus tard, Domenech rappelle Maradona :
– Dis donc, Diego, j'ai fait exactement ce que tu m'as dit, mais il y a un problème : qu'est-ce que tu fais quand tes gars perdent 2-0 ?

À bout de souffle

• *Jean-Luc Godard prépare un long métrage sur l'équipe de France de football... (Musique...)*
JEAN-LUC GODARD : Après le film *Socialisme à Cannes*, le film *Catastrophe au Mondial*... Le vide... Toujours le vide, le vide dans la tête des joueurs... Raymond Domenech, le VTT, le vide total... Un lama à côté d'une cage de football... L'équipe à bout de souffle comme un film de Godard, *Le Mépris*... Le metteur en scène Domenech, le jeu, le terrain, les joueurs qui font du cinéma quand ils tombent à terre... Extérieur Nuit dans les bosquets de l'hôtel, Ribéry, le short aux chevilles, le sexe à la main, les balles en feu, l'Afrique du Sud, la trique du Sud, l'Afrique toujours le fric, le foot, le fric du foutre, Zahia... les Zoulous, les losers de l'équipe de France.
Le Cap... l'équipe qui ne passera pas le cap. La fin du monde en 2010, la coupe du monde en 2010, la fin... la Coupe... Coupez !

« Qui veut gagner la compétition ? »

• *« Qui veut gagner des millions » revient sur nos petits écrans et fête ses dix ans... À cette occasion, Jean-Pierre Foucault présente une émission spéciale Mondial, intitulée « Qui veut gagner la compétition ? ».*
JEAN-PIERRE FOUCAULT : Bonjour, chers amis, et bienvenue sur le plateau de « Qui veut gagner la compétition ? ». Avant de jouer avec les pieds – je n'ai pas dit « comme des pieds » –, on va jouer avec la tête... Avec ce qu'il y a dans la tête ! Tout de suite, notre premier candidat... Bonjour, comment vous appelez-vous ?

RAYMOND DOMENECH : Je m'appelle Raymond. Je suis content d'avoir été sélectionné, ça me change...
FOUCAULT : Vous avez été sélectionné et vous allez peut-être gagner, Raymond...
DOMENECH : Oui, je ne gagne jamais mais, là, je sens que je suis en train de monter en puissance...
FOUCAULT : Raymond, concentrez-vous. Nous allons commencer. Je vous rappelle que vous avez trois jokers : l'appel à un ami, l'avis du public et le 50/50.
DOMENECH : Ah ! moi, je suis plutôt 4-3-3.
FOUCAULT : Attention, Raymond. Première question. Pour se distraire, Franck Ribéry aime jouer...
– avec des potes réponse A
– avec des pâtes réponse B
– avec des putes réponse C
– avec des prouts réponse D.
DOMENECH : Oh ! là, là ! C'est pas facile...
FOUCAULT : Raymond, vous pouvez faire appel à un ami...
DOMENECH : C'est que je n'ai que des ennemis... Ah ! si, j'ai une amie... C'est Roselyne...
FOUCAULT : Eh bien, on appelle Roselyne tout de suite...
(Sonnerie de téléphone...)
FOUCAULT : Allô, Roselyne ?
ROSELYNE : Mais oui, mais oui, c'est moi ! C'est la Roselyne !
DOMENECH : Roselyne, Ribéry aime jouer avec des potes, avec des pâtes, avec des putes ou avec des prouts ?
ROSELYNE : Oh ! là, là ! Sur Chabal, je suis imbattable, mais là... je sèche... Je vais faire appel à un ami...
FOUCAULT : Désolé, Roselyne, une amie ne peut pas faire appel à un ami. Au revoir, Roselyne... Je me tourne donc vers vous, Raymond... Alors ? Pâtes, potes, putes ou prouts ?
DOMENECH : C'est marrant, j'ai une chanson dans la tête, mais j'hésite...
FOUCAULT : Oh ! vous hésitez, Raymond, c'est pas votre genre...
DOMENECH : Bon, allez, je me lance : « Des putes, des putes, oui, mais pour Ribéry. » Donc, réponse C.
FOUCAULT : C'est votre dernier mot, Raymond ?
DOMENECH : C'est mon dernier mot, Jean-Pierre. Putes.
FOUCAULT : Non, il faut dire « C'est mon dernier mot, Jean-Pierre »...
(Musique...)
FOUCAULT : Bonne réponse ! Pour une fois que vous gagnez quelque chose, c'est la fête !

Shi gou shi, bu ?

• *Jack Lang, vous vous apprêtez à partir pour la Chine ?*
JACK LANG : C'est tout à fait ça, Mélissa ! Figurez-vous que le 21 juin Shanghai va célébrer à son tour la fête de la Musique ! Ils ont de la chance, les Chinetoques, le fléau arrive chez eux ! En tant que créateur génial de cette manifestation sonore, je suis invité par le gouvernement chinois à donner le coup d'envoi des festivités. Ça va être une cacophonie admirable d'instruments tels le hulusi, le koujing, le lusheng mais aussi de percussions comme le guban, le shi mian luo ou le yunlo.

• *Dites donc, vous parlez bien le chinois, Jack Lang !*
LANG : Vous savez qu'au cours des derniers mois, au gré des missions qui m'ont été confiées par Nicolas, j'ai appris la langue des pays où j'ai été envoyé. C'est ainsi que je me suis remis à l'allemand, que j'ai appris l'espagnol et que je me suis initié au coréen. Cette fois, pour être à la hauteur, j'ai effectivement relu *Le Lotus bleu* de Tintin et j'ai pris des cours de chinois pour m'exprimer là-bas dans la langue de Confucius : « *Ni hao Jack Lang wo.* » Bonjour, c'est Jack. « *Zhègé Yinyué shi bi xiao hao quiang Vuvuzelas* », cette musique est encore plus assourdissante que les *vuvuzelas.* « *Huo Keneng wo maï Qiang Wucaï Zhi Xié* », Où pourrais-je acheter un canon à confettis ?

• *C'est très impressionnant ! Un dernier mot, Jack Lang ?*
LANG : Très volontiers Olivier ! « *Shi gou shi, bu ?* » Ce qui veut dire : C'est chié, non ?

Les Français parlent aux Français

• *Jean-Marie Le Pen, vous suivez le Mondial ?*
JEAN-MARIE LE PEN : Écoutez, si vous attendez de moi des commentaires acerbes sur ce tournoi cosmopolite, si vous espérez me voir brocarder cette foire africaine aux ballons qui flottent et aux primitives *vuvuzelas,* vous en serez pour vos frais !

• *Vous ne voulez pas parler football ?*
LE PEN : Je dirais qu'il est grand temps pour celui qui, à l'instar de Domenech, entraîne la France à sa perte (je veux parler de M. Sarkozy), il est grand temps,

disais-je, que ce coach pitoyable se prenne un carton rouge, carton suivi en 2012 d'une pénalité éliminatoire... Si vous voyez ce que je veux dire...

• *J'imagine qu'en ce qui vous concerne vous continuez à consulter votre coach...*
Le Pen : Justement, je m'apprêtais à le faire quand vous êtes venue me déranger...

• *Je vous en prie, continuez...*
Le Pen : Maréchal, vous voilà... Maréchal ?...
(Son brouillage Radio Londres...)
De Gaulle : Car l'équipe de France n'est pas seule en Afrique du Sud ! Elle n'est pas seule ! Elle n'est pas seule ! Elle a tout un peuple qui fait bloc avec elle...
Le Pen : Mais cette voix, ce n'est pas celle du maréchal !
De Gaulle : Moi, général de Gaulle, actuellement à Londres, j'invite les joueurs français qui se trouvent en territoire sud-africain ou qui viendraient à s'y trouver à se mettre en rapport avec moi.
Le Pen : Ah ! c'est le général de Gaulle qui nous ressert son appel du 18 Juin... Maréchal ? Maréchal ? Qu'est-ce qui se passe ?
Pétain : Chef Le Pen ! Chef Le Pen ! Un général félon tente de me brouiller l'écoute. N'écoutez pas son appel ! Écoutez ma voix de bon papy des Français et ralliez-vous à mon vieux képi qui saura vous guider vers un ordre nouveau...
(Son brouillage Radio Londres...)
De Gaulle : L'espérance doit-elle disparaître ? La défaite des Bleus est-elle définitive ? Non, non, non ! Demain, pour la grandeur de la France, soutenez Raymond Domenech !
Jeanne Calment : Non, non, pas Domenech... Pas Domenech... Gnmmemm... Votez Bayrou ! Votez Bayrou ! Gngn... Vive le MoDem et le jambon-purée !
Le Pen : Ah ! c'est encore Jeanne Calment, cette vieille toupie ! Elle aussi, faites-la taire !
De Gaulle : Tais-toi, Jeanne Calment ! Tu cries trop fort ! Et tu n'es pas la voix de la France !
Jeanne : Mngeemm... Votez Bayrou...
De Gaulle : La voix de la France, c'est Raymond Domenech !
Le Pen : Maréchal, cette cacophonie est insupportable, je vous recontacterai plus tard.
Pétain : À bientôt, Chef Le Pen. Vive la TSF, vive les postes à galène et en Bakélite ! Vive les ondes courtes et les disques 78 tours ! Vive Radio Paris ! Vive Radio Courtoisie ! Allez, les Bleus ! Soutien total au chef Domenech et à ses tirailleurs sénégalais !

L'équipe de France : comment ça marche ?

• *Depuis quelques années, l'équipe de France de football enchaîne les défaites et les contre-performances, à tel point qu'elle est devenue la risée des équipes étrangères et que la majorité des Français ne la soutient plus. Mais comment en est-on arrivés là ? Vous avez une explication, Michel Chevalet ?*

MICHEL CHEVALET : Oui, et tout d'abord l'équipe de France : comment ça marche ? Alors, vous prenez une bonne vingtaine de jeunes hommes de vingt à trente ans, les joueurs, qui sont en général de grands ados pas vraiment finis aux ego surdimensionnés.

Depuis l'âge de douze ans, on les a enfermés dans des écoles de foot où on a développé leur jeu de jambes au détriment de leur cerveau, tout en leur répétant qu'ils sont des petits génies, on a donc fabriqué des athlètes avec des grosses têtes mais des grosses têtes vides !

Vous prenez ensuite ces mêmes gamins complètement coupés du monde et de la réalité et vous les envoyez dans des clubs aux quatre coins de la planète et, là, pour finir de les pourrir complètement, vous les payez plusieurs millions d'euros par an !

Ensuite, comme les petites maisons vertes et les hôtels rouges du Monopoly, ils deviennent de la monnaie d'échange entre clubs, mais là, le passage par la case départ se monnaie en dizaines de millions d'euros ! Vous n'oubliez surtout pas d'entourer chacun des joueurs d'une bande de béni-oui-oui qui vivent à leurs crochets, mais aussi d'agents et de publicitaires qui se paient leurs trombines pour encore quelques dizaines de millions d'euros, tout ça pour vendre des voitures, des hamburgers ou des savonnettes !

Ensuite, vous rassemblez tous ces brillants sujets qui ne se connaissent pas, bouffis d'ingratitude, prétentieux et pourris par l'argent, dans une même équipe et, sous la houlette d'un sélectionneur borné et incompétent, vous leur mettez un maillot tricolore et vous essayez de les faire jouer ensemble au nom d'un pays qu'ils n'habitent plus, où ils ne paient plus leurs impôts et dont ils sont incapables de chanter l'hymne national ! Au-dessus d'eux, à la Fédération, pour les conseiller, les manager, vous installez une bande de cadres qui brassent des millions d'euros de droits télévisuels et de sponsoring, plus préoccupés par leurs carrières, les guéguerres internes que par le sort de l'équipe nationale…

Voilà, l'équipe de France, c'est comme ça que ça marche. Ou plus exactement que ça ne marche plus, mais alors plus du tout, et ça au moins depuis douze ans !

Grève des Bleus

EUGÈNE SACCOMANO : Au début du Mondial, on peut dire que les Bleus et Domenech nous avaient fait bien rigoler. On était dans le burlesque pur ! C'était *La Grande Vadrouille, Où est passée la septième compagnie ?* Mais, depuis leur déroute lamentable face aux Mexicains, avec cette histoire d'Anelka balancé par le mystérieux « traître des vestiaires », la grève sauvage des joueurs, on est carrément dans un mauvais mélodrame ! On se tape sur les cuisses ! Et si seulement le casting était bon ! Mais non ! Les joueurs jouent aussi mal la comédie qu'ils jouent mal sur le terrain ! Et je n'ose même pas penser aux cachets qu'ils ont empochés pour leurs prestations lamentables ! Du coup, c'est moi qui vais avaler des cachets de tranquillisants pour oublier cette effroyable déconfiture ! Allez, vivement demain soir pour l'ultime pantalonnade ! Et s'il pleut ce soir pour l'insupportable fête de la Musique, mon bonheur sera complet !

• *J moins 1 avant le match France-Afrique du Sud. Raymond Domenech, vos impressions ?*
RAYMOND DOMENECH : Mes gars sont vraiment en train de monter en puissance. Je sens que toute cette préparation est en train de porter ses fruits... D'ailleurs, les Bleus n'ont jamais été aussi solidaires. Ils sont tellement au point qu'ils ont même plus besoin de s'entraîner. Ils mettent même plus les crampons... Non, ils se réunissent dans le bus, ils tirent les rideaux et ils parlent stratégie entre eux... J'veux dire là, ils m'épatent.

• *Et avec vous, ça se passe comment, Raymond ?*
DOMENECH : Mieux que jamais, ils me font entièrement confiance, la preuve : ils me confient leur courrier pour que je le lise devant les caméras. Remarquez, y a que moi qui sais lire et écrire... Ils me dictent un truc et j'vais le lire. Voilà, faut pas croire non plus tout ce que disent les journalistes, hein ? Globalement, le bilan est bon.

• *Avec un bilan pareil, ça ne va pas être facile de quitter le Mondial...*
DOMENECH : Comment ça, quitter le Mondial ? Il n'en est pas question ! Il a pas encore commencé...

• *Voyons, Raymond, il y a eu les matchs France-Uruguay et France-Mexique...*
DOMENECH : Mais c'étaient des rencontres amicales, des matchs d'entraînement !

• *Non, non, c'étaient les matchs du groupe A.*
DOMENECH : Vous êtes sûre ? Et France-Afrique du Sud, mercredi, c'est un match de la Coupe du monde ? Bon, je vais monter dans le bus prévenir mes gars. Faudrait peut-être qu'ils s'entraînent...

• *Roselyne Bachelot, vous restez optimiste ?*
ROSELYNE BACHELOT : Mais oui, mais oui ! Après le match contre le Mexique, j'ai dormi dans le même hôtel que les Bleus, et je peux vous dire que je les ai trouvés très en forme. Surtout Ribéry. Ma chambre était voisine de la sienne. Pendant des heures, il a frappé à ma porte en grognant. Je ne sais pas avec quoi il cognait, mais ça faisait un bruit mat, comme s'il frappait avec une sorte de gourdin. J'ai failli lui ouvrir pour le consoler de cette défaite, le pauvre chou, mais je lui ai dit d'aller se coucher pour reprendre des forces. Comme il continuait à frapper, par précaution, j'ai placé le minibar contre la porte et là j'ai pris ma grosse voix, comme avec Rama Yade, quand je la remets en place. « Maintenant ça suffit, Franck ! Retournez dans votre chambre à 587 euros ! »

• *Et après ?*
ROSELYNE : Il m'a obéi. Pendant une bonne heure, j'ai encore entendu ces bruits de gourdin, mais plus assourdis, comme tapés sur le bois du lit. Le matin au petit déjeuner, il avait les yeux tout cernés. Mais le pire, j'ai pas pu dormir car, dans la chambre au-dessus, il y avait Anelka qui répétait son texte « Enculé ! Enculé ! »... Ah ! quelle équipe de déconneurs !

Petit déj' en musique

• *Ce matin à l'Élysée, le petit déjeuner du couple présidentiel a commencé en musique...*
CARLA *(elle chante)* : « Pourtant quelqu'un m'a dit que tu m'aimais encore... C'est quelqu'un qui m'a dit que tu m'aimais encore. Serait-ce possible alors ? »
SARKOZY : Mais, ma Carlita, tu veux savoir si ce serait possible alors ? Eh bien, je vais te le dire...
CARLA : Mais non, Mamour, je te posais pas une question, je répétais ma chanson pour la fête de la Musique.
SARKO : Ce soir, tu vas quand même pas sortir dans la rue avec ta guitare ?
CARLA : Et pourquoi pas, Chouchou ?
SARKO : Mais parce que c'est beaucoup trop dangereux. Tu risques de te faire jeter des tomates, des croûtes de fromage, des œufs pourris.
CARLA : Dis-le carrément que tu trouves que je chante mal !

Sarko : Pas du tout ! Tu sais bien que j'adore quand tu me chantes « Ta tienne » ou « L'amoureuse »... Si j'avais le temps, je t'écouterais pendant des heures... Non, ce que je veux dire, c'est que la situation n'est pas bonne en ce moment et y a vraiment pas de quoi faire la fête : les intempéries, les sondages de merde, les conneries de la mère Boutin, les cigares de Christian Blanc, les Bleus qui touchent le fond du tonneau...
Carla : T'as vu Anelka comme il l'a insulté Domenech ?
Sarko : Cette histoire d'insulte dans les vestiaires, bon, c'est du clapotis... Qu'est-ce qu'il a dit ? « Va te faire enculer, sale fils de pute »... Et alors ? Faut pas oublier que c'est un footballeur hein ? Du vocabulaire, il en a pas trop non plus, il sort pas d'hypokhâgne ! Ce genre de vocabulaire, ça fait partie de son quotidien, ils disent « Enculé » comme ils disent « Bonjour » ou « Comment ça va ? ». Et puis, hein, il fait de la pub pour des hamburgers, pas pour la Pléiade ! Faut savoir à qui il s'adresse, aussi ! Quelle belle image : ça va être marrant de voir les supporters dans les fast food s'adresser au vendeur : « Bonjour, enculé, j'viens de la part d'Anelka. J'voudrais un Giant Max, fils de pute ! » Voilà, ça fait partie de la vie. Et puis se faire traiter d'enculé, c'est pas bien grave, moi, j'y ai droit toutes les semaines sur France Inter...
Fred Mitterrand : Bâsoir ! Adieu, général Bigeard ! Moderne réincarnation du chevalier Bayard ! Oui, salut à toi, Marcel Bigeard ! Toi qui t'illustras glorieusement à Hanoi, Haiphong et Diên Bên Phu ! L'histoire retiendra tes exploits héroïques dans la jungle de Son La, où, dans les rizières, à la tête du troisième bataillon thaïlandais, tu lanças tes hommes, pour la plupart boxeurs thaïs de quarante ans, le corps luisant de sueur, dans des corps à corps sans merci, torse contre torse, avec l'ennemi viet-minh...
Sarko : Je l'avais oublié, le neveu ! Il est pire qu'une *vuvuzela*...

Émotion à Knysna

• *Hier soir, une réunion émouvante à l'initiative de Roselyne Bachelot a rassemblé, outre la ministre des Sports, Patrice Evra, Jean-Pierre Escalettes et vous-même, Raymond Domenech. Vous pouvez nous rapporter ce qui s'est dit pendant cette réunion ?*
Raymond Domenech : Roselyne nous a menacés d'une fessée, et pour les plus méchants d'aller au piquet avec un bonnet d'âne et de copier cent fois : « Je ne dirai plus la pute en parlant de la maman de Domenech. » J'ai dit que mes gars étaient vraiment en train de monter en puissance. Hier, ils se sont un peu entraînés, juste avant le repas... Après le déjeuner : détente, distribution de cahiers à colorier et atelier collage avec des gommettes. Je vous dis pas comment Ribéry a collé les siennes, de gommettes...

• *Vous avez parlé stratégie ?*
DOMENECH : Oui. Avec des Playmobil. Sur un des trois billards de l'hôtel, on a répété toutes les phases techniques contre les Bafana Bafana. Et je peux vous dire qu'on est au point-au point…

• *Et vous avez le temps de suivre les autres matchs ?*
DOMENECH : Vu que mes gars veulent pas s'entraîner, j'ai que ça à foutre. Je regarde la télé dans ma chambre. C'est encourageant. La Corée du Nord a été battue 7-0 par le Portugal. C'est injuste, c'est nous qui aurions dû tomber sur la Corée. Y a aussi l'arbitre du match Brésil-Côte d'Ivoire qui a sorti le grand Kaka. Croyez-moi, il en faut du courage pour pousser un Kaka dehors, devant soixante mille spectateurs. Moi, y a que Anelkaka que j'ai réussi à sortir. En tout cas, les Brésiliens, ils ont peut-être perdu Kaka, mais nous, on a gardé notre équipe de merde.

Anelka était son nom !

• *Expulsé samedi de l'équipe de France avant le naufrage général, Nicolas Anelka a inspiré à Robert Hossein son nouveau spectacle…*
ROBERT HOSSEIN : « Nicolas Anelka était son nom ! », de Trappes à Chelsea, l'itinéraire chaotique d'un enfant trop gâté du football. Dans le rôle de Nicolas Anelka, Gérard Depardieu !
GÉRARD DEPARDIEU : Ben quoi ? Qu'est-ce qu'il y a ? Qu'est-ce qu'ils ont tous à m'emmerder, les journalistes, les coachs, les dirigeants ! J'suis le meilleur ! Je suis le plus grand joueur de ma génération ! Ils n'ont qu'à tous se mettre à genoux devant moi ! Ah ! les enculés. Je suis un dieu ! Un dieu !
HOSSEIN : Dans le rôle de Barbara Anelka, Jeanne Moreau.
JEANNE MOREAU : Oui, mon Nicolas, tu es le plus grand ! Tu as raison ! Tu as toujours raison !
DEPARDIEU : Déjà, en 1997, Ricardo, au PSG, il m'a emmerdé : je me suis tiré. Rien à foutre ! Enculé ! Direction Arsenal ! J'ai pas été sélectionné pour la Coupe du monde en 1998 par Jacquet ? Rien à foutre non plus ! Enculé !
HOSSEIN : « Nicolas Anelka était son nom ! », vous apprendrez comment le petit caïd de banlieue a été racheté aux Anglais par le Real de Madrid pour la somme record de 220 millions de francs…
DEPARDIEU : Oui, 220 millions, parce que je le vaux bien ! À ce prix-là, c'était le Real qui devait jouer pour moi et pas le contraire ! Non, mais ! Ça se passe comme ça chez Anelka ! Je leur ai appris la vie, moi, aux bouffeurs de paella ! Enculés !
JEANNE : Oui, mon chéri… Mais c'étaient tous des méchants ! Même qu'ils t'ont mis une amende !

DEPARDIEU : Une amende parce que j'ai refusé de m'entraîner pendant trois jours ! Deux millions quatre ! Rien à foutre ! Deux millions, c'est ce que je donne au voiturier quand je sors en boîte ! Bande de bouffons !
HOSSEIN : « Anelka était son nom ! », l'ascension et la chute du petit génie du ballon rond !
DEPARDIEU : Je leur ai dit *mierda* aux espingoins et je suis revenu au PSG ! Un rachat à 215 millions de francs ! Allez, zou ! Passez la monnaie ! Envoyez l'oseille, j'vais changer ma Ferrari, les enjoliveurs sont tout sales ! Enculés !
JEANNE : Oui, mon chéri... Tu as bien fait, mon chéri, tu es le plus grand joueur du monde, ils devraient tous se prosterner devant toi !
DEPARDIEU : Mais, bien sûr ! Et puis après y a eu Liverpool, Manchester, la Fenerbahce, Bolton et Chelsea ! Passez la monnaie !
HOSSEIN : « Nicolas Anelka était son nom ! », l'homme qui change de club plus souvent qu'il ne marque de but ! Grandeur et décadence de celui que les journalistes ont surnommé « Anelka social ». Bientôt au palais des Sports, prolongations au Stade de France !
DEPARDIEU : Anelka social ? Non, mais tu veux mon hamburger dans la gueule ? Allez, va te faire enculer, comme Domenech, sale fils de pute ! Vous avez bien fait de me virer, hein ? Deux à un dans votre cul ! Bande de nazes !
HOSSEIN : « Anelka était son nom ! » et bientôt en tournée nationale : « Domenech était son nom, l'histoire d'une débâcle ! »
DEPARDIEU : Enculé !

France-Afrique du Sud

• *À l'Élysée, le couple présidentiel a regardé lui aussi le match France-Afrique du Sud.*
SARKOZY : Décidément, en ce moment, j'ai la schcoumoune ! Moi qui comptais sur les Bleus pour remonter dans les sondages, je suis vraiment dans la merde ! J'ai déclaré l'état de catastrophe naturelle dans le Var, mais j'aurais dû le faire aussi au stade de Bloemfontein...
CARLA : Mais pourquoi tu te fais de la bile, Mamour, c'est que du foot !
SARKO : Oui, mais quand les Bleus gagnent, les Français, ils sont contents et donc ils sont contents de leur président. C'est comme ça... En 1998, Jacques Chirac, rien qu'après avoir embrassé le crâne en peau de fesse de Bartez, il a fait un bond prodigieux dans les sondages...
CARLA : Heureusement, Chouchou, y a ta réforme des retraites. Ça, ça marche bien...

SARKO : Tu parles ! À cause de ce boulet de Domenech, ça risque encore de tout foirer.
CARLA : Comment ça, Bichon ?
SARKO : Je t'explique. D'accord, il est grand temps qu'il dégage. Seulement voilà : il a cinquante-huit ans. Ce qui veut dire qu'avec ma réforme des retraites il va devoir continuer comme coach de l'équipe de France jusqu'à soixante-deux ans. Ce qui nous mène à 2014. Et ça, c'est un truc qui risque de plomber mon deuxième quinquennat... C'est triste, un président qui risque de démissionner.
FRED MITTERRAND : Adieu, Raymond Domenech, entraîneur maudit ! Tu entres dans la sombre légende des aigles foudroyés. Toi Raymond qui dus stoïquement subir les avanies et les insultes faites à ce que tu as de plus cher, ta maman Germaine, maman courage, digne de Bertolt Brecht...
SARKO : Qui c'est encore celui-là, Bebert Tolbrecht ? Il a pas été selectionné !
MITTERRAND : Adieu, image glorieuse de la France dans le monde, oui, adieu prestige français, les couronnes de lauriers trop hâtivement fourbies déjà se dessèchent au souffle mauvais de la honte jailli du son strident des *vuvuzelas.*
SARKO : N'importe quoi, çui-là... Allez, ça suffit ! *Vuvuzelas* et vous, vous partez par là !

Bon, ben voilà...

• *L'heure est au bilan, Raymond Domenech.*
RAYMOND DOMENECH : Voilà, mes gars sont en train de monter en puissance dans l'avion... Mais ils sont habitués aux transports en commun, le bus, l'avion, voilà... Bon, on va essayer d'en tirer les conséquences, voir le côté positif...
Par exemple, les Français ont bien dormi, ça n'a pas klaxonné dans les rues, ils n'ont pas gueulé comme des veaux dans les bars, dégueulé dans les caniveaux... Autre avantage, Ribéry est rentré plus tôt : il va pouvoir se remettre les glandes à niveau... Parce qu'on le tenait plus ! Il sautait sur n'importe quel objet, on l'a même retrouvé le sexe coincé dans le cornet d'une *vuvuzela.* Il a fallu qu'ils se mettent à trois pour souffler dedans et le décoincer ! Et puis on a fait faire des économies d'hôtel et de frais à la FIFA... ils devraient nous remercier ! Enfin, je persiste à dire que cette équipe a un vrai potentiel...

• *Et vous, Raymond ?*
DOMENECH : Moi ? Ben, j'vais retourner chez ma maman Germaine. L'asile le plus sûr est encore le cœur d'une mère... Voilà... J'sais plus quoi dire... Maintenant, bon,

qu'est-ce que je vais faire ? J'ai plusieurs propositions, on m'a proposé d'être le coach de Liliane Bettencourt. Voilà, ça se prépare cette reconversion. Ça se prépare...

• *Et vous, Eugène Saccomano, qu'avez-vous à dire ?*
EUGÈNE SACCOMANO : Et voilà ! Dans le cul, la balayette ! Bravo, les Bleus, bravo, Raymond ! Contre les Bafana Bafana, vous vous êtes pris une branlée, branlée... Perdre contre la quatre-vingt-quatrième équipe mondiale, fallait le faire. Derniers du groupe A et quasiment les derniers de la Coupe du monde... Bravo, les Bleus ! On est passé de « On est les champions, on est les champions... » à « On l'a eu dans le fion, on l'a eu dans le fion »... Allez, c'est bon, la Coupe du monde peut commencer, les tocards sont rentrés.

Fête du Slip

• *À Périgueux, hier, c'était la fête du Slip, nous avons demandé une petite explication à Pierre Bellemare, Périgourdin d'adoption.*
PIERRE BELLEMARE : Effectivement, depuis quelques années déjà, l'avant-dernier dimanche de juin, Périgueux se transforme en capitale mondiale du slip ! À cette occasion, les habitants de la ville sont invités à sortir dans les rues uniquement vêtus de leurs sous-vêtements ! Mais pourquoi Périgueux ? me direz-vous. Eh bien, c'est très simple : Pourquoi, à votre avis, les hommes de la région s'appellent-ils les Périgourdins ? Parce qu'ils sont, en effet, particulièrement bien montés et que les slips mettent en valeur leurs attributs virils surdimensionnés ! Quant aux habitantes de la région, qui ne sont pas les dernières à vous sauter sur la colonne, leur nom véritable est : Périgourgandines !

« L'École des fans » (dernière)

• *Sur Gulli, « L'École des fans », l'émission animée par Philippe Risoli, fait toujours un carton.*
PHILIPPE RISOLI : Bonjour, les enfants, bonjour les parents ! Et tout de suite j'accueille notre nouveau candidat. Bonjour, comment tu t'appelles ?
DOMENECH : Je m'appelle Raymond.
RISOLI : Raymond, pas mal, pas mal ! Et tu es venu tout seul ?
DOMENECH : Non, je suis venu avec ma manman.
RISOLI : Et comment elle s'appelle, ta manman, Raymond ?
DOMENECH : Germaine. Elle est là-bas...

RISOLI : Germaine ? Pas mal, pas mal ! Et elle est sévère avec toi, Germaine ?
DOMENECH : Non, elle me laisse faire n'importe quoi. Mais elle aime pas qu'on me traite.
RISOLI : Qu'on te traite ? Mais qu'on te traite de quoi, Raymond ?
DOMENECH : Je peux pas le dire… C'est trop dégoûtant.
RISOLI : Tu peux pas le dire ? Alors dis-le-moi à l'oreille…
DOMENECH *(chuchoté, inaudible)* : Va te faire enculer, sale fils de pute.
RISOLI *(il répète, fort)* : « Va te faire enculer, sale fils de pute ! » Pas mal, pas mal ! Mais c'est pas gentil ! Surtout pour Germaine. Et qu'est-ce que tu veux gagner, Raymond ?
DOMENECH : Je voudrais gagner un match.
RISOLI : Trop tard, Raymond ! T'es trop vieux, t'es trop con !

Vuvuz'êtes qui ?

• *Ce matin, Roselyne Bachelot était l'invitée de Jean-Michel Aphatie… Voici l'intégralité de cet entretien historique.*
JEAN-MICHEL APHATIE : Roselyne Bachelot, bonjour.
ROSELYNE BACHELOT : Pardon ?
APHATIE : Roselyne Bachelot, bonjour !
ROSELYNE : Bonjour, bonjour ! Je vous demanderai de parler distinctement, parce que dix jours de *vuvuzelas* dans les oreilles, je crois que ça m'a abîmé les tympans.
APHATIE : Roselyne Bachelot, la déroute catastrophique de l'équipe de France exige impérativement que vous répondiez *sans* tergiverser à mes questions *sans* concession, car cette déconfiture est *sans* précédent…
ROSELYNE : Hou ! là, là ! Dans une seule phrase, ça fait beaucoup de « sans ».
APHATIE : Un beau coup de sang (pardonnez-moi ce jeu de mots), oui, un beau coup de sang, c'est le moins qu'on puisse attendre de la part de la ministre des Sports que vous êtes !
ROSELYNE : Mais ce coup de sang, je l'ai piqué, monsieur Aphatie, vous le savez bien ! La veille du match contre les Bafana Bafana, je leur ai remonté les bretelles bretelles, à cette bande de galopins !
APHATIE : Avec le résultat lamentable que l'on sait ! N'avez-vous pas le sentiment de vous être fait rouler dans la farine, Roselyne Bachelot ? Et là, je vous demande vraiment de ne plus biaiser…
ROSELYNE : C'est justement ce que j'avais demandé à Ribéry… Mais autant demander à un étalon en rut de se calmer à la vue d'une croupe de jument…

<u>Aphatie</u> : Je vois qu'effectivement les *vuvuzelas* vous ont rendue sourdingue. Je vous ai demandé de ne plus biaiser.
<u>Roselyne</u> : Un baiser, monsieur Aphatie ? Ouh ! là, là ! Vous, on peut dire que vous êtes direct !
<u>Aphatie</u> : Maintenant, c'est à la ministre de la Santé que je m'adresse. Avez-vous l'intention de prendre les mesures de prophylaxie qui s'imposent d'urgence pour sauver le football français, à savoir l'internement d'office dans un hôpital psychiatrique de Raymond Domenech, dont les plus éminents psychiatres s'accordent à dire qu'il est complètement fou ? Cette folie s'étant d'ailleurs propagée depuis plusieurs années dans les instances de la Fédération française de foot ?
<u>Roselyne</u> : Contrairement à ce que vous dites crûment, je n'en ai pas rien à foutre de Raymond Domenech...
<u>Aphatie</u> : Donc, vous êtes une des rares personnes à ne pas avoir pris l'entraîneur des Bleus en grippe ?
<u>Roselyne</u> : La grippe A ? La grippe Anelka ? Oui, il me reste des vaccins. Mais entendons-nous bien, monsieur Apathie, pour la grippe Anelka y a pas de vaccin, vu qu'il n'y a pas d'antidote à la connerie.
<u>Aphatie</u> : Merci, Roselyne Bachelot.
<u>Roselyne</u> : Je vous interdis de me traiter de cachalot.

Incroyable talent !

<u>Rozon</u> : Décidément, la France a un incroyable talent ! Avec un seul gars et vingt-trois joueurs, ils ont réussi à s'ridiculiser aux yeux du monde entier... Faut le faire ! Et Domenech, quel talent, c'gars-là ! C'est pô possible qu'il s'arrête comme ça... Le charisme, l'intelligence, le sens des affaires, le fair-play... c'pô possible ! Sarkozy va ben lui trouver un poste à sa hauteur ! Président de France Télévisions, il serait bien, c'gars-là... Avec son cynisme, son côté pince-sans-rire, il devrait remplacer Stéphane Guillon sur France Inter ! Calice... On n'a pas envie de le voir partir, c'Domenech-là !

Plus de Roland-Garros

• *Bertrand Delanoë, le tournoi de Roland-Garros vous a donné beaucoup de soucis, ces derniers mois.*
<u>Bertrand Delanoë</u> : La FFT, la Fédération française de tennis, avait songé à délocaliser Roland-Garros pour déménager je ne sais où... à Évry, à Gonesse et même à Marne-la-Vallée ! Pourquoi pas au parc Astérix pendant qu'ils y sont, au village de Gaël Monfix !

• *En fait, il est question d'étendre le site.*
Delanoë : Tout à fait. On a trouvé une solution : c'est une extension, respectueuse de l'environnement sans avoir à empiéter sur le bois de Boulogne, dont les usagers peuvent donc être rassurés. Parce que qu'est-ce qu'ils veulent, les Parisiens, les socialistes, les Brésiliens et les tennismen ? C'est continuer à avoir les balles au fond du filet et le manche bien en main. C'est pouvoir jouer en simple, en double ou en double mixte, sans avoir à chercher des partenaires loin de la capitale. Alors, je sais, il y a des Parisiennes et des Franciliennes qui sont mécontentes parce qu'elles aimeraient pouvoir s'ébattre sur le gazon, comme les Anglaises le font à Wimbledon. Mais, là-dessus, je suis intraitable : Amélie Mauresmo se débrouillait très bien sur terre battue, alors les bonnes femmes n'ont qu'à faire comme elle.

• *Philippe Candeloro, vous suivez attentivement le tournoi de Roland-Garros ?*
Philippe Candeloro : Ouais, j'aime bien. Ça me change de la patinoire de Holiday On Ice où je me les gelais sévère. À Roland-Garros, ce qui est bien, c'est que nos tennismen, Tsonga, Gaël Monfils et Josselin Ouanna, quand ils jouent en short blanc, on les voit encore mieux sur le court. Et je vous parle pas des sœurs Williams.

• *Philippe !*
Candeloro : Ben quoi ?

• *Les organisateurs du tournoi de tennis de Wimbledon ont désigné un poète officiel qui sera chargé de composer une œuvre chaque jour.*
À Roland-Garros, Vincent Delerm a aussitôt décidé de relever ce défi poétique.
Vincent Delerm :
Sans être un grand fan de tennis
J'aime bien le jeu de Gaël Monfils.
Pour aller le voir au Tournoi,
J'ai pris le bus cent-vingt-trois.
Mais sur mon Ipod y avait mon CD
Et j'ai dormi pendant le trajet
Écouter du Delerm, ça j'ai eu tort
J'ai loupé l'arrêt Molitor.
Moralité :
Si je veux revenir un jour jusqu'à Roland
Ce sera en Vélib', c'est plus prudent !

• *À l'occasion du tournoi de Roland-Garros, Pierre Bellemare a organisé une vente un peu particulière…*

PIERRE BELLEMARE : Chers amis téléacheteurs, chères amies téléacheteuses, j'ai aujourd'hui le plaisir de vous présenter en exclusivité les magnifiques sous-vêtements « swedish underwear » créés par l'ancien champion Bjorn Borg… Voici, tout d'abord, ce lot de trois slips pour homme, très près du corps, autrement dit très moule-burnes (en suédois *burne-borg*), et des coloris flashy très années 1980… À remarquer, cette poche anatomique qui permet de loger le manche de la raquette et les deux balles bien au chaud… L'exemplaire vert fluo porté par Torsten, notre mannequin, permet de jouer en nocturne mais aussi, comme vous pouvez le constater, il s'agit d'un modèle avec poutre apparente… Pour ce magnifique lot de trois slips, vous ne dépenserez que 55,25 euros payables en vingt-quatre mensualités de 12 euros !

Maintenant, pour vous, mesdames, voici un ensemble culotte et soutien-gorge avec des motifs de spaghettis psychédéliques en superbe Nylon mercerisé qui évacue la transpiration tout en retenant les odeurs… Vous remarquerez que le pèse-mou est assez large pour permettre d'amples mouvements des bras et que la culotte est fendue, ce qui permet de ranger les balles bien au chaud pendant les parties !

• *Patrick Bruel, comme tous les ans, vous avez été vu dans les tribunes de Roland-Garros, mais sans votre fiancée…*

PATRICK BRUEL : Non, mais ça va pas, non ? Quand tu vas à Strasbourg, tu n'emmènes pas tes saucisses ! Vous avez vu les bombes sur les courts, cette année ? Vous avez vu Venus Williams en dentelle rouge et noir ? C'était le Crazy Horse sur terre battue ! Et je ne vous parle même pas des filles de l'Est et du Nord ! De vrais avions de chasse ! Je ne m'en lasse pas des Ana Ivanovic, des Mathilde Johansonn, des Maria Kirilenko ou des Elena Démontez-moi, non Dementieva, et puis surtout il y a Maria Sharapova ! 1 m 83, 59 kg, des jambes qui lui montent jusqu'en haut des fesses ! Moi, je la regarde dix minutes, je suis obligé de demander des balles neuves ! Ah ! les canons ! Ça me change des pisseuses qui remplissent mes Zénith !

Benoît superstar

• *Un week-end chargé pour vous, Benoît XVI.*

BENOÎT XVI : Et comment ! Il me fait rire votre Raffarin avec sa loi sur le travail le jour de la Pentecôte… Nous, les papes, ça fait des siècles qu'on bosse le lundi de Pentecôte… Et les employés de notre boîte aussi. Les messes, les confirmations avec les jeunes communiants, ach ! les petits jeunes en aube virginale… c'est joli ! Sans compter les pèlerinages, rien que chez vous à Paris y en avait deux, Paris-Chartres et Chartres-Paris… qui va se prolonger jusqu'en Suisse, à Sion, en partant du Champ-de-Mars. Ça s'appelle « de la tour Eiffel à Sion » ! Heureusement, dimanche soir, j'ai eu une grande satisfaction en regardant le palmarès du Festival de Cannes. Le grand prix a été decerné au film *Des hommes et des dieux*… avec Michael Lonsdale qui joue toujours des rôles de moines barbus… Enfin un film à la gloire du clergé, les moines de Tibérine, dont le père supérieur s'appelait Jean, Jean Tibérine, un homme qui ressuscitait les morts à chaque élection pour les faire voter… Ça nous console parce qu'on n'a rien eu aux Molières avec notre adaptation d'une belle pièce de Feydeau : *Un pédophile à la patte !*

Touche-pipi

• *Sur TF1, « L'Amour est aveugle » a rencontré un tel succès que, désormais, ce ne seront plus des inconnus, mais des personnalités qui participeront à cette émission.*

JEANNE MOREAU : Bonjour, je m'appelle Jeanne. En participant à cette expérience hors du commun, je suis loin d'imaginer jusqu'où cette aventure sensorielle va me mener.

DEPARDIEU : Moi, je m'appelle Gérard. Je suis vigneron. Est-ce que je peux être aimé pour ce que je suis vraiment ? Hein ? Est-ce que je peux aimer l'autre sans tenir compte de son physique ? Oh ! mais voilà l'animateur ! Mais bon Dieu ! C'est le manche à couilles de Claire Chazal ! Et, en plus, il ressemble à Claude François Junior !

ALBERT CLO-CLO : Oh ! oui ! L'amour est aveugle ! Pour vérifier ou infirmer cet adage populaire, c'est dans une chambre noire que des hommes et des femmes vont faire connaissance. Privés de la vue, ils et elles vont devoir développer leurs autres sens pour se découvrir et se séduire.

(Voix suave :) Gérard, vous avez rendez-vous dans la chambre noire…

DEPARDIEU : Voilà, voilà ! J'arrive ! Oh ! bon Dieu ! On y voit que dalle là-dedans ! Je suis pas Gilbert Montagné, moi… Oh ! mais ça sent fort ici ! Ça me rappelle l'odeur quand j'allais voir Mémé Julienne à l'hospice de Châteauroux… Ho ! Hé ! Y a quelqu'un dans c'gourbi ?

JEANNE : Oui, je suis là…

DEPARDIEU : Mais où ça, bon Dieu ? T'es où, belle inconnue ?

JEANNE : Par ici… Je suis là…

DEPARDIEU : Oh ! Ça y est ! Ça y est ! Je te sens ! Laisse-moi tâter, hum, hum…

JEANNE : Oh ! mon chéri…

Depardieu : Oh ! mais dis donc, on dirait des babines toutes molles… Tu triches ! T'es venue avec un chien d'aveugle…
Jeanne : Mais non, c'est mon visage !
Depardieu : Et là, je suis où ? Je suis dans les plis… C'est quoi, cette bête, c'est tout flapi ! Oh ! mais c'est un dindon !
Jeanne : Oui, oui, c'est mon dindon !
Depardieu : Oh ! et ça, tout en bas, c'est tes genoux ?
Jeanne : Mais non, c'est mes seins ! Enlève tes mains de là, espèce de vicieux ! Et moi, je peux te palper ?
Depardieu : OK, mais vas-y doucement ! T'inquiète pas, y a de la viande autour de l'os !
Jeanne : Oh ! dis donc, la nature s'est montrée généreuse avec toi…
Depardieu : Oh ! Aïe ! Tu me fais mal… Lâche mon nez !
(*Voix suave :*) Jeanne, Gérard, le rendez-vous est terminé, vous devez quitter la chambre noire.
Albert Clo-clo : À l'issue de ce rendez-vous dans l'obscurité la plus totale, les candidats et les candidates pourront bientôt se voir en pleine lumière. L'amour né dans le noir aura-t-il une chance de survivre au grand jour ?
Jeanne : Oh ! j'ai hâte de voir enfin ton visage, mon amour !
Depardieu : Eh bien, pas moi ! Maintenant que je t'ai palpée partout, j'ai plus envie de voir ta tronche ! Je me casse ! Oh ! Cloclo Junior, laisse-moi sortir. Dis donc, elle est où Claire Chazal ? Toi aussi, t'as dû être surpris, la première fois, hein, quand la lumière s'est rallumée et que tu lui as vu le tendon de la vache ! Et après, t'as eu droit aussi au dindon ?

Après Mondial

Raymond Domenech : Écoutez, on fera le bilan plus tard. Maintenant faut que je pense à mon avenir. Ça se présente pas mal. J'pourrais aller entraîner l'équipe d'Italie, qui commence à monter en puissance, mais j'ai déjà retrouvé du boulot. Je vais coacher Liliane Bettencourt. Avec le départ de Mme Woerth, une place s'est libérée. Ça tombe bien.
J'ai commencé hier soir. Le contact a été bon. On s'entend bien. Elle m'a demandé d'aller lui acheter une baguette : « Prenez de l'argent dans le tiroir de la commode », qu'elle m'a dit. Alors j'ai pris trois-quatre liasses de betteraves, des billets de 500 euros. Le boulanger m'a dit que c'était trop, mais je lui ai dit : « Gardez la monnaie. » Depuis que je suis avec les gars de l'équipe de France, j'ai plus le sens de l'argent, et, là-dessus, je m'entends bien avec Mme Bettencourt.

Après, je lui ai mouliné son jambon-purée et je lui ai donné à la petite cuillère. Et pour l'endormir, je lui ai lu son courrier à voix haute. Ça, je sais bien faire aussi.
Seul inconvénient, elle est un peu dure d'oreille. Le matin, comme elle est difficile à réveiller, je lui corne un coup de *vuvuzela* dans les oreilles. Ça me rappelle le bon temps. Enfin, côté libido, elle a beaucoup moins d'exigences que Ribéry, alors, ça me repose. Voilà, ça se prépare, cette reconversion, ça se prépare.

Sens des priorités

• *Alors que les syndicats étaient dans la rue, monsieur le Président, hier, vous avez reçu Thierry Henry, et rien n'a filtré de cette entrevue.*
Sarkozy : Vous voulez savoir ce que j'ai dit à Thierry Henry ? Eh bien, je vais vous le dire. Mais d'abord, je vais vous expliquer pourquoi je l'ai fait venir. Thierry Henry est de loin, et haut la main, et il l'a prouvé, le Bleu le plus compétent pour que je lui parle de l'avenir du foot français. Ce qui intéresse plus les Français que la retraite. Le passé, c'est le passé : « Sale fils de pute », les doigts d'honneur, le refus de serrer la main à l'adversaire, tout ça, c'est du clapotis, c'est oublié. Ce qui compte, c'est l'avenir. La France est en danger ! Mais si elle a perdu une bataille, elle a pas perdu la guerre… Comme disait… heu… comme disait Roselyne Bachelot…

• *Et donc, qu'est-ce que vous comptez faire, monsieur le Président ?*
Sarko : Je reprends tout en main et voilà mon plan que je l'ai expliqué à Thierry Henry. D'abord la FFF, elle est dissoute comme un Alka-Seltzer. Escalettes, même avec ma réforme des retraites, à soixante-quinze ans, il est largement temps qu'il parte. Et encore je reste poli.
Pour l'entraînement, Laurent Blanc, il sera sous mon autorité directe. Comme Fillon. Il leur fera faire des pompes, des abdos, tout ça. Mais la stratégie, c'est bibi. Le centre d'entraînement ? Marcoussis, c'est fini (comme disait… Hervé Vilard), désormais les Bleus s'entraîneront dans le parc de l'Élysée. D'ailleurs, pourquoi que vous croyez que j'ai fait annuler la garden party du 14 juillet ? C'est pour que les sept mille invités me bousillent pas la pelouse.

• *Et pour la sélection, vous allez procéder comment, Nicolas Sarkozy ?*
Sarko : Au Kärcher ! Et s'il le faut, au croc de boucher… C'est pas compliqué. Brice Hortefeux pourra me donner un coup de main. Alors, je sais, il paraît qu'il y a un mystérieux traître des vestiaires. Mais ça, ça me fait pas peur. Les traîtres, il faut travailler avec eux, ils sont pas tous mauvais. Y a quelque chose à en tirer,

prenez Besson, Morin, Kouchner, ça fait une bonne équipe, d'ailleurs, comme y a beaucoup de gars de couleur dans l'équipe, je vais leur mettre Éric Besson comme préparateur physique. Il va bien leur faire peur. Ça m'étonnerait qu'ils fassent grève de l'entraînement.

Dard-Dard

• *Vous avez l'air en colère, Patrick Sébastien ?*
PATRICK SÉBASTIEN : Putain y a quand même plus grave que les Bleus ! Ils sont responsables d'une grande perte.

• *Ah bon ?*
SÉBASTIEN : Comme on ne parlait que d'eux dans les journaux, à la télé, dans les bistrots, on n'a pas parlé de la fin de mon Dard... Moi aussi, c'est la fin d'un rêve. Mais tout ça, c'est politique, j'leur ai fait peur en sortant mon Dard... Mais, même si j'ai suspendu mon Dard, j'ai plein d'autres idées de partis.

• *Ah ! on a hâte de savoir !*
SÉBASTIEN : Tout d'abord la Chatte, la Congrégation humaniste et altruiste de toute la terre entière. Puis le Fion, le Forum international des oubliés nationaux. La Merde : la Mission extraordinaire pour rendre leur dignité aux êtres. L'Anus : l'Association pour une nouvelle union sociale. Le Gland : Groupement libre des amis naturistes de Domenech : parce qu'il faut être humaniste avec Domenech...
J'suis pas à court d'idées, putain. Je voulais juste ajouter un truc. Le président Sarkozy a décidé, pour faire des économies, de supprimer la garden party de l'Élysée. Eh bien, moi, en tant qu'ancien président du Dard, je propose une version plus humaniste et à la portée de toutes les bourses, la Garden-Partouze. Chacun vient avec sa bite et son couteau. On se met tous en commun. C'est que d'l'amour !

Table des matières

Achevé d'imprimer par N.I.I.A.G.
en décembre 2011
pour le compte de France Loisirs, Paris

N° d'éditeur : 66683
Dépôt légal : novembre 2011
Imprimé en Italie